我生命中的那些日子

俞敏洪 著

浙江教育出版社·杭州

图书在版编目(CIP)数据

我生命中的那些日子 / 俞敏洪著. -- 杭州 : 浙江教育出版社, 2020.6（2022.1重印）
ISBN 978-7-5722-0281-0

Ⅰ. ①我… Ⅱ. ①俞… Ⅲ. ①随笔—作品集—中国—当代 Ⅳ. ①I267.1

中国版本图书馆CIP数据核字(2020)第082034号

我生命中的那些日子

WO SHENGMING ZHONG DE NAXIE RIZI

俞敏洪 著

责任编辑 赵清刚
美术编辑 韩 波
责任校对 马立改
责任印务 时小娟
特约编辑 田中原 高 敏
封面设计 尤媛媛
版式设计 黄 蕊
封面照片 潘石屹
出版发行 浙江教育出版社
地址：杭州市天目山路40号
邮编：310013
电话：（0571）85170300 - 80928
邮箱：dywh@xdf.cn
印 刷 北京东方宝隆印刷有限公司
开 本 880mm×1230mm 1/32
成品尺寸 147mm×210mm
印 张 12.25
字 数 280 000
版 次 2020年6月第1版
印 次 2022年1月第4次印刷
标准书号 ISBN 978-7-5722-0281-0
定 价 68.00元

自序：光阴的故事

说起时光，我总会想起童安格的歌《忘不了》："为何一转眼，时光飞逝如电，看不清的岁月，抹不去的从前，就像一阵风，吹落恩恩和怨怨……"是的，我们生命中的有些日子，确实是忘不了的。比如我们考上大学的日子，我们初恋的日子，我们考试不及格的日子，我们高中、大学毕业的日子，我们举行婚礼的日子，我们辞职创业的日子等。这样的日子，或多或少地改变了我们生命的道路，在我们的生命中刻下了深深的印记，让我们终身难忘。

但即使是这样的日子，也常常会变成"此情可待成追忆，只是当时已惘然"。回忆往事，历历在目的时候少，稀里糊涂的时候多。很多曾经让我们喜悦不止或者痛彻心扉的事情，随着时间的推移，变得越来越模糊，甚至回忆起来，情感和时空都会错位，似乎发生在别人身上一般。

即使生命中的重大事情，也会随着时间的推移而烟消云散，更何况我们的日常工作和生活大部分都是平淡如水的日子。人是健忘的动物，一时一地的情感和想法，不管多么珍贵，瞬间就有可能被扑面而来的烦琐杂事碾得粉碎，了无踪迹。本来值得留下痕迹的日子，真的像长江水一样，东流无声，不舍昼夜。表面上河还是那条河，水还是那片水，但实际上已经是完全不同的时空了。

年轻的时候，对于时光的流逝，并没太多的感觉。尽管也会有些少年愁绪，但大多是“少年不识愁滋味，爱上层楼。爱上层楼，为赋新词强说愁”。尽管也会背诵“劝君莫惜金缕衣，劝君惜取少年时。花开堪折直须折，莫待无花空折枝”，但毕竟青春年少的我们，未来有无限的可能，有大把的时光可以挥霍，这些感时伤逝的情绪大多只是一时的心境。

从来没有想过时光过得如此之快。还以为自己依然青春焕发，不知不觉就已经步入中年；还以为自己正值壮年，转眼间却已经两鬓斑白。总觉得自己一生会有用不完的时间，但如今再向前看，自己可以生龙活虎、活蹦乱跳的岁月，已然可以望见尽头。这时候，时不我待的焦虑，才下眉头，却上心头。

我原来没有记录自己生活的习惯，觉得时间过去了就过去了，生活经历了就经历了，别那么婆婆妈妈、拖泥带水，还要矫情地写下那些根本不值一提的匆忙和琐碎。你见过秦始皇的日记吗？但他开创了当时世界最大的帝国。你见过司马迁的日记吗？一部《史记》就是他人生最好的见证。你见过柏拉图的日记吗？一本《理想国》就足以奠定思想史的千秋。那些历史上的伟大人物，好像没有谁是因为写日记而成为伟人的。普鲁斯特的《追忆似水年华》，表面上看像岁月的记忆，实际上是一部伟大的小说。

但当少年的浩气逐渐消退，人生逐渐归于平淡，你终于发现，千秋伟业远在地平线外，和你无缘；而工作和生活中的种种烦恼、纠结，却像蚕茧一样把你紧紧包裹，不能脱身。此时的你，既不愿意像落水的动物那样不做任何挣扎就让自己被潮流淹没，也不愿意像弘一法师那样一甩衣袖潇洒地把尘世留在佛门之外。所以，你就只能带着疲惫的身躯和不甘的心，在尘世的道路上步履蹒跚，寻找自己的出路。

道路虽然艰苦，终点也不知道在何方，唯一值得留恋的，就只有在道路上行走本身这件事情。就像西西弗斯一样，每次把大石头推上山，大石头又从山上滚下来，因此痛苦万分。终于有一天，他想清楚了，自己的目标其实不是把石头推上山。真正重要的事情，是在推石头的过程中，经历了春夏秋冬、天高地远、山林美景，这才是人生的真谛。他从此一路欢歌，愉快地推着石头上山，一次又一次的重复不再是痛苦，而是沉浸于大自然美景中的怡然自得。

当身体随着岁月的流逝一点点衰退，当心灵终于可以平静下来审视自己的日常劳作，我才意识到最值得珍视的不是那些天高地远的虚无缥缈，而是那些岁月河流中的点点滴滴，那些点点滴滴的情感和思绪，那些快乐、挫折和苦恼，那些努力、奋进和思考。正是这些不起眼的小事，构成了你的日子，也成了你生命必不可少的组成部分。

当我回忆过去发现往事已成一片苍茫，当我寻找彼时的记忆却发现记忆了无痕迹，我终于开始学会了记录。大概从十年前开始，我开始写日记，把每天的点点滴滴记录下来。有些日子会有些特别，就像平静的河流中泛起的浪花，让我欣喜。我就把这样的日子作更加详细的记录。由于用手机照相很方便，我也开始用图片的方式，把一些场景记录在案。如今，在我的电脑文件档案里，“我的日记”和“我的照片”文件夹成了我最珍视的宝藏，也成了我时时沉浸其中的幽室。我发现，用记录代替记忆，是一件蛮不错的事情。

记录只是为了自己，并没有准备公布于众。但如果公布我的故事，能够给你带来身心愉悦的体验和一些启发，那么我在敝帚自珍之际，也就不妨抛砖引玉，让你一起加入到记录自己日常生活的行列中来。这也是这本《我生命中的那些日子》出版的初衷。

我很喜欢苏轼的诗：“人生到处知何似，应似飞鸿踏雪泥。泥上偶然留指爪，鸿飞那复计东西。” 人生要想开，不要太纠结于蝇营狗苟的事情；而飞鸿划过天空，还是会留下美丽的身影和动人的长鸣。记录自己的日子，不为他人，只为自己的人生更加充盈。

“再回首，背影已远走；再回首，泪眼朦胧。留下你的祝福，寒夜温暖我，不管明天要面对多少伤痛和迷惑。曾经在幽幽暗暗反反复复中追问，才知道平平淡淡从从容容才是真。再回首，恍然如梦，再回首，我心依旧，只有那无尽的长路伴着我。” 过去的日子，光阴难再；未来的日子，依然可追。东隅已逝，桑榆非晚。

不管前行的道路是否依然荆棘密布，不管明天是否还要面对伤痛和迷惑，我还是会努力把自己的日子过好，并把那些值得纪念的日子，继续记录下来。

2020 年 5 月 27 日

目录

第一章 奔腾的日子

我们的每一天，都是人生再出发的起点，都是事业进行创新的起点。

03 与未来同行
08 《最强大脑》，烧脑的两天
14 政协日记
30 坐标学院团建之旅
38 草原——人类心灵的故乡
43 新东方在线上市路演记
66 圣地亚哥 GSV 峰会
78 为年轻人的成长铺路
83 新东方的徒步文化
89 贵州黔西南山区教育考察纪行
101 咸阳农村教育考察纪行

第二章 风尘万里

人生的行程，不管你愿不愿意，都是在路上。
人生道路上的轻松和沉重，取决于你自己在路上的态度。

111 一天半行驶 2000 公里

115 一场婚礼

119 拉萨之行

126 广安之行

131 事业和生命，在路上

141 兰州之行

145 两天三城

153 齐鲁大地两日奔波

159 呼和浩特包头行

164 努力奔波的四天

第三章 忙里偷闲

随着年龄的增加，我越来越希望追求属于自己的时光，也希望更多这样的时光在我生命里闪光。

175 中秋节

179 徐霞客的人生选择

193 梦里童年——朱家角古镇

199 春暖花开，去太舞滑雪

205 陪伴是最好的父爱

216 我的“五一”很平淡

221 忙里偷闲的轻松时刻

225 终南山一瞥

234 人生就是自我安排的忙里偷闲

242 三河古镇——雨雪中的历史和现实

第四章 行走的人生

通过把自己带向另外一个环境，我们或多或少能够让自己的生命遇上惊喜，过上哪怕一瞬间的自在生活。

251 埃及行记——永恒的追寻

280 不丹之行——幸福的求索

306 缅甸情缘——三千佛塔烟云下

367 日本纪行——感受古典之美

第一章

奔腾的日子

我们的每一天，都是人生再出发的起点，
都是事业进行创新的起点。

与未来同行

（2017 年 11 月 13—14 日）

11 月 13 日和 14 日，新东方召开管理培训生交流会议，共有管理培训生约 50 人参会。管理培训生，顾名思义，就是新东方从大学生和研究生中招聘的有管理潜质的优秀人才，让他们从基础岗位做起，同时把他们当作未来的管理者来培养。

原来管理培训生都是一期一期分开培训或者开会，这次在我的提议下，召开跨期的管理培训生会议。目的是让大家加强认同感、团队感、归属感，既方便互相学习，也方便集团各位主管来进行交流，外请培训师的成本也会适当降低。

我本人决定全程参会，这意味着我需要挤出两整天的时间和他们在一起。但我觉得面对新东方体系内最年轻的人才，我值得拿出这两天时间来。这次会议的地点安排在北京怀柔红螺寺边上的红螺园宾馆，山清水秀，环境优美。

这个季节，北京山区的天气已经很冷了。根据国家规定，暖气要 11 月 15 日才开放，所以会议室和房间都比较冷。会务组协调安排了一些电暖器，用于房间和会议室取暖。不过这两天天气极好，秋空澄碧，阳光明媚，尽管很多树已经落光了叶子，但北京著名的红叶依然有不少挂在枝头，昭示着北京秋天最后的魅力。

13 日早上 8 点半会议正式开始，我讲了 5 分钟欢迎辞，然后挑选出来的 8 位管理培训生每人 20 分钟，分享自己的成长经历、对新东方业务的理解，以及自己在新东方的收获和思考。大家的发言都比较认真，能够看出来这些年轻人（大部分是 90 后）从青涩开始走向成熟的轨迹。随后，新东方旗下东方优播的 CEO 朱宇分享了他在新东方的成长经历，以及北京新东方优能项目是如何做起来的案例，讲得很实在，也带给大家很多启示。

分享完已经中午 12 点半，大家匆匆忙忙吃了午饭，准备参加下午的户外徒步活动。新东方的规矩是，召开任何会议，都要安排徒步 20 公里左右。这既是一种耐力的锻炼，也是一种放松方式。

徒步安排在下午 1 点半到 4 点半。雁栖湖周围秋色宜人，在晚秋的灿烂阳光中徒步，欣赏秋天的湖光山色，令人流连忘返。最初设计的徒步路线是从住宿地出发，到雁栖湖边，再沿着雁栖湖西边的步道向北走到头，再走原路返回宾馆。我和会务组说，我们不应该走回头路，应该绕湖一圈。会务组说距离太长，可能时间不够，因为徒步结束后还要再听新东方两位年轻校长的分享。我初步计算了一下距离，原来的路线是来回 12 公里，环湖路线是 18 公里左右，我说大家努力一下，三个小时应该能够走完。于是，大家决定走环湖路线。

大家换好衣服，收拾行装，1 点 40 分出发。一路阳光灿烂，秋风习习，毕竟已经是晚秋，空气中充满凉意。沿路景色宜人，银杏树叶已经落尽，黄黄的铺满一地。梧桐树叶依然在树枝上迎风飘舞，闪烁着青黄色的光芒。远处各个山头上已经一片肃杀，但近处半山腰上一片片黄栌树，依然像一个个高擎的火炬，火红地燃烧着，展现着北京秋天最后的坚忍。

走到雁栖湖边，清澈的湖水在阳光下泛着粼粼波光，远山近水，湖光塔影，无限辽阔。我在湖边和大家讲解了一下环湖路线，就带头跑了起来。我知道如果不加快速度，这一圈十几公里的路程，三个小时是完不成的。

刚开始有一大群人跟着我跑，两公里后就只有几个男生跟着我跑，还有两个女生也跟了上来。雁栖湖环湖步道标识清晰，由林中步道、湖边栈道、小山台阶以及水中浮桥道路组成，两边景色秀美，一步一景。景色的美好，大大减少了徒步的枯燥和劳累。大家一路跑步、照相、聊天，都挺开心。看着地上的里程标识，从500米，到1000米、4000米、9000米、12000米……环湖十几公里的道路，就在我们脚下一步步走完。尽管腿脚劳累，太阳西斜后冷风习习，但大家心里的成就感油然升起。从环湖道走到宾馆还有3.5公里，大家继续努力前行，跑走结合，最后用了三小时十分钟走完全程。看手机的距离计算，总量为19.3公里，步数达到28000步，算是一个不小的成就。

跟我一直跑到底的队员有8个人，我们把自己叫作第一梯队。总结的时候我说，徒步和人生竞赛有很多相似性，一开始就要抢占先机走在前面，一旦落后就常常落后，要追上需要花双倍的力气。在徒步的过程中，团队成员要互相鼓励，一群人走，会比自己走更加有斗志。另外，最先抵达终点的人会更加有成就感。尽管落后的人最后也走完了全程，但由于走在中间和后面，即使走的距离相等，成就感也会减少很多。

5点多钟，全体管培生走完全程回到会场。继续听新东方两位优秀校长孙东旭和吴晓飞分享成长经历和管理经验。他们两人都是十几年前还在上大学时，就来新东方当老师了，在新东方经历了从老师到优秀管理者的成长历程，也为新东方的发展做出了很多贡献。他们的分享会让管培生们受益无穷。

分享会到晚上 7 点结束，大家一起到餐厅聚餐。聚会热闹是新东方的保留项目，何况又是在大家走了近 20 公里之后。很多管培生互相之间也是初次见面，并不熟悉，通过这样一个聚会，大家一起热闹，增进了解，对他们未来合作也是一件特别好的事情。我主动挑起聚会的气氛，给大家敬酒，让大家一起喊好玩的口号，在没有暖气、略显寒冷的餐厅里，把大家的激情点燃起来。

这些年轻的孩子们心里有着对生命无限的热情和梦想，新东方应该成为他们挥洒青春、实现梦想的舞台。他们其实是还没有真正找到人生和事业方向的年轻人，因此在关键时刻的引导和鼓励，对他们十分重要。而我要承担的，就是这样一个引导者的角色。我和他们一起热闹到了 9 点多钟，由于要准备第二天讲话的 PPT，提早一点离开。后来他们告诉我，他们一直互相交流，热闹到了晚上 11 点多。

14 日依然是阳光灿烂、晴空万里的好天气，但是空气更冷了，据说晚上最低气温达到了零下 5 度。大家吃完早餐，9 点到达会议室，听取新东方集团项目中心 4 位主管的业务分享。优能中学的赵剑锋、泡泡少儿的龙坚、国外项目的刘烁炀和国内项目的甘源，分别分享了他们对于项目发展的看法和个人的成长感悟。10 点半，新东方 CEO 周成刚分享了他在新东方的发展历程。11 点半，我上去给大家讲话，讲述了新东方的核心理念、新东方的业务布局、新东方未来的重点步骤、新东方存在的问题和需要改善的地方。讲话进行到下午 1 点才结束。

吃完午饭，我提前离开。因为晚上有腾讯的《星空演讲》活动，我需要认真准备演讲内容。管培生们下午还要听我请来的丛龙峰博士讲授“领导力的提升”课程。这门课也是旨在迅速提升管培生对于领导力的认识。后来得知丛龙峰课讲得很好，大家也有不小的收获。

下午 5 点，管培生会议顺利落幕，大家回到新东方岗位上，继续努力。

我深深感到，对于像新东方这样比较大的企业来说，创始人（我）参加会议，包括各层级的管理者会议、员工会议、老师会议，依然十分重要。这能够带给大家一种归属感、亲近感，能够让大家更加深刻地理解新东方的文化和理念，同时也能够使我更加了解年轻人的想法和思考。毕竟，未来的新东方是年轻人的世界。如果没有年轻人的参与，光靠我们这些沿着老路子走的人一直执掌新东方，新东方就会逐渐失去在时代的潮流面前勇往直前的能力。

《最强大脑》，烧脑的两天

（2018 年 1 月 27 日—28 日）

大概 2017 年 9 月份的时候，《最强大脑》执行制片人王辛就和我联系，让我到新一季《最强大脑》当几期嘉宾。我原来陆陆续续看过几期《最强大脑》，觉得那些厉害人物好像都是有特异功能的天外来客，他们的超强能力不是普通人能够通过学习习得的。作为笨脑袋群体中的一员，我只有惊叹的份儿。

王辛告诉我，这一季的选手都是从小学生、中学生、大学生中选拔出来的，考察的能力更加全面，包括了观察力、空间力、推理力、创造力、计算力、记忆力，表现形式也更侧重解决问题能力的比拼。我一直对中小学生和大学生的成长特点很感兴趣，所以就答应了下来。然后我们就开始碰时间，最后好不容易敲定了 11 月的一个时间，结果时间快到时，拍摄计划临时有变。又敲定了 12 月份的某个时间，又临时改变了。最后敲定 1 月 27 日和 28 日两天时间，从 2017 年跨到了 2018 年。这时候，节目已经从最初的百人选拔赛进入团队决赛了，于是我就成了两期团队决赛的嘉宾。

好歹把时间倒腾出来，老天又来凑热闹了。本来说好了 26 日下午飞南京，晚上和孟非一起吃晚餐——这也是我提出的参加节目的前提条件。我也常看《非诚勿扰》，主要是被孟非的机智幽默和犀利所吸引，也读了他的自传《随遇而安》。我知道他是《最强大脑》的后台老板，所以想和他见上一面，交个朋友。结果25日除了北京，几乎整个中国都在下大雪，飞南京的航班几乎全部停飞，高铁运营也陷入混乱。

我担心26日到不了南京，影响第二天节目录制，于是同时买了飞机票和高铁票。到了第二天，南京那边变成了晴天，航班都能起飞了。我坐下午2点的飞机，4点不到就落地南京了，一切顺利。到了南京看到很厚的积雪，才意识到自己能够飞过来真是幸运。

节目组给我安排了城里的绿地洲际酒店。我的房间在51楼，从窗户往外看，玄武湖一览无余，远处的钟山清晰可见。雪后的玄武湖和钟山，显得分外安静妩媚，湖光山色尽收眼底。

我和孟非

《最强大脑》三大战队的队长之一王峰来看我。原来我就认识王峰，他是个记忆专家。我曾经想向他学习记忆术，后来觉得自己脑子太笨，就放弃了，但我们从此变成了朋友。他来找我，不是和我讲《最强大脑》的事情，而是来和我探讨他正在做的一个创业项目。

晚上6点半到澜亭坊饭店和孟非吃饭。他为了能够守信招待我这顿晚饭，专门从外地赶了回来。我们俩，再加上王辛、最强大脑科学家刘嘉，还有几个节目组的成员，凑成了一桌。孟非特意准备了很好的茅台酒。我从他书上读到他喜欢喝酒，他也知道我能喝两口，所以大家就喝酒热闹起来。一群人喝酒聊天东拉西扯，从国际形势讲到国内时事，从娱乐圈讲到教育口，共同话题还真不少。我和孟非个性和趣味都比较相投，不知不觉每人喝了七八两白酒。等到尽欢而散，已经是晚上 10 点多。出得酒家门，外面又开始下起了纷纷扬扬的雪。

我和他告别后踏雪回到宾馆，又处理了十几封邮件，阅读了几十页的书（第二天早上醒来，几乎完全不记得读过的内容）。早上起来发微信问孟非感觉如何，他说难得喝酒喝得这么高兴，几乎连怎么回家都不记得了。于是我们又约了夏天一起到草原上再喝。

第二天早上起来，发现外面迷蒙一片。大雪漫天飞舞，马路上已经积起了厚厚的雪。南方城市很少下这么大的雪，城市处理积雪的能力比较弱，没有什么铲雪设备，马路上的汽车只能在雪上碾压行驶。

录制节目的地点在南京国际博览会议中心，离我住的宾馆有十几公里。当天的节目 12 点开始录制，我打算 10 点半出发，觉得即使下雪，十几公里一个半小时也应该到了。早上起来因为宿醉有点头晕，就到宾馆游泳池游了 1000 米，让自己清醒起来。

外面雪越下越大，来接我的司机也因为下雪迟到了 10 分钟。上路后发现汽车根本开不起来，到处都是雪，地下积雪，天空飘雪。有不少南京人在大雪天还开车上路，车来车往又把雪压成了冰，轮胎一打滑，两辆车很容易碰到一起。

我们小心翼翼地开着车，可临到录制地点门口不远，还是和前面一辆车蹭到了一起。司机们掰扯了一番，再各自向前开，结果进了同一个门。原来对方是《最强大脑》的工作人员。看看时间，迟到了半小时，差不多12点半才到达录制现场。还好节目组不是在等我一个人，很多观众和嘉宾也滞留在路上没有能够准时到达。

节目开始前，我浏览了一下进入决赛的12个选手的背景信息。其中有些选手，我已经在每周五《最强大脑》的电视节目中看到过。这一季的《最强大脑》确实设计得不错，设计的项目除了需要高智商外，对于多维度能力也有很高的要求。选手们经过各种项目的层层选拔，从100强进入30强，再两人一对互相比拼厮杀，最后剩下12个选手，组成三个战队，由三位预先设定的队长领导。三位队长分别是王昱珩、鲍橒、王峰，大家应该比较熟悉了。队长和队员之间也有一个互相选择的过程。

我参加的就是这三个战队最后的决赛，要从中选出一个最后取胜的战队，代表中国参加国际比赛，和国际战队再一决胜负。我听说王峰战队中的队员杨易是新东方老师，就特别开心。在比赛开始前，和他聊了几分钟，鼓励了几句。我知道上次的比赛，他们的战队有点失意，这次要鼓起勇气再战。

节目具体的录制过程和竞赛结果我在这里不方便多描述，因为节目有一个延期播出时间，我现在剧透比赛结果不合适。但连续两天的录制，每天录制五六个小时，不仅是脑力活，而且是体力活。尤其对于那些选手来说，要在这么长的时间内，保持精力集中、脑力活跃，真不是一件容易的事情。

几位嘉宾也不容易，节目中的项目几乎都是高智商的，我不知道他们是否全部能懂，我反正至少有一半不懂。选手的精彩表现我能够看出来，但各种问题是怎么解决的，我完全没有思路，云里雾里的。

没有思路还要对选手的表现进行点评，真是一件折磨人的事情。这样的事情下次还是少参与为好，白白让人看到自己像个傻子。

主持人蒋昌建接了这么一个烧脑的活，估计日子也不好过。不过，选手们都有很好的表现：有竞赛的专注，有团队的合作，有获胜的喜悦，有失败的痛苦，有压力下的失误，有反败为胜的欢愉。他们的年龄跨度从 12 岁到 27 岁。选手们的表现可圈可点，在电视上看就觉得他们特别可爱，在现场，对于他们有血有肉的鲜明个性有了更加真切的感受，因此会产生更加爱惜他们的心情。当然，新东方的杨易老师也获得了我更多的关注，加上他的表现比较出色，我更加为新东方有这样的老师感到自豪。

我很想把 12 个选手的姓名列出来，但节目没播需要保密。这些选手就像邻家孩子一样，不是遥不可及的天才，而是聪明勤奋的榜样。从他们身上，可以明显看到个人努力和家庭培养带来的好结果，他们成了很多家庭羡慕的“别人家的孩子”。

第一天录制结束后，我和蒋昌建约了一起吃晚餐，他是我比较喜欢的有智慧的主持人。最后节目组把另外两个嘉宾刘国梁和姜振宇也约上了，一起到一家私房小餐厅喝酒吃饭聊天，我又喝了几两白酒。晚餐结束后回到宾馆，我和南京的新东方团队又一起吃夜宵，直到晚上 11 点才尽兴而散。

第二天早上，约了一位部队的朋友吃早餐。他告诉我昨晚一夜没睡，带领着战士们连夜扫雪，出动了几万名官兵。我听完后感动了一番。只有中国军队，才会用这样的方式为老百姓提供贴心的服务。前两天看到一则新闻，说在高铁上，部队战士买了票坐在座位上，那些没有座位的旅客就在边上骂战士，说解放军战士应该给老百姓让座。这样的人都是不通人性的巨婴，他们只知道有好处就占，觉得别人为他们做任何事情都是应该的，但从来不体谅别人的艰辛。如果有人让他们吃了一点亏，就暴跳如雷，恶言相加。面对这样的老百姓，战士们还要忍辱负重，坚守使命，保家卫国，真是只有大胸怀的人才能做到。幸亏中国老百姓中，通情达理、知恩图报的人还是占多数。

因为道路已经被解放军连夜用最原始的方式（铁锹）清理出来，我去录制现场就一路畅通了。昨天走了两个小时的路程，今天25分钟就到了。由于29日我在北京有事，决定录完节目后连夜返回北京。

今天南京没有下雪，但天气依然不是特别好，很多航班被取消，高铁也还没有完全恢复正常。节目要录制到晚上7点左右，我准备了8点的高铁票和8点50分的飞机票。节目结束时是7点20分，我在飞常准App上查了航班信息，飞机居然由延误状态恢复到了正常起飞状态，因此我决定坐飞机回北京。

晚上8点到达机场，8点30分准时登机，9点起飞，11点飞机降落北京，就这样结束了这次《最强大脑》之旅。

北京的夜空，半轮明月高悬，散发着明媚的月光。从被厚厚积雪覆盖的南京回来，如果不计算空气的寒冷，你会觉得是从北方回到了南方。气候在不知不觉变化着，人类也在不知不觉变化着。这些变化对人类的未来意味着什么，好像没有人能搞清楚。那些《最强大脑》的孩子们，能够为地球和人类的未来扛起重担吗？让我们从心里多一份期待吧。

政协日记

（2018 年 3 月 3 日—15 日）

2018 年 3 月 3 日 星期六

从今天开始到 3 月 15 日，共十三天时间，参加全国政协会议。过去十年，我参加了两届全国政协会议，五年在民主党派组，五年在教育组。本来以为这一届应该退出了，感谢组织信任，让我继续参加全国政协会议，回到民主党派民盟组。希望在新的五年里，能够继续通过建言献策、提案渠道、座谈调研等，为国家发展贡献微薄之力。

这次的驻地在北京铁道大厦，好处是离人民大会堂比较近，这样路上的时间可以少一点；不便之处是离家和新东方总部比较远，这样想要处理点个人事情，就不那么方便了。

3 日上午召开了新东方总裁办公会，布置了后面半个月的工作。中午 12 点赶到驻地入住。政协的伙食都是自助餐，午饭的时候发现饭菜比往年更简单。这是个好现象，毕竟政协委员不是来吃饭的，是来参政议政的。

下午 2 点车队出发去人民大会堂。这次会议纪律比较严格，严禁带手机、电脑等电子设备进入会场，因此也没法拍摄会场内的任何照片了。我带了 Kindle 阅读器，这个不在禁止之列，可以在会前会后阅读电子书。2 点 20 分，到达人民大会堂。从广场走到人民大会堂的路上，被媒体记者围堵，问了不少关于教育和经济方面的问题。进入人民大会堂找到指定座位后，阅读了几十分钟郦波的《五百年来王阳明》。今年决定用更多的时间来研究王阳明的心学，希冀自己能够有所领悟。

下午 3 点政协开幕式开始。老一届和新一届中央领导全体出席了政协开幕式。俞正声作了政协常务委员会工作报告，万钢作了政协常务委员会关于提案工作情况的报告，两份报告对上一届政协五年的工作进行了总结。整体感觉，在民生领域，政协做了不少事情。4 点半会议结束，回到驻地 5 点多。

晚上，原全国青联的一些老朋友相约见面聊天。大家也已经很久没有见面了，聚在一起很开心，各自交流了近一年个人的发展。我以政协期间不能喝酒为理由，喝了很少一点点。

晚上 10 点回到驻地，处理邮件和微信，继续阅读《五百年来王阳明》，12 点休息。

2018 年 3 月 4 日 星期日

早上 7 点起床，本来想出去走走，发现外面有雾霾，就在房间里锻炼了一下。8 点吃早餐，早餐后处理了一些工作上的事情，9 点进入会议室。今天上午是小组讨论，因为是新一届政协委员，有些人大家还不认识，所以每人先介绍了一下自己。随后大家就政协常委会工作报告进行了讨论发言。大家轮流发言，都比较踊跃，还没有轮到我发言，上午的讨论就结束了。

中午抽时间去看望了一下妈妈。老太太 87 岁了，身体比原来衰弱了，记忆力也大不如从前了，但也更加希望我在她眼前出现。会务组告诉我下午1点之前必须回到驻地，因为下午有重要领导过来。

1点回到驻地，在房间休息到2点多。进入多功能厅大会场，安检甚严，已经知道下午习主席会来到我们会场。3点钟，习主席、汪洋，还有其他几位政协领导一起步入会场，和第一排委员们一一握手。我坐在第一排最后一位，也有幸和习主席握手问候。

会议安排了8位委员发言。习主席随后发表了即兴讲话，他兴致不错，讲了接近一个小时，期间还使用“不明觉厉”这样的网络词语，引起大家会心的笑声，让人觉得拉近了不少距离。习主席的讲话强调了民主党派和共产党合作的成果和重要意义，也对中国在国际合作、环境治理、团结华侨等方面的工作进行了阐述。会议5点半结束。整体感觉习主席讲话思路比较清晰，也比较关注大家的感受，并不照本宣科。

晚上和2022年冬奥会张家口崇礼赛区的几个朋友见面，讨论在崇礼发展国际学校的可能性，以及在冬奥会崇礼赛区所在地开展企业家论坛的可能性。然后又和攀枝花市领导见面，就新东方能够为攀枝花市的教育做些什么进行了探讨。此前，新东方已经通过远程互动设施，为攀枝花市盐边县高考学生进行过公益辅导。

晚上11点半，回到驻地阅读半小时后休息。

2018年3月5日 星期一

早上7点起床，洗漱后处理了一下工作。这个地方出宾馆就是大马路，对面就是北京西站，几乎没有可以散步和跑步的地方。宾馆的健身房变成了库房，也不开放，只能在房间里锻炼一下。

7点50分上车，8点车队出发。今天去人民大会堂听取李克强总理的政府工作报告和关于《中华人民共和国宪法修正案（草案）》的说明。这两个报告都是面向人民代表大会的，政协委员列席。8点20分到达会场，在座位上阅读张宏杰的《坐天下》。9点会议准时开始，李克强总理看上去精神饱满，作报告也比较流畅，整个报告大家给予了几十次掌声。报告对于过去五年，中国在各方面取得的进步和成就进行了陈述。整体感觉就是，中国这么大一个国家，能够取得这么好的成绩，真是不容易，要感谢核心领导层整体上不错的布局和领导。我管理一个小小的新东方，就已经筋疲力尽、疲于奔命了，管理这么大一个国家，国内外情况错综复杂，实在不容易。在听报告的同时，我也翻阅了《关于2017年国民经济和社会发展计划执行情况与2018年国民经济和社会发展计划草案的报告》和《关于2017年中央和地方预算执行情况与2018年中央和地方预算草案的报告》，同时也翻阅了《政府工作报告》的英文版。翻译意思传达到位了，但语言不够优美。报告12点结束，车队12点半回到驻地。

午餐后在房间处理了一些工作邮件，午休了40分钟。下午3点开始进行小组讨论，讨论主题围绕《政府工作报告》中的要点进行。我在讨论中发言，主要围绕教育方面的四个问题：

第一，留守儿童问题。孩子和父母不在一起，孩子的心理健康问题如何解决？孩子的教育保障问题如何解决？

第二，教育均衡问题。中国城乡教育和东部西部地区的教育差距越来越大，政府应该如何利用高科技，以及如何借助民间教育资源来解决教育均衡的问题。边远地区的教育经费投入，应该如何投入才是有效的？

第三，农民子弟上大学问题。大学名校向西部地区倾斜已经取得了一定成就，但仔细考察发现，上大学的受益人依然不是真正的农民子弟，因为他们根本就不太容易进入当地最好的初中和高中，因此也就很难考到最好的大学。初高中学生的选拔就应该倾斜到真正的农村地区，并且给予政策上的优惠。

第四，教育减负问题。应该从源头上控制，严厉打击各公立学校幼升小、小升初考试和各类竞赛，同时对于中考和高考机制进行进一步的改革。

发言取得了在座委员的认同。发言结束后一大堆媒体记者又对我进行了采访。

下午收到刘强东的邀请，说想邀请几个与会的朋友和企业家，一起到京东总部参观一下，同时进行一些交流。会议结束后，我坐车去位于亦庄的京东总部，从会议驻地到那里大约30公里。周鸿祎、杨元庆、丁磊、沈南鹏、姚劲波等一起参加了交流会。大家就政府报告中提到的政商问题、企业税负、企业发展、高科技应用、未来投资方向等问题进行了交流和探讨。算是一场蛮有收获的小聚。

回到会议驻地已经晚上10点半，洗漱后处理工作，继续阅读《五百年来王阳明》。12点休息。这几天开会运动不够，感到身体有点疲惫。

2018年3月6日 星期二

早上7点起床，洗漱、吃早餐，在房间处理工作邮件到8点半，收拾资料进会场。上午是小组讨论，各委员依然围绕《政府工作报告》发表自己的观点。由于有的委员还没有轮到发言机会，我没有再要求发言，安静地听了一个上午。

中午《跃迁》的作者、前新东方老师古典来找我讨论他的创业项目，我们沟通了半小时。然后有个朋友在帮助推广桥水基金创始人瑞·达里

奥 (Ray Dalio) 的图书《原则》，希望我谈谈阅读这本书的感受，我又接受了 40 分钟采访。吃完午饭已经 1 点半了。

下午 3 点继续开会。下午是小组联组讨论，联组就是两三个政协小组合在一起讨论，通常会有部委领导过来参加，这次是教育部和文化部各来了一个副部长。上午的时候，小组协调人问我下午想不想发言，我说是不是要预先写稿子，他说不用。我说允许我自由发挥我就讲。下午安排了八个人讲话，我自由发挥讲了三个问题：

第一，关于进一步深化民办教育分类管理的建议。民办教育是中国教育的重要组成部分，但民办教育包含了大学教育、中小学教育、职业教育、幼儿园和学前教育、培训教育等，现在还有各种在线教育，千差万别，需要分类管理，希望教育部能够根据实际情况进一步理顺细化。另外，教育和科技的结合正在派生出新的教育模式，这些模式和传统教育不同，要允许民间力量大胆尝试，这会对公立学校的教育起到很好的推动和补充作用。

第二，关于为民工子弟学校提供帮助的建议。民工子弟教育是中国教育必须关注的话题，我们的教育不能让一个人落下。但现实是民工子弟学校没有得到公平的待遇，他们的父母为我们大城市做了很多贡献，但有的孩子上学，既没有校舍，也没有好老师。我们知道政府做这件事情也有难度，但应该在给予政策支持的前提下，让我们这样的民间力量来帮扶民工子弟学校的正常存在。比如政府可以划拨临时用地，我们来建造可以拼装的、安全的临时校舍，至少让孩子们能够在一个相对好的环境中读书。

第三，建议农村中心校和周边村小规模学校联合发展。前段时间，“冰霜男孩”引起了大家的高度关注。以前实施的农村学校中心校模式，导致很多孩子上学要走很远的路，十分不方便，也导致现在很多村小学（100 人左右的小学）开始复苏。但村小学校舍条件差，教学质量差，是老百姓为了方便孩子上学的无奈选择。教育部应该推进中心校和村小学联合发展的模式，把村小学变成中心校的分校区，定期轮流派好老师去给孩子上课，有些核心课程可以通过互联网远程方式完成，利用优质教育资源为孩子们服务。

这些观点我还会写成提案交上去，希望这些问题能够引起教育部和相关部门的重视，得到改善。会议 5 点结束。

晚上安排了和洪泰团队的聚会。政协会议结束后赶到东边昆仑饭店和团队见面，共进晚餐，讨论洪泰 2018 年投资策略，预测新的一年各种商业模式的走向和可能性，以及新技术可能带来的商业变革。9 点结束后，与家乡江阴市领导会面喝茶，讨论在家乡建设一所公益书院，为家乡孩子提供中西合璧教育服务的可能性。

讨论结束后，回家休息，明天一早再去会场。

2018 年 3 月 7 日 星期三

早上 6 点半从家里出发去铁道大厦，一路听得到 App 上的《每天听本书》栏目，一共听了三本，分别是《让大象飞》《硅谷钢铁侠》和《失控》。7 点半到驻地，吃早餐。在房间处理工作邮件到 8 点 40 分。

9 点进入会场开会。今天的主题是讨论《中华人民共和国宪法修改正案（草案）》，大家对于一些修改的条款进行了讨论。

今天中午没有太多媒体记者采访，算是吃了顿踏实饭，午饭后在宾馆小院走了两圈，回房间阅读了半小时《五百年来王阳明》，午睡了半小时。

下午继续上午的讨论。5点，《人民政协报》的记者对我进行了专题采访，采访的题目是“新时代下如何进一步发扬中国企业家精神”，采访进行了一个多小时。我就这个话题和记者进行了较深入的对话。中国企业家是中国经济持续健康发展的基本保证，所以对于企业家精神进行鼓励，形成良好的政商环境，继续推进创新创业，在各方面为企业发展提供政策支持，是中国经济发展特别重要的事情。

晚上回新东方召开新东方人事薪酬委员会会议，就新东方新财年的人事布局、考核机制等进行讨论。会议10点结束，10点40分回到政协驻地。洗漱、阅读，12点休息。

2018年3月8日 星期四

早上6点40分起床，洗漱后，在驻地散步（没有场地，绕着宾馆的楼转），吃早餐。8点出发去人民大会堂。8点20分到达人民大会堂，零碎地接受了一些媒体的采访，进入座位后阅读40分钟。9点会议开始，今天是听取《中国人民政治协商会议章程修正案（草案）》的报告。报告结束后又听取了一些委员的发言。13个发言人就中国各方面的社情民意进行了发言。

中午12点回到驻地，午饭后处理工作邮件、微信，午休40分钟。下午3点开始小组讨论。讨论主题是对于政协修改草案的意见和建议。我就两个方面进行了发言：一是关于中国的政商环境以及对于中国企业家群体的关注，希望国家政策能够引导中国企业家进行更长期的投资，并且鼓励企业家进行更多的创新研究。由于一些不确定因素，企业家群体中蔓延着某种不安全感。这种不安全感需要国家各种正向的政策来消除。企业家群体为中国的经济发展做出了重大贡献，同时未来的经济繁荣，依然要靠企业家群体大有作为才行。

二是关于社会主义核心价值观的建议。希望相关部门能够对24个字的核心价值观进行明确定义。如果没有定义就容易变成一个空泛的口号，中小学生都会背诵，但在践行过程中人们可能会产生困惑，从而使学习效果大打折扣。毫无疑问，24个字的核心价值观，已经是世界上最好的价值观的集合。中国人民，包括政府在内的任何一个人，怎样做，如何能够做到，才是最重要的。

小组讨论结束后，接受了《中国青年报》记者的采访，采访主题为“青年人要怎样才能保持奋斗精神和成长动力”。采访结束已经5点半。

晚上和华与华老总华杉交流了品牌建设的一些体会，受益良多。结束后回家，看儿子，工作，阅读，休息。

2018年3月9日 星期五

早上6点起床，6点半从家里出发去政协会议驻地，一路阅读《五百年来王阳明》。

7点半到达驻地，吃早餐，散步，在房间处理工作。上午9点到11点半小组讨论。大家轮流发言，因为我昨天已经发过言，再抢着发言会被认为是“麦霸”，所以就听大家说了。今天递交了两份政协提案。一份是《关于促进和保障农村小规模学校发展的建议》，另外一份是《关于落实义务教育经费“随学生流动可携带”政策，保障流动儿童受教育权的建议》。

午饭后休息半小时。下午2点，车队出发去人民大会堂，会前继续阅读《五百年来王阳明》。今天列席人民代表大会，听取“两高”报告（周强作《最高人民法院工作报告》，曹建明作《最高人民检察院工作报告》），报告对于过去五年中国在司法方面的进步进行了陈述。可以看出，随着社会的变革、新技术的不断涌现，新型的犯罪形式不断出现，先进的东西不仅被好人所用，也被坏人所用，比如近年来电信金融诈骗案件急剧增加。另外一个给人印象比较深刻的地方是，过去几年，检察院和最高法院纠正了不少冤假错案，侦查能力也有很大的加强，提振了人们对司法公正的信心。

报告5点10分结束，车队5点半到达驻地。收拾完东西去新东方办公室。路上巨堵，7点到达，吃盒饭，处理一些文件，并召开新东方预算考核工作会议到9点。

9点离开办公室，10点到家，发现江苏卫视正在播我参加的那期《最强大脑》。看了一眼，觉得自己表现一般，到书房工作、阅读。《五百年来王阳明》今天阅读完毕。整本书是对王阳明的故事性陈述，并试图穿插论述到底什么是王阳明的心学，什么是“知行合一”和“致良知”。因为今年决心深入了解王阳明学说，所以紧接着开始阅读熊逸的《王阳明：一切心法》。刚读了几十页，就觉得熊逸对于王阳明学说的分析，比郦波要更加全面和深刻，当然也更加烦琐，有卖弄学问之嫌。12点休息。

2018年3月10日 星期六

早上6点起床，6点半出发，先去看望了一下妈妈（妈妈想自在，不和我们住在一个房子里），到驻地8点多，吃早餐，在房间处理工作。9点开始小组讨论，今天的讨论围绕昨天的“两高”报告进行。“两高”派人来旁听。我提了三个方面的建议：

第一，和中国企业家相关的案件，一定要慎重公正处理，否则会对企业家群体形成某种负面影响。一方面，企业家要遵纪守法，在阳光下做生意；另一方面，企业家一旦有违法行为，一定要在审理清楚之后向大众说清楚，减少猜疑。

第二，对于像拐卖儿童这种引起社会巨大不安的犯罪行为，应该用更加严厉的处罚来起到震慑作用。中国老百姓需要放心生活，而现在拐卖儿童牵涉了太多人的神经，大大提高了社会管理的潜在成本。有些法律，该严厉的还得严厉，就像原来醉驾屡禁不止，但现在处罚严了，就很少有人敢抱着侥幸心理醉驾了。

第三，在“两高”报告中，没有对犯罪人群的根源进行分析。找到根源，从源头上防止犯罪，比犯罪后把人抓起来，要更加对国家和社会有利，同时社会管理成本也更低。比如青少年犯罪，应该分析一下有多少比例是留守儿童或者其他群体的儿童长大后犯罪的，这样我们就可以知道对于不同的儿童群体，应该用什么样的教育方法，提供什么样的教育环境，才能让他们健康成长，成为对国家有用的人才，而不是犯罪分子。

今天阳光灿烂，午饭后在宾馆的小院子绕了两圈，看到小花园里的迎春花已经开放了，玉兰花也含苞待放了。春天真的来了。

回房间阅读熊逸的《王阳明：一切心法》半小时，休息半小时，2点车队出发去人民大会堂。今天是委员报告会。会前时间继续阅读熊逸的《王阳明：一切心法》。3点到5点听会，16名委员就中国各领域的问题发表见解、提建议，其中杨利伟的发言很生动，描述了他乘神舟五号飞船第一次进入太空的经历。

5点会议结束，车队回到宾馆。5点半和来到驻地的新东方公关市场部成员讨论工作。6点半在驻地吃晚餐。今天晚餐吃火锅，简单的牛羊肉加上蔬菜。8点，参加民盟中央常委会第二届会议，9点会议结束。随后和一些委员天南海北聊天到10点半，回房间洗漱、阅读、休息。

2018 年 3 月 11 日 星期日

今天政协会议休会，委员们休息一天。

2018 年 3 月 12 日 星期一

昨天晚上 9 点从家里回到驻地铁道大厦，晚上在房间处理工作，阅读熊逸的《王阳明：一切心法》，12 点休息。

早上 7 点起床。今天找到了一个新的锻炼方法。在铁道大厦外面扫了一辆摩拜单车，穿过长安街，经过世纪坛，一直骑到了玉渊潭公园门口，然后在公园里跑步一圈。早上的公园，成群结队的人们在里面锻炼身体、跳广场舞和游荡。可见公园和绿地对于老百姓的生活是多么重要。这两天北京还有雾霾，要不然人应该会更多。北京的绿地和公园还是太少了，香山、颐和园等又在郊区，离人口密集地比较远，城里的公园太少。

早餐后，9 点参加小组讨论会。今天讨论的主题是教育，大家就教育领域的各种问题，特别是教育公平问题，各自发言。教育部也派人来列席参加。我就以下几个问题表达了自己的看法：

一是中小学生的减负问题。有两个核心问题需要解决：为什么幼升小、小升初等考试屡禁不止？优质学校对于学生的选拔，是老百姓不断给孩子增加学习压力的源头。为什么公立小学和初中的优秀老师流动那么难？优秀老师集中在名牌学校，直接催生了天价学区房，同时也导致公立教育资源分配不均衡。

二是教育政策的适应性问题。在一个已经完全流动的中国社会中，我们的各种政策，尤其是教育政策，依然是面对固定社会的政策。这样导致流动人口孩子的教育问题很难得到解决。社会的流动没有办法改变，所以改变教育政策，适应新时代需求势在必行。

三是有关教育扶贫的问题。如今我们在农村地区学校校舍的硬件建设和各种信息系统的布局（宽带、电视、投影仪、白板等）投入了很多，但在教学质量、老师素质、引进和留住优秀老师方面做得还不够，结果是事倍功半。硬件已经被淘汰了几次，但在优质教育资源的输送上却没有改进，希望教育部未来能够把重点放在这方面。

午餐后休息半小时，在房间处理工作邮件等。下午 3 点继续小组讨论。我没有再发言，听大家讨论了一会。中间抽出一小时接受了媒体记者的采访。讨论 5 点结束。

由于晚上没什么安排，就回家了。吃完晚饭后工作了一会，为儿子辅导了一会语文作业。在网上订了两本书：《王阳明与明末儒学》和《王阳明大传：知行合一的心学智慧》。感谢网友的推荐，这两本书都是日本思想家冈田武彦写的。

阅读熊逸的《王阳明：一切心法》到 11 点半，休息。

2018 年 3 月 13 日 星期二

早上 6 点从家出发，先到妈妈那里陪老人家吃早餐，聊天半个多小时。8 点多到达会议驻地，在房间处理日常工作到 9 点。9 点参加小组讨论，今天上午的主题是对于新一届全国政协主席、副主席、常务委员名单进行讨论，并培训如何填写选票。选举采取的是等额选举的方式。

11 点到离会场不远的长安白云大酒店，和西安市委书记王永康见面。书记带领西安相关领导，和新东方团队进行了交流，介绍了西安这两年的发展情况。我也讲述了新东方的发展历程、我个人目前的工作重点，以及投资创新企业的情况，同时也一起探讨了新东方在西安深度发展教育项目和洪泰基金在西安发展的可能性。王永康书记务实、能干，自从执掌西安大局后，赢得了老百姓的普遍赞誉。

下午2点回到房间，阅读熊逸《王阳明：一切心法》一小时。3点继续政协讨论会。讨论主题是对于国务院机构改革方案的议案和《中华人民共和国监察法（草案）》提意见和建议。我提出的意见是：应该更加清晰地厘清检察院和监察委之间的关系。监察法是我国的一部重要法律，一方面要由此加大对腐败的震慑和惩治，另一方面要注意避免形成新的特权和机构大于法律的情况。要加大对政府领导正确行使行政权力的保护，使之更好地全心全意为人民服务。

4点半与感恩基金会的创始人周健见面。新东方和感恩基金会合作做"一校一梦想"项目已经三年，我也把个人图书版税捐给基金会，作为对农村学校建设的支持。我们俩一起讨论了感恩基金会到底能够为农村孩子和家庭做什么事情，如何能够帮助农村家庭和孩子一起成长，觉得头绪很多，任重道远。但责任和使命是清晰的：为了农村孩子的成长，不畏艰险，努力前行！

晚上和新东方相关成员讨论，未来如何继续利用海外资本推动新东方发展，以及开拓新东方国际市场的可能性。

10点半回到驻地，处理邮件、阅读。12点休息。

2018年3月14日 星期三

今天是政协会议的倒数第二天。上午委员们休息，我8点到新东方办公室，召开新东方总裁办公会，讨论新东方的组织结构调整、业务布局和财年预算等。会议12点结束。

从新东方回到驻地1点多，休息到2点，车队出发去人民大会堂。

今天大会的议程是对于全国政协主席、副主席、秘书长、常务委员进行投票。有两张红色选票，名单都在上面，如果你同意名单上的人，就不用动笔，如果不同意就用笔在“反对”或者“弃权”处涂黑。

回到驻地已近6点。我收拾了一下书包，到餐厅吃了点晚餐，让司机接我回家。到家已经快8点，和儿子交流了一会学校情况，处理了一些家务事。晚上10点从家里出发回驻地，11点到达，洗漱、阅读。12点休息。

今天最高人民法院给我打电话，代表周强院长，对我前几天在讨论中对最高人民法院提出的建议表示感谢，尤其是对于罪犯产生源头进行调查分析的建议。

今天最悲伤的事情，是得知斯蒂芬·霍金去世了。他尽管身体残疾，却担当了人类探索宇宙的先知。

2018年3月15日 星期四

早上6点40分起床，洗漱完毕，一边听得到App，一边收拾行李。今天是政协会议的最后一天，中午就要正式离开了。

8点吃早餐，8点30分车队去人民大会堂。9点半会议正式开始，大会表决通过了《中国人民政治协商会议全国委员会常务委员会工作报告》和《中国人民政治协商会议章程修正案》。汪洋做了闭幕讲话，对政协委员履职提出了更高的要求，明年来开会不仅要拿出切合实际的提案来，还要上交过去一年的政协履职报告。这是原来没有提出的要求，估计今年会参加更多的政协活动和调研。10点40分会议结束，全体政协委员移步二楼大厅照相，习主席带领全体常委一起出席了照相活动。2000多人一起照相，场面壮观。

11 点半车队回到驻地。我吃了点便餐，和熟悉的政协委员一一告别，拿上行李，离开驻地回新东方。十三天的政协会议正式结束。今天是个阳光灿烂、蓝天白云的好天气。前几天的雾霾被初到的春风一扫而光。

整个政协会议期间，我没有缺席（纪律很严），参加了每一次大会和小组讨论，也提出了不少建议和意见。希望自己作为政协委员，未来能够做得更好。在会议期间，利用了一切零碎时间阅读，共计阅读超过 50 万字，整体上收获满满。

坐标学院团建之旅

（2018 年 9 月 15 日—16 日）

坐标学院是新东方为了寻找和连接教育领域的创业公司，成立的一个业务和思想交流平台。学院本着碰撞、改变、超越的原则，为教育领域的创业者们创造这样一个环境：大家可以一起平等、坦诚地探讨教育领域的变革与创新，碰撞出心灵的火花，改变僵化的思维，超越机制的束缚，为中国教育的发展做出力所能及的贡献。

2018 年 8 月，坐标学院第一期班开学，35 名学员来自民办教育的不同领域，所在的企业都是业内已经有所成就的机构。为期三天的学习和交流，大家觉得收获满满。我也给他们讲了两个半小时自己做新东方的体会。随后，为了让大家互相之间进一步了解、达到深度融合的目的，坐标学院执行院长柴明一建议举办一次团建活动，把大家带到某个地方去徒步几天，在艰苦的环境中锻炼大家，也在锻炼中让大家更加凝聚和团结，形成独特的文化氛围。

刚开始，大家建议可以沿着玄奘之路走。这是一条成熟的路线，服务设施也周到，安全保障很好。唯一的遗憾是玄奘之路因为经营了这么多年，不少人都走过，没有了新鲜和挑战。

这个时候，刚好大鹏来找我。大鹏是很有名的独立旅行者和探险者，曾经独自一人在可可西里无人区生存了十几天，差点没有走出险境。现在他做了一个大漠商学院，让企业家、创业者等在沙漠中徒步，进行生存训练。地点在腾格里沙漠，刚好可以和刘晓光、王石等发起的阿拉善 SEE（Society of Entrepreneurs and Ecology，企业家与生态协会）环保活动相结合。我也是阿拉善 SEE 的会员，就决定和大鹏的大漠商学院合作，让坐标学院学员在沙漠中徒步。

活动安排在 9 月 13 日至 16 日。柴明一希望我参加这个活动，这既是对大家的一种关爱，也是一种激励。但我由于时间所限，参加全程实在不行，就答应参加 15 日最后半天的徒步，并在晚上给大家再上一课。

14 日忙完北京的事情后，我坐晚上 8 点 55 分的国航 CA1217 航班飞银川。去腾格里沙漠最近的路，就是先坐飞机到银川，然后坐车绕到贺兰山后面进入沙漠。晚上 11 点，飞机落地银川。

银川新东方刚成立不久，听说我要经过银川，希望我在 15 日上午给银川家长做一场家庭教育讲座。这既是一场公益活动，也是对银川新东方的宣传，我觉得这是一举两得的事情，就答应了下来。这样晚上入住银川，第二天刚好是星期天，做完家庭教育讲座再进沙漠。

第二天早上 6 点多醒来，先在宾馆游泳池里游了 800 米，然后到餐厅和宁夏中房集团的老总方陆见面。

方陆原来曾经委托冯仑找过我，希望能把新东方的教育资源引进宁夏，但我和他从来没有见过面。早上一见，发现他是个十分儒雅得体的人，说话做事非常谦和，完全没有成功地产商的飞扬跋扈。和他交流才知道，他是宁夏大学中文系毕业，和我同龄，曾经在政府部门工作过一段时间，后来下海创业，建立了宁夏中房集团，该集团现在已经成为银川品质最高的地产开发商之一。他开发的小区，把环境、商业、教育、医疗、养老结合得非常完善，很受老百姓欢迎。

他对教育尤其重视，甚至在商业土地上盖起了学校。现在，他所创立的景博学校已经成为银川最受百姓欢迎的学校之一。从小学到高中全覆盖，聘请了当地著名的校长进行管理，学生成绩十分出色。我和他见面，一是想看看在教育方面，景博和新东方是否有结合点；二是这次家庭教育讲座，就安排在景博学校的礼堂。

早餐后，我们一起坐车到景博学校，先参观了高中校区，然后又到了小学和初中校区，参观了校区专门为学生设置的动物园和开心农场。校区的建筑呈砖红色，典雅庄重，一看建筑质量就很好。毕竟他自己就是搞建筑的，对学校建设一定不会马虎。

上午 9 点半走进礼堂，1000 多位家长已经就座等待。我给家长做了一个半小时关于如何做好父母的讲座。整个讲座还算生动活泼，家长们也听得很认真。

讲座结束后，方陆居然弄上来一个生日蛋糕。我在吃早餐的时候，无意中提了一句今天是我的农历生日，结果他记住了。在这么多家长面前给我过生日，全体家长一起唱生日歌，把我着实感动了一番。

中午方陆和另外两位朋友陪我一起吃了便餐，席间和朋友们约定，以后找时间去爬一趟贺兰山。大家都积极响应，说只要我来就陪我一起去。

午餐结束后前往腾格里沙漠。今天是学员们徒步的第三天，他们已经在茫茫沙漠里走过了 50 多公里，连续睡了两天帐篷。据说还在沙漠里经历了暴雨的袭击，这真是难得的经历。我迫不及待想要加入团队，和他们一起在沙漠中走一走。

汽车一路往西，沿着巴银高速，绕过贺兰山，进入了山后的草原地区。在巍峨的贺兰山脚下，在沙和草结合的漫漫旷野中，看到散放的骆驼在悠闲踱步。我见过草原上牛羊满坡，也见过马儿奔腾，但还是第一次看到成群的骆驼散养在草地上。

离开高速后，汽车拐上一条小柏油路，路上的风景从点缀着草的荒原，到寸草不生的盐碱地，再到一堆堆沙丘在眼前铺开，腾格里沙漠到了。

道路到了尽头，再往里走就只能乘坐越野车翻越沙漠了。我们换乘越野车，在各种沙堆间上下驰骋。司机技术熟练，但我手心却攥出了汗水，各种好像要翻车的感觉，着实紧张了一把。最后终于在星星湖边，赶上了已经徒步三天的队伍。

这次徒步的目的地是月亮湖，月亮湖在前方 5 公里处。对于我来说，最后 5 公里自然能够走得相对轻松；但学员们有的已经拉伤了，有的脚底已经磨出了血泡，有的已经体力不支、筋疲力尽，对他们来说，最后 5 公里依然是个考验。可喜的是没有一个人放弃，都希望用自己的双脚走到终点。

我对大家进行了简单的动员之后，就开始和大家一起徒步，我们要在 5 点前走到终点。一天前，阿拉善 SEE 协会秘书长张媛得知我 15 日要到月亮湖，给我打电话，说 5 点要在月亮湖度假村进行刘晓光铜像的揭幕仪式，希望我能参加。

月亮湖是腾格里沙漠中最有名的绿洲之一，生成在一万年以前，湖水一直没有干涸，地下泉眼汩汩不息，至今还在为绿洲补充水源。一边是芦苇荡一望无际，另一边是沙丘绵延不绝，形成了沙漠深处绝好的一处度假地。到达月亮湖，没有道路可通，需要在公路尽头换坐越野车，在沙漠中穿越 15 公里，所以月亮湖至今还有种与世隔绝的感觉。

坐标学院学员在沙漠中徒步

大概二十年前，中国企业家宋军看上了这个地方，开发成了月亮湖度假村。2004 年，一群中国企业家在这个地方宣布成立阿拉善 SEE，即企业家与生态协会，大家共同捐助，为治理改善沙漠环境而努力。今天的 SEE 已经拥有 700 多位会员，每年为中国环保做大量的事情，其环保范围，已经远远超出了沙漠治理范畴。

刘晓光是 SEE 的发起人和第一任会长。他对环保事业的热爱，可以用痴迷来形容。2017 年他去世后，企业家群体就商量为他竖立一座雕像，放在月亮湖的阿拉善 SEE 博物馆，作为对他永久的纪念。没有想到我正好赶上了这样一个重要时刻。

为了能够 5 点钟赶上活动，我在沙漠中一路狂奔。助手两次请我上越野车，说徒步过去不一定能够赶上，但我把徒步到达视为对刘晓光最诚挚的致敬，就使劲儿一个沙丘一个沙丘地翻越，终于在翻越最后一个高高的沙丘之后，月亮湖尽收眼底。沿沙丘向下一路奔跑，终于在4点55分时到达了SEE博物馆门口。

我把坐标学院的学员们也带入了博物馆，参加刘晓光铜像揭幕仪式。这对他们来说也是一次学习的机会。参加仪式的人有五六十人，从全国各地赶来，大部分人都是抱着对刘晓光的崇敬之心来到这里。宋军主持了揭幕仪式，我做了即席发言，对刘晓光从一个政府官员到企业家，再到活成一种精神和象征，进行了点评和赞誉。然后我们一起为刘晓光铜像揭幕。所有在场的人都在铜像前献上一朵白玫瑰，给铜像披上一条蓝色哈达。披上哈达的刘晓光铜像，变得生动而庄严。

大家安放完行李，稍事休息后，6点半来到度假村餐厅。我要在餐厅给学员们讲课，这是我在上次讲课时就答应的事情。这次我讲了两个主题：领导力和合伙人原则。尽管大家徒步已经很累了，但还是饶有兴趣地听完了我一个小时的讲述。

晚上7点半讲课结束，大家收拾桌椅开始吃晚餐。会务组准备了啤酒。我和会务组说，在沙漠徒步60公里后，在这样一个四面被沙漠包围，到了晚上气温骤降以至于有点寒冷的环境中，喝啤酒喝不出气氛来。于是会务组调来了阿拉善牌白酒，当地白酒当地喝，很应景。

除了不会喝酒的人之外，所有人都换上了白酒杯，我讲了几句祝酒词，连敬大家三杯，然后大家互敬。大家看着沙漠中徒步的幻灯片，气氛热闹了起来。大鹏告诉我他已经禁酒九年，这次也开禁敬了大家好几杯酒。席间大家又领取了徒步证书，表现出色的人也得到了表彰。一群本来互相不熟悉的人，经过这次沙漠徒步，开始凝聚成一个有共同记忆和文化气息的团队。

9点半晚餐结束，大家又一起到沙漠中参加篝火晚会。大鹏特意安排了蒙古歌手献歌。很多学员歌喉很好，围着篝火起舞飙歌，在寒冷的沙漠夜空下，在温暖的篝火旁，一直闹到接近午夜。初六的弯月斜挂在天空，后来沉入苍茫的大地。在回去的路上，当所有灯光熄灭后，一抬头，看到满天繁星闪烁，银河横贯天空。

16日，我们安排坐标学员到阿拉善左旗的巴润别立学校去支教。坐标学员都是做教育的，对于到农村支教自然有强烈的兴趣。很多学员预先就捐献了很多东西，有捐课程的，有捐3D打印机的，有捐体育设施的。

巴润别立学校是当地一所小学初中合在一起的学校，位于巴润别立镇。该镇东临贺兰山西麓，西接腾格里沙漠，整个镇接近1万人，大部分是农牧人口。尽管地名是蒙语发音，含义为“美景”，但实际上大部分人口已经是汉族。学校在校学生有近200人。

坐标学员将对各年级的学生进行体验式教学，有教音乐的，有教篮球的，有教科学实验的。由于我要给初二、初三的学生上一堂正经的英语课，心里还有点小紧张，昨天晚上回到房间还备了一个小时课。

早上起来，到月亮湖边散了一会步。早上的月亮湖，在初升的太阳的照射下，薄雾缭绕，露霜沾叶，芦苇摇曳，水波潋滟。近处水鸟游弋，远方沙漠连绵，一派世外桃源的塞外景致。

早餐后大家整装出发，坐上越野车，横穿15公里沙漠，来到位于沙漠边缘的月亮湖接待站。有些人受不了越野车的各种颠簸，把吃下去的早餐全部吐了出来。大家在接待站统一换乘大巴，半小时后到达巴润别立学校。

学校条件很好，占地接近100亩，校园内白杨参天，红色教学楼很新很现代，看上去是一所不错的学校。近几年国家在教育方面的投入，尤其在硬件方面的投入，从这个学校就可以看出成效。对于中国大部分地区来说，现在教育的差距已经不再是硬件上的差距，而是教学质量和教育资源配置上的差距。

学校举行了隆重的欢迎仪式，盟教育局局长也赶过来参加活动。在欢迎仪式后，学生们分别到各自的教室和我们一起上课。听我课的人比较多，两个年级40名学生加上20名老师，坐了满满一屋子。本来40分钟的课，我觉得学生挺投入，结果讲了1小时10分钟。讲课分为两部分：第一部分用了20分钟，和学生讲了努力学习改变生活的重要性；第二部分用了50分钟，给学生讲了词汇背诵、听力口语、语法翻译以及写作练习的方法。初三学生的英语课本已经有了一定难度，用的是人民教育出版社的教材。

讲完课和学生们照相合影，然后和几位领导及老师到附近一户农家乐吃午餐。没想到农家乐主妇把我认了出来，也拉着我照相。农家乐的饭菜都是当地最普通的做法，但由于食材新鲜，异常好吃，结果我把自己吃撑了。

匆忙吃完午饭，12点半出发去银川机场，下午2点到达机场，坐3点的大新华航空CN7670航班飞回北京。

银川晴空万里，飞机准时起飞。在飞机上，俯瞰贺兰山脚下的宁夏大地，才明白为什么这里会被叫作塞上江南。绵延不绝的水面片片相连，水稻田一望无际，已经呈现出成熟的金黄色，蜿蜒的黄河在机翼下向北流去直到天外。在这美好的大地上，每个中国人的努力和坚持，构成了祖国生生不息的未来。

草原——人类心灵的故乡

（2018 年 9 月 25 日—27 日）

人类对于草原的热爱，几乎是与生俱来的。

也许是因为人类祖先就是从非洲草原走出来的，血液里流淌着对于草原热爱的基因；也许是因为草原辽阔，天高云淡下一览无余，使人类在感到自身渺小的同时，有与天地融为一体的豪迈。高山、森林、

辽阔的草原

河流、湖泊似乎总隐藏着某种危险，唯有草原坦然地把自己暴露在天边，让人类纵横驰骋，生出漫无边际的豪情。

第一次见到草原就爱上了草原，第一次见到骏马就爱上了骑马。从二十年前开始，我就年年去草原，骑上骏马飞奔，在草原上放飞自我，在旷野中放声高歌，在蒙古包里纵情豪饮，在夜空下仰望星空。如果不去，心里最深处的那个空缺，就会一直隐隐作痛。

因为对草原和骏马的热爱，新东方的文化中就蕴含了奔放的豪情。二十年前，我就带着王强、徐小平等创业元老策马飞奔。后来新东方的管理者、员工、老师也开始跟我一起纵横驰骋，骑马文化成了新东方的一种标志，并一直延续到今天。

在我身边的人耳濡目染，自然中毒最深。

我的助理小喻，从空降兵退役后一直跟着我，走南闯北，在草原

策马飞奔的豪情已经融入了新东方的文化

上跟我学会了大碗喝酒、大口吃肉和策马狂奔，从此爱上草原和骏马，一发不可收拾。

有一天他告诉我，要离开我到草原去定居。在离北京最近的坝上草原上，他和牧民合作，建了个度假村，养了几匹好马，名之曰“东方驿站”，作为自己的寄身之所和招待四方豪客之地。

为了建这个度假村，小喻把北京的房子卖了，卖的时候得了300多万，全部投入到度假村的建设中。没过几个月，北京房价翻倍，小喻原来的房子涨到了700多万。估计他在度假村一辈子挣的钱，都不如这个房子升值来得多。但他无怨无悔，因为人生苦短，总要去过自己最想过的生活才对。剩下我，只有羡慕嫉妒恨的余地，我自己想过的日子，居然被小喻过了，而我还在无边苦海中不愿回头。

有了东方驿站，我也有了一个到草原去的由头。好马好酒等着，对于男人来说，比有好女人等着更有吸引力。但总是自己去草原，心中不免内疚，因为同事们拼命工作，你去草原玩耍，心里总有点不安。于是，我开始发挥我的最大特长，把玩耍和工作结合起来。

新东方一些需要我参加的会议和活动，我会故意安排到草原上去。其中有一个会议叫董事长见面座谈会，是我发起的，安排新东方100多位重要岗位的管理者，分批和我见面座谈，讨论新东方的发展问题。每批30人左右，刚好形成一个能够进行比较深度讨论的群体。

参加的成员如何选出来？简单，把所有人的名字放在一个容器里，然后抽签，抽到谁就是谁，每人每年轮一次。这样，参加的成员来自新东方不同部门不同岗位，大家进行横向交流，学习到的东西会更多。大家一起喝过酒、骑过马，以后遇到需要两部门合作的事情，也会更加畅通，少费口舌。

今年夏天的三期董事长见面会，都安排在东方驿站。每个月一次，每次连来带去三天。从北京开车到坝上需要四个小时。第一天下午出发，晚上到；第三天下午离开，晚上回到北京。外地成员，第一天早上坐飞机到北京，第三天晚上坐飞机离开，不拖延不拖沓。

活动的安排，通常是第一天晚上看夕阳，晚餐适度喝酒聊天活跃气氛；第二天上午大家进行工作汇报和管理方法分享，下午进行商业案例分析。下午 4 点后抽出两小时骑马，晚上吃烤全羊、喝酒、开篝火晚会、看星星或者看月亮；第三天早上 7 点到 9 点半在草原上徒步 10 公里，然后大家针对新东方存在的问题建言献策，我进行总结发言，大家一起吃午餐，下午 4 点左右活动结束，大家返回北京。

工作汇报、讨论等是常规内容，在我心里，更加重要的是新东方的文化建设。

这几年，随着新东方精细化管理越来越成为主流，新东方人身上的豪放气质开始减弱。我认为一个事业要想不断蓬勃发展，除了精细化管理之外，骨干力量的狼性和豪放、斗志和勇气是必不可少的。这些东西讲是没有用的，需要通过活动训练大家。大碗喝酒、大口吃肉是一种气质，勇于策马飞奔是一种气质，在荒野中徒步是一种气质。这些活动都指向一个目的：打造一个奔放的勇于迎接挑战的团队。所以我的要求是：只要酒精不过敏就必须喝酒（量自己把握）；任何人都必须上马（哪怕有动物恐惧症）；任何人都必须徒步（除非腿断了）。这是我想要的新东方：男人必须像个男人，女人也要有某种豪情。

9 月 25 日到 27 日，是第三次董事长见面会。坝上草原的平均海拔在 1500 米以上，昼夜温差极大。大家来参会之前，就提醒他们多带衣服，但依然有人没有意识到问题的严重性，不少人只带了一件夹克。

到晚上气温只有几度，结果被冻得半死。小喻为了节约成本，没有安装暖气，刚好这两天又是阴天，大家开会的时候都被冻得瑟瑟发抖。但寒冷也有好处，喝酒的时候大家的酒量大了很多，骑马的时候大家更加卖力，徒步的时候大家走得更快。

这次来坝上，草原的秋色正美。虽然没有看到鸿雁排成行南飞，但一望无际的秋草正泛黄，山坡上一片片金黄色的白桦林远接天边。雄鹰在天空盘旋，在草原彤云密布的背景下更显苍凉。草原上烂漫的鲜花已经了无踪影，有一两株野秋菊在风中瑟缩。但草原从来都不是不毛之地，肃杀的背后是一年又一年夏天来临时的绿草如茵和繁花似锦。

晚上，在空旷的大地上，蒙古歌手悠扬的长调，正抒发出千古走来的游牧民族的不屈；马头琴的悠扬，倾泻出的是每个人心里无法言表的忧伤和空廓。这种忧伤和空廓，已经伴随人类，从几万年前走到了今天。人类游荡在天边和家乡之间，最后把天边当作了家乡。

我如此留恋草原，如此留恋在马背上奔向远方的感觉，也许正是因为，我的心一直在流浪，一直充满了找不到故乡的悲伤。

新东方在线上市路演记

（2019 年 3 月 14 日—21 日，3 月 27 日—29 日）

香港路演

新东方在线到香港联交所上市的工作，2018 年上半年就紧锣密鼓开始进行了。但等到一切准备就绪，世界的经济形势却有点变化莫测，很多到海外去上市的公司，不是一上市便跌破发行价，就是半途夭折。本来是卖方市场的生意，却没有了买家，不管自吹自擂多么高调都没用了。教育部对于培训机构的监管和整治也越来越严厉，尽管我知道新东方在线的底子还不错，但左思右想之后，还是决定暂缓新东方在线的上市工作。

2019 年开年之后，我觉得中国经济有变暖的迹象，中央也在大力鼓励民营经济发展，美股、港股、A 股都有不错的反弹，资本市场似乎也恢复了一点信心。我觉得只要是机会就要抓住，新东方在线如果能够成功上市，一定能够借助资本的东风，取得更大的发展。另外，管理团队调整之后，公司风气也有明显转变，团队的工作热情更高，新的年轻人才也在配置之中。有了一个更好更年轻的团队，我对公司的未来更加有信心，所以决定全力以赴推进公司的上市工作。

本来上市的路演工作，只要管理团队自己完成就可以了，他们前期也做了不少工作，已经接触了不少投资者；但正式路演的时候，他们还是希望我亲自出面推一把，这样投行和投资者心里会更加有底。我想，这是一件一旦启动就只能成功不能失败的事情，而且刚好又传来了某教育公司上市路演失败，没有把股票卖出去的消息。我最终决定全程参加香港地区和美国的路演工作，和管理团队一起，努力把新东方在线的上市，像十三年前新东方上市一样，做成教育类公司上市的一个亮点。

香港地区路演的日子定在 2019 年 3 月 14 日和 15 日，美国路演定在 3 月 18 日到 21 日。3 月 14 日，管理团队参加了一些投资人的见面会和媒体见面会，我没有参加，因为我白天在北京还有一整天的新东方财年工作计划和预算初稿汇报讨论会。这样有关一年计划的重要会议，我不能缺席。下午 4 点会议主要议题结束后，我拎上行李出发去首都机场，坐晚上 7 点半的港龙航空 KA903 航班飞往香港。

飞机准时起飞，一路平稳飞行，于晚上 10 点 50 分落地香港，比预定时间还早了 20 分钟。我一路上处理邮件，思考工作，不知不觉过去了三个多小时。

新东方在线的投资者关系管理负责人 Helen 带着上市公关团队和投行人员来机场接我。路上一小时，我和他们讨论了明天投资人一对一见面会和中午上百人的午餐会，我到底应该着重讲什么，有哪些注意事项。入住香港万豪酒店已经午夜 12 点，进房间安顿好之后，我又为“百日行动派”美丽英语 100 句录制了几句句子讲解，然后才洗漱休息，躺到床上已经是深夜 1 点。

15 日早上 6 点起床，到宾馆游泳池游了 800 米。游泳池在室外，空气有点凉，昨天晚上下了点春雨，有一种湿润的舒适感。游泳池的水是加过温的，大概有 28 度左右，让人感到很舒畅。一边游泳，一边看天色一点点亮起来，整个香港岛逐渐沐浴在清晨玫瑰色的朝霞中。心里期望这次路演一路顺利，觉得这是一个好兆头。

早上 7 点约了香港朋友 Rodney 一起吃早餐。Rodney 曾经在十三年前作为投行代表帮新东方上市，后来自己辞职开始做并购和企业发展咨询，同时管理自己的基金。他是我见过的难得的既聪明又有智慧的人。一般投行出身的人眼里更多的是钱和交易，但他是一个心里有格局的人，也在全球建立了很好的关系网，能够站在对方立场考虑问题。当初腾讯入股新东方在线，就是在他的牵线搭桥下完成的。为了对他表示感谢，我把给他的佣金转成了一点股份给他，从此他既是新东方在线的小股东，又自动承担了新东方在线战略咨询的角色。早上吃饭，我也是和他一起讨论整个路演过程中应该抓住的重点，以及哪些投资人我们应该着重沟通。

早餐吃了 40 分钟，第一场路演早上 8 点开始。好消息是因为我的到来，想要参加午餐会的人越来越多，以至于超出了预订人数的一半以上。

这次新东方选择的投行有三家：摩根士丹利、花旗和中金。选择中金是因为当初新东方在线在中国新三板上市的时候，就是由中金来负责做的。三家公司各自安排了他们认为合适的投资人来参加路演。

从 8 点开始，两场一对一见面会和一场小型 20 人见面会，我基本上唱独角戏完成了公司的陈述和对答。几乎所有投资公司的代表都是中国人，包括世界顶级的投资公司。像 Fidelity（美国富达投资集团）都是由中国人在进行投资决策，所以完全不需要我用英文讲解。这和十三年前形成了鲜明对照。十三年前，投资者不是纯粹的老外，就是不会普通话的香港民众，所以只能用英文讲解。

中午的午餐会，因为来的人比较多，所以有不少人站在那里听我讲，公司推介会迅速转变为粉丝见面会。我问了一下在场的有多少人原来上过新东方的课，居然有一大半人举手。我为大家做了40分钟演讲，本来准备好的几十页PPT，一页没有翻过去，大家也听得轻松开心，感觉好像大家不是来买新东方在线股票的，而是为了来见我和听我演讲的。演讲结束后，大家就涌上来和我照相、签名，有人居然拿出好多年前在新东方学习时的教材让我签字。

紧接着下午又是一场一对一的见面会。见面会3点结束后，我就立刻赶往机场，坐5点多的飞机，飞往泰国的苏梅岛。去机场的路上，在汽车里又安排了一场一对一的交流，所以只能一路马不停蹄地说。一天六场路演下来，到机场已经是筋疲力尽的感觉。

苏梅岛和曼谷

之所以要飞往苏梅岛，是因为有个外国朋友Omer和他爱人一起，在苏梅岛边上的帕岸岛组织了一场生日派对。Omer曾经在新东方工作过五年，做留学咨询顾问，后来在纽约的律师事务所工作，再后来就创立了自己的公司，专门帮助中国公司寻找海外投资的机会。他娶了一个中国太太，刚好和我是同乡，所以关系就更近了一点。他们每十年都会到泰国的海岛上来开几天生日派对，让自己彻底放松。由于Omer原来搞过音乐，在全球有不少音乐领域的朋友，所以派对的主题就是音乐和舞蹈。

因为我从来没有去过苏梅岛及周边岛屿，之前甚至没有听说过苏梅岛，出于好奇心和对新鲜事物的热情，我就答应了Omer去参加他的派对。没有想到后来时间和路演冲突了，我就告诉他们要取消，但Omer坚决不同意，让我一定要至少去一个晚上，体验一下完全放松的感觉，减轻一些工作带来的压力。我想了一下，15日路演结束，16日、17日是周末，美国的路演18日早上在波士顿开始。我原计划是15日参加香港地区路演，16日飞回北京，17日从北京飞往波士顿。与其回北京度过一个无趣的周末，还不如15日路演提早结束，刚好下午5点有一班香港飞苏梅岛的飞机。这样的话，我可以在苏梅岛度过一个愉快的晚上，16日再去曼谷，17日从曼谷飞波士顿。苏梅岛和曼谷原来我都没有去过，这样的一个周末，经历人生中没有经历过的事情，去从来没有去过的地方，显得有趣而充实。

下午4点到达香港机场，办理机票、出关。5点05分，曼谷航空PG806航班准时飞往苏梅岛。一路上要飞三个小时，本来下午已经有点犯困了，但上了飞机又不困了，就打开电脑一路工作，处理积累的邮件，安排后面半个月的工作。还读了一会讲硅谷创业骗局的书*Bad Blood*，不知不觉时间就过去了。飞机一直迎着夕阳飞行，一路上夕阳的光辉洒在飞机身上，远处各种云海变幻，陪伴了我本来应该很单调的飞行旅程。

晚上8点飞机到达苏梅岛。由于我是落地签证，所以又耽误了一点时间，好在海关官员对我态度很友好。记得原来去泰国，海关官员会索要小费。我这次来之前，旅行社还告诉我要准备好小费，结果到了海关，发现到处都贴着“No Tip”（不给小费）的告示，看来是政府在对这种不良现象进行整顿。我以为办落地签证会需要一笔钱，结果一分钱没有花，就顺利进关了。

海岛的空气带着淡淡的海味，夹杂着热带各种树和花的芳香。闻到这样的气息，心中的疲劳和压抑顿时一扫而空。苏梅岛的整个机场建筑就像一个度假村一样，都是茅草屋顶的房子，通透明快，四面都是绿植和鲜花，和香港那种像打仗一样的节奏，形成了鲜明的对照。

Omer 的老婆 Sabrina 专门跑到机场来接我。我们一路从机场先坐车到码头，再从码头坐预先准备好的快艇到对面的帕岸岛。从苏梅岛到帕岸岛，要在海上航行半个小时，今天海浪不大，所以快艇航行平稳。Sabrina 为了制造派对气氛，还特意带了一个手提音箱，在路上就放起了节奏明快的音乐。我让海风尽情地吹在我身上，听着音乐的节奏，一下子进入了度假状态。到达帕岸岛上岸之后，一辆越野皮卡车已经在等待。

帕岸岛和苏梅岛不太一样，苏梅岛比帕岸岛大一倍，已经被开发成熟，上面有各种五星级宾馆，可以类比我们的海南岛（比海南岛小）；但离苏梅岛不远的帕岸岛，基本没有被开发过，而且是故意不开发的，甚至连大宾馆都没有，留下了一个更加原始和更接近自然的岛屿。岛上住着本地居民，也有一些西方人出于修行或避世的目的，常常来岛上租居民的房子住上一段时间。渐渐地，岛上就建了一些专门供外面上岛的人居住的别墅，这些别墅在山坡上错落有致地分布着。那些住在岛上的人，悠闲散漫，经常聚在一起举行派对。慢慢地，这个岛就开始因为各种派对闻名起来，于是又吸引了更多的人上岛来寻找世外桃源一样的生活。因此，岛上既聚集了有钱人，又聚集了身无分文的人，反正哪里有派对都可以参加，认识不认识都没有关系，大家聚在一起，没来由地感到欢乐。

Omer 的生日派对要持续三天，从 13 日到 15 日，其实就是找个由头把朋友们聚到一起，在一个世俗事务打扰不到的地方，开心一下。

15 日晚上安排了在岛上树林深处的舞会，他们专门从意大利请来了专业的 DJ。

我原以为这样的舞会最多开到半夜 12 点就结束了，没有想到他们说舞会晚上 11 点开始，要一直跳到第二天早上甚至中午。所以他们说你就不用回宾馆了，带上行李直接到舞会所在地。我想这下坏事了，首先我对跳舞蹦迪并不狂热，另外我现在已经很疲劳了，要是再通宵不睡，第二天就垮掉了。但既然已经来了，只能先到现场再说。

我们坐在皮卡车后面的露天车厢里，一路颠簸着向岛中间的山里驶去。我看了一下手表，已经是晚上 10 点半了。一路上，皮卡车不断停下来让各种不同的人上来，最后皮卡车上了 20 人左右。大家挤着坐在一起，被颠得左右摇晃。其中还有人抱着两三岁的孩子来参加派对，很是热闹。

到达舞会场地，发现就是在林中空地上搭了一个开放式的舞台，边上配了开放的酒吧和休息区。舞场配了非常好的音箱，从很远的地方就能够听到音乐的节奏声。朋友已经安排了一些免费的饮料、啤酒、食品供大家享用，我一路也没有吃饭，就吃了一点鱼和水果。大家都是陆陆续续到达舞场，由于没有大路，都需要坐当地的越野车或者摩托车进来。我和几个认识的朋友，先坐着聊了会儿天。到了晚上 11 点多，各路神仙陆陆续续到场，越来越多的人加入到了蹦迪的队伍。一开始我还有点不想去蹦，但 Omer 告诉我，让我去体会一下身体、动作、音乐融为一体，自我意识慢慢消失，身体和音乐一起上下起伏的感觉。刚开始我完全进入不了那种状态，老是觉得有人在看着我，放松不下来，但看到周围的人都跳得如痴如醉，音乐的节奏感和起伏感也很强烈，我也逐渐进入了忘我状态，后来居然跳出了一身汗。

到了凌晨2点，我觉得很疲劳，决定离开舞场。我让Sabrina帮我安排了一辆车，送我去岛屿另外一头预先安排好的别墅休息。他们劝我留下来玩一个通宵，我坚持和他们说我累了，Sabrina怕我一路自己回去不放心，也跳上车陪我回去。跳舞跳得有点兴奋，我们俩就一路聊天，聊人生、聊婚姻、聊家庭、聊追求怎样的心灵生活。到了住地后，又在客厅聊了一会，我的困意上来，就与Sabrina告别，收拾洗漱睡觉。

睡了三个多小时，早上7点多就醒了。望向窗外，发现我住的地方在半山坡上，眺望出去，是一溜绿色的山坡，树丛中掩映着星星点点的别墅，再远处是由绿变蓝的大海。太阳刚刚升起不久，阳光还带着温暖的橘黄色，把每一个能够触及的角落，都变成了一种温馨和浪漫。

我住的别墅自带游泳池，这让我很开心。我穿上泳裤，跳到泳池里来回折腾了半小时。尽管游泳池不大，也就是在10米不到的长度内来回游，但因为可以边游边欣赏青山绿水，所以心情十分放松舒畅。游泳后我穿上衣服出门散步，沿着山坡的道路走了一会，眺望四面景色，四周一片静谧。这时我才明白，为什么那么多人都要到这个岛上来，躲避一段时间世俗的烦恼。

我是乘坐中午12点的飞机飞往曼谷，所以Sabrina安排了车早上9点来接我，把我送到码头。Sabrina考虑得十分周到，说因为我的到来还增加了不少保安。9点，Sabrina亲自来送我，坚持要把我送到码头，我觉得恭敬不如从命，就和她坐上车，一路聊天。码头在岛的另一头，所以路上用了半个小时的时间。

今天的天气特别好，进入眼帘的都是让人舒心的东西：蓝天碧海、绿树村舍、白云飘舞。一路上看到的人，都没有匆匆的神色，都是神闲气定的感觉。到了码头，渡船已经在等着我，我和Sabrina作别，上船出发，驶向苏梅岛。今天有点风，浪涛汹涌，一路颠簸，刚好给了我一种劈波斩浪的心情。

上岸后，对接的车已经在等着我，要把我送到机场。我在海上的时候，看到岸边有两座大佛，一座金色的，一座白色的。上岸后，我和司机说能不能带我到这两座大佛底下去看一看，他友好地答应了。我先去了海边那座金色的大佛，看到它的名称叫 Wat Phra Yai，但不知道中文叫什么，看了一下英文介绍，好像没有什么历史，是新近才建起来的。苏梅岛作为一个热闹的旅游岛，时间实际上也不长，大家最初一般只去普吉岛，后来普吉岛过度开发了，大家又发现了苏梅岛，到今天北京还没有直飞苏梅岛的飞机。这些佛像，估计也是为了适应旅游的需要而开发的。看完并拜完金色佛像，我让司机开到了另一个千手观音庙。在那里，我参观并朝拜了巨大的千手观音像和弥勒佛像。面对这些像，我都在心里许下了一致的心愿：天下和平，众生幸福！许愿后，在各个像前都放入一点供奉，然后上车前往机场。

飞往曼谷的飞机是曼谷航空 PG876 航班，中午 12 点起飞，一个小时的航程。因为我原来没有去过曼谷（尽管在曼谷转机过几次），所以想利用半天的时间，游览一下曼谷。我知道时间有限，只能走马观花，但至少我来了，我看了，我走了，心理上就会得到更多的满足。凡是我没有去过的地方，我都会充满想去看一看的好奇。

飞机 1 点多落地，等托运的行李又等了差不多一个小时。就在我以为行李可能没有上飞机的时候，行李从传送带上运送了出来，让我松了一口气。否则行李不到达，明天去美国就成了问题。

坐上出租车，顺利到达了预订的香格里拉宾馆。宾馆坐落在湄南河边上，透过窗户能够饱览湄南河美丽的风光。两岸的房屋和高楼鳞次栉比，河上各色船只繁忙得犹如清明上河图里面的场景。一个城市有河就有了灵气，如果河水有奔腾激荡的感觉，整个城市就灵动了起来。曼谷好像就是这样一座城市，离海边不远，一条大河蜿蜒穿城而过，把整个城市都带动得生气勃勃。据说，湄南河水的源头在青藏高原，这让我感到有了某种纽带关系，有一种神秘的亲近感。

泰国是一个佛教国家，在近两百年之内，既没有发生过和外部的大规模战争，也没有发生过大规模的内部骚乱。当大部分东南亚地区都沦为西方各国殖民地的时候，这个国家居然保持了独立，还跟上了时代。

进入大城市曼谷，尽管人们的脚步比苏梅岛上的人快了不少，但一种生活的气息依然扑面而来。我在房间里休息了一个多小时，把昨天睡眠不足的疲劳驱赶走，然后下楼到宾馆河边的码头，打算坐船在河上游览一下。不过宾馆告诉我，如果想要坐船，需要提前两天预订，现在没有船了。结果我看到一艘小船在不远处游弋，便招了招手，没有想到小船就开了过来。我想坐船在河上游览半小时，问船主行不行；船主说可以，要 1000 泰铢。我想了想不算贵，就跳上了船。

船一路逆流而上，穿梭在各种游船之间，因为船小浪大，所以各种颠簸。船主居然还在船上藏了啤酒，主动让我拿过来喝。我打开一听啤酒，一边喝一边悠闲地观赏两岸风景，感受着这惬意浪漫的时刻。如果能够让我彻底放弃充满责任和重压的各种工作和生活，从此悠游在天地之间，穿梭于各种不同的国家和文明之林，用文字记录下点滴感受，那该是一种多么逍遥的生活啊！可惜责任不可推卸，生命总有重负，那就只能忙里偷闲，偶尔停下匆匆脚步喘息一下了。

坐完船上岸，给船家一点小费，然后到宾馆的自助餐厅吃晚餐。自助餐厅坐落在湄南河岸，座位紧贴着河边栏杆，能够听河水拍岸，看河上百舸争流。自助餐食品种类比较丰富，我吃了一些海鲜和牛肉，边吃边看河上风景。天色逐渐暗了下来，两岸万家灯火逐渐明亮起来，河上的游船也霓虹闪烁，人们开始了热闹繁忙的夜生活。

吃完晚饭，我打算到市区去走一走，看到对岸有一家巨大的商场，叫 ICONSIAM，岸边有音乐喷泉，人影憧憧，热闹非凡，就打算过去看一看。出门叫上一辆三轮摩的，一路突突，穿街走巷，各种惊险，终于到了对岸的商场。进入商场，发现就像中国的农贸市场一样，各色杂货小吃，人群摩肩接踵，大部分都是当地人。因为是周六，大家都出来闲逛，到岸边看音乐喷泉。我逛了一圈，发现有卖榴梿的小摊，就坐在板凳上吃了一块榴梿，然后心满意足地离开。

出门叫上一辆出租车，告诉司机带我去曼谷著名的夜市小吃街——考山路。到了考山路，发现也是热闹非凡，两边酒吧、食摊、礼品店、服装店密密麻麻。我一路穿行，已经没有胃口吃任何东西，本来想在

考山路夜市

酒吧坐下喝杯酒，结果发现所有酒吧都不卖酒，只得悻悻而去。走到考山路另一头，又打了一辆三轮摩的，伴随着一路上司机惊天动地的转弯，我心惊肉跳地回到了宾馆。

美国路演

3 月 17 日早上起来，洗漱后收拾好行李，叫了辆车直奔曼谷国际机场。曼谷没有直飞波士顿的飞机，需要从香港转机再飞波士顿。曼谷飞香港的航班是国泰航空 CX750 航班，11 点 40 分起飞。没想到曼谷机场有专门的国泰航空休息室。我特别喜欢国泰航空休息室，里面热乎乎的担担面和云吞面，以及各种小吃，都是我的最爱。

到了休息室，空空的肚子有了食欲，连续要了两碗担担面，吃出了浑身的舒服感。打开电脑工作了一会，登机飞往香港。航程接近三个小时，我居然一路睡了两个小时，醒来已经接近落地。

从香港到波士顿的航班是国泰航空 CX812 航班，晚上 6 点 05 分起飞。到达香港航站楼后，办好转机，又进入了国泰航空休息室，又看到了担担面、云吞面和小吃。于是一边工作，一边吃饭，不知不觉吃了三碗面条（当然碗不大），还在机场录制了几段美丽英语的讲解。

由于飞机晚点，最后 6 点半登机，7 点起飞，飞往波士顿。在飞机上工作了一会，看了一部讲美国商船和索马里海盗的电影《菲利普船长》(*Captain Phillips*)，然后躺下睡了五个小时。起来后，回复邮件，安排工作计划，不知不觉又过了几个小时。整个航程接近十六个小时，终于在美国东部时间晚上 10 点多落地波士顿。

美国进关一般比较麻烦，但晚上旅客不算太多，我又是最先出来的，在自助机器上捣鼓一番后，顺利进入美国。海关官员只问了我一个问题，到美国干吗，我说为公司 IPO 路演，他说了一句“Congratulations！”就让我走了。

还是 Helen 和投行的人到机场来接我。他们从北京出发，比我提前八个小时到达波士顿。坐上车，车子在波士顿已经空旷无人的马路上行驶，半个小时后到达入住的丽思卡尔顿酒店。尽管已经午夜 12 点，但睡意全无，洗漱完毕后，继续录制美丽英语 100 句，直到凌晨 1 点半。想想明天还有六场高强度路演等着我，而且必须全程讲英语，赶紧吃了一片安眠药睡觉。

3 月 18 日，早上 7 点起床，因为昨晚吃了安眠药，有点犯迷糊。为了让自己清醒过来，决定先到游泳池游一会泳。宾馆楼下居然是一个巨大的体育健身中心，早上 7 点多就已经熙熙攘攘。人们在各种器械上锻炼，游泳池也人满为患，美国人果然在健身上不遗余力。我像鱼一样，在泳道上来回躲避其他游泳者，终于完成了自己 800 米的既定目标。

8 点钟左右，到餐厅和团队一起吃早餐，讨论全天的行程安排。今天要在波士顿路演五场，然后坐晚上 7 点的飞机飞往纽约。早上 8 点半，带着行李出发开始路演。

路演需要用英语，尽管我的口语水平不怎么样，但团队其他成员口语还不如我好，所以基本上都是我在讲，讲着讲着连自己想要表达什么都不知道了。但整体上投资人挺配合，基本上都是我讲了就开始下单。还有人因为在纽约排不上，专门从纽约飞到波士顿来参加路演。下午 4 点半，全天路演结束，下单总量已经到了 6 亿美金。新东方在线这次上市融资 2 亿，已经有了超三倍的认购，心里石头就落地了。

随后我们到达波士顿机场，因为我订机票较晚，所以和团队不是同一个航班。团队坐达美航空晚上 7 点的航班，我坐美国航空晚上 7

点的航班，两个航班在不同的航站楼。好在花旗项目负责人陆超和我同一个航班，这样总算有个伴。进入机场，过了安检后，我们在机场餐厅各点了一杯啤酒，吃了点鸡翅，然后登机飞往纽约。

飞机起飞时，夕阳的余晖还挂在天边，暗红色夕阳下的美洲大陆，苍茫辽阔，万家灯火。我禁不住给团队发了一条微信："从波士顿到纽约，一路看夕阳西下，天空苍茫，万家灯火，觉得天地辽阔，人类只有靠互相帮助，才能在这苍茫宇宙中，温暖生存。"

落日余晖中的美洲大陆

晚上 8 点，飞机落地纽约拉瓜迪亚机场。我和团队会合，一起坐车到达纽约四季酒店。10 点半入住酒店，在房间里吃了点剩下的鸡翅，处理邮件，录制美丽英语 100 句，凌晨 1 点睡觉。尽管吃了半片安眠药，但还是没有睡好，一夜翻来覆去，第二天早上 5 点就起床了。

洗漱后在房间工作到 7 点钟，然后去吃早餐。今天的路演是早上 8 点开始，上午去了三家投资公司，中午是一个几十人参加的午餐会。

午餐会上，我鼓励团队上去用英文做陈述，尽管英文不够流畅，但锻炼胆量很重要。下午又去了三家投资公司。一天在纽约各种形状的大楼之间穿梭，加上时差还没倒过来，感觉有点头昏眼花，但只能咬牙坚持。面对投资人必须意气风发，充满自信，对前景充满希望，否则投资人就会犹豫。

下午6点半结束路演时，后方传来消息，订单总量已经达到十几亿美金。我知道如果没有特殊情况，这次新东方在线上市应该成功了，心里终于松了一口气。

晚上8点，花旗投行团队请我们团队出去吃晚餐，找了一家叫“客家人”(Hakkasan)的餐厅，是一家米其林级别的中餐厅。口味确实不错，餐厅内满是熙熙攘攘的食客。

大家一起喝酒聊天到晚上10点，回到房间洗漱完立刻上床休息。因为累了一天，几乎立刻就睡着了。不幸的是，凌晨3点就醒过来了，而且再也睡不着了。在床上半梦半醒躺了一会，4点起来工作，处理工作邮件、阅读，为了提神还练习了两首歌曲，结果怎么也唱不准调子。

Rodney从香港来到纽约，我邀请他来帮助我和投行沟通，进行最终的定价和分配。早上6点半他给我发了条微信，问我醒了没有，要不要一起到楼下吃早餐。于是我下楼到餐厅和Rodney碰头，顺便把团队也叫了下来，这样可以边吃早餐边讨论工作。一直讨论到8点，然后大家起身继续去路演。

因为有些工作等着我处理，我打算上午的三场路演不参加了。而且我在现场，团队也发挥不出水平。认购数额已够，就不用那么担心了。

早上8点到9点，我留在房间处理工作。这时候，新东方CFO杨志辉给我发来微信，说9点半到10点半约定会面的Kylin资本是新东方股份的长期持有者，希望我出面见一下。对方也恳切地要求我去见一面，如果我实在没时间，他们过来和我喝咖啡也行。杨志辉说，我要是不去见，他们会觉得很失落，说不定就抛售新东方股票了。想想还是去比较合适，就打车去和他们见面，并进行了愉快的交流沟通。他们说不仅不会抛售新东方股票，还会增持新东方在线的股票。

会见结束，我回到宾馆，收拾好行李，办理退房。由于明天凌晨2点半我要坐国航的飞机回北京，纽约房费比较贵，反正下午要在外面路演，现在退房能够节约一天的费用。

退房后去参加路演午餐会，结束后紧接着参加下午两场路演。在路演午餐会上遇到了一点惊喜，一个投资者曾经在新东方上过我的GRE（美国研究生入学考试）班，居然把我的GRE词汇书背烂了，而且把背烂的书从中国带到了美国，十几年来一直没有丢。他把书拿出来让我签字，简直把我感动坏了。

下午4点半，香港到美国的路演全程结束，基本大功告成。

因为一切顺利，团队也充满了欢乐的气氛。下午5点多回到宾馆，大家聚在房间里开酒庆祝，同时讨论定价和分配。我觉得尽管这次认购非常踊跃，但最终定价不能太高，不能辜负投资者的信任，也不能因为太贪，结果一上市就跌破发行价，留下不好的记录。最终决定每股10.20港币上市，总市值90亿港币左右，取了我们路演前公布的中间价。

内部讨论结束后，团队去和投行就定价及分配问题进行沟通。不少投资人给我发信息，希望能够多给一点配额，我全部推给了Rodney处理。我懒得介入具体事务，找个地方处理自己的工作。

晚上8点多，在各种平衡之后，分配工作终于结束，三家投行摩根士丹利、花旗、中金所获得的份额也各得其所，皆大欢喜。晚上，

他乡遇故知，真的很感动

大家一起到 The Capital Grille 牛排店吃晚餐，我提前要求弄个包间，这样如果喧闹就不会影响到其他客人。大家开香槟酒庆祝，喝酒聊天，互相感谢和祝贺。饭菜不错，非常好的海鲜和牛排。海鲜盘里有生蚝，我本来想吃两个，但想到几天前刚因为吃生蚝而拉肚子，咽了咽口水，终于克制住没吃。

饭局直到晚上 11 点才结束。我回到宾馆，拿起行李，直奔肯尼迪国际机场。凌晨 2 点半，中国国航 CA990 航班准时起飞，在纽约的夜色中冲向天空，把纽约城繁华的人间灯火甩在了机尾后面，一路飞回北京。

从纽约飞到北京，航线一路向北飞越北极，又一路向南飞向北京。我中间睡了四个小时，然后醒过来，用电脑写下了这篇记录，留下这些文字。终于觉得经过了这几天的忙碌，留下了一点痕迹，心里多了一点充实和愉悦。关上电脑，又迷迷糊糊睡了过去。在睡梦中，我梦见自己变得年轻而青春洋溢，直到飞机响起了广播：“飞机已经开始下降，请调直座椅靠背，系好安全带，欢迎大家来到中国的首都北京！”

香港上市

路演之前就确定好了，如果没有意外情况，3 月 28 日新东方在线正式在香港交易所挂牌上市。我此前专门把 3 月 27 日到 29 日的时间留出来，去香港参加上市仪式。

常常有人把上市看作是一个公司十分成功的事情，其实当过上市公司老总的人都知道，那是真正煎熬的开始，最多算是公司发展道路上一个比较大的逗号而已。新东方在线发展了十几年，原来一直当作新东方的辅助业务在做，其实也就是把新东方的地面课堂搬到线上而已，在模式创新、技术创新和内容创新方面都没有令人惊喜的突破。这几年在线教育如火如荼，各种新模式和技术应用的出现让人眼花缭乱，我知道在线教育的春天真正来到了，挑战也真正来到了。互动技术的成熟、网速的提升、AI（人工智能）的应用，让在线学习变得容易而有趣。80后的家长，自身就是在互联网的氛围中长大的，对于自己的孩子使用互联网学习没有任何排斥心理。如果新东方再甘于落后，不能够抢占在线教育的潮头，必将被时代所抛弃。挑战也是激发勇气的最佳时机，因此我决定把新东方在线分拆为独立公司，引入腾讯的投资，同时谋求独立上市，让新东方在线借助资本的力量，真正独立长大。

所以，与其说新东方在线上市是一种成功，不如说是获得了一张出生证。从挂牌这一天开始，它将在全世界的注视下，独立成长、迎接挑战，给信任我们的投资人一个满意的答案。

作为已经有十三年在上市公司中奋斗经验的老兵来说，我知道团队面临的挑战和机遇都很大。但也正是这样的挑战和机遇，让我们感到血脉偾张。真正愿意让生命辉煌的人，是需要战场的，如果没有战场，那就创造出一个战场来。我相信，新东方在线的独立上市，为愿意接受挑战的团队，开拓了一个足以施展能力的战场。

为了拥有这样一片战场，我们需要一个仪式。仪式是一种宣告，但更是一种宣誓，一种壮士出发、不再回头的勇气。港交所的敲锣仪式，就是再次出发的号角。为此，我必须亲临现场，去参与、去鼓动、去把前进的信号，传递给新东方的每一个人。

3月27日下午4点半，我登上国航CA6605航班，飞往香港。一路上阅读 *Bad Blood: Secrets and Lies in a Silicon Valley Startup*（《坏血：一家硅谷创业公司的秘密和谎言》）。书中描述的是一家叫作

Theranos 的硅谷创业公司，自称拥有一种黑科技，可以在指尖取极少量的血就能迅速进行验血，但实际上背后是各种不靠谱和对投资人的欺骗。书中的故事情节和对于人物个性的描述比小说还精彩，但实际全部是真实发生过的事。类似的事情，创业者靠编造故事来欺骗投资人的事例，在中国也已经发生了不少。事业的发展，最重要的是诚恳加智慧，而不是欺骗加精明。这个故事对中国所有的创业者都应该有警示意义。

晚上 8 点多，飞机落地香港，出关后入住尖沙咀洲际酒店。把行李放下后就开始接受上海第一财经的专访，一直到 11 点半才结束。进房间洗漱一下，录制讲解了两句“百日行动派”美丽英语，靠在床上继续阅读了一会 *Bad Blood*，休息。

早上 6 点起来，到宾馆露天游泳池游了 800 米，然后去餐厅吃早餐。不少新东方来参加上市仪式的人员也已经到了餐厅。因为 8 点一刻就需要到港交所门口集合，所以大家都起得比较早。

早餐后我换上正装出发，打了一条红领带，结果被团队“diss”了一下，说港交所是以绿色代表上涨，所以我的红色领带不合时宜。他们给我找了一条蓝色中带点绿色的领带，才算把我放过去。

到了港交所，发现我们是和另外一家生物制药公司同时上市，结果新东方的人没有来找我照相，反倒是那边制药公司团队的人噼里啪啦把我当背景板照了一大堆相，恍惚间，让我感到好像自己是来为生物制药公司站台的。

进入上市大厅后，一个半圆形的大厅，两个公司一家一半，上市环节交替进行。放宣传片、致辞、团队照相、敲锣开市、上市交易、股价显示，两家一轮流之后，照片中的背景都乱了，我的照片后面的背景居然不少是那家公司的，算是坐实了我来给他们站台的感觉。

值得一提的是，我昨天给港交所总裁李小加发了微信，问他来不来参加新东方在线的上市仪式，他说时间都安排出去了，本来不打算来，但既然我发了邀请，他一定到。结果在我致辞的时候，他就出现了，和我及团队照相并表达正式祝贺。结果那家公司看到他来了，又把他抢过去了，合着整个上市仪式，都是我在为那家公司服务了。不过无论如何，上市仪式顺利完成，公司顺利挂牌，股价还上冲了一段时间，但后来就回到了发行价下面。第一天结束的时候，以发行价收盘。

从股价上看，公司还没有真正受到投资人的追捧，尽管股价的高低不在我关心的范围内，但从长远来说，给相信我们的投资人一个好的回报，是公司和管理团队必须努力的方向。

中午和香港的几个朋友吃了点便饭，下午回到宾馆休息了一会，处理了一点工作，然后召集来参加上市仪式的新东方高管，一起喝下

我和李小加

午茶，聊聊新东方的发展和未来。傍晚的时候，接受了新华社香港分社的采访。采访结束后，7 点半去酒店宴会厅参加上市庆祝晚宴。

我的本意是最多举行一个小小的庆祝会，但挡不住各路朋友的热情，最后办成了一个接近 200 人的晚宴。晚宴上自然少不了互相致辞、互赠礼物、团队表演节目等，也没有什么新奇之处。但由于一直敬酒，我不知不觉就醉了，新东方团队也有几位喝醉了，到接近 12 点才散。

本来打算第二天早上起来游泳，结果因为宿醉，一下子睡到了 7 点多。由于约好了 8 点和几个朋友吃早餐时聊事情，游泳的事情就只能泡汤了，心里产生了对自己没有控制好喝酒的些许懊恼。深呼吸一下，振作精神，到餐厅和人谈事情。9 点半结束后，收拾行李，和新东方 CEO 周成刚一起坐车去机场，他飞云南进行演讲，我直接飞回北京。

来参加上市仪式的新东方团队

下午 3 点飞机落地北京，新东方在线上市行动，到此全面结束。剩下的事情，就是竭尽全力，把公司做好。

所有的结束，都是下一次使命的开启。或许，有些责任我们终身都不能去改变和推卸，比如我们对于国家的责任、对客户的责任、对员工的责任、对股东的责任、对家庭的责任、对个人的责任……所有这些责任，只要你还是一个社会人、一个企业家、一个公民，都不能改变和推卸，我们唯有努力精进，把这些责任承担得更好。

我们的每一天，都是人生再出发的起点，都是事业进行创新的起点。过去的事情已进入历史，偶尔可以翻阅；未来才是我们全力以赴的目标，因为只有未来，才会让个人和事业通过努力和创新，变得与众不同，才会让我们有“苟日新，日日新，又日新”的机会。

圣地亚哥 GSV 峰会
（2019 年 4 月 7 日—10 日）

缘起

GSV（全球硅谷投资公司）峰会，全称 ASUGSV 峰会，是美国举办的教育学习峰会及教育相关创新公司展览，已经举办了十年，影响力从美国扩散到了全世界。在这个过程中，新东方逐渐和 GSV 峰会建立了联系和合作关系。新东方的相关部门已经连续几年参加了 GSV 峰会。过去几年我自己一直没去参加，今年是 GSV 峰会十年庆典，双方达成了一系列合作，大会创始人邀请我去参加会议并做主题演讲。另外，新东方将举办以中国教育为主题的专场活动，以及承办以新东方为主题的泳池夜话。在三天会议期间，很多美国和教育相关的创新公司，也将和新东方团队见面沟通，讨论合作的可能性。出于学习的目的以及为了寻找合作机会，了解世界教育发展方向，我决定今年去参加 GSV 峰会。大会举行时间是 4 月 8 日到 10 日，我提前把时间预留了出来。

会议地点在美国加州的圣地亚哥。8 日开始会议，7 日要到圣地亚哥。订机票的时候，我发现没有从北京直飞圣地亚哥的飞机，至少得从温哥华、旧金山或者东京等地转一次机。我研究了一下时间和方便程度后，最终决定坐日本航空的航班从东京转机。主要出于三方面考虑：

一是时间最好，北京时间 4 月 7 日上午 10 点多起飞，到达的时间是圣地亚哥时间 7 日上午 11 点半左右，这样到圣地亚哥后有足够的时间休息、调整和倒时差。二是在东京成田机场转机，是同一个航站楼，不需要出海关，行李也不需要提取再托运，直接到美国出关就行。如果从旧金山或者洛杉矶转机，就必须先出关，再重新办理登机。这两个城市出关的人太多，常常需要排队两个小时左右。圣地亚哥这座城市相对来说比较小，国际航班少，出关时间比较快。三是回程时间也最合适，我把所有事情都在 9 日晚上之前完成，这样 10 日中午乘坐日本航空班机从东京转机回北京时间正好,而且来回都是同一个航空公司，飞机票价也是最便宜的。

去程

到了 7 日，早上起来先在小区走了几千步。早上春天的空气还有点寒意，但路边的丁香花已经盛开，空气中充满了醉人的花香。树枝上的小鸟也叽叽喳喳叫得欢快，明媚的阳光洒满了一地，让人不由得心情舒畅。8 点多从家里出发去机场，因为是星期天，一路畅通。9 点到达机场，办理登机手续，出海关，10 点多顺利登上日本航空 JL860 航班。飞机于 10 点 45 分准时起飞，日本时间下午 3 点半落地东京成田机场。我很顺利地找到了下一个航班的登机口，在休息室休息了一小时后再次登机。飞往圣地亚哥的日本航空 JL066 航班，于下午 5 点 20 分准时起飞，整个航程十个小时，飞行一路平稳，于圣地亚哥时间上午 11 点 20 分准时到达。

在飞机上睡了三个小时，处理了三个小时的工作，阅读了半本《世界观》（*Worldviews*）。这是一本有点烧脑的书，讲述了亚里士多德世界观（宇宙观）、牛顿世界观以及未来的世界观等产生的原因，及其基于的理论和逻辑，论述了人类对于世界认识的不断进步，以及到今天为止，人类认识世界和宇宙的局限性。为了调节大脑，吃饭的时候我又看了一部电影《副总统》（*Vice*）。这部电影讲述了小布什执政期间，副总统切尼独揽大权，玩弄美国政治于股掌之间，挑起伊拉克战争的故事。

圣地亚哥出关的人不多，出关一切顺利。排队的时候，一个华人模样的美国警察走到我身边，盯着我看了半天，把我吓了一跳。他问我是不是 Michael Yu（这是我的英文名字），我赶紧说是，结果他就伸手和我握手，说欢迎来到圣地亚哥。原来他曾经在温哥华的海关工作过，通过朋友介绍，和我在温哥华有过一面之交。四年前他调到了圣地亚哥来工作。我对他已经没有印象，但也赶紧握住他的手，热情问候。结果他一直把我送出海关，才和我告别。一般在美国，警察找你都不是什么好事，这次居然是热情问候，让我心有余悸之后，又受宠若惊。

先期到达的新东方人员开车来接我，十几分钟后就到达了酒店，入住曼彻斯特君悦酒店（Manchester Grand Hyatt San Diego）。GSV峰会也在这个酒店进行。入住后，发现房间窗户就面对圣地亚哥美丽的海湾，碧海蓝天，阳光明媚，帆船点点。海湾对面是美国海军军港，几艘战舰和航母停靠在里面。在这一边，停靠的是已经退役的、变成了博物馆的中途岛号航母，上面有很多人在参观。难怪圣地亚哥被认为是美国最美丽的城市之一，真是一座碧海之城、阳光之城。

漫步圣地亚哥

入住后，困劲儿上来了（此时北京时间大约是凌晨 3 点），赶紧上床睡了一小时。起来后为了让自己清醒，我到宾馆露天游泳池游了一个小时。游泳池周围到处都是晒太阳的美国人。美国人喜欢在游泳池泡一下，晒一下，再泡一下，再晒一下。我只能在泳池中各种人腿围绕的空间里来回穿梭，然后也躺在沙滩椅上晒了一会太阳，享受暖洋洋的舒适。回到房间后我被窗外的明媚所吸引，决定到海边去散步。

海边人很多，人来人往，熙熙攘攘。因为是周末，所以很多当地人也出来放松。有跑步的、骑自行车的、带孩子遛弯的、路边卖各种东西的，加上外地来的游客，显得热闹非凡。几乎所有人脸上都充满了放松和幸福。

我一路散步过去，穿过海边的小渔村 Seaport Village，沿着海边步道，一路走向中途岛号航母。路上遇到扮演美国大兵的活人雕塑，我给了 5 美元，和他照了一张相留念。路上又遇到了几位从哈佛来这边旅游的中国学生，拉着我照相。等我走到中途岛号航母时，刚好过了 4 点。结果航母博物馆下午 4 点关门，我就差几分钟没有能够参观到航母，只能围着航母转了半圈，悻悻而归。归途中看到不远处有一尊巨大的雕塑，一座美国水兵亲吻女护士的雕塑。以前我也听说过这尊雕塑，其背后有着动人的故事。

这个雕塑叫作“胜利之吻”，也称“世纪之吻”。这是美国时间 1945 年 8 月 14 日（北京时间 8 月 15 日）发生在纽约时代广场的一幕。当时日本宣布无条件投降，纽约民众纷纷走上街头庆祝胜利。一位水兵在时代广场的欢庆活动中亲吻了身旁的一位女护士，这一瞬间被《生活》杂志的摄影师阿尔弗雷德·艾森施泰特抓拍了下来，成为传世的经典历史画面。此后，每年 8 月 14 日都有数百对男女在时代广场重现“胜利之吻”，以纪念“二战”的结束。后来，为了确定真正的男主角和

中途岛号航空母舰博物馆

“胜利之吻”雕塑

女主角，还费尽了周折。20世纪60年代的时候，女主角先出来承认了自己，但冒充男主角的人太多，直到十几年前才得以确认。这两个人其实一吻之后就再也没有见过面。水兵回到家乡去和自己心爱的姑娘结婚，女护士后来过的也是普通人的生活，结过两次婚，生了三个孩子。女主角格蕾塔·弗里德曼于2016年9月8日在美国弗吉尼亚州去世，享年92岁；男主角乔治·门多萨于2019年2月17日病逝，享年95岁。

不管真实的人生怎样，照片和雕像都把一段岁月永恒地凝固在了那里。同时被凝固在里面的，还有人类对于战争结束的喜悦，对于和平的追求，以及对于人性的包容和期待。

散完步已经夕阳西下。新东方这次有20多人来参会，不少人已经到达圣地亚哥，住在周围不同的宾馆。我让工作人员安排了给大家接风的晚餐，地点在城里一家叫“莲花”的泰国餐馆。我和大家一起吃了晚餐，喝了啤酒，结束后一起从城里散步到海边，然后让大家各自回去休息。

有一家中国教育公司的老总约我在会议期间见面，我发现后面几天基本没时间，就约了晚上一起见面交流。晚上9点半，我们一起到宾馆后面一家叫Sally的海边餐厅沟通，讨论了中国教育发展的一些问题，10点半结束回到房间。在房间准备会议演讲到12点，因为倒时差，一点睡意都没有。想着明天要工作十几个小时，赶紧吃片安眠药休息。

会议第一天

早上5点醒来，起床后去游泳。早上的游泳池没有太阳，还有风，水很凉。在水中奋力游了半小时，终于不再觉得冷，头脑也清醒过来。

回到房间，一边洗漱一边听了一会得到App。今天的活动从早上8点开始，一直要持续到晚上9点，中间几乎没有休息时间。新东方定了一个专用会议室，让我和各个教育公司的老总见面沟通。从早上到下午，见了七批人，都是美国的公司，有做K12教材和系统的，有做教育短视频的，有做编程教育的，有做教育投资的。新东方在美国上市的时候认识的几个美国教育界的朋友也见缝插针过来和我见面，同时我还和ETS（美国教育考试服务中心）战略团队见面讨论了可能的合作和发展。ETS和新东方的各种情仇恩怨，还间接促成了电影《中国合伙人》的拍摄与制作。现在大家面对未来，终于走到一起共商发展大计，这真是一个巨大的进步。会议一个接着一个，中间连吃午饭和休息的时间都没有。

晚上6点半，我们安排了一条双体帆船（catamaran），让所有参会的新东方人和坐标学院（坐标学院是新东方的教育创业培训学院，为在教育领域创业的人提供培训、沟通和交流的机会）的学员，总共加起来40多人，一起乘船出海，看日落、喝啤酒、吃晚餐、自由交流。大家一起在海上度过了两小时的愉快时光。

当船航行到中途岛号航母的时候，船主给我们讲了一个故事。中途岛号并没有参加过第二次世界大战，日本宣布投降的一个星期后，中途岛号建成下水。但中途岛号参加了越南战争。战争快结束时，由于很多美国人被包围在了西贡，中途岛号就用直升机不断把人接出来。中途岛号的官兵有4000人左右，后来航母上又接上来了几千人。那个晚上风雨交加，直升机接完人后被固定在甲板上。这个时候空中突然出现一架小飞机，在探照灯下，能够看到小飞机里挤了不少人。原来是一家美国人，夫妻加上5个孩子，他们从西贡飞出来请求降落。但甲板上已经停满了直升机，没有足够的降落空间。航母司令当即决定把直升机移走，让出降落跑道。但小飞机快没有油了，把直升机移到甲板下的机库根本来不及，于是司令下令把直升机全部掀到海里。结果为了一架家用小飞机的降落，美国损失了价值600万美元的直升机。司令的理由很简单：生命重于一切，直升机可以再造，但我们不能看着一家人被大海吞没。

听完故事，再看中途岛号航母，内心就多了一份敬意。可惜没有机会登上去看一看，只能等下次了。天色逐渐暗下来，在海上回看圣地亚哥城，从夕阳照耀下的金黄色，到逐渐被黑夜笼罩。城市的灯火不断明快起来，一弯月亮挂在城市上空，整个城市宛若人间仙境。

晚上8点半帆船靠岸，大家互相道别，四散而去。进房间后，我的睡意又没了，干脆穿上外套到海边散步。一路走过已经没有什么人的村庄、雕像、步道，到了一家海边酒吧，要了一杯酒。坐在熊熊燃烧的火塘边，一边喝酒，一边感受海风吹来的气息，觉得人生如此，夫复何求。

会议第二天

回到房间还是睡不着，只能又吃安眠药。睡到凌晨3点多醒了，打开得到App，听罗胖唠叨，结果又迷迷糊糊睡到了5点多。起床，去游泳，水和昨天一样冷，游了半个多小时让自己清醒过来。收拾好东西去吃早餐，早餐后在房间里准备上午的演讲。今天我被安排在8点40分进行大会演讲，全程要用英文演讲，大约要讲20分钟。我在读稿还是脱稿演讲之间纠结了半天，最后还是决定拿着提纲脱稿演讲。做中文演讲的时候，拿着稿子从来都不是我的风格，但用英文演讲我就没有那么自信了，结果紧张了半天。8点20分进场准备，前面是亚利桑那州立大学校长的演讲，我 8 点 40 分上场，本来 20 分钟的演讲，结果一脱稿，加上英文表达不流畅，心情紧张，用了半小时才讲完。演讲结束后觉得不完美，内心满是懊恼，但现场听讲的朋友觉得不错，不少老外见到我，还走上来热情地和我打招呼，说我的演讲很 inspiring（有启发性），让我内心稍安了一点。

紧接着 10 点钟，是新东方主持的中国专场（China Pop Up），一直持续到中午 12 点。会场挤满了人（200 多人），看来大家对于中国发生的事情还挺感兴趣。我在开场致辞时，用雕像的故事和中途岛号航母的故事作为开头，说明了人类文明互相包容、一切以人的生命为本、保持互相交流和沟通的重要性，由此引入语言学习的重要性以及新东方承担的使命，同时概述了技术发展对于教育的影响。这次 10 分钟的演讲，因为心情放松，中间还甩了不少幽默的包袱，觉得效果反而比大演讲好很多。

两个小时的时间，有新东方人关于新东方介绍的专题演讲、关于英语学习的专题演讲，还有三场新东方主持的研讨会（panel discussion），研讨主题分别为：人工智能和教育的未来前景；STEAM 教育和 K12 教育的关系；英语学习在中国及世界的发展。我全程参会，同时参加了英语学习主题的讨论。我的观点是语言学习不仅仅是语言学习，语言学习同时是对文化和传统的了解。中国政府为所有学生提供学习英语的机会，实际上是希望中国尽快融入世界，是一种特别开放和开明的态度。从这个意义上讲，美国从来没有鼓励过中小学生学习汉语，更加没有把汉语当作大学入学的一门考试，说明美国人民对于中国的了解还很有限。今天我们在这里开会，所有中国人的发言都是用英语，说明了中国语言学习的巨大成就。如果我们在中国开一个教育大会，要求所有美国参会的人员必须用汉语发言，估计在座的人没有几个能够做到。所以我们希望美国人能抱着更加开放的态度接纳中国，包括中国的语言，毕竟这两个大国的关系，决定了世界未来的走向。

中国专场结束后，中午和一家教育投资公司的老总共进午餐，给他介绍了中国民间教育的发展现状，希望在资本层面加强合作。下午又是五场见面交流活动，包括和《国家地理》杂志、培生教育集团等的交流，一直持续到晚上 6 点半结束。6 点半参加新东方组织的泳池夜话活动。晚上泳池边风很大，尽管有加暖煤气炉，依然把大家冻得够呛。我 7 点多离开，去参加 GSV 组织的 VIP 晚宴，到了以后发现有 200 人参加，和一些认识的人餐前寒暄问候了一圈，觉得人太多，没法进行深度交流，就在正餐之前离开了。

至此，我来参加会议的正式议程全部结束。我为新东方人安排了夜宵，我来请客，算是和大家告别，明天我就飞回北京了。昨天的那个酒吧叫 Roy's Huwaiian Cuisine，给我的印象不错，我就把夜宵安排在了那里。今天风大，酒吧里面都是人，但露天的座位没什么人。我让服务员把火塘的火点起来，我们把桌子围在火塘一圈，这样既能够享受火塘的温暖，又能够一起互相交流。因为外面没什么人，反而给了我们一种独处的安宁。前面港湾里的船只和风中的灯火，也给人一种倦帆归港的感觉。

我给大家点了香槟酒、白葡萄酒、红葡萄酒，这些酒都来自加州的纳帕谷。我比较喜欢加州的酒，因为那里阳光充足，似乎能够喝出阳光的味道来。大家边吃边交流，情绪越来越好，一直喝到午夜 12 点，喝掉了 20 多瓶酒。大家都有了醉意，我也喝醉了。结束后大家意犹未尽，又到海边散步一圈，才各自回到宾馆休息。这个晚上，因为喝了酒，我睡得不错，时差也倒过来了一些。可惜明天就要飞回北京，又是一番倒时差的辛苦。

回程

早上 7 点起床，拉开窗帘，外面的阳光一拥而入，海水在阳光下熠熠闪光。因为昨天的宿醉，我有点头昏脑涨，幸亏昨天的酒比较不错，肠胃还不算太难受。继续去游泳半小时，让凉水把自己弄清醒过来，又躺在太阳底下晒了 20 分钟，满是懒洋洋的舒适。回房间收拾一番后去吃早餐，早餐后在房间处理工作到 11 点，然后退房出发去机场，坐下午 1 点 10 分的日本航空 JL085 航班飞往东京，再从东京转机到北京。

飞机准时起飞，但广播通知要晚一个多小时到达。原有航线上有飓风，飞机不得不绕道飞行，本来十来个小时的航程，现在要飞十二个小时。我一算时间，发现下一班飞机要误点。原本两个航班之间的转机时间有一个半小时，现在延误一个多小时就赶不上了。查了一下航班信息，发现成田机场晚上只有这个航班飞北京了。

在飞机上继续阅读《世界观》，处理工作，看了一部电影《一个小忙》（*A Simple Favor*），没有怎么休息。飞机落地时间是晚上 5 点 55 分，原定的转机航班 JL869 是 6 点 10 分起飞，我以为奔跑一下能够赶上，但日航的地面工作人员说不行了。其实在前一个航班上我就和乘务员沟通过，希望地面的飞机能够等待 20 分钟，因为转机的人有很多，但还是没有成功。下了飞机，日航工作人员给了我一堆资料，包括入住的宾馆、明天早上安排好的航班等信息。如果明天在北京没有安排一堆事情，我倒觉得干脆在东京住一夜，逛逛东京没有什么不好，可惜明天从早上开始就安排了很多事情，所以今天晚上还是得千方百计地飞回去。

办理完进关手续，我赶紧查了一下航班，发现羽田机场有一班中国国航的 CA422 航班，晚上 9 点 10 分直飞北京，在携程上买票还来得及。我计算了一下时间，尽管两个机场之间相距几十公里，但一个小时应该能够赶到。于是立刻打的奔向羽田机场，在汽车上下单订票成功。7 点 40 分到达羽田机场，办票、出关，还到休息室吃了顿晚餐，8 点 50 分登机。飞机晚点 20 分钟，9 点半飞向夜空，一路向西飞往北京，午夜 12 点半到达北京。一路折腾之后，筋疲力尽，飞机还没有起飞我就昏昏睡去，直到飞机落地停稳后，乘务员才把我叫醒。这是我这趟行程睡得最踏实的一觉。至此，美国 GSV 峰会之行画上了完美的句号。

为年轻人的成长铺路

（2019 年 4 月 24 日—26 日）

为期三天的新东方储备人才董事长见面会结束了。这次会议是应我自己的要求安排的。

新东方的发展，面临比较严重的人才老化和人才断代问题。10 级及以上的管理者中，60 后和 70 后的人很多。这些管理者为新东方的发展做出了很大的贡献，而且未来依然能够为新东方的稳定和发展贡献力量。然而，年轻管理者相对缺乏，使新东方面临人才梯队不完整、开拓精神和创新精神不足的局面。现在连政府队伍都在不断年轻化，世界在新技术的推动下不断变化和高速发展，企业的管理队伍如果不年轻化，不让年轻人的创新精神和突破能力找到舞台，就一定会被时代所抛弃。

如果让年轻人按部就班逐渐晋升，等到他们晋升到能够为新东方做出较大贡献的岗位时，也变成中年人了，而且有能力的人是等不及的。新东方想要留住人才，就一定要有越级提拔的机制。这种越级提拔机制一定是一把手工程，只有这样才能把优秀的年轻人聚集起来，把新东方打造成能够让年轻人施展能力的战场。

从今年开始，我希望每年几次，召集一些年轻有为的基层管理者和我见面，让他们进行两到三天的展示，我从中选拔培养对象，放到新东方重要岗位上锻炼，加快他们的发展步伐。

这次我要求人力资源部给我挑选的人才，总共20个人，在年龄上要求必须是1985年之后出生的人。我亲自设计了会议议程，希望通过三天的见面，对他们有所了解，并且跟踪他们的发展。

开会之前，人力资源部就安排了对于他们个性和潜能的测试。整个会议议程，我安排了每人进行6分钟演讲，8分钟工作汇报，8分钟创业项目或商业模式分析，也安排了半天的野外爬山徒步活动，考察每个人的耐力和活力。通过这三天的会议和活动，我对这些孩子有了初步的了解。同时，也让战略部、总裁办、人力资源部的同事一起参与了会议和考察。孩子们在三天内得到了很好的鼓励和激励，同时，他们互相学习，彼此促进，在未来的工作中也有利于形成互相追赶的氛围。我要求他们的微信群不要解散，即使离开新东方也要继续留在群里，形成长久的学习和交流机制。成长不仅仅在新东方，而是一生的努力。我也会把一些学习内容扔到群里，敦促他们不断学习。

三天的日程很紧张，由于会议地点离我家比较近，我就没有住在会议宾馆。24日早上7点多从家里出发，开车去会议地点。8点会议正式开始。8点到9点，每个人2到3分钟做自我介绍；9点到12点是分小组情景模拟，下午2点到4点多是演讲展示；4点多到晚上7点是工作汇报；晚饭后8点到10点是商业模式分析展示。我也一直坚持到10点多才开车回家。从下午到晚上，外面一直在下雨，我在雨中开车回家，看着车灯前淅淅沥沥的雨丝，有种春寒料峭的感觉。

25日早上7点开车去会议地点。雨过天晴，所有植物都被雨洗了一遍，在早上的阳光下翠绿一片，闪烁着迷人的光芒。早上8点到10点，继续昨天没有完成的商业模式展示；10点到12点，由新东方4位有经验的高管分享工作和发展经验，给与会者带来不小的启示。午饭后下午1点半出发，去妙峰山进行爬山徒步训练，我将亲自陪他们完成整个训练。

我先行坐车到妙峰山，这样可以在车里稍微休息一下。雨后，蓝天白云下的妙峰山显得格外青翠迷人。早上起来远眺妙峰山，山头居然有白雪。昨天城里下雨，山上实际下雪了。到达妙峰山脚眺望山顶，白雪已经没有了。春天的雪，见阳光就化。

队伍到达后，我们沿着阳台山古香道，一路爬山向上。妙峰山最高峰1200米，我们需要爬到海拔1000米的豁口，然后再下到山的另一边。那边山脚下有个村庄叫涧沟村，穿越村庄后爬上另外一座山头，到达山头的娘娘庙，再下山到村庄农家乐吃晚饭，就算全程徒步结束。

一路上山下山，景色非常美丽，由于海拔高度不同，气温不一样，山上的绿色分出了很多层次，有青绿、翠绿、草绿、深绿等，大自然妙笔造化，总是让人惊叹不已。城里的桃花、杏花、海棠花、丁香花早就谢了，但在山里面，这些花正在次第开放，一丛丛不同颜色的鲜花点缀着山坡，让山坡活跃灵动起来。到达山顶，还能够看到昨晚留下的残雪，在山的阴面没有被太阳照到，还没有化掉。山顶温度骤降，大概只有4～5度左右，和山下的温暖如夏，形成了强烈对照。幸亏我提前要求大家带够衣服。我自己带了两件衣服，穿上都觉得有点寒冷。到了豁口大家休息一会，待后续的人全部到达山顶后，大家沿盘山公路下山，穿越美丽的、被阳光照射得斑驳陆离的树林，一路到达山脚下的涧沟村。

到达村庄已经是下午5点，我让爬不动的女生和因脚抽筋受伤的男生留在村庄，其他人跟着我穿越村庄，爬上后面妙峰山上的娘娘庙，海拔又一次上升 300 米。最后这一段路程，大家明显已经累了，有点咬着牙往上爬的感觉。我老胳膊老腿的，反而没觉得太累，这可能和我平时运动比较多有关。年轻人对我的体力和耐力表示惊叹。

太阳西斜，一路景色如画。最突出的是沿路几百年的古松，千姿百态，挺拔高耸，给人以精气神的巨大支撑。到达娘娘庙后，庙门已经关闭。我让大家自愿在庙门前磕头许愿，为事业、爱情、家庭、孩子等。我带头磕头许愿，愿天下众生和平安宁幸福。对于美好事物的祈愿，我一直认为内心需要足够虔诚，这不仅仅是敬神像，更是敬自己期望圆满的内心。

山顶暮色四合，千山万壑奔来眼前，苍茫大地一览无余。大家带着敬畏的心态，默默眺望着眼前宏大的景象。随后，收拾行装从原路步行下山。到达山脚已经 7 点多了，村庄里的灯火一盏盏亮起，给寂静的山谷平添了温馨的人间烟火。

我们走到预订的农家乐，饭菜已经摆好。大家把酒倒上，我讲话并敬酒，大家徒步后的劳累，被美酒美食一扫而空。觥筹交错之间，大家吐露真心，一直聚到晚上 10 点。不少人已有醉意，看得出来大家很开心。我和大家告别，坐车回家，也已经有了醉意。一路上情不自禁地吟诵了欧阳修的《醉翁亭记》：“太守与客来饮于此，饮少辄醉，而年又最高，故自号曰醉翁也。醉翁之意不在酒，在乎山水之间也。山水之乐，得之心而寓之酒也。”

26 日早上 7 点，我前往机场希尔顿酒店。新东方产业基金安排了马来西亚的企业家和我见面，沟通和新东方在教育领域合作的可能。我因为没有其他时间，只能专门安排早餐会和他们见面。7 点半到达酒店共进早餐，和马来西亚朋友沟通合作的可能性，相谈甚欢。8点50分，愉快地结束见面，并答应择时去马来西亚考察。

随后又辗转到储备人才董事长见面会和大家见面。今天的主题是讨论布置阅读的书籍《领导梯队》（*The Leadership Pipeline*），这是一本不错的讲领导力梯度升级的书籍，大家根据书中的内容进行讨论。由于我中午就要赶赴机场去日本，所以没有听他们讨论。我用了一个小时，对他们讲了新东方未来的产业布局和新东方的价值观及理念，以及新东方的教育理想和实行路径。11点我结束讲话，和大家照相告别。

在微信群里，我看到会议结束时大家已经有点依依不舍。三天的学习、交流、徒步，已经让他们形成了一个团队，有了共同的回忆，产生了作为战友的情谊。我把种子给他们种下了，给他们更好的土壤和环境，相信这些年轻的管理者，一定会从这里出发，茁壮成长。也许未来中国教育领域的领军人物，就在他们中间。

年轻的一代，接过点燃的火种，定会努力前行。

新东方的徒步文化
（2019 年 5 月 20 日）

新东方开会有个特点，就是通常都会在会议期间拿出半天时间，安排参会人员户外徒步 15～20 公里。这 20 公里不是在平地上走，一般都会选择翻山越岭的道路。为什么要进行户外徒步？其实最初并没有什么目的，就是觉得新东方应该是一个在天地之间奔跑的事业，每个新东方人都应该有情怀、有格局、有耐力、有坚毅。而这些品质，通过徒步最能够体现出来。新东方最初安排的活动比徒步还要生猛，通常都是到草原上去骑马狂奔，不止一人从马上摔下来受伤。后来人多了，马骑不过来了，大家太忙时间也不够，去一次草原要两三天的时间，就改成了半天徒步，晚上聚餐。

一个企业，基本上领导人的爱好就是团队的爱好。我的爱好就是户外活动，包括徒步、爬山、骑马、滑雪等，所以新东方很多人也有这些方面的爱好。其实并不是每个新东方人都喜欢户外活动，总有人喜欢宅在房间里不想动。但只要是参加我主导的会议，徒步等户外活动就变成了必选项目。不想参加的人必须给出特别充分的理由，否则就必须跟我走。我常常跟他们说，我 50 多岁了，还能够和你们一起狂走 20 公里，你们比我年轻至少 20 岁，如果跟不上我的步伐，在新东方就是不合格的。可结果常常是，不少年轻人走不过我，最后东倒西歪的人不在少数，而我依然能够健步如飞。

最近一个月，比较密集地召开了三次董事长见面会。顾名思义，董事长见面会就是我和新东方人的见面会。见面会可以分不同级别进行，既可以和基层员工见面，也可以和管理层见面。通过各种形式了解新东方的发展情况，也可以通过观察了解人才的发展情况。整体上就是越级了解情况，但不是越级管理。每次见面会大概两天时间，20人左右。通过两天的见面会，我可以对每个人的能力和个性有一个大致的了解，这也算是我个人对于新东方的工作盘点和人才盘点。

最近的三次见面会，一次是新东方优才和管理培训生见面会，一次是集团总公司年轻中层管理者见面会，一次是英才和新任校长管理者见面会。三次见面会，每次只间隔一个星期，结果就是，我三个星期翻山越岭徒步了三次。

其实徒步就像跑马拉松一样，如果你习惯了，跑半马或者全马都不是问题。但如果你从来没有跑过，一口气跑40公里，你可能就会像当初从马拉松跑到雅典送捷报的那个士兵一样，喊了一声“胜利”，就倒地而死。如果你总跑，尽管也累，但身体适应了，反而会产生一种愉悦感。这就是为什么那么多人跑马拉松的原因：不但可以通过参加集体活动寻找志同道合的朋友，还能够体会到在挑战中产生的愉悦感。

我自己从来没有跑过马拉松，主要原因是没有足够的时间。因为跑马拉松要去不同的城市，平时还要自己训练，不太适合现在的我。但是带着团队徒步，就相当于工作的一部分，从心理上就有了一种心安理得的感觉。

我对北京山区的徒步路线还是比较熟悉的，至少对我自己行走过的几条路线比较熟悉。人力资源部安排徒步路线的时候，一般都是我给出建议，把起点和终点确定好，把整个路线图画出来交给他们。甚至到了终点在什么地方团建聚餐，都预先和他们划定范围。

带着队伍团建，有几点必须确保：

一是中间不能岔路太多，否则有人走丢就是大麻烦。别看北京山区好像很安全,山也不是特别陡,但每年都有在大山里迷路和失踪的人。

二是道路不能太危险，否则有人掉下山崖什么的就麻烦了。

三是必须要确保道路畅通，如果出现问题，比如有人晕倒生病什么的，必须就近汽车能够到达。

四是距离不能太远也不能太近，太远大家走绝望了，在既定时间到达不了目的地，影响后面的聚餐；太近大家轻而易举就走完了，一点考验都没有。

我设计的路线一般都能够满足上面的要求。

这三次徒步，我带着团队走的第一条路线，是妙峰山古香道路线。妙峰山是北京西郊最高的一座山，海拔 1200 米，主峰实际上叫阳台山。妙峰山在古代可是个热闹之地，山上的娘娘庙和玉皇庙都是老百姓朝拜的地方。在庙会期间，老百姓沿着前山香道一路上山，爬上 1200 米的主峰，熙熙攘攘，络绎不绝。沿路有很多施舍粥和茶水的茶棚，到现在还留有遗址的有响墙茶棚、朝阳院茶棚和在山顶的妙儿洼茶棚。由于人太多,古代的香道还不止一条。现在留下来的最完整的香道遗址，就是阳台山香道遗址。我沿着这个台阶已经七零八落的古香道，不止一次从山脚一直爬到山顶。有的时候到了山顶原路返回，有的时候干脆走到后山山脚下的涧沟村，在村庄里的农家乐吃个晚饭，然后再让司机开车进山把我接出去。

这条路线，每个人都要爬上1000米以上的山顶，对于很多人来说都是一个不小的考验。但沿路景色优美壮观，如果边走边看风景，大多数人都能够坚持到山顶。到了山顶有两条道可以选择，一条是顺着盘山公路下到涧沟村，再穿越村庄沿着台阶继续爬山，到达妙峰山上的娘娘庙和玉皇庙。另一条是沿着盘山公路向里走，绕过阳台山主峰到达娘娘庙和玉皇庙，这样不需要下山再上山，但要多走5公里左右。我带着队伍选择了下山再上山的道路，这样更能考验继续爬山的爆发力。到达山顶看完夕阳，下山刚好天黑，大家在农家乐做团建，聚餐喝酒，尽欢而归。

第二次徒步，在选择道路的时候，我想一定不能再走一次妙峰山了，所以就选择了从香山前山翻越到香山后山的道路。很多人一想到香山就是香山公园，其实香山公园只是西山余脉的一部分。整个西山有很多山头，香山只是其中之一，还不是最高的。香山海拔550米，另外一个后山的山头，我不知道名称，有680米的海拔高度。

这条徒步路线，从山下的香山小镇煤厂街出发，走过煤厂街，接上碧云寺路。碧云寺路从香山公园和碧云寺之间穿过，通向后面的村庄。这两个公园都要买票，在路上有一道栏杆，和工作人员说一下是去后面的村庄，不是去公园，就可以免费穿过了。到达村庄后，沿着防火通道的盘山公路往上爬。这里的盘山公路只用于消防，其他社会车辆不允许进出，所以道路宁静优雅。当然你还得注意是否有车，总会有几辆违规汽车闯进来。再往前，走到香山和另外一个山头之间的门洞，就算是翻过香山前山了，然后下一个目标是沿着盘山公路，到达最高峰上的望京楼。这一段路有近道，有远路。既然是徒步，当然是走远路，沿着公路走，一个大三角拐弯，绕出去6公里左右。

这次我们去徒步，刚好赶上满山槐树花盛开，白色的槐树花芳香四溢，漫山遍野，把整个山谷装点得优雅高洁。加上四周绿树青松，野花摇曳，与其说是艰苦的徒步，还不如说是轻松的踏青。只不过这次踏青，要翻山越岭 16 公里。

到达望京楼后，从望京楼一路向前，沿着山脊走到一个叫“憋死猫”的交叉点。这座山里的各种名称都很奇怪，除了“憋死猫”，还有个地方叫“打鹰洼”。可见这里古时动物很多，多到了要憋死和打死的地步。这里的“猫”实际上是指老虎。乾隆带着队伍在这里上山狩猎，一次就打死十几只豹子和几只老虎。这些大型动物被人团团围住，没有出路，所以这个地方就叫“憋死猫”了。

到了这个地点，你可以选择到前山的道路，下到北京植物园，也可以选择到后山的道路，下到温泉镇。我设计的路线是下到温泉镇。那边的山里，有一个叫“宁乐和”的烤全羊餐馆，是我安排的聚餐地点。为了吃到烤全羊，同志们加油啊。于是大家拼命奔跑，尽管有人身体不适，只能慢慢挪下山，但 20 多人，没有一个人中途撤离，都坚持走到了最后。聚餐时大家都已经饿极了，两只烤全羊被一扫而空。大家喝酒聊天，对总公司的工作猛烈地提意见，在半夜山中充满松树香味的空气中，酒足饭饱而归。

第三次徒步，是带着新东方新任管理者徒步。前面两条路线走完了，为了让自己有新鲜感，我打算选择一条新的路线。于是我想起了十三陵水库边上的蟒山公园。蟒山不高，最高峰也就是海拔 600 多米。要是从前山台阶上去，最多爬一个小时就到山顶了。蟒山后山有一条盘山公路，可以一直绕山到达山顶。这条路平时开车上山的人不多，总长 10 公里左右，刚好适合徒步上山。于是我就带领大家从后山的盘山公路入口开始徒步。

这天的天气也很给力，多云，意味着大家不用在太阳底下暴晒。尽管一路还是会出汗，但不至于气喘吁吁、头晕眼花了。大家沿着盘山公路渐行渐高，视野越来越开阔，心情也越来越舒畅，两个小时后到达山顶。山顶的另一边就是十三陵水库。从山顶俯瞰十三陵水库，再远眺苍茫山岭中的十三座明朝陵墓，历史感、苍茫感瞬间涌上心头。而脚下的湖光山色，也让人顿生纳天地于胸中的宽阔。

人家在山头休息了一会，然后沿着前山台阶下山，一个小时不到就到达了山脚。到了山脚后，出公园大门，就是环十三陵水库的公路。这条公路是常用公路，路上车还是比较多的。要走到晚上团建的目的地，水库边上十三陵镇里面的芙蓉渔村，还有 5 公里的距离。我提醒大家注意交通安全，努力把全程走完。大家沿着公路又走了 5 公里。我带着几个还不那么累的新东方人，干脆跑步完成了最后 5 公里，比其他人员提早半小时到达了终点，结果弄得浑身大汗淋漓，像落汤鸡一样。晚上大家在芙蓉渔村吃饭，主菜就是十三陵水库里的大鱼。大家觥筹交错，征服了艰苦路程后的喜悦溢于言表，不少人兴奋得大醉而归。

以上是这几个星期我带领团队徒步的路线概况。如果有时间，你也可以去走一走，一定会有所收获。当然，最好和团队或者朋友一起走，这样才会有真正的乐趣，也才会相对容易坚持走下去。一个人走路，可以走得快，但是走不远；一群志同道合的人走路，不仅走得快，而且还能够走得很远。人生道路上，有人相伴，既是幸运，更是幸福。

贵州黔西南山区教育考察纪行
（2019 年 10 月 31 日—11 月 2 日）

缘起

2019 年年初，我为自己定了两个目标：一是要做几次中国贫困地区和山区的教育考察工作，深入了解中国农村的教育现状；二是选择一所农村高中，去当名誉校长，通过能够调动的教育资源，为孩子们的成长服务，帮助到更多的农村孩子，让他们走进大学读书，去争取更加光明的前途。

新东方的公益团队通过调研，帮我选定了贵州兴义普安县第一中学，作为我当名誉校长的中学。普安一中有接近 4000 名学生在读，大部分为农村孩子和少数民族孩子，其中有 1000 多位国家资助的贫困生，每年的高考升学率大概在 30% 左右，进入一本大学的学生少之又少。这样的高中，刚好符合我的标准。我就是想看看，通过我们的努力，是不是可以让这些普通的农村孩子，也有成为中国栋梁之材的机会。

黔西南我一直没有去过。这片在云贵高原深处的土地，大山连着大山，层峦叠嶂，在古代只能通过骡马和外界相连，曾经是古国夜郎的所在地。今天的贵州，已经把高速公路修到了每一个县城，村村通公路也基本实现。但交通的发达，依然没有解决地区的贫困问题。山里的青壮年大部分外出打工，把孩子们留给家里的老人照看。山里的产业很少，老百姓缺少工作机会，只有通过到外地打工，才能给家里带来足够的生活资源。在这里，山水的秀美壮丽和百姓的贫困闭塞形成了鲜明对照。

自从决定了要到普安一中当名誉校长，我就一直筹划着要到大山深处去看一看。本来打算 9 月份去，但事务太多身不由己，一拖再拖。到了 10 月下旬，我想要是再不去，一年就要过去了，就设法把 10 月 31 日到 11 月 2 日空了出来，利用这三天时间去考察黔西南的整体教育状况，并到普安一中去就任名誉校长。选择黔西南作为我的首选考察之地，还有一个原因，就是黔西南是民盟中央对口的帮扶区域，而我自己就是民盟中央委员。

行程规划

三天的整体行程安排如下：

10 月 31 日早上从北京出发，中午到达贵阳机场，贵阳新东方相关人员到机场接机，直奔第一个考察地点望谟县。望谟县是国家级贫困县，人口以布依族为主。到望谟后考察王母街道第三小学，然后再考察望谟县第五中学。考察结束后开车从望谟到兴义住宿。

11 月 1 日一早，从兴义开车前往普安，到普安一中考察，接受名誉校长称号，并对全体师生演讲。结束后，中午从普安出发，到兴仁市大山镇河坝小学考察。这所小学已经接入“情系远山”双师学习系统，可以通过远程直播为孩子们带去北京高质量的外语教学。考察结束后从大山镇回到贵阳，晚上和贵阳新东方全体员工见面。

11 月 2 日早上，从贵阳回到北京，结束行程。整个考察行程安排了小学、初中和高中，可以一窥这些地方的教育状况。

10 月 31 日

31 日早上，北京阳光灿烂，我乘坐 9 点钟的南航 CZ3682 航班飞往贵阳。上次去贵阳还是五年前，参加新东方“梦想之旅”大学生励志巡讲活动。那一次的活动，我们从贵阳到遵义，中间还特意拐到茅台镇，在微雨中参观了茅台酒厂，在镇上紧靠赤水河边的一家酒馆里，喝了五六种不同档次的茅台镇散装白酒，并在微醺中为遵义的大学生们做了一场意兴盎然的演讲。

时光如水，那时的场景还历历在目，倏忽间已经五年过去。

飞机准点起飞，一路穿云破雾，于中午 12 点多到达贵阳机场。接机的车已经守候在机场门口。

在贵阳，有一位企业家叫张世伦，是贵阳双龙镇文化旅游开发公司的老总，也是我多年的朋友，最初相识在温哥华。我在温哥华住过一段时间，他家也在温哥华，我们两家的房子后门对着后门，中间只隔了一条小巷，由此相识。老张每次去温哥华都要带上两瓶茅台酒，基本上就是为我带的。在很多个月黑风高的晚上，我们在温哥华的夜空下，一边品着茅台酒，一边感叹人生。他身上那种淳朴、实在的气质，总是为别人着想的品质，特别能够让人心动，由此我们成了很好的朋友。后来我不再去温哥华，他也忙着做生意很少来北京，见面就少了，但友情犹如老酒，久存愈香。

这次去贵阳前，我给他发微信说了我的行程，他立刻推掉其他工作，说要和我一起走一趟。他说身为贵阳的企业家，他还没有考察过贵阳的教育，希望和我一起去考察一下，如果用得到他出钱出力的地方，他一定在所不辞。我想这也是好事，就答应他和我一起去考察。所以他也到贵阳机场来接我，和我一起出发。

新东方学校的车是普通小轿车，他的车是奔驰商务车，宽敞舒适，搞得好像不是去考察，更像是去旅游一样。我想了想，这样也好，我的腰不好，此行路途遥远，整体行程两天要开1000多公里，有辆好车更保险。于是我坐上他的车，其他新东方员工坐上学校的车，一起出发。

从机场到望谟，有200多公里的路程，行程接近三个小时。我们先在路边店吃了便餐，然后走上高速一路向南。高速两边，青山绿水扑面而来。这些年，贵州开发了不少旅游资源，也利用旅游带动了经济的发展；但旅游毕竟没法成为这个地方的经济支柱，何况有些县也没有旅游资源，所以在青山绿水之间，隐藏了很多国家级贫困县。还有一些老百姓，仍保持着原始的生活状态，居住在深山老林之中。这几年，国家通过各种努力，让越来越多的老百姓搬出大山，搬到城镇居住，为他们提供工作机会。这些移居的老百姓，政府给了他们一个很好听的称呼：新市民。

我这次纯属个人行为的考察，因为民盟中央副主席龙庄伟的加入，变成了一件地方政府很重视的事情。龙主席是10月29日至30日来兴义参加“中国美丽乡村 · 万峰林峰会”和“2019国际山地旅游暨户外运动大会”的。通过这样的峰会，兴义美丽的山水品牌，已经有了很大的知名度。龙主席是民盟的老领导，听说我来黔西南考察，非常高兴，说可以加入我们一起考察。我自然很愿意龙主席加入，这样未来和民盟一起来支持这里的教育更加方便。

民盟的“烛光行动”，每年培训几千个农村老师，都是新东方承接的。而新东方和好未来等一起筹办的“情系远山”远程直播教学，有不少农村地区的学校，也是民盟出面帮助对接的。大家的目的只有一个：为农村和山区的教育多做点事情。

于是，我和龙主席约好，31 日下午他从兴义出发，我从机场出发，一起到望谟会合。好在现在政府一切从简，没有什么繁文缛节。我们下午 4 点钟在望谟第三小学会师，一起开始考察学校。

由于国家对于贫困地区教育的支持，以及地方政府对于教育的重视，学校的基础设施达到了比较好的水平。校园建设和信息硬件系统，甚至达到了一线城市学校的水平。后面我们又走访了初中、职高、高中，情况基本相同，各个学校在校园建设和硬件上，都达到了不错的水准。这些地区的学校所面临的问题，基本都是老师们的整体水平不够高，以及优质教育资源比较缺乏。还有一个问题，就是留守儿童比例较高，孩子们在成长过程中缺乏亲情关爱。

望谟第三小学是去年刚搬到新校园的，校园干净漂亮，依山傍水。这所学校以接纳从山里搬迁出来的新市民的孩子为主，有在校生 1700 人，其中少数民族学生 1400 多人，教职工 127 人。

我们参观了学校的图书馆、学生活动大厅、操场、教室等，和一些老师进行了座谈。应当地领导的邀请，座谈后我为 100 多位老师做了半个小时的报告，谈了当老师的体会，主要讲了四点：第一，当好老师，首先要对孩子付出真心的爱，从心底里喜欢孩子，爱孩子；第二，当好老师，要自我长进、自我进步，不断把新的思想和新的眼界带给孩子们；第三，当好老师，需要有方法和激情，方法是为了更好、更有效地培养孩子，激情会带动孩子们从心底里追求知识和未来的热情；第四，当好老师，要有人性，不能对孩子冷漠，更不能羞辱孩子，让孩子在人性关爱的环境中成长，特别是对于留守儿童，这一点尤其重要。

望谟第三小学的学生们

我答应老师们，以后他们可以轮流到北京来接受新东方的培训，一起为孩子们的成长努力。我从心底里尊敬这些坚守在山区和农村的老师。中国上亿的农村孩子，正是在他们的坚守下，获得知识，走向未来。

看完第三小学，又转场到望谟县第五中学。望谟是个山城，城区人口只有十几万，沿着山麓建城，峰回路转，城市各区间相隔还挺远，从第三小学到第五中学大概用了半个小时。

望谟沿街的建筑很有特色，基本都是四五层楼的建筑，外表用木头和石头包裹起来，看上去显得古朴温馨。

第五中学也是一所新建的学校，是把一座山削平后建起来的全寄宿制初中学校。校园建得相当漂亮，总建筑面积达到63000多平方米，共有接近3000名学生在里面上课，其中留守儿童接近1000人，大部分都是周围乡村来的学生。我们到达的时候，刚好是孩子们吃晚饭的时间，有学生在排队打饭，有学生在操场上踢球，有学生在大屏幕前看新闻，也有学生三三两两在散步。孩子们看上去都很平和快乐，小脸被高原的太阳晒得红扑扑的。学生周末都会回家，但平时都住在学校，8个人一间宿舍，宿舍很新，宿舍中孩子们的衣物收拾得很整洁。校长兴致勃勃地介绍着学校的办学心得和成就，对政府的支持表达由衷的感谢。

看完一所小学和一所初中，我从内心感叹中央和地方对于教育的投入。在全国的大部分地方，从镇里的小学开始，到初中和高中，校园建设都基本达标，很多还达到了比较高的标准；而且通过几年的信息化建设，几乎所有的学校都可以随时打开信息系统，接受远方输送过来的教育资源。即使是行政村一级的完小（完全小学），也基本都有信息系统覆盖。只有不足100名学生的农村教学点，可能在校舍和系统方面还不够完善，需要政府和民间力量一起努力。

新东方和感恩基金会一起发起的“一校一梦想”项目，每年支持上百所农村教学点的基础设施建设。我这两年出书所得的版税，大部分也投入到了支持农村教学点的建设方面。经过这些年的努力，国家已经形成了比较完备的教育体系，全国范围内都有了从村教学点到行政村完小、到乡镇小学的体系。初中一般都集中到乡镇和县城去办，初中生已经有自理能力，所以很多初中都是寄宿制。初中毕业后，学生分成两叉，50%~60%的学生上普通高中，为上大学本科而努力，剩下的学生上职业高中。这些年，国家在中等职业教育和高等职业教育上，投入了大量的资源，全国各地的中等职业学校从硬件到教学，都越来越好。高中考不上本科的孩子，大部分都可以到高等职业院校去读书。中专毕业的，如果想继续学习，也可以考入高等职业院校。这样一个教育体系，使得大部分孩子只要想上学，就有学可上。二十年前中国的大学扩招政策，尽管有些人非议此举降低了高等教育质量，但实际上对于普遍提升中国孩子的教育水平，为更多孩子打开上升通道，做出了巨大贡献。

两所学校考察结束时，已经暮色四合。大家一起吃了点便餐，在高原的夜空下开车向兴义出发。从望谟到兴义，需要两个小时，一路高速，还比较顺利。

我们晚上9点多到达兴义，入住中维金州翠湖宾馆。兴义毕竟是州府，又是旅游热门城市之一，通衢大道，灯火辉煌，高楼大厦，鳞次栉比。入住宾馆后，大家意犹未尽。老张刚好带了一瓶好酒，于是在酒店房间，弄了点小菜，一边喝酒，一边讨论如何对黔西南地区的教育进行支持，接近12点才尽欢而散。

11月1日

第二天早上6点多起床，收拾行李，朗读20分钟英文。7点半下楼和大家会合，一起去吃羊肉粉。羊肉粉是兴义的著名小吃，这里曾经开展过万人同吃羊肉粉活动。刚好我们宾馆边上有一家很好的羊肉粉店，叫“刘记羊肉粉”，这家店还获得了旅游局颁发的品牌店称号。在昨天的宿酒之后，吃一碗滚烫的、加了羊杂碎和羊血、配以贵州干辣椒粉的羊肉粉后，浑身的舒坦，像春风一样蔓延开来，给一天的工作带来了满满的正能量。

早餐后，8点钟从宾馆出发，前往普安。龙主席也同往普安考察学校，同时为我在普安一中当名誉校长站台。普安距离兴义200公里，需要两个多小时才能到达。今天的云贵高原碧空如洗，阳光普照，一路山水，峰峦起伏，屋舍俨然。

10点钟，我们到达普安，先到普安县中等职业学校参观。学校整体建设得很不错，实训大楼里，学生们有的在学习制作茶叶，有的在学习缝纫，有的在学习摄影，孩子大部分都是农村来的，朴实认真。在泡茶课上，孩子们把泡好的茶端给我们喝，我们没有那么多人，有的孩子泡的茶没人接，就显得很失落，我就接过更多孩子的茶，结果喝了五六碗。“普安红”是贵州著名的茶品之一，年产值已经有十几亿人民币，政府正在着力把它打造成出口品牌。后来在政府的座谈会上，我表态以后新东方老师喝茶，尽量用普安红。

参观完中等职业学校后，我们终于来到我要当名誉校长的普安一中。普安一中是十几年前在一座山坡上建起来的。学校最高的行政楼，

学生们正在学习茶道

是把山头削平了建造的。学校依山而建，层层上升，寓意学生步步高升。校园面积达200多亩，里面还有一个深达十几米的陨石天坑，直径达50米左右，里面碧波荡漾，周围林木青翠，鸟语花香。天坑用铁栏杆围起来不能入内，估计是为了学生的安全。

全校每个年级有22个班，共66个班4000余名学生在读。我要来的消息全校师生几天前就知道了，给学校带来了一点小小的兴奋。到达后，我们简单参观了一下校园，然后到会议室和普安的领导以及部分老师进行座谈，了解他们的教育需求，看看如何和新东方的教育资源进行对接。座谈结束后，大家一起移步到学校大操场。4000多位师生，在阳光明媚的天空下，等待我给他们演讲。

学生们穿着红色的校服，和蓝色的天空，绿色的山峦，形成鲜明的对照，像一片火在熊熊燃烧。他们淳朴的脸上露出的欢笑，让我深受感动，也更加坚定了我要把名誉校长当好的决心。在县委书记农文海的主持下，我在主席台上从县长龙强手里接过聘书。

这次过来，县委书记和县长同时出席这一活动，可见地方政府对于教育的重视。仪式结束后，我对全体师生演讲，与同学们分享了自己成长过程中最重要的三件事情。我对同学们说：第一，要认识到生命很精彩，主动去追求，就会收获更丰富的人生；第二，要让自己不断进步，不需要与周围的人过分比较，找到自己的节奏去努力就可以；第三，坚持很重要，需要耐心，也需要方法。同时，也对老师们讲述了我认为成为一名好老师的四个方面，内容与在望谟和老师们的交流差不多。

演讲结束后，本来应该用更多的时间和学生、老师进行更深入的交流，但按照日程安排，下午要开车200多公里，到兴仁市大山镇的一所小学去考察，然后还要再回到贵阳，所以只能把这一诉求留到下次。

我希望以后每年能够到普安一中来两三次，给学生上课，和老师交流。

匆匆吃过便餐后，继续上路出发。顺着来路，到兴仁市，再拐上S50高速，向东行驶30多公里，然后拐到大山镇的乡间公路，前行20多公里，再右转到通往河坝小学的一条小道，行驶3公里后，就到了位于村庄中的河坝小学。

小学的二层楼容纳了180名左右的学生，每个年级一个班。这让我想起了我小时候村里的小学，也是每个年级一个班。这所小学整体上干净整洁，有10个老师任教，7个男老师，3个女老师。学生都是周围两公里之内的孩子，很多都是留守儿童。这个学校在民盟中央的关心下，半年前接入了“情系远山”的公益双师课堂。我们到达的时候，刚好六年级在上英文课，北京的新东方老师正在给孩子们讲解课文，当地的老师配合把新东方老师的讲解写下来，再带着孩子们学习。孩子们兴致盎然地跟着两位老师学习。

下课后，当地老师握着我的手，激动地说这样的课太好了，解决了大问题，自己也学到很多东西，这让我感受到了“情系远山”项目的意义，坚定了把项目继续推广下去的决心。我们和老师们进行了座谈，收集了他们的需求，然后从村小离开，沿着原路返回高速公路。路上刚好碰上镇里的小学和初中放学，各种来往接送的人不断。孩子有的是家长接送，有的是邻居代替接送，还有的孩子一起凑钱包一辆三轮车，也有孩子是走回家的。等孩子们差不多散尽了，我们回到高速入口，和当地陪同的领导告别，一路向东，返回贵阳，路途近300公里。

一路上，看着太阳一点点落到山的那一边，变成满天红霞；夕阳如黄金一般闪烁，群山起伏绵延，逐渐变成暮色苍山。天上云层开始堆积，空气中有了湿淋淋的味道，我料想，明天可能会阴雨绵绵。这两天的考察，云贵高原一路以明媚阳光伴我同行，也许是希望我能够以阳光之心，努力照耀孩子们的希望吧。

回到贵阳，已经是晚上 8 点。城市华灯灿烂，俨然国际大都市的气派。随后到新东方校区，给 100 多名员工、老师讲话，然后和大家照相合影，9 点结束。老张陪我走了一路，一定要让我到他的文化小镇双龙镇去一趟。于是我们驱车到镇上，一个在山里面的美丽小镇。我们找了几个朋友，还有新东方的管理者一起吃晚饭，一起喝酒聊天。不知时光之流逝，直到午夜方散。是夜，宿双龙镇小镇客栈，温馨怡人。梦中忽回童年，背着书包在上学路上的田埂上猛跑。

11 月 2 日

醒来天已朦胧，外面果然下着蒙蒙细雨。于是起床，洗漱完毕，在清晨渺无一人的双龙镇散步。在山间峡谷徜徉，在玻璃栈道上漫步，在峡谷间的吊桥上摇晃。随后在绵绵细雨中，到小镇的一家羊肉粉店，吃了一碗热乎乎的羊肉粉，觉得人生的美好不过如此。

早餐后，收拾行李，奔赴机场，坐 11 点的航班飞回北京。飞机准时起飞，冲向天空，甩在后面的，是一座座似乎没有尽头的山峰；甩不掉的，是我对这片土地和土地上孩子们的责任和思念。

咸阳农村教育考察纪行

（2019 年 11 月 28 日—29 日）

从黔西南考察回来后，我就开始筹划到中国北部地区的农村去考察教育，看看南北之间农村教育的不同之处，这样能够提供更加切合实际的帮助，为农村孩子多做点事情。

新东方几年前就参加了北京感恩基金会的“一校一梦想”项目。“一校一梦想”是专门帮助农村学校，为学校提供设施、改善教学环境的项目。我个人图书版税的一部分，也捐助在这个项目上。迄今为止，新东方和我通过“一校一梦想”项目，已经为几十所农村学校提供了帮助，包括建厕所、安装净水器、建操场、建围墙、买课桌椅等。

我提出考察的想法后，感恩基金会创始人周健就和我一起讨论去哪最合适。他对农村学校状况比我熟悉，建议我去咸阳下属的县里走一走。我说咸阳在西安边上，是中国的核心城市圈之一，难道那里农村的中小学设施还不完善吗？他说你自己过去看看，就知道是不是需要帮助了。

于是我们制订了计划，11 月 28 日去咸阳下属的三个县考察。这三个县刚好都有“一校一梦想”的落地项目，这样我们既可以考察项目的落地情况，也可以考察当地学校的教育情况。

我本来是打算27日晚上飞咸阳，28日早上从咸阳出发，这样一天就把三个县的几所学校全部走完了。但没有想到，27日在北京临时被重要的事情羁绊住了，只能换成28日一早的航班。这样就变成了一天之内从北京飞咸阳，再考察三个县的学校，行程变得很紧张。

28日，早上4点就起床了，5点从家里出发，5点半到达机场，乘坐海航HU7137航班，6点35分起飞。由于是早班飞机，不仅没有晚点，还提前了10分钟落地，于8点半到达西安机场。

我们从机场一出来，就上车直接前往永寿县。咸阳市副市长王蕾陪同我们前往。王蕾在中国银行工作，是从北京到咸阳挂职，同时为当地提供对口资源支持。她上大学的时候曾经参加过新东方的培训，所以见面问候时多了一分亲切。

我们走高速到达永寿县，一路顺利，比原定计划提前30分钟到达目的地。他们给我安排的第一个活动是在永寿职教中心，给600个从各个学校集中过来的老师和学生做讲座。我本来说这次是来考察农村教育的，讲座就不做了，但相关领导一再盛情邀请，只能答应。

职教中心对面就是永寿中学，全县就这一个高中，共有大概3000名学生就读。我说既然时间还早，我们不妨到高中去走一走。于是大家一起走进了高中。高中校长出来接待我们，在校园里，一边走一边介绍学校的情况。

学校的学生大部分都来自农村地区，有一半是寄宿学生，另一半是走读生，有不少是父母都不在身边的留守学生。学校整体上的高考入学率能够达到70%，这说明学校的教学质量比较不错。校长告诉我，陕西的老百姓重视教育，所以对于学校还不满意，希望能够给学生提更高的要求，让孩子们进更好的大学。现在考上大学的学生，大部分都是进入二本学校。

我们走过校园的时候，正好是课间休息，所有的学生都穿着校服，在寒风中绕着操场跑步，一边跑一边喊口号，没有听清楚他们喊什么，但应该都是自我鼓励的话语。10 点半，我们结束参观，回到职教中心。

10 点半到 11 点半是我的演讲时间，老师、学生们坐在礼堂里准备就绪。主持人做了情况介绍后，周健先上去介绍了一下感恩基金会在咸阳地区的项目落地情况，然后我上去做了一个小时以个人成长和发展为主题的演讲。老师、同学们整体上听得很专注，我也希望用我的热情感染大家。

演讲结束后，和团队一起在县城的饭店吃了午餐。饭店的房间没有暖气，很冷的感觉，我就催服务员尽快上菜。我的本意是一人一碗面条吃完走人，但接待方还点了几个菜，只能一边等菜一边聊天。最后终于来了酸汤面，吃了面条，有了热气，浑身就舒坦起来。

午饭后，直接开车到永寿县渠子镇。一路都是乡村公路，从一个塬翻到另一个塬，两个塬之间是深深的沟。汽车爬下去再爬上来，经过一道山后，路两边已经是厚厚的积雪。就这样汽车开了一个小时，到了渠子镇的永太九年制学校。

这是我们要考察的第一个学校，“一校一梦想”项目给这个学校提供的支持是安装了太阳能路灯。学校在一个大村庄里，村庄叫车村，学校门口墙上写着 “车村中学” 。我问为什么叫中学，校长说原来这里是个初中，后来有条件的老百姓把孩子送到镇上或者县城去上学，初中生越来越少，就把小学给并了进来。即使这样，小学加初中也就只有 100 多人，未来学生还会更少。因为只要有条件，大家就往镇上和城里搬。原来学校光初中生就有 300 人，乡村人口还算兴旺，现在除了老年人，就是留守儿童了。

我们走进教室，发现教室里空气冰冷，几乎在零度左右。我问校长为什么没有暖气，他说原来到了冬天可以烧煤或者劈柴，但现在提倡环保不让烧了，用电没有取暖设备，而且费用太高，没有预算。我们在教室坐了一会就觉得浑身冰冷，问孩子们冷不冷，他们还说不冷，我一摸他们的小手都冰凉冰凉的。这哪里是在上学，完全是在受罪。孩子们还站起来给我们唱《感恩的心》，弄得我差点哭出来。我当即和校长说，教室里的供暖设备我来买，今年冬天的电费我来出，赶紧给孩子们在教室里装上暖气。我不知道农村学校没有暖气是普遍状况，还是只是这个学校的个别状况。

之后，我们又和老师们进行了座谈，老师们提出了教研和培训的需求，我们都一一答应。“情系远山”项目的秘书长时腾飞刚好跟着我一起考察，我让他把双师课堂也接入进来。

后来我发现，居然有一位原来的新东方老师在这个学校当老师，讲课的方式一看就特别有新东方的风格。问她为什么到这个学校当老师，她说一是她喜欢和农村孩子打交道，二是她后面的工作，需要她有两年的农村支教经历。我听了心里蛮高兴的，如果有更多的人可以到乡村支教，对孩子们来说是件大好事。以后，我也可以考虑让新东方的一些老师到乡村支教一两年。

考察结束后，我们上车沿着原路的上坡下坡回到高速口，再从高速口开向下一个县——旬邑县。从高速下来，驶上乡村公路，从一个塬翻到另一个塬。上去后，居然看到了一片一望无际的平整土地，很多地方都种着苹果树。陪同的人说，今年陕西苹果大丰收，但价格却大大下降了，果农卖不出钱来，收入反而不如往年了，有的果农干脆把苹果树砍了。

我们到达郑家镇李家小学已经是下午 4 点多了。“一校一梦想”项目给这个学校的帮助是为学校全体学生更换了新的课桌椅。这个小学大概有 150 多个学生，是个一到六年级的完小，校园比前面那个学校要小一点，就一栋三层的楼。孩子们都来自附近的村庄，没有寄宿学生。走进教室，发现教室里是有暖气的，用的是挂在墙上的电暖板。尽管整体温度也不算高，大概十三四度的样子，但明显感觉孩子们舒适多了，不用穿着羽绒服上课了。校长反映的情况也是电费不够，我当场就答应给 5 万元捐款，电费只要 2 万元，剩下的可以根据需要给孩子、老师买点东西。

和老师们座谈时，问老师们需要什么，老师们说最需要的是培训的机会。县里来的领导立刻说全县老师都需要培训。我答应大家，到明年夏天，新东方和民盟中央合作的“烛光行动”乡村老师培训项目会落地旬邑县。

考察完李家小学，已经是晚上 6 点。我们接着奔赴下一个考察点——淳化县官庄中学。去的路上，我们在一个叫“姥家大锅台”的路边店吃了晚餐。在经历一天的寒冷后，大锅里热气腾腾边煮边吃的菜，让我们浑身暖和过来。我又想起了那些在没有暖气的教室里上课的孩子，不知道晚上回到家里是否能吃到热菜热饭。

吃完饭，我们在黑夜中一路开到官庄中学，到达学校时已经将近晚上 8 点了。这是一所初中，学生一半住宿一半走读。校园的建设规模至少可以容纳 600 名学生，但实际学生人数只有 200 多一点。很多有条件的家庭，都搬到了县城，让孩子到县城里的初中去读书。毕竟县城里的初中条件好一些，教学水平也高一些。

因为知道我们的到来，学校把所有学生都留在了学校。我一看就急了，问他们平时学生什么时候放学，他们说平时也要晚上 7 点才放学。因为到了初中，希望孩子们多学一点，这样才能考上县里的高中，最好是能够考到市里的高中。

我赶紧一个教室一个教室慰问学生，还好教室里有暖气。我告诉校长赶紧让孩子们放学回家。我们之所以到这个学校来，是因为“一校一梦想”项目为这个校园安装了太阳能路灯，这样到了晚上，校园就会自动明亮起来，让孩子们走路、上厕所、回宿舍更加方便、更令人放心。我们之所以晚上来，就是为了来看太阳能路灯的效果。感恩基金会在这个县的乡村，已经先后安装了上千盏太阳能路灯，使得村庄的晚上，没有成本地亮了起来。

学生们为了欢迎我们的到来，模仿冰心的散文《小橘灯》，和我们一起制作了小橘灯，并把点燃的小橘灯摆成一个心形，然后和我们一起拍照留念。随后，我们也和老师们进行了座谈，老师们还是提出了培训和教学资料支持的诉求，我安排西安新东方学校来帮助完成。

结束考察已经是晚上 9 点半，今夜的寒风特别强烈。在寒风中，那些太阳能灯孤独地亮着，至少让寒冬的夜晚有了一点光亮。我们从官庄驱车回咸阳，路程接近两小时，到达咸阳的住宿宾馆，已经是晚上 11 点半了。在一天的寒冷之后，终于可以在温暖的房间里休息，觉得老天对我们是如此厚爱。

咸阳市秦都区政府听说我来了，一定要邀请我给区里的中小学校长和各级政府领导做一次讲座，盛情难却我就答应了。晚上准备演讲内容到凌晨 1 点。第二天早上起来，7 点半先去和相关领导在政府食堂吃早餐、沟通。8 点半到达讲座现场，有接近 1500 人来参加讲座，区委书记亲自主持。我用一个半小时的时间，讲述了我个人的成长和新东方的发展历程，同时讲述了我的教育理念和为人处世的原则。在讲座中，我进一步呼吁大家关心农村孩子和农村教育。

讲座 10 点多顺利结束。至此，咸阳北部三县的教育考察活动正式结束。我要做的，就是后续为这些农村学校提供切实可行的帮助。我写这篇文字的时候，永太学校的供暖计划已经在推进中。新东方相关部门已经开始联系厂家，将以最快的速度为孩子们安装好暖气，把温暖送给寒冬中的孩子们。

第二章 风尘万里

人生的行程，不管你愿不愿意，都是在路上。
人生道路上的轻松和沉重，
取决于你自己在路上的态度。

一天半行驶2000公里
（2016年9月29日—30日）

女儿大学毕业了，准备把车从洛杉矶开回温哥华。女儿说要自己开，我想2000多公里让她开回去实在不放心，就和她商量我去开。最后达成一致，我把车开回温哥华，她在洛杉矶继续处理一点事情，然后再坐飞机回去。

一天半的时间，从洛杉矶开车出发，沿着5号洲际公路，向北穿越加利福尼亚、俄勒冈和华盛顿州，抵达美加边境，整体行程接近1300英里，约2000公里。

一个人，一辆车，一条路，只有一个目的，就是把车开到温哥华。设定了终点，最重要的是出发。

2000多公里的路程，一个人开车，很孤单。曾经想安排另一个人陪我开车，但想想如果对方不是志趣相投、可以没有任何顾虑聊天的人，那么作为同路的伙伴，其实没什么意思。就像生活一样，找对了伴侣才会有情趣；就像事业一样，找对了伙伴才会有乐趣。

一个人上路，快慢随意，停车随意，思绪也可以随意。车里的音乐可以大声、小声，或者随时关掉，还可以听汽车在高速公路上行驶带出的风声。在自己创造的世界里，多一些自在，怡然一些，其实很好。

就像人生道路上必然会遇到各种情况一样，做任何事情都不会有一帆风顺的时候。本来以为美国的高速公路不会堵车，没想到刚开上洛杉矶的405号高速，就被堵了一个小时。第二天经过西雅图的时候是下午5点多，又被堵了一个多小时。行车速度和北京四环一样，一个多小时只行驶了10英里。

一路上总会有车同行，也许他们和你的目的地不一样，但他们是路上的伙伴，使你免于开车的寂寞，同时提升你的注意力，让你集中精力，不会因疲劳而打瞌睡。我不知道他们是谁，但无数的人和无数的车，在不同的路段，陪我走了2000多公里。

一路上自然少不了不同的风景，从洛杉矶的城市风景，到翻越崇山峻岭，进入漫无边际的平原草地，然后进入俄勒冈的山区，进入卡斯柯特山的高山草甸，再进入华盛顿州的森林。秋天的树已经色彩斑斓，

在路上

秋色一直绵延到天边。第一天傍晚，西下的夕阳绚烂瑰丽；第二天一整天蓝天澄碧，云彩飞舞，令人心旷神怡。

能量是持续前行的唯一动力，汽油之于汽车就像粮食之于人。一路上停车加油四次，让汽车喝饱了便可以有持续上路的动力。一路上，我的粮食就是在加油站里买的各种速成食品。第一天晚上一个小汉堡，深夜停车休息时一个小比萨，第二天早上一个汉堡加一杯咖啡，中午一个汉堡，到晚上时已经抵达美加边境。

晚上自然需要休息。第一天晚上 10 点多，我开到了雷丁前面的沙斯塔湖山区，决定找一个出口休息，最后在湖边的森林里找到了一家汽车旅馆，叫 Shasta Lake Motel。我敲门叫醒已经入睡的汽车旅馆主人，花了 60 美元办理了入住。森林中空气清新，充满了松树的香味。因为有时差晚上没法入睡，吃了片安眠药，睡了五个小时。早上起来发现

森林中的汽车旅馆

青松参天，环境幽静，天空布满朝霞，让人恍惚置身世外桃源。我踩着松针，大口呼吸着新鲜空气，让自己振奋起来，重新上路。

任何计划都会有意外之事。本来以为开车从美国到加拿大，边境应该只会管人不会管车，但加拿大海关官员偏偏问我车哪里来的。车是女儿上大学期间在美国买的，挂的是美国牌照，但我的身份偏偏是中国人。于是，海关官员怀疑我把车开进加拿大，没有办进口手续是有问题的。折腾了一个多小时后，我只能掉头，把车再开回美国。最终，我把车停在了美国边境布雷恩小镇的 Chevron 加油站，和加油站的主人说暂存几天，等我女儿来了再开回去。

三天后，女儿坐飞机回到加拿大，然后到美国去把车开回加拿大，结果海关官员一句话没有问，就让她把车开过边境。我想，不让我开车进加拿大的原因，可能不是因为车的问题，而是由于我的中国护照。开着美国的车，还是私人牌照，所以把海关官员弄糊涂了，以至于不得不警惕。

一天半时间，2000 多公里，似乎是人生行路的一个缩影。有喜有悲，有计划有意外，有风景有疲惫。人的一生常常匆匆在路上，就这样向着必须到达的目的地前行，而目的地本身其实并没有太多的意义，意义只存在于一路的行程和风景里。

一场婚礼

（2018年8月18日）

今天是新东方合肥学校校长王玮的婚礼，婚礼在王玮的老家江苏宜兴举行。

我很早就答应了王玮，如果时间碰巧，一定会去参加他的婚礼。在新东方我给自己立了个规矩，凡是新东方校长的婚礼，只要邀请我，只要时间排得开，我都会尽力去参加。

为了能够在8月18日中午准时赶到婚礼现场，本来我应该17日晚上就赶到宜兴的，但17日晚上在北京的工作安排到了晚上8点多，而且上海一带遇上台风，17日晚上飞上海的航班全部取消，到上海的高铁晚上也已经没有了。紧接着航空公司通知我，我订的18日早上6点50分的航班也被取消了。我赶紧上网查其他航班，发现还有7点半和7点40分的航班，让秘书干脆把两个航班都订上了（高铁哪怕是最早的一班，中午也赶不到宜兴）。

到了17日半夜12点，从飞常准App上看到7点半国航的那个航班的前序航班已经从上海起飞，凌晨2点会落地北京，心里踏实了一些。再查了一下上海的天气，台风已经过去，第二天是晴天，不出意外，飞机应该会准时起飞。我知道王玮对我的到来很是期待，所以我必须全力以赴。

18日早上5点20分，我被闹铃叫醒，赶紧起来洗漱冲澡。我早上有冲澡的习惯，这样能够让自己一下子清醒过来。听着外面噼里啪啦的声音，我知道外面在下着大雨，心里又开始发愁。如果因为北京天气不好，航班不能起飞，那就麻烦了。

我在晨曦的朦胧中，撑着雨伞在小区走了一圈，感受清晨小区的静谧。听雨滴打在伞上的声音，看还不成熟的海棠和柿子被雨滴滋润着；小溪中雨水打在圆润可爱的荷叶上，荷花在雨中摇曳。这样的一圈散步，算是为新的一天寻找到了一个良好的开端。

6点司机来接我，6点半到达机场。在飞常准App上查看我订的航班，发现一切正常。在自动值机器上打印出我的机票，排队安检，居然还留有时间可以到休息室喝一杯咖啡。

6点50分准时登机，飞机7点半被推出登机口，7点50分飞机在发动机的轰鸣声中冲上天空。我的心完全安定下来，知道不出意外，婚礼一定能够赶上了。

我每天的日子都是按照这种顺序来过的：先把必须做、不得不做的事情安排进去，然后其他的时间分成三块：一是处理必须处理的邮件和微信，进行工作思考和沟通；二是提前决定要阅读的书籍，这样可以在零碎时间阅读；三是在散步或者走路的时候，听一些音频课程。

我在飞机上很少能够睡着，所以飞机起飞后做的第一件事情就是处理积攒下来的几十封邮件，中间吃了一顿飞机上提供的早餐。今天决定阅读的书籍是“图说天下”丛书中的《俄罗斯》（下载到Kindle里）。“图说天下”是一套很好的书，用简明易懂的流畅文字，介绍世界各国的文明和历史发展。

飞机 9 点半落地，司机接上我后，就直奔宜兴而去。从导航上看，从虹桥机场到达宜兴需要 2 个半小时，刚好 12 点能够到达。

今天江南的天气出奇的好，微风轻拂，蓝天白云，阳光明媚。高速公路两边的村庄、河道、湖泊从眼前快速闪过，把我带入了从小就熟悉的江南水乡景色。

中午 11 点左右进入湖州，高速公路沿着太湖向前延伸，太湖浩浩荡荡、横无际涯的景致扑面而来。我一路除了看风景，就是低头阅读，在快到达宜兴时，已经阅读完大半本《俄罗斯》。我在基辅罗斯、金帐汗国、莫斯科公国、罗曼诺夫王朝的国度里神游了一番，探索了伊凡雷帝、彼得一世、叶卡捷琳娜二世的身世和功绩，理解了为什么俄国会发生普加乔夫起义和十二月党人起义。

11 点 45 分到达婚礼举办地点宜兴大酒店。婚礼原定 11 点 58 分开始，我完美赶上。王玮在酒店门口迎接我，和我一起进入婚礼现场。在现场见到了不少新东方的同事们，我非常开心地和大家一一打招呼。

婚礼举行得隆重而得体，我也上去作为证婚人讲话，然后就是和大家一起互相敬酒、照相聊天。到下午 2 点半，大家已经吃饱喝足，我也喝得很畅快，但没有敢把自己喝醉。我预订了虹桥机场晚上 7 点的航班飞回北京，于是站起来和新郎新娘等人告别，继续上路。

我的家乡在江阴，和宜兴同属于无锡行政辖区。小时候就听说宜兴有两个溶洞，善卷洞和张公洞，但从来没有去过。从酒店出来后，我觉得还有一点多余的时间，就搜了一下这两个地点的距离，善卷洞有点远，时间不够，就决定到张公洞转一转。

到达张公洞后，购票进入，洞里盘旋曲折，大小洞相套，别有洞天。张公洞从山脚进入，在洞里盘旋而上，直到山顶出口。传说唐朝道士张果老在此洞中修行，因此叫张公洞。山顶有道观洞灵观，里面有道士免费给香。等你去插香朝拜的时候，就有道士在边上盯着你捐款了。捐了 100 元后还让我去抽签，知道背后是各种要钱的勾当，赶紧走出道观，沿着台阶向山下走去。

3 点半继续上路，又路过太湖，我让司机在太湖边上停车，在太湖湖畔感受了一会太湖的风声和浪涛拍岸的声音，然后就上高速直奔虹桥机场。

在车里闭眼养神，觉得车里越来越热，让司机把空调打开，结果司机怎么调温度也下不去，原来空调坏了。这可是沃尔沃 CX90 最新款的车，这么好的车空调也能坏，让人难以置信。结果一路两个半小时，我只能忍受着车内几乎达到 40 度的高温。在高速公路上也没法把窗户摇下来，否则灌入的风声简直震耳欲聋。不过，高温没有影响我的阅读，一路上差不多把《俄罗斯》这本书读完了，等到了机场，我已经和列宁同志一起完成了俄国的十月社会主义革命了。

晚上 6 点钟到达机场，然后就是进机场、打登机牌、过安检，后来进入休息室喝了点饮料。6 点 50 分准时登机，但登机后飞机又等待到了 7 点 50 分，然后开始滑向跑道。8 点起飞，9 点 45 分落地北京。一路上吃了飞机上的晚餐，用电脑处理了一些工作，继续把《俄罗斯》全部读完，苏联解体，华约解散，普京掌权。一天之内，我从俄国的前身基辅罗斯走到了俄罗斯的今天。

从机场出来，北京的天气已经晴好，半个月亮挂在天上。今天是农历七月初八，昨天是七夕，中国的情人节。今天的月亮，比昨天又亮了一点。

拉萨之行

（2018 年 9 月 8 日—10 日）

8 月下旬，收到北大师弟欧阳旭的微信，说拉萨北大创业营承办了西藏旅游文化博览会的青年创新创业论坛，论坛在 9 月 9 日举办，希望我去做演讲嘉宾。同时，拉萨北大创业营第二期班也在那天开营，希望我给营员们讲一课。

今年春天，拉萨北大创业营第一期班开营的时候，我曾答应去讲课，但最后没有成行。欧阳旭已经在拉萨定居了十几年，对这片土地有着真正的热爱。现在他是拉萨北大创业营的总教头，他出面我不能不答应。但每次去拉萨，我都会有较大的高原反应，所以去之前总是心有余悸。

拉萨以西地区，像日喀则、阿里等地我都还没有去过，本来想着要不要干脆提早几天去，到这些地方去看一看。结果在北京一件事情接着一件事情要处理，就拖了下来。最后的行程变成了 9 月 8 日晚上飞拉萨，9 月 10 日早上离开拉萨。在拉萨前后就待一天多，估计连高原反应都没有克服，就离开西藏了。

9 月 8 日是个星期六，上午在家里整理了一下家务，和孩子们聊会儿天，陪老妈在阳光下坐了坐。午饭后赶往机场，坐下午 2 点 50 分的西藏航空 TV9816 航班直飞拉萨。

飞机是空客 A330 大飞机，座位比较舒适。我特意选了一个靠窗的座位，这样飞越青藏高原时，可以透过舷窗看到雄伟的雪山大川。飞机飞了两个多小时后，飞临高原上空。通常雪山上空都是云雾缭绕，难见真容。今天老天格外帮忙，高原上飘着洁白的云，但云朵下面的雪山清晰可见，生动雄伟，有种触手可及的感觉。雪山、雪坡、冰川、峡谷，壮美的风景在机翼下闪过。只可惜没法定位，不知道下面每座雪山叫什么名字。我赶紧拿出相机，把俯瞰雪山的美景留存下来。晚上 7 点 10 分，飞机在夕阳中降落在拉萨贡嘎机场。

自治区团委专门安排人在飞机口等待。我没有托运行李，所以直接上车向拉萨出发。机场离拉萨有 70 公里左右，中间横跨雅鲁藏布江。这一段江面极宽，江上沙洲上的各种树已经呈现出秋色，红、黄、绿颜色间杂，在高峻山峦的映衬下，好一幅大江秋色图。

进入拉萨的时候，落日余晖刚好洒在布达拉宫上面，肃穆庄严。汽车直接开到布达拉宫下面，欧阳旭在布达拉宫的羌仓安排了晚餐。

羌仓，原来是为布达拉宫护法神提供神饮之所，建于 17 世纪，现在变成了一个安静的藏式饭店。晚餐前，欧阳旭带着我在没人的布达拉宫前的石阶上坐下，看布达拉宫在夕阳西下中，一点点变得暗淡深沉，然后在一瞬间，夜间照明的灯光打开，整个宫殿被包围在灯火的辉煌之中，显现出一种沉重的明快。

羌仓的晚餐以拉萨普通菜肴为主，配以藏式火锅。刚好有一批北大的朋友在这里，有北大资源集团的韦俊民、北大创业营的王健等，都是认识的朋友，大家举杯共饮。这时候我的高原反应已经有点上来了，有种头昏脑涨的感觉。但大家喝我不喝感到不对，就一起举杯。席间自然少不了藏族姑娘引吭高歌、敬献哈达，结果一下两下就喝了

俯瞰雪山

肃穆庄严的布达拉宫

几两白酒，外加好几杯红酒，更加头昏脑涨了。

大概晚上 9 点左右回宾馆入住。宾馆是瑞吉酒店，拉萨最好的酒店之一。我十五年前第一次来拉萨的时候，几乎没有像样的酒店，现在有了瑞吉、洲际、香格里拉等。随着拉萨开放程度的提高，未来应该会发展得更快。

进入酒店房间，感觉到胸闷气短，赶紧洗漱完上床休息。可能是因为缺氧，翻来覆去睡不着，想找个氧气瓶吸一下，结果也没有找着（第二天发现小氧气瓶在一个抽屉里），起床吃了一片安眠药，依然折腾到差不多凌晨 1 点才睡着。睡得一直不踏实，各种乱七八糟的梦，中间起来上了两次厕所，早上 7 点不到就爬起来了。

拉萨和北京有时差，7 点天空还黑黝黝的。高原反应感觉好了一点，洗漱冲澡后，到宾馆外面散了一会步。9 点钟和西藏城投公司的老总多旺一起共进早餐。他希望我把新东方办进拉萨来，政府愿意给予一切优厚条件，但我依然没有爽快答应。毕竟拉萨英语学习市场小，从商业角度来说做大不容易，而且要招聘到愿意到高原来工作的管理者和员工，难度会更大。空间距离又远，管理半径也会更复杂，但未来可以以双师或者在线的方式进来。也许通过互联网和现代科技手段，能够为西藏人民学习英语提供一点帮助。

9 点半早餐结束，出发去北大创业营拉萨基地。当地政府为了把北大创业营吸引过来，专门划拨了两层楼给创业营使用。在拉萨这样的地方，创业者还是很多的，政府支持政策好，所以有不少人从内地过来创业，第一期创业营就招了近百名营员。今天第二期创业营开学，欧阳旭把一期和二期学员集中到一起，加上为了听我讲课闻风而来的人，报告厅居然坐了接近 300 人。

在欧阳旭开营致辞和政府代表致辞后，我开始给大家讲课，题目是《创业中的一些原则》。一旦讲课，就忘记了高原反应，居然兴奋起来，侃侃而谈了一个半小时，从愿景使命讲到产品研发，再到客户痛点，大家也都听得很开心。

中午12点讲课结束。原拉萨自治区主席洛桑江村知道我到了拉萨，和欧阳旭说一定要让我中午去他家里吃午餐。于是演讲结束后，我和欧阳旭一起到了他的住处，在他家里吃了一顿家人做的丰盛午餐。

午餐结束大概是下午2点，我回到宾馆去午休，迷迷糊糊睡了一会。3点起来出发去西藏饭店会议厅，参加藏博会青年创新创业发展论坛。论坛3点半开始，有接近1000人参加。自治区领导和团委领导轮番上去致辞，轮到我演讲时已经下午4点多了。我上去演讲了半小时，从发挥优势、长远眼光、政府和市场的关系、创造招商环境、注重教育、克服惯性思维六个方面进行了论述。演讲还算受欢迎，提纲如下：

第一，一个人发挥优势比弥补不足更加容易成功。想要成功，需要弄清楚强在什么地方，有什么优势。一个地区的发展，也要弄清楚区域优势在什么地方。

第二，布局需要有长远眼光，五十年后的西藏，你们希望是怎样的？对此政府和民间要达成共识。如何防范短期行为和政绩行为，是政府的一个难题。

第三，政府主导重要，但要把握适当的度。市场经济下的经济要保持活力，政府起到的更多是服务功能。政府就像家长一样，好家长和坏家长的区别就是好家长知道什么该给，什么不该给。

第四，让资本和企业进入西藏，光是创造环境是不够的，需要有资源、有人才、有不变的契约精神。资本和企业是逐利的，所以不要只用情怀来打动资本和企业，还要用利益。

第五，教育水平的高低，从长远来说决定了一个地区的生产力和竞争力。从这个意义上来说，教育是回报最高的投入。

第六，惯性思维是创新的大敌，任何一个想不断进取的组织和个人，都必须洗心革面，与时俱进。

演讲结束后，在现场听了两位年轻创业者的演讲，被年轻人的无畏和进取精神深深打动，觉得以后的天下，就是年轻人的天下。

随后我被媒体叫出去接受采访，采访结束后转场到拉萨洲际酒店，参加欧阳旭主导的西藏北京商会的成立仪式和晚宴。欧阳旭立志在西藏发展，同时希望团结更多北京来的人一起为西藏发展做贡献，所以决定成立这样一个商会来加强大家的联络和合作。成立仪式晚上 6 点开始，又是大家轮番讲话，我也应邀上去寒暄几句，尽量幽默放松，大家开心就好。剪彩结束后就是晚宴，我陪着欧阳旭每桌敬了一杯酒。

晚宴结束后，有一帮西藏朋友约我吃夜宵。其实我已经比较累了，但朋友们是好心，不能让他们失望，于是慨然前去。结果大家在一起喝酒唱歌，兴奋起来。我一下子喝了有一斤白酒，到半夜 12 点结束时，已经进入半糊涂状态。

临别，藏族朋友送了我一个礼物，是在哲蚌寺开光过的一尊金刚，说是特意为我请的，保佑我平安健康。我向他表示了真诚的感谢。后来我一路把这尊金刚带回北京，放在家里的书房供奉。

我有不少藏族朋友，也非常喜欢和他们打交道。他们直率、坦诚、简单，没有任何事情藏着掖着，给人透明豁亮的感觉。一旦认你为朋友，就赤胆忠心。和这样的朋友交往起来舒坦放心，人世间多了很多美好。

回到宾馆几乎和衣而卧。第二天早上 6 点半醒来，宿醉十分难受，加上高原反应还没有过去，有种又晕又想吐的感觉。拼命喝了很多水，又从抽屉里拿出氧气瓶吸了一下。7点40分出发去机场。

拉萨的早晨，安静而圣洁，比晚上世俗的热闹多了一份神性和空旷。汽车走过布达拉宫、拉萨河、雅鲁藏布江，向机场驶去。这次来去匆忙，都没有来得及到大昭寺去拜一拜，到八廓街走一走，有点遗憾。上几次来的时候我都去拜过、走过。

国航CA4419航班9点55分准时起飞，在两座大山间的跑道上冲上云霄。

我从舷窗里往下看，满眼都是厚厚的云层。所有壮观的峡谷、河流和雪山，都隐藏在了云层下面。尽管云层上面一片平静，但我知道，在云层下面，河水一定在峡谷间奔流，雄鹰一定围绕着雪山翱翔，而在通向拉萨的路上，一定会有虔诚的藏族人民，竭尽一生所有，一路磕着长头，只是为了能够到布达拉宫和大昭寺，把自己的心愿和虔诚献上。正是这样的土地和人民，给这块高原大地，带来了永恒不息的精神力量和永不褪色的魅力。

广安之行

（2018 年 9 月 10 日—11 日）

知道邓小平的出生地是广安，也曾经想过要到邓小平的故居去看一看，但一直没有成行。没有刻意去，也许是为了等待最合适的时机。

邓小平对于我们这一代人，起到了至关重要的改变命运的作用。没有邓小平，中国的改革开放不一定能够成功，中国在发展道路上可能还要摸索更长的时间，甚至今天的中国可能依然会是一个封闭、落后和贫穷的国家。

就拿我自己来说，邓小平做的对我人生影响最大的一件事情，就是 1977 年恢复高考。1977 年邓小平召开科教工作座谈会，提出恢复高考，大学生不再从工农兵中进行选拔，而是从高考成绩优异者中进行选拔。那些在“文化大革命”时期依然坚持学习的青年，迎来了他们生命中第一次真正的机会。

1977 年我在读高一，学校立刻启动了为高考备战的机制，从那时起，我就下定决心要考上大学。1978 年高二毕业（那个时候高中只有两年），我参加了第一次全国高考统考。落榜，再考，再落榜，再考，第三次高考后稀里糊涂地被北大录取了。当时对外语考生有一个政策，数学不计入总分。不知道是不是邓小平提倡的，但这个政策对我而言实在是久旱逢甘露，因为在所有学科中，我最头疼的就是数学。

邓小平做的对我人生产生巨大影响的第二件事情，是1992年的南方谈话。在1992年之前，我一直打算出国，并且做好了出国以后就不再回国的打算。但南方谈话的精神，像春风一样吹了过来，让我们再次看到了中国会在改革开放的道路上，坚定不移走下去的希望。中国变得更加开明，经济开始腾飞起来。现在所谓的企业家中的“92派”，都是因为南方谈话下海的。我在1993年注册成立了新东方学校，1994年彻底放弃了出国读书定居的想法，决定把新东方当作一项事业来做，一直做下去，直到今天。

如果说世界上有人改变了十几亿人的命运，并且是往不断变好的方向改变，让人民变得更加富有和幸福，邓小平即使不是唯一的一个，也是仅有的几个人之一。这样的人，我们把他们叫作伟人。

也许是因为16岁就出国读书，然后打工；也许是因为植根于中国最基层的社会，又亲身体验过西方资本主义社会的优势和弊病；也许是因为三落三起尝尽了人间的各种世态炎凉；也许是因为伟大的信念一直是支撑他生命的动力，邓小平身上有一种历尽沧海的大气，有一种深通人性的悲悯，有一种闲庭信步的沉着，有一种穿透迷雾的睿智，有一种明白世事的常识，有一种举重若轻的豁达。政治家有很多，而伟大的政治家，必然具备终极意义上的悲天悯人的情怀。也许这就是在我们崇敬邓小平的同时，觉得他亲切如自家爷爷的地方。

今年夏天，我的北大校友李建勤调到广安去当了市委书记。建勤对于教育非常痴迷，觉得我对学生们有一定的影响力，上任伊始就邀请我去广安给学生们做演讲，还给了我几条不得不去的理由：一是我们的命运因为高考而改变，是邓小平给了我们这样公平竞争的机会，让农村孩子有机会进入高等学府学习，无论如何都应该到邓小平故居来磕三个头表示感谢；二是广安到今天为止也不是发达地区，来帮一帮这里的孩子，让更多的孩子考上更好的大学，鼓励孩子走出大山，是功德无量的事情；三是老朋友的邀请，从情义上来说必须来，不来也可以，只要心里过得去就行。话说到这个份儿上，不去就变成心头的负担了。晚去不如早去，于是就确定了9月10日去广安。

9月9日，我在拉萨参加另外几个活动，本来订了9月10日早上飞成都的机票，打算从成都去广安。后来在地图上一查，发现广安离重庆才一个小时的车程，而离成都三个小时，于是赶紧换了到重庆的机票。10日中午12点多落地重庆，坐上车就向广安出发，下午2点就到达了广安，入住广安思源宾馆。

4点钟建勤来宾馆接我，一起去广安中学。广安教育部门组织了一万多名学生和老师，在广安中学的露天操场上听我演讲。广安中学是邓小平的母校，当年邓小平14岁的时候，在广安中学（当年还不叫广安中学）学习了一年，就从学校不远处的曲江码头，坐船到了重庆，再坐船到上海，从上海赴欧洲勤工俭学。这一走，邓小平就再也没有回过家乡。从这里出发的那个少年，后来成了中国革命事业的伟大推动者之一。

在广安中学演讲的时候，我对同学们讲了以下几个要点：

第一，要向邓小平爷爷学习，要胸怀世界，走出大山。只有走出大山，你才能看到更大的世界，才能让自己的未来有更多的可能。

第二，要有为祖国和人民奋斗的情怀，不要只想着自己。只想着自己，格局就会很小，小格局的人不会有大发展。有大格局就能够做大事，就能够为祖国的发展做贡献，同时自己也会变得更好。

第三，不要去管自己现在成绩好不好，家庭好不好。邓小平爷爷的家庭背景也是一般，但因为不断努力，绝不放弃自己，不放弃希望，所以就有了后来成为时代推动者的机会。

第四，不要害怕失败和挫折。邓小平爷爷三落三起，就是因为他有坚定的信念，同时也能够心平气和地对待自己的处境和挫折，最后以70多岁的高龄复出，依然为中国的发展做出了重大贡献。

演讲结束，我参观了思源广场，游览了市容。广安是一个正在发展中的小城，城市人口只有几十万，但市容比较干净，老百姓心态也比较平和。晚上，在一个叫“纳古纳”的餐厅，建勤请我吃了一顿地道的四川火锅。我是一个地道的吃货，觉得做一场讲座，换一顿地道的四川火锅，加上可以和朋友轻松交流，就很合算了。

第二天早上，广安教育局和新东方签订了合作协议，希望新东方能够在广安的教育中做点有用的事情，尤其是把这几年新东方在科技和教育结合方面的研究成果，应用到广安的教育中，为广安教育的均衡发展做点贡献。随后，建勤安排了我们到邓小平故居去参观。

故居景区范围很大，到处都是全国各地的人们来种植的纪念林，形成了非常优美的环境。我们一起，先到邓小平铜像广场，为铜像敬献了花篮，恭敬地三鞠躬；然后参观了邓小平故居陈列馆，看到了大量珍贵的文物和图片，包括当时邓小平参加科教工作座谈会的照片和文字。跟着图片和文字介绍，我们追随邓小平成长的脚步，走过了一次次岁月烽火，接受了一次次革命洗礼，做出了一场场关键抉择，感受到一片片人间真情。最让我感动的，就是在“文化大革命”期间，邓小平为了子女的身体健康，给中央写的几封信，字里行间作为父亲的深情和挚爱跃然纸上，读来令人潸然泪下。

从陈列馆出来，天空下起了小雨。我们撑着雨伞，来到了邓小平小时候住过的故居。朴素的故居三面被树林包围，一面敞开朝向一个连着河道的水池。据说邓小平小时候，常常和兄弟姐妹们在这个水池周围玩耍，在水池中洗刷毛笔。雨中的故居景区，显得幽静肃穆，也更有了雨天中四川特有的韵味。不知道当初邓小平坐船沿曲江而下时，是不是也沐浴在这样的潇潇秋雨中。那一刻他的心，一定已经穿越千山万水；那一刻他的思绪，可能就决定了后来几十年他要走的道路。这条路，最终把中国人民带向了希望和发展的大地。

因为要赶下午 3 点的航班，参观故居的脚步匆忙而急促。匆匆吃了点便饭，我就坐车离开广安向重庆机场出发。但在匆忙的脚步背后，我的思绪一直在翻滚。

一个人，一个时代。有了这个人，我们有了一个不同的时代。

这个时代给了太多人很好的机会，给了太多人可以有人格、有尊严活着的机会，给了太多人可以依靠自己的才能活得更好、更自由的机会。

当邓小平故居从我的视线中消失时，我脑海中的思绪充满了敬意：为了这个人，为了这个时代。

事业和生命，在路上

（2018年9月20日—22日）

9月20日到22日，我到济南、青岛、大连出差。

到济南，是和济南市历城区政府签订国际教育办学合作协议；

到青岛，是参加青岛新东方学校建校十周年庆典，同时和青岛蓝谷管理委员会签订国际教育办学合作协议；

去大连，是参加由大连市团委主办，大连新东方学校承办，在东北财经大学举行的大学生创新创业演讲，并参加东方青创营的启动仪式。

新东方的国际教育

随着教育选择的多样化，越来越多的中国家长选择让孩子高中毕业后到海外求学。不少家长甚至在孩子初中时就把孩子送到海外。有需求就有供给。近几年，中国如雨后春笋般出现了很多国际学校或者双语学校，很多公立学校也成立了国际部。尽管教育部曾经发文不允许公立学校办国际部，但根本扛不住社会的巨大需求，国际部反而越办越多。与此同时，打着国际教育旗号的民办学校也越来越多，教育质量天上地下、参差不齐。有些基础教育集团已经在香港交易所上市，获得了不错的资本回报，但不少机构并没有把教育最重要的本质放在心中。这一本质就是如何教好学生，育好人才，给孩子们营造全面成长和发展的教育环境，把孩子培养成一个健全的人，而不是利用家长焦虑，收取高昂学费，把学校办成没有教育理念的“贵族”（高学费）学校。

新东方一直做的是短期培训教育，帮助学生通过出国学习需要的考试，如托福、雅思、SAT、GRE、GMAT 等。新东方做这件事情做了差不多三十年，为几代中国留学生提供了帮助。在大连机场，我还遇到一个已经事业有成的人士，聊起来才知道他是我 1992 年托福班的学生。

新东方同时为学生提供出国咨询服务，每年帮助几万名中国留学生找到自己心仪的学校和专业。现在新东方的业务已经延伸到了帮助留学生毕业找工作和进行职业规划，为留学生的人生发展进一步助力。

建立从幼儿园到高中的 K12 国际教育体系，一直在新东方的筹划中，但由于种种原因没有实施。新东方对于海外教育比较了解，对于课程体系的研究比较深入，同时还和很多海外大中学校建立了合作关系。在这么多年的积淀之后，我觉得新东方进入十二年一贯制教育领域的时机已经成熟（在扬州和北京已经有这样的学校）。我的理念是要把中国优秀的传统文化和西方的现代教育结合起来，培养在语言上、文化上、思维上真正具备全球视野的新一代中国公民。

从去年开始，很多地方政府和人士找到我，希望能够把新东方引入当地的教育体系，为当地国际教育的提升发挥一些作用。山东是中国的教育大省，尊师重教传统浓厚，新东方也愿意把山东当作新东方国际教育的重要基地来看待。在和政府相关人士不断探讨后，济南市政府和青岛市政府对于新东方的进入表示热烈欢迎，在校园建设和教育政策上给予真诚支持。这次同一天在两个城市签订国际教育合作协议，意味着新东方将会在全日制国际教育领域，在山东进行认真耕耘。

济南的校园将会占地 150 亩左右，在济南高铁东站附近，可以辐射到济南附近的所有山东城市；青岛的校园也会占地 150 亩左右，位于青岛蓝谷海洋高科技产业区，紧邻山东大学青岛校区，面向大海，也可以辐射到山东沿海的所有城市。两个校园建成后，每个校园都可以容纳 1000 多名学生就读。我们立志要把这两个校园建设成一流的国际教育学校。

青岛新东方十周年

新东方的起源，来自对学生的短期培训，逐渐从出国考试到英语能力提升，再到中小学全科教育。新东方的教育体系，也从刚开始以大学生为主体的培训，演变成覆盖 0 到 25 岁的全面教育体系。

当时，由于从外地来北京学习的学生越来越多，我们就动了到外地去办分校的念头。从 2000 年开始，新东方逐步在一些重要城市办分校。迄今为止，已经在接近 70 个城市创办了新东方培训学校。时光荏苒，不少学校成立已经超过十周年。

十周年，对于一个学校的发展是个重要节点，是个总结过去、放眼未来的好机会。很多员工在学校已经工作了五到十年，对于企业有强烈的归属感。我在新东方有个规矩，凡是学校十周年庆典，我都会尽量亲自去参加。一方面体现我对各学校的重视，一方面也是借机和全体员工、老师们接触，增加他们的归属感。

这几年我每年都要飞往各地，参加一些新东方学校的十周年庆典。庆典一般由员工自编自导的节目组成，中间会穿插对于一直坚守在新东方的老员工的表彰，再穿插校长的讲话和我的讲话。庆典结束后，我会和骨干、员工、老师们一起共进晚餐，喝酒欢聚。我的任务就是敬酒，然后用很长时间和员工、老师们一起照相，来者不拒。

对于青岛学校，我还有个比较特殊的记忆。十年前新东方要进入青岛，结果不知道什么原因，就是拿不下来办学执照。后来我自己飞到青岛，与相关部门领导进行沟通。那天晚上朋友们在一起喝了很多酒，我彻底喝醉了。当天晚上我坐 9 点半的航班飞回北京，一直担心不让我上飞机。后来还是上去了，但飞机起飞后我就一直待在卫生间没有出来，把自己吐得翻江倒海。我清楚地记得，这一天是2008年9月20日，因为第二天 9 月 21 日，我作为北大校友，到北大去参加了新生的开学典礼，并在典礼上做了后来流传甚广的开学典礼演讲。

前几天，我碰到了一个北大毕业的学妹，我问她是哪一级的，她告诉我是 2008 年进的北大，当时就坐在北大体育馆听了我的演讲。我掐指一算，当年的北大新生，现在都已经毕业六年了，真是时光如水，不舍昼夜。我们在岁月的长河里，留下的记忆也就那么一鳞半爪，而这些记忆，就构成了我们生命的味道。

和年轻人为伍

大概在五年前，我为自己的后半辈子确定了一件重要的事情：尽自己所能，帮助年轻人成长发展。洪泰基金成立时，我发表了演讲，题目是《终身与年轻人为伍》。当时徐小平坐在下面，我开玩笑说，如果我去世后，有一个人到我墓前来看我，我希望这个人不是徐小平，而是一个年轻人。结果徐小平认为我不再珍惜我们之间的友谊，还和我生气了好长时间。（哈哈，我很喜欢徐小平的老小孩脾气）

以各种方式帮助年轻人成长，确实变成了我的人生使命之一。对于年轻人的创新创业，我一向鼎力支持。这既符合国家的大政方针，又是一个国家发展和进步的动力。自从我参与各类基金以来，直接或间接投资年轻人的创业项目，已经达到200个以上。尽管有些项目因为各种原因失败了，但更多的项目在稳步发展，创造辉煌。对于创业失败者，我会帮助他们分析原因，鼓励他们继续创业，或者建议他们走向更加符合他们个性的发展道路。

每年我都会通过现场或者视频方式，对大学生和创业者进行上百场演讲，谈自己对于职业和创业的看法。这些看法有可能并不一定符合当今年轻人的心态和期待，但讲出来后自己心里很踏实。至于年轻人听不听、用不用，就让他们自己决定，各取所需吧。我从来不把自己当作创业导师，但我把自己当作年轻人的大朋友，这样会感觉自己也年轻一点。为了确保自己不会离年轻人太远，我会努力读年轻人写的书，听年轻人的观点。跟上年轻人，就是跟上这个时代。所以与其说我在给年轻人讲课，不如说我在向年轻人学习。

这次到东北财经大学给大学生做创新创业演讲，和大连当地的创业者见面，抱的就是上面的初衷。

经常有人问：这样的演讲到底能够起多大作用？

我心里想的是：只要我演讲中的一句话，对某个年轻人起到作用，让他从此走向成功的道路，这样的演讲就是值得的。

也有人问：现在网络如此发达，为什么不通过视频讲课？

我的回答是：视频很好，但如果想带给人具有冲击力的影响和长久的记忆，还是面对面的交流最有效。虽然累一点，但是看到年轻人一张张欢乐的笑脸，我的生命也会更加快乐和有意义。

这次在东北财经大学的演讲，是在大连团委和东北财经大学校领导的支持下，大连新东方学校和慧致天诚创业咨询公司联合发起的。慧致天诚也是我发起的一个为创业者提供支持的公司。这次发起的东方青创营，就是为了帮助大学生获得更多的锻炼，寻找更好的创业机会而成立的。

9 月 21 日下午，在东北财经大学体育馆，接近 2000 名大学生和创业者听了我和其他几位年轻创业者的分享，现场气氛热烈，全程三个小时的活动，几乎没有人退场。

演讲结束后，又用了一个小时，和东北的近百位创业者进行了问答式交流。其中有不少创业者是从东北其他城市赶来的。通过问答，我也能够进一步了解创业者心里的所思所想，以及在东北地区，创业者所处的环境和状态是怎样的。大连是东北最有活力、思想最开放的一个城市，大连做好了，对东北有一定的示范和引领作用。

东北的经济发展之所以陷入困境，不是因为资源不行，而是因为人的思维方式和行为方式没有跟上时代。未来东北的发展要跟上时代，靠的是一代又一代的年轻人。东北的年轻人，在创业方面不能向老东北人学习，应该向发达地区的创业者学习。

工作动力：美食美景

很多人都以为我是工作狂，我确实是个工作很投入的人。工作动力，一方面来自自我认定的工作意义，另一方面其实是来自各种吃喝玩乐的机会。世俗享受，只要不过分，我是不会放弃的。

在这趟行程中，9 月 20 日的早餐是在北京南站麦当劳吃的，午饭吃的是火车上的盒饭，贵得要死，索然无味。到了晚上，和青岛学校骨干力量一起吃晚餐，就开始欢乐起来了。

晚餐地点是青岛 1907 光影俱乐部。这家俱乐部位于一座很有味道的老建筑中，这座建筑是德国水兵俱乐部旧址，1899 年设计、1902 年建成，是青岛历史上第一个礼堂和电影院，也是中国现存最早的商业电影院。我们把餐厅大堂包了下来，100 多位员工、老师一起欢聚，敬酒自然少不了，照相也在议题中。因为是包桌，饭菜也许不是最好的，但和员工、老师团聚是我工作中最开心的事情之一。

青岛的几位朋友知道我到了青岛，要求晚上一起吃夜宵，告诉我有最新鲜的海鲜伺候。对于我这样见到海鲜不要命的人来说，这样的邀约自然没法拒绝。在和员工、老师聚会结束后，我带着几位新东方校长，欣然前往夜宵地点——遇见·青岛海鲜 & 遇见·港岛蟹宴文化餐厅。是不是看到餐厅名称就流口水了？餐厅坐落在八大关景区的海边，朋友在餐厅露台上安排了吃夜宵的地方，清静安宁。往海上看去，远处是摇曳的灯火，近处是浪涛有节奏地拍打着沙滩 。

今天的青岛，下着淅淅沥沥的秋雨，雨打在露台上面的天篷上，滴滴答答的雨声刚好和朋友们欢聚的景致融为一体，更添情趣。朋友专门从青岛啤酒厂带来了原浆鲜啤，那是我最喜欢喝的啤酒。有一次我和十几个新东方人在青岛开会，一个晚上喝掉了 80 斤鲜啤。喝啤酒居然把我喝醉了，成了我长久不忘的回忆。

“遇见·青岛海鲜”餐厅的特色，是拿大蒸屉蒸新鲜的海鲜，一大屉子端上来，感觉十分豪爽。好海鲜配上好啤酒，朋友们自然情绪高涨，觥筹交错，推杯换盏。人生难得几回醉，朋友之间没有太多功利目的，只是友情相处，能够让我整个身心都放松下来。

在青岛入住的酒店是海景花园酒店。酒店创始人宋勤是我最佩服的人之一，后来我们也成了朋友。他把一个小小的招待所，做成了环

大蒸屉中的美味海鲜

境中国一流，服务水平世界一流的酒店。在全中国乃至国外很多地方，到海景花园来学习的人群络绎不绝，客房一年到头供不应求。

新东方很多团队都到海景花园来学习过如何进行精细化管理。我还让宋勤专门为新东方团队讲过课，后来海景团队的一些人还成了我的朋友。每次住海景花园，他们都会给我升级成面向海的套房，让我享尽温馨的服务。宾馆的最高境界就是让客人感到“home away from home”（宾至如归），海景花园是真正做到了这一点。

第二天早上 6 点半起来，到青岛海边步道跑步半小时。青岛的海边步道修缮完备，依山傍水，大海在眼前一览无余。清晨的海风吹在身上，有种说不出的舒适和惬意。听着浪拍礁石的声音，加入已经人来人往的跑步或散步的队伍，感受一个城市早晨的活力，把自己的活力也注入其中，身心感到难得的清爽。和北京的繁忙拥堵相比，青岛这样的城市，毫无疑问让人身心更加愉悦。至少你想看大海的时候，不用太费力就能够看到。

9 月 21 日中午飞到大连，团队安排了和大连教育界一些朋友的聚会，地点在星海广场的赵记老铺。这是一家装修得很有特色、里面收藏了不少清朝文物的餐厅，满清文化味道浓郁，服务员都是穿着清朝的服装来服务，恍惚间有一种历史穿越感。饭菜没有留下太多印象，但其中一道菜叫“牛气冲天”，是把牛肉炖烂后放在牛骨头上，口味实在不错。因为下午有三个小时的活动，没敢喝酒，但短短的一个小时，和朋友们充分交流了目前教育领域所存在的一些问题，也是一大快事。

傍晚活动结束后，大连的另外几个朋友约我去棒棰岛吃晚餐。这两天来回奔波，已经有点身心俱疲，有一顿放松的晚餐，和朋友喝几杯酒，一定很有感觉。在去的路上，我们特意选择了大连的滨海公路。该公路一边是山，一边就是一望无际的大海，是一条风景绝佳的道路。沿着该道路，政府修建了 20 多公里的步道，供老百姓休闲散步，欣赏风光。我每次来大连，这条道路都是必走之路，为欣赏风景，为放松心情，也为难得的清净。

在一处观景点，我让司机把车停下来。今天是农历八月十二，大半圆的月亮已经从海上升起，海天之间有点朦胧，月亮也披上了朦胧的色彩。我想起了朱自清的散文《月朦胧，鸟朦胧，帘卷海棠红》，尽管没有帘卷海棠，但景致是一样的朦胧。观景点没什么人，山海之间，空寂寥廓，月笼人间，亘古如斯。每次进入这样的景境，我都觉得身心俱空，万念俱灭。不是因为悲观，而是因为渺小。

我在步道上猛走了 5000 步，到达了朋友指定的吃饭地点。朋友选了一个海边非常安静的地方，自然又是热情招待。大连的海鲜要比其他地方的海鲜好吃一点，因为大连的海域是冷水海域。冷水里长大的海鲜，肉质更加细腻鲜美。我和朋友约定了不猛喝酒、不互灌，大家轻松吃饭，坦诚交流，结果大家一起吃了一顿安静愉快、十分惬意的晚餐。

晚餐结束后，入住大连君悦酒店。酒店濒临星海湾浴场，从酒店房间能看到星海湾全景，远处的星海湾大桥如长虹一般横卧大海。

第二天早上 6 点半起来，沿着星海湾海边步道跑步半小时，发现 6 点半就有很多人到浴场游泳。现在的海水应该已经很凉了，依然有这么多人游泳，只有一个理由：大连人民是如此喜欢大海。可惜我要坐上午 9 点的航班飞回北京，要不然我一定会加入清晨游泳的行列。在新东方，我是以“跳海”出名的人，只要兴致来了，不管是白天还是黑夜，都会跳入大海游泳。

有一次在北戴河，天黑后下海游泳，不知不觉游出去很远，差点没能游回岸边，到现在还记忆犹新。还有一次在三亚，吃完夜宵已经半夜 12 点，带着几个新东方人居然在海里游到了凌晨 1 点。

人生的行程，不管你愿意不愿意，都是在路上。重要的不是路好不好走，或者路长不长，也不是你走得轻松不轻松；重要的是走在路上，你能否散播让生命开花的种子，使生命变得枝繁叶茂；你能否遇到重要的朋友和伙伴，让你的行程不再孤单；你能否用悠扬的心情欣赏一路的风景，让沉甸甸的人生变得轻盈宽阔。人生道路上的轻松和沉重，取决于你自己在路上的态度。

兰州之行

（2019 年 5 月 5 日—7 日）

到兰州去，是因为新东方部分校长的述职会议在兰州举行。由于工作繁忙，我和不少校长见面的机会少了，所以趁着校长们集中开会的时候，和他们见一见，沟通一下工作，也联络一下感情。校长们在新东方一线工作，是冲锋陷阵的一帮人，是“风卷红旗过大关”的一帮人。他们有干劲、有豪气，是最值得我去“会须一饮三百杯”的人。

另外，我每年都有到一些学校去慰问一线员工、老师的习惯。这次去，刚好也慰问一下兰州新东方的员工、老师，见一下在兰州当地的一些老朋友们。当然，兰州拉面也是我去的重要理由。尽管我还没有潇洒到为了一碗兰州拉面，就买机票飞过去的地步，但在工作之余，吃上一碗正宗的兰州拉面，无论如何是人生的一种幸福。

5 月 5 日的北京，是一个阳光灿烂的日子，穿着 T 恤在阳光下走两圈，浑身舒坦。查了一下兰州的天气，有点降温，最高温度才十几度，就准备了两件厚衣服。航班 12 点 10 分准时起飞，一路顺利，准点到达兰州中川机场。飞机起飞后看北京周围的山，一片青绿色，植被覆盖很好。然而，随着飞机一路向西，植被就越来越少，直到变成一片漫无边际的黄色，可能是沙漠戈壁，也可能是草原还没长出绿草。

中国的文化底色，就是苍凉之中的顽强生存。

飞机逼近兰州的时候，天空云层密布，这在西北是难得的景象。我心想，难道云层下面是在下雨？雨，对于下面的这块土地实在太珍贵了。我之前来兰州，还从来没有碰上过下雨天气。飞机穿过云层后，果然发现在下雨，下面黄色的土地显露出湿漉漉的感觉。这让我的心田也有了被滋润的舒适，那种生命在雨中破土欲出的感觉。

在兰州的三天，居然连续下了三天淅淅沥沥的雨。不是暴雨，是那种温柔地养育生命的雨。在雨中，我几乎可以听到植物滋滋啦啦生长的声音。三天前还是一片黄色的土坡，在三天的春雨滋润中，已经出现了若隐若现的绿色。

到兰州后入住万达文华酒店，校长会议就在这里召开。兰州我来过不止一次，发自内心地喜欢这个坐落于黄河两岸的城市。滔滔黄河水，翻滚着波浪，奔腾穿城而过，给了兰州一种巨大的气象和豁达。在河上，偶尔还能够看到羊皮筏子在水中急速漂流，也许是旅游项目，也许是某个不要命的浪里白条在炫耀技巧。我一直没敢去坐羊皮筏子，怕翻下去从此葬身鱼腹。

兰州的城市氛围有一种大西北的大气和壮阔，潇洒而坦诚。这里的人民信仰着不同的宗教，佛教庙宇和清真寺并列，大家相安无事，并没有什么冲突，一切以宽容和自在生活为主。当然，兰州拉面和羊羔肉几乎对所有人都有不可抵抗的吸引力。还记得十几年前第一次来到兰州，为了吃到正宗的羊羔肉，特意驱车 30 公里进山。

放下行李，自然就要开始工作。先到兰州新东方总部校区考察，然后和员工、老师们进行交流，给他们做了半个小时的讲话，讲新东方的发展规划，讲新东方的核心理念，讲个人的成长，讲我的人生态度。

晚上和兰州的一些老朋友一起吃便餐、交流。我生性喜欢结交天下豪杰，所以到哪个城市，都会有一批"狐朋狗友"把酒言欢，谈局势、谈经济、谈教育、谈生活等，也自然少不了觥筹交错。这次席间又有收获，一是确定了新东方对于甘肃边远地区的教育帮扶计划，二是我和相关领导沟通，在甘肃某个县挑一个以农村孩子为主的高中，我去当名誉校长，想通过我的努力，帮更多的农村孩子考上更好的大学。

朋友聚会结束后，校长们又在等我聚会。于是重整杯盘，和全国各地来的校长又喝了一局。酒后，我来了兴致，提议在雨中到黄河边上去散步。于是带着一帮人，把酒店的雨伞一扫而空，浩浩荡荡地奔向黄河边上的水车公园。公园还开着，巨大的水车耸立在那里，一动不动，像张牙舞爪的巨人。在城市的灯光下，在淅沥的细雨中，看黄河水奔流东去，浩浩荡荡，瞬息万变，顿生生命如水，转瞬即逝，一去不返的感觉，正是孔子所说的"逝者如斯夫，不舍昼夜"的心境。孔子说这句话的时候，好像也是在黄河边上。后来，我们干脆不打雨伞，让雨淋着自己，沿着河堤行走了半小时，才心有不甘地回到宾馆休息。

第二天早上，我 5 点就醒了。躺在床上想了想，干脆不睡了。起来先用一个小时写完了"五一"期间的流水账。6 点到 7 点去泳池游了 1000 米，7 点到 8 点朗读了一个小时英文，8 点到 9 点和兰州的一位挚友边吃早餐边聊天（自然少不了兰州拉面）。从上午 9 点开始直到晚上，整整一天，都在参加新东方校长会议，听了各种报告、分享和工作布局，内容是企业机密，就不再赘述。晚上参加了校长们和当地新东方主管们的晚餐聚会，我又少不得一一敬酒，各种聊天鼓励，直到晚上差不多 10 点才兴尽而归。回到房间后，处理工作邮件和微信信息，到 12 点收拾休息。

7 日早上 6 点醒来，又去游泳池游了 1000 米，然后和兰州新东方校长一起吃了早餐。兰州是边疆城市，要留住人才需要更多的关怀和勉励。新东方人志在四方，但中国城市之间的差距依然明显，大部分校长和管理者都是背井离乡，为新东方走南闯北，我对他们的关心就显得尤其重要。

早餐后，出发去机场，坐 10 点多的航班飞回北京。一路上还是下着淅淅沥沥的雨，这场雨真是下透了。相信整个西北高原，一定会有一个绿油油的夏天。他们说，兰州一年也就下一个星期的雨，这次连续下了三天，真是难得的吉兆。兰州倒是发过大水，但水是上游冲下来的，不是兰州本地下雨造成的。

飞机准时起飞，1 点到达北京，北京的天气明媚而灿烂。

兰州之行顺利结束。

两天三城

（2019 年 5 月 8 日—10 日）

5 月 8 日到 10 日，几乎是疯了一样在路上的节奏。

5 月 8 日，是徐州新东方十周年庆典。我有一个承诺，全国各地的任何新东方学校，只要是十周年活动，我都会尽量亲自参加。徐州学校的十周年自然也不例外。

反复敲定选择了 5 月 8 日这个日子。刚确定好，泰哥给我发来微信，说青岛要在 5 月 9 日召开全球（青岛）创投风投大会，大会由青岛市政府主办，洪泰资本是背后重要合作伙伴。市委书记王清宪希望邀请我到大会上做主题演讲，让我一定不要推脱。王书记我也认识，对于他的为人，尤其是他的一手好文笔，非常欣赏，于是欣然答应。在此之前，我已经安排了 9 日晚上或者 10 日上午和济南市政府相关领导见面，讨论新东方在济南的进一步发展事宜。结果两天时间要穿梭于三个城市，把自己忙成了狗。

高铁的兴起，让我们能快捷地穿梭于各个城市，节约了时间，自然使我们的工作变得更加高效。由于交通时间的节约，原则上我们应该有更多的闲暇时光，但事实上反而变得更忙了，常常忙到像子弹一样来回穿梭。我有一种很不正常的倾向，总喜欢把时间挤得满满的，想在固定的时间内做更多的事情。结果常常犯这样的错误：事情做得越来越多，至于有多少事情值得做，反而少了一点认真的思考。

事情通常有三种：一种是非常重要的事情，一种是出于各种原因不得不做的事情，一种是提高生命质量的事情。尽管我做事情也是沿着这三个轨道进行思考，但常常一不小心就偏离了。

偏离的原因主要有两个：一是明明知道有些事情对事业和人生都不是至关重要的，但依然会时时沉溺其中，比如呼朋唤友聚会，常常就欢欣鼓舞地去了，还一不小心把自己喝醉，完全失去自控力；另一个原因是顾人情给面子，朋友邀请去做个讲座、参加个论坛什么的，尽管本意并不想去，但因为人情面子，常常就去参加了。朋友们也知道并利用我的弱点，任何事情只要多邀请几次，我一心软就答应了。

不过这次的三个城市，都是去参加很重要的活动。徐州新东方自然要去，青岛的活动是书记出面邀请，洪泰又是承办方之一，自然也要去。济南的事情事关新东方在山东的发展，也是必须去的。我做事情一般都是三步曲：一是思考事情值不值得做；二是如果要做就全心做好；三是在同样的时间内以更高的效率做事情。工作的时候疯狂工作，玩的时候疯狂玩，如果能够把工作的疯狂和玩的疯狂结合在一起，自然是最快乐的事情。

到地方学校去，我一般要做四件事情：和当地的朋友、关系见面沟通；和全体员工、老师或者代表见面；和骨干力量共进午餐或者晚餐；如果还有时间就做一场对外的讲座和活动，和当地的中学生、大学生或家长交流沟通。这次去徐州也不例外。

8 日早上 6 点 40 分就从家里出发，赶北京南站 8 点 45 分的高铁。由于家住北京北边，到北京南站需要横穿整个北京城。北京早高峰堵车完全没谱，早走才能确保赶上火车。有一次因为堵车，提早走了都没赶上。今天比较顺，8 点就到达了北京南站，在休息室休息一会。列车准时出发，一路顺利，于 11 点 40 分到达徐州。

徐州新东方校长到车站接上我们后，直接去一家叫“两来风”的餐厅吃饭。我刚开始还读成了“雨来风”，后来才知道是“两来风”。饭店饭菜还算可口，尤其是辣汤特别有名。著名相声演员马季曾题词“千年一碗汤”。两来风是一家百年老店，取“客从两面来，顾主风踊至”的诗意。我也猛喝了一碗辣汤，里面最多的成分是胡椒粉，于是喝得稀里呼噜，大汗淋漓。

饭后来到徐州凯悦酒店会议室，下午在这里安排了和当地教育系统人士的座谈会，2 点开始。因为晚上要离开徐州去青岛，就没有安排休息的房间。我在会议室的长沙发上躺着休息了半小时。随后就是座谈会，不少朋友原来就认识，相谈甚欢，话题涉及公办教育、民办教育、国际教育等。

3 点多座谈会结束，奔赴云龙湖边上的徐州音乐厅，徐州新东方十周年庆典在这里举行。到达后先和热情的员工、老师们照相，然后一起入座欣赏他们自编自导的各种节目。期间我把一些节目上传到了抖音和微博，引起了几万人的围观。最后自然少不了我对全体员工、老师的讲话，主题无外乎是肯定、鼓励和希望。庆典于晚上 6 点半结束。

音乐厅边上的云龙湖，是徐州最美丽的景点之一。湖自古就有，周围有山，美丽不下杭州西湖。只不过西湖有历史，有各种古老的传说和故事，而云龙湖的传说就比较少。徐州历来是兵家必争之地，人民好像没那么多闲心在湖边风花雪月、卿卿我我。不过，苏轼对云龙湖有过记录。苏轼任徐州知州时，站在山上或湖边，放眼眺望，一片洼地，犹如一条大沟，三面环山，一面临城，留下了诗句“笔踪好在留台寺，旗队遥知到石沟”。石沟就是指云龙湖，云龙湖也叫“石沟湖”，又被叫作“石狗湖”。凡是读过唐宋八大家散文的人，一定读过苏轼的《放鹤亭记》，文章中的放鹤亭，也在云龙湖边上的山上。

我本打算活动结束后围着云龙湖走一走，可惜活动拖了时间，加上晚上要赶火车，只能站在湖边看上一眼，算是了了心愿。不过几年前我来徐州的时候，不光饱览了云龙湖风光，还安排了一条船在湖上游荡了半天，所以这次没时间游荡，也不算遗憾。活动结束后，和骨干、员工、老师共进晚餐，在一个叫“百味地锅鸡”的地方，大家一起热闹、喝酒、照相。到 8 点钟，我先和大家告别，出发去徐州火车站。

青岛的活动 9 日早上 8 点开始。从徐州到青岛没有飞机，如果开车过去需要大概五个小时。一路司机太辛苦，又是深夜开车，想想还是放弃了。由于这个时间已经没有高铁了，剩下的唯一选择就是坐绿皮火车，在火车上睡一夜，第二天凌晨到青岛。我上次在绿皮火车上过夜，还是十几年前的事情，这次要重温一下，心里居然有点兴奋。

火车准时到达，是从西宁开过来的 Z274 次列车。从那么远的地方开过来，本身就带有了某种雄壮和诗意。上了火车进入卧铺车厢，发现床位居然被别人占了，原来是别的车厢的人睡过来了。和他们协商把铺位让出来，我和助理一人一个床位。卧铺有四个床位，另外两个床位一男一女，互相好像也不认识。女的一直在睡觉，男的一直在打电话看视频，各种吵闹。两个人都没有把我认出来，心里窃喜，不用再各种照相聊天了。到了下一个车站，男的拿着行李走了，房间一下子就安静了。乘务员查票的时候把我认出来了，兴奋得直嚷嚷，我赶紧摆手让她别出声。

绿皮火车总能带给人一种悠然从容的心境

火车哐哐当当前行。坐高铁是呼啸而过的感觉，坐这种绿皮车有一种回到历史的从容，火车的节奏悠扬而缓慢，似乎在告诉我：你只管安心睡，我会把你带到你想去的地方。我半躺在小小的床上处理了一会工作，读了一会书，洗漱后躺下睡觉。在火车催眠一般的节奏里，我一路睡过了山东大地，等到被乘务员叫醒时，距离青岛已经只有 20 分钟车程了。

到达青岛站的时间是早上 4 点 30 分，比预定的时间早了 20 分钟。司机已经在车站等我。

青岛的早晨宁静而美丽，天空已经放亮，一边是浩浩汤汤的大海，一边是白墙红瓦的老城，夹杂着一栋栋拔地而起的高楼。汽车在空旷的道路上行驶，顺利到达预先安排好的海尔洲际宾馆。进入房间后本来还想睡一会，但已经没有了睡意，打开电脑处理工作到 6 点。6 点后到宾馆游泳池游了 800 米，让自己完全清醒过来。在房间朗读半小时英语，7 点半到餐厅和约好的朋友吃早餐、聊天。8 点 15 分收拾行李，从宾馆出发去全球（青岛）创投风投大会的会场——青岛国际会议中心。

大会 9 点正式开始，由青岛市副市长主持，王清宪书记做了主题发言，对青岛的战略和发展进行了描述，提出了“向深圳学习，南有深圳，北有青岛”的大概念，听上去激动人心。

随后的正式演讲，演讲者为中国投资有限责任公司副总经理祁斌，中国诚通控股集团有限公司董事、中国国有企业结构调整基金股份有限公司董事长朱碧新，美国证券交易委员会（SEC）第 26 任主席哈维·皮特 (Harvey Pitt)，《硅谷百年史》（*A History of Silicon Valley*）的作者皮埃罗·斯加鲁菲 (Piero Scaruffi)。其中祁斌的演讲和皮埃罗的演讲有很多见解极富洞察力，也让我学到了不少。祁斌对于中美之间的经济进行了量化分析，也阐明了中美经济互相依存不可分割的原因；皮埃罗则从人工智能发展的角度，阐述了世界的发展。

这些人演讲完，已经接近中午 12 点，我最后一个上场，演讲的题目是《人性 + 科技，世界发展的动力》。媒体对于我的演讲是这么报道的：“任何创新创业都不是提前设计的，政府支持创新创业其实有很多方法，除了提供资金、构建扶持政策、提供税收减免等，还有就是构建一个开放竞争的体系，让创投机构发挥自身的专业投资能力与市场化运作能力，这样才能吸引到更多专业规范的创投机构落户。”其实我想强调的是，任何发展只有尊重人性、符合市场规律，让科技为人类的需要服务，提升人类的幸福指数，我们所有的投入才有意义。

演讲结束已经快 12 点半，又接受了 15 分钟媒体采访，随后去吃自助午餐，和政府相关领导进行交流。1 点多，带上行李出发去青岛北站。我要坐下午 2 点 15 分的火车去济南，那边也是一堆工作等着我。可能因为太累，在火车上居然深睡了一个小时，又看了一个小时的书，4 点半到达济南。下车后直奔济南市政府大楼，和市委书记王忠林约好了 5 点半见面。

见面会推迟了一点举行，大家一起畅谈了济南的发展前景，以及作为山东核心城市的优势。我也对济南近几年取得的进步表达了欣喜。十年前来济南，基本是一个尘土飞扬、雾霾深重的城市。现在的济南，干净明快，有了核心城市的气派和气质，进步很大。新东方除了短期培训外，还希望在济南开展国际教育、科技研发等，政府相关领导都表达了欢迎和支持的态度。

见面会结束后，我和几家全国各地来的建筑设计院的设计人员见面，和他们畅谈了我对国际学校校园设计的理念和想法，一起进行了可行性探讨。随后和济南的一些朋友共进晚餐，朋友们知道我喜欢吃螺蛳，也不知道他们从哪里弄来了一大堆新鲜的螺蛳，结果一开心，我多喝了好几杯。晚上 10 点，又赶到另外一个饭店，和济南新东方的管理人员一起吃夜宵，开心聊天，结果吃了很多烤串，直到午夜 12 点，才拖着鼓鼓的肚子，回到宾馆房间休息。

10 日早上坐 7 点 15 分的高铁从济南回北京。宾馆离济南站有一点距离，因此早上 5 点 40 分就起来洗漱收拾。昨天睡得太晚，宿醉犹在，感觉头重脚轻。6 点 50 分到达车站，7 点 13 分 G334 列车准时离开济南站，向北京方向驶去。两天半匆忙的旅程，圆满画上句号。

一路上除了工作，用零碎时间听了得到 App 上张潇雨的《商业经典案例课》150 分钟，听了《每天听本书》栏目中的《天朝的崩溃》《自控力》和《彼得原理》三本书。同时，用 Kindle 阅读了半本伦纳德·蒙洛迪诺（Leonard Mlodinow）的《思维简史》，英文原名为：*The Upright Thinkers: The Human Journey from Living in Trees to Understanding the Cosmos*。

行走充实人生，阅读丰富思想，这正是行走和阅读的内在意义。

齐鲁大地两日奔波

（2019年9月27日—28日）

东方优播是新东方旗下的一家教育公司，以在线虚拟课堂的方式，通过在线授课，让北京等大城市的优秀老师，为中国三线及以下城市的中小学生提供优质的教学辅导服务。

除了提供正常的学业辅导服务之外，新东方最重要的布局之一，就是用公益的方式，提供家庭教育指导服务。新东方的理念是：如果把家长教育好了，孩子们自然就好了。有些孩子之所以出问题，就出在家庭教育上面。所以，新东方所有的教学辅导，都提供家庭教育服务，很多老师都取得了家庭教育指导师的资质。他们除了教学之外，还会为家长提供家庭教育的指导。我作为新东方家庭教育的发起人，自然也会参与其中，每年在全国各地做五六十场家庭教育讲座。

东方优播的教学已经深入到了上百个中小型城市，广受各地老百姓的欢迎，其主要原因包括人们对在线学习的接受度越来越高，学生在家学习比较方便，老师教学的内容切合当地情况，小班教学学生得到更多关注，老师本身经过培训、素质水平不错等。与此同时，我们越来越意识到家庭教育对于孩子发展的重要意义。

早在两个月前，东方优播的负责人朱宇就和我商量，让我到一些城市去做家庭教育演讲。由于我的日程安排非常满，最终选定了山东的四个城市作为现场演讲地点，同时通过在线的方式，向全国其他东方优播学生的家长传播。当然，除了家庭教育本身的意义，也一定程度上宣传了新东方的业务。

日期最终选定在9月27日和28日，地点是临沂、淄博、滨州和德州。27日到临沂，晚上在临沂演讲；28日上午到淄博，下午到滨州，晚上到德州演讲。这是一个非常紧凑的日程安排，我一天做三场演讲会非常累，但也只能这样安排，如果一天一个城市，就需要四天时间，我实在拿不出这么长的时间来。

之所以不做纯在线的演讲，是因为现场演讲家长听得更加专注，因此也更加有效。一个人在网上专注听课的时间最多十几分钟，但在线下现场一般能够坚持一到两个小时，听课效果会更好。

27日早上8点，大兴新机场有飞往临沂的中国联航的航班，但早上我在北京还要处理事情，另外早上就飞到临沂，整个下午就浪费掉了。而且临沂还没有通高铁，离临沂最近的枣庄等高铁站，合适的时间已经没有车票。我打开地图，搜周边城市的交通，发现有一个航班，下午1点10分飞到日照，从日照坐汽车到临沂需要两个小时，刚好能赶上晚上的讲座，于是就果断订了飞日照的航班。

飞机下午1点10分准时起飞，北京和日照两地都天气晴好。两点半，飞机就在日照机场落地了。来接我的汽车已经等在门口，上车一路向西奔向临沂。

小时候读书，读抗日战争、解放战争，读得最多的就是沂蒙山区，当时给人的感觉是穷乡僻壤，老百姓吃的都是苦苦菜。但今天的临沂地区，已经是一个非常繁华的货物集散地和工业中心，整个临沂地区的人口达到了一千多万，人均 GDP 还排在山东地级市的前列。改革开放给这个地区带来了新的机会和发展，等年底高铁通到临沂，将给这个城市带来新的繁荣。

今天的沂蒙山区，已经变成了国家 5A 级风景区，成了人们休假旅游的地方，真的实现了《沂蒙山小调》里的景象："人人那个都说哎，沂蒙山好；沂蒙那个山上哎，好风光；青山那个绿水哎，多好看；风吹那个草低哎，见牛羊；高粱那个红来哎，豆花香；万担那个谷子哎，堆满场；咱们的共产党哎，领导好；沂蒙山的人民哎，喜洋洋。"

从日照去临沂，一路沿着沂蒙山南麓，秋天的树叶已经有点泛黄，道路两边是等待收割的小米高粱，一派宁静的田园风景。

下午 4 点半到达临沂。汽车沿着沂河行驶，河道宽阔整洁，碧波荡漾。有水的城市就有灵气。现在中国不少城市，把原来已经季节性干涸的河道，用橡皮坝拦水，做成河道城市公园，河道两岸的房地产价值飙升，城市收益一举两得。这也使得那些没有河道的城市，都开始人工开挖河道，做成自然景观。没有水的城市，总让人感觉缺少灵气和温润。

在临沂入住的酒店是蓝海国际酒店。这是一个花园式酒店，可惜连转一转的时间都没有。到酒店放下行李，就和济南来的国际学校校园建设团队讨论校园建设方案。讨论结束后，又到威特天元广场参观。威特天元广场是临沂天元集团建设的一个商业综合体，天元集团想要和新东方联合，做成临沂最大的教育综合体。

天元集团是临沂乃至全国最大的建设建筑公司之一，业务已经遍及世界各地。我这次是第一次和董事长张桂玉见面，觉得他是一个实干、诚恳、大气的人，如果合作一定不会捣鬼。参观完广场后，又到天元集团总部参观，看了集团的发展历史。从一栋小破楼房里走出来，到现在年产值500亿以上，成就了半个临沂，获得了中国乃至世界各种建设奖项，一路看过去令人感慨。

参观结束后，就在天元集团内部食堂，和相关人士以及前来陪同的政府领导一起吃便餐。便餐结束后迅速回到威特天元广场，我就是在这里要对1000位家长做家庭教育讲座，同时还有在线直播。

晚上7点，讲座正式开始。本来预计一个半小时讲完，但最后我讲到了两个小时，中间几乎没有任何家长离场。讲座的过程中我兴致盎然，但结束后立刻有了筋疲力尽的感觉。朋友们安排了一场夜宵，又有几位地方政府领导来作陪，一起喝了点小酒，探讨了新东方在临沂可能的发展机会。

10点半，聚会结束，我回到宾馆，又和新东方泡泡少儿临沂的加盟商一起沟通工作情况，直到11点半，才结束了一天的工作。赶紧洗漱休息，为了尽快入睡，吃了一片安眠药。明天早上4点半必须起来，5点出发要赶往淄博。

早上4点半起来，迷迷糊糊，冲澡让自己清醒过来，原地跑步400步。本来想到院子里跑，时间不够。5点拎上行李出发。

从临沂到淄博差不多300公里，路上需要三个小时。出发的时候天空还在黎明前的黑暗中，逐渐就晨光熹微了。我们开车一路向北，横穿了整个沂蒙山区，但也没有见到什么崇山峻岭，整体山势都比较平缓。我们一路走的都是高速，随着东边太阳的升起，我们在8点钟顺利到达了淄博市区。我一路用电脑工作，中间闭眼休息了半小时。

在十几年前，我因为新东方的“梦想之旅”来过淄博，后来又应前新东方扬州外国语学校校长王修文的邀请，来淄博参加过他的“修文外国语学校”的开学典礼，但最近十年就没有来过了。现在中国的中型城市，都变得干净整洁了，不像十几年前，不少城市还都是垃圾遍地。这十几年的城市发展，中国人的整体素质还是有所提高的。

到达淄博后，我们到一家早餐店吃了早餐。早餐的品种还挺丰富，大包子、豆浆、肉饼、小米粥、馄饨等。吃完早餐感到浑身舒坦很多，立刻赶到齐盛国际宾馆准备演讲。淄博市政协和民盟的一些朋友，帮助组织了这场演讲，演讲前和他们见面，寒暄了一会。听演讲的人大部分是淄博的政协委员和学校老师。

演讲 9 点开始，一直讲到 10 点 45 分，主题内容还是家庭教育和孩子培养。演讲结束后，和当地中小学的老师进行了半小时交流，又和教育系统的一些领导和朋友共进了午餐。

午餐结束后，12 点半从淄博出发去滨州，淄博到滨州比较近，一个半小时就到了。到了滨州后，先到东方优播在滨州的办事处参观，并对山东东方优播的员工讲话、培训，和他们一起照相留念，然后再到滨州渤海中学进行演讲。

渤海中学是一所民办中学，办学水平在当地还可以。接近 1000 名初中学生和家长，听了我一个半小时的家庭教育报告。报告结束后，学校创始人刘相生，送了我一堆山东冬枣，盛情难却我只能收下。

下午 4 点半，从滨州出发，一路向西奔向德州。从滨州到德州 200 多公里的路程，需要两个半小时到达。我们一直迎着夕阳前进，圆圆的夕阳挂在天边，一点点下沉，齐鲁大地笼罩在苍茫的暮色中。

在华灯初上的时刻，我们到达了演讲地点德州会展中心。德州市政协副主席在现场等我，互相寒暄了一会，就进入会场开始演讲。

晚上到场的家长有 1000 多人，同时通过在线直播让场外人士可以同步参与。整个活动由德州德开小学校长孟杰主持，我进行了一个半小时的演讲。由于有前面几场垫底，演讲内容变得更加精炼得体，大部分家长都被我的演讲内容感染，听得聚精会神。演讲结束后统计在线观看直播的人数，最高峰达到了近万人。

一天三个城市、三场演讲终于结束了，身心整个放松下来。德州的朋友邀请我吃夜宵，尽管我们还要乘晚上 10 点 45 分的高铁回北京，但我还是答应了。筋疲力尽后，也想喝一杯酒麻醉一下疲倦的身心。新东方的几个人，加上当地的几个朋友，大家一起到了一家酒店，吃了著名的德州扒鸡，喝了当地的白酒。大家一起欢聚聊天，匆匆忙忙 50 分钟结束时，居然已经有了醉意。

当地的朋友特别用心，因为我席间提到上大学的时候，火车路过德州，最想吃的就是德州扒鸡，结果临走时一下子送了我四五只德州扒鸡。恭敬不如从命，拿上一堆鸡，奔德州东站而去。

晚上 10 点 45 分，高铁准时启动，在黑夜里向北京方向飞驰而去。我上大学的时候，从德州到北京，大概要坐五个多小时的绿皮火车。今天的中国，从德州到北京，只要一个小时二十分钟了。交通的便利和速度的提升，也许正好是中国各个领域几十年发展的一个象征。再过两天，就是中华人民共和国成立七十周年了。祖国的进步，值得我们欢呼，也值得我们付出更多的努力。

呼和浩特包头行

（2019年10月12日—14日）

暑假前就收到了内蒙古自治区宣传部的邀请，问我能不能去他们的“亮丽北疆”讲坛做一次演讲，联系人是自治区民盟的朋友。

一开始我婉言谢绝了，因为随着年龄的增加，这两年我的心态也有了改变，更加喜欢静坐思考，而不是到处演讲。而且也因为我喜欢即席演讲，语言上多有疏漏，被自媒体乱炒，惹来了不少是非。但对方一再邀请，而且自治区宣传部部长是我北大中文系的学弟，我又是民盟的成员，中国人最讲究的就是情面，所以最后就答应了，约定了10月13日到呼和浩特演讲。我和主办方约定了我的演讲必须是公益性质的，不收费。

我搭乘10月12日晚上8点10分的航班飞呼和浩特。出发前查了一下呼和浩特的气温，最低温度居然达到了零度以下，而13日晚上更是达到零下6度，赶紧往箱子里塞了一些厚衣服。晚上9点半到达呼和浩特后，在外面行走倒是不觉得特别冷，可能是冷空气还没有到达的缘故。

从机场出来直奔新东方的校区，和全体员工、老师见面。300多位员工、老师一直在等我，我赶到现场先对大家做了20分钟的讲话，鼓励大家不断成长，持续努力，然后又和大家一一照相，直到11点半才结束，回到住所内蒙古新城宾馆。收拾完躺下后，把《滕王阁序》默背完了都没有睡着，只得起身吃了片安眠药。

13日早上6点半起床，洗漱完毕到宾馆周围散步一圈，空气有点凌厉，但早上的阳光已经很灿烂了。蒙古高原上此时已经是深秋季节，树叶的颜色五彩缤纷，宣示着秋天的热闹和斑斓，是生命进入寒冬前最后的欢舞。

7点半回到宾馆和朋友一起吃早餐。参加者有自治区委员会主委董恒宇、大学同班同学阿拉坦、内蒙古仕奇集团董事长葛健等。早餐结束后，去内蒙古人民会堂进行演讲，到场的市民有1000多人。

我演讲的题目是《教育情怀与个人成长》，和大家讲述了我的个人成长经历、新东方的发展和我的教育理念，整体上算是一场思虑周全、声情并茂的演讲。但演讲后的第二天，网络上依然疯传了一小段视频，是我讲年轻的时候可以喝两斤白酒，甚至有的时候会喝了酒再去上课的部分，引发网友各种议论。在当今自媒体时代，很多人为了博眼球，对有点名气的人的言论各种左削右砍，断章取义，弄得面目全非。传播者缺乏底线，令人防不胜防。

演讲结束后，和朋友们一起吃饭，因为不少是北大校友，所以相谈甚欢。朋友送了我一把马头琴，让我无比欢欣。我们又约了明年夏天一起行走草原，写出一本图文并茂的游记。不知道明年是否有时间去实现这一想法，心甚向往之。

午餐结束后，我登车向包头进发。包头新东方刚刚开业不久，既然到了呼和浩特，顺路去包头就是最节约工作时间的方式了。从呼市上了去包头的高速公路，一路沿着阴山南麓向西而行。阴山绵延数百里，山形峥嵘而崔嵬，自古就是农耕文明和草原文明的天然分界线之一。阴山作为古代著名地标，常常在古诗词里面出现。先有《乐府诗集》中的“敕勒川，阴山下。天似穹庐，笼盖四野。天苍苍，野茫茫。风吹草低见牛羊”，后有王昌龄的“秦时明月汉时关，万里长征人未还。但使龙城飞将在，不教胡马度阴山”，李世民还写过“塞外悲风切，交河冰已结。瀚海百重波，阴山千里雪”。所以当我们一路沿着阴山前行时，浓浓的怀古情怀油然而生。

今天的天气，天朗气清，阳光明媚，白云高洁。祖国广袤的大地早就连成一片，高铁四通八达，早就没有了古代征战的辛苦和艰辛，更没有了“古来白骨无人收”的悲凉。祖国的强盛和统一，就是人民的福祉。

一路顺畅，在离包头60公里左右的时候，进入了一个叫“沙尔沁”的休息区，上了趟厕所回来，就被封路封在休息区了。一问封路的警察，得知要到晚上才能开路。问什么原因，回答是沿路安装道路设施。我在包头安排了5点钟开始的家庭教育讲座，上千家长在等着我，绝对不能取消，反复求警察通融放行，而且把我写的一本书送给了他。他收下了书，态度友好，但就是不给放行。我心里就特别懊恼，心想要是不上厕所，到下一个出口就到包头了。

看到有一个地下通道能够到高速对面，我就想到高速对面往回开，十几公里后就是出口，出去后再上国道，也许还能够赶上。没有想到到了“萨拉齐”出口，由于对面所有的车都被赶下高速，造成两边拥堵，汽车在高速上绵延一公里多动弹不得。

我一看，如果等着，讲座就彻底泡汤了，赶紧背上书包，跳下汽车就向出口跑。心想到了出口，打一辆车往包头方向奔。哪里知道在这个荒僻之地，根本就没有车可打。正彷徨间，一辆破旧的夏利靠过来，我赶紧问是不是可以拉客，司机用我听不太懂的普通话告诉我可以。我告诉他去包头，他要价 250 元，我觉得很贵，砍价也砍下不来，也管不了那么多了，跳上汽车就赶紧跑。没有想到国道也设收费站，又堵了两公里。和包头的朋友联系，朋友联系了交通大队，说明了讲座的情况。交通大队居然派了一辆车，把我从收费站接走了。

我给了夏利老乡 100 元，坐上派来的车一路飞奔，终于在 5 点半到达了讲座的地点包头市蒙古族学校。这时候，家长们已经在那里多等了半个小时。

我赶紧上台道歉，给家长们努力演讲，讲到了接近 7 点。家长们听得很认真，最后满意而去。

演讲结束后，我又赶到市政府，和包头市市长见面，然后一起共进便餐，包头主管教育的领导也都一起参加。席间，我们讨论了新东方的教育资源如何能够帮助到包头农牧地区的教育，同时也和领导们沟通了包头的政治、经济、文化、教育的情况。由于我的大学同学王强是包头人，所以我对包头也怀有一种特殊的情感，主宾沟通比较顺畅。

便餐结束后，又和一些包头中小学的校长一起沟通交流。差不多到了晚上 10 点钟，交流结束，我再赶到新东方包头学校，去和全体员工见面。给员工讲话 30 分钟，然后一起照相留念，到 11 点半回到宾馆休息。整体上倒是没有怎么喝酒，但累过头了反而睡不着，只能再吃安眠药入睡。

14 日早上 6 点起床，洗漱完毕，收拾行李。6 点 50 分出发去包头机场，赶 8 点 40 分飞北京的航班。一路横穿整个包头，经过了城中草原——塞罕塔拉大草原。包头是全世界唯一拥有城中草原的城市。如此辽阔的城市，也养育了胸怀开阔的包头人。和包头人打交道，你能够感觉到他们身上的一种大气。

8点40分，飞机准时起飞。

从舷窗里往下看，包头整座城市，周围的草原，还有那连绵不绝的阴山山脉,在蓝天白云下清晰可见。飞机一路沿着阴山山脉向东飞行，整个山脉，以及山脉北边的希拉穆仁大草原，几乎一览无余。我知道，敕勒川就在飞机的翅膀下面，现在已经变成了一个小镇，而整个阴山和后面辽阔的草原，就是古代几千年来草原民族的生存之地和战场。而阴山东南方向的中原大地，几千年来为了对抗草原民族的入侵，历经艰难，但也成就了中华民族的坚忍，并和草原文化形成了充满活力的融合。如今，流水落花春去也，换了人间。昔日的汉家烟尘，单于猎火，今天都已经烟消云散。寥廓大地，秋月春风，情满人间。

努力奔波的四天

（2019 年 10 月 18 日—21 日）

大约九年前，我和北大几位做企业的校友一起，包括黄怒波、孙陶然、侯军、厉伟等，策划成立了北大企业家俱乐部。成立俱乐部的目的，并没有什么高大上的意愿在里面，就是一帮有着同样文化背景的人，能够在一起交流沟通、吃吃喝喝，在必要的时候互相帮衬，如果还有余力，就为北大做点事情。在大家的推举下，我先担任了六年理事长，后面就由厉伟接过了理事长的担子。大家在一起的几年，成员发展到了 50 多人，还成立了北大创业营，培训了几千名创业者，同时为北大捐款近十亿人民币。

我作为创始理事长，要比大家多参加一些活动。今年的年度理事会定在了厦门。10 月下旬的厦门，景色宜人，气候温和，确实是聚集的好地方，加上家在厦门的师妹方晓蕊愿意承办这次会议，自然一拍即合。会议时间是 10 月 18 日到 21 日，我时间紧张，之前安排了 20 日在河北的演讲，所以只参加 18 日、19 日两天的活动。

原定 18 日下午和厦门市政府领导座谈，后来因为市委书记临时有事，座谈调整到了 19 日上午。这样 18 日下午就空了出来。我原定乘坐 18 日上午 9 点的海航 HU7191 航班，差不多 12 点到厦门，正好可以赶上下午的座谈。后来座谈改时间了，我本来想把航班调整到下午，但理事会新的议程改成了下午 4 点到南普陀寺去修禅，我也想参加一下，干脆就按照原航班飞过去。12 点到下午 4 点之间的时间，我安排了和厦门新东方全体员工见面。

飞机晚点了一小时起飞，12 点半才到达厦门。厦门新东方校长杨伟国来接我，我们一起到了凯宾斯基酒店。在酒店和厦门的主管们先一起共进了午餐。下午 2 点，在酒店的大会议厅，和 1000 多位新东方员工、老师见面。我先给大家讲了一个小时，重温了新东方的教育理念和对新东方员工的要求，讲述了我自己对于幸福、成功的看法。讲课结束后，应大家的要求一一合影留念，1000 多人排队照相，整整用了一个小时的时间。但员工、老师们都很开心，我心里也就充满了欢喜。

照相结束后，我坐车赶到南普陀寺。北大朋友的队伍刚好也到达南普陀寺，大家一起进入禅堂开始修禅。

体验修禅结束后，小和尚给我们每人发了一个蓝牙耳机（因为寺内不可以大声喧哗，导游只能小声讲解，通过耳机游客可以听得更清楚），一路带着我们从禅堂走到大雄宝殿，讲解南普陀寺的历史。来庙里的游客还真不少，有点熙熙攘攘的感觉。我们一起朝拜了释迦牟尼和观音，和尚们为我们唱了祈福经文，我们每个人再逐一上香。钟磬声、木鱼声，声声入耳。结束后从后殿绕出去，瞻仰了大悲殿，再转到玉佛楼。这是一座两层佛殿，柚木和楠木结构，精美漂亮，榫卯连接，天衣无缝。一楼还在重新维修中，二楼藏了很多珍贵文物，几百年前的很多尊玉佛、雕像、法器、典籍都藏在这里，通过恒温恒湿控制装置加以保护。我们穿上鞋套进入二楼，和尚带着我们一一介绍参观。我们大部分人都是外行，很多看不明白，但也免不了点头称赞，啧啧有声表示感叹。

参观结束已经6点多，到了晚餐时间。晚餐由厦门北大校友会请客，地点在厦门北大未名生物园。我们驱车前往，和在那里等候的校友会成员见面。尽管一些人原来没有见过，但都是北大毕业的，自然有话可说，大家一顿寒暄，入席开宴。好酒好菜，大家互相敬酒问候。

晚宴快结束的时候，有人提议说正式宴会环境太正经，希望能够去路边摊吃厦门煎蟹。我建议去莲花吃煎蟹，因为几年前我去过，还专门为莲花煎蟹写了一篇散文。但厦门朋友觉得那地方人杂，怕认出我们的人太多不好弄，于是安排去一个朋友的饭店，自己买了螃蟹回来煎。大家添酒回灯重开宴，兴致很高，又喝了不少酒。

11点多结束后，有人提议到海边去走走，最好在能看到海的地方把酒临风。于是在朋友的安排下，我们又来到海边一家饭店楼上的露台，重整杯盘，开怀畅饮啤酒。前两次都是在封闭房间里，大家觉得不够舒怀，这一次明月、海风、海景、城市灯光都有了，大家终于舒畅起来，一直喝到后半夜2点方尽兴散去。这时的我，已经醉意盎然。为什么大家喝了第一次、第二次，还要去第三次？实际上是源于北大人的某种气质，那种理想化的特征，那种想摆脱一切桎梏的情怀，那种想遨游于天地之间的神思。所以如果没有一个天地人合一的环境，那种感觉就一直淤积在心里，没有办法散发出来。这种环境，要不就是海阔天高之间，要不就是市井喧嚣之处。在那种四面封闭的环境中，哪怕装修得富丽堂皇，也和北大情怀无半分吻合。据说后来有几个人还去市井热闹处喝了第四顿，那是后话。我回去倒头便睡，已经醉意浓重。

住宿的海悦山庄真是一处好地方，游泳池通到每一户的边上。早上起来，拉开窗帘，室外就是亚热带植物和绿树掩映的不规则游泳池。打开门就可以直接跳进游泳池里。我7点多醒来还有昨天的宿醉，浑身不舒坦，先洗了个热水澡，然后去早餐厅吃了早餐。

回到房间，没有能够抵挡得住游泳池的诱惑。今天阳光很好，游泳池的清波闪烁着光芒。我换上泳裤，跳进了略嫌凉爽的水中，一阵激灵之后，开始游泳，越游越舒适，起到了很好的醒酒作用。起来冲洗干净刚好差不多10点，穿好衣服去参加和厦门市政府的座谈会。

座谈会就在海悦山庄的会议室进行，市委书记胡昌升带着一干人士来参加了座谈会，北大企业家俱乐部这边也有30人左右参加。现在各级政府，对于招商引资都非常重视，厦门又是一个很开放的城市，包容性很强,所以具备很强的吸引力。新东方的培训在这里也办得很好，近三年缴纳了一个多亿的财政税收。

厦门思明区的书记廖华生是北大毕业的，自然和我们又多了一份亲近。为了引起俱乐部成员对思明区的重视，在市委书记来之前，廖书记提前半小时先和我们做了交流。10点半正式交流开始，双方先各自介绍了成员，政府领导班子中居然有三个北大一个清华的。市委书记胡昌升在四川甘孜当过书记，新东方在甘孜做过不少教育扶贫工作，尽管我们没有见过面，但一说起来，感觉距离就拉近了很多。交流的流程自然是领导先介绍厦门的各种优势，俱乐部成员各自介绍自己从事的事业，以及在厦门的发展意向，宾主交流坦诚，富有成效。12点半交流结束,大家又一起共进了午餐,午餐于1点半结束,宾主尽欢而散。

下午是俱乐部理事会年度会议，安排在鼓浪屿召开。我才知道东道主方晓蕊的曾外公，竟然是厦门赫赫有名的糖王郭春秧。会议就在郭春秧建造的别墅里召开。这栋别墅几度春秋，现在已经变成了一个岛上的宾馆。这次为了我们，停止接客，专门让我们来开半天的封闭理事会。当然郭春秧当初在鼓浪屿的资产，远远不止这一栋别墅，据说当时鼓浪屿一半的房子，都是他造起来的。除了开会的这栋别墅，我们还去参观了附近的另外两栋别墅，外表很气派，不过已显破旧，里面几乎空无一物。别墅的归属，几易其手，外挂私家花园牌子，但真正的主人渺无踪影，任由这两栋别墅在风雨中破败。

在老别墅的大厅里，理事会按部就班地进行。作为秘书长的孙陶然和作为理事长的厉伟，汇报了过去一年的工作和财务情况。今年又有两位新理事加入俱乐部，其中一位是我介绍入会的齐宏，是崇礼太舞滑雪小镇开发公司的创始人。工作汇报完毕，理事们自由发言，主要是对俱乐部未来的方向、活动和发展提意见和建议。其中有一条很好玩，说俱乐部成员年龄偏大，都五六十岁的人了，变成夕阳红团队了，是不是可以让更加年轻的北大人进来。队伍的年轻化，确实很重要，但要让年轻的北大人和我们这些老家伙融为一体，心气相应，几乎是不可能的。但我们需要和年轻人互相交流，互相取长补短，这还是很有益处的。

俱乐部会议 5 点结束，大家再次坐船从鼓浪屿返回厦门岛。返程的海面上，刚好夕阳西下，红波涌浪，暮山泛紫。船上有小提琴演奏者在船尾国旗下拉起了《我和我的祖国》，大家兴之所至，齐声和唱，声入云霄。海上各色船只穿梭来往，厦门的高楼沿着海岸线参差排列，错落有致，河山壮美如画。

下船后，大家坐车到厦门机场附近的避风塘海鲜酒店，由东道主方晓蕊请客吃饭。不少人是晚上的飞机，吃完饭就直接去机场。我的航班是晚上 8 点一刻的，到饭店已经 6 点半，几乎没有时间吃饭。匆匆喝了几杯酒，吃了半碗面，就和大家告别。眼看着一桌丰美的海鲜和自己无缘，内心生出些许惆怅，但更加惆怅的是和朋友们聚少离多，胜地不常，盛筵难再。

相聚的时间总是短暂的，因此值得倍加珍惜

今天晚上8点一刻，我将乘坐飞机飞往郑州。新东方双师教学系统，明天给我在新乡、安阳、邯郸三地，安排了三场家庭教育讲座。这也是我自己要求的安排，这样一天走三个城市，节约时间，效率高。家庭教育是我真心喜欢讲的内容，只要有一个家长听进去了，就等于挽救了一个孩子。讲座内容通过现场和网络直播，可以触达上万个家长。飞机准时起飞，晚上10点半落地郑州机场，郑州新东方员工在机场接机，开车把我从机场一直送到新乡。11点45分到达新乡，入住开元名都大酒店。进房间后赶紧洗漱休息，吃了一片安眠药躺下，确保明天全天开讲座时精力充沛。

10月20日

早上6点半起床，洗漱后在房间原地跑步10分钟，背诵了一遍《滕王阁序》和《兰亭集序》。7点半去楼下和当地教育系统的领导一起吃早餐沟通，感谢他们对新东方的支持。8点一刻接受媒体记者采访，然后出发去演讲现场新乡市平原文化艺术中心。

到了现场发现，新东方和新乡教育系统多发了500张票，有几百个家长在场地外面进不来，出现了混乱的局面。里面其实有足够的空场地可以席地而坐，但出于安全因素无法让大家进来。时间到了，我只能先对已经进入场馆的家长们开始讲课。到10点半讲课结束后，才知道没进来的家长们都没有走，被安排到了旁边的音乐厅，等我去给他们讲第二场。我深深为家长们的精神所感动，也为新东方的不当行为向家长们深深道歉，为他们认真讲了一个小时。

演讲结束时接近12点，我迅速跳上车赶往下一个演讲地点安阳中原宾馆，演讲是1点半开始，必须在演讲前赶到现场。路上一路畅通，在中间的一个休息区放松了一下，到达中原宾馆1点多。匆匆忙忙吃了一碗牛肉面，直接上场演讲。这一场是我和上海著名家庭教育专家陈默老师一起讲，我先讲她后讲。以前我没有听过她讲课，她开始讲后，我一看去邯郸还有足够的时间，就坐下来听她讲了半小时。她讲课案例生动，语言活泼，让我受益匪浅。尤其是她说的孩子竞争感和竞争力之间的差别，让我深有同感，可惜没有听完。

3点半我离开现场出发去邯郸，5点到达邯郸招商大酒店，和邯郸市教育系统领导吃便餐交流，6点半到达演讲现场育华中学礼堂，对到场的近1000位家长开始演讲。今天晚上有上万家长同步在线听课，所以演讲的时候我认真注意言辞，家长们也听得很认真。8点半圆满结束演讲，跳上汽车直奔邯郸机场。去邯郸机场是为了飞上海，再从上海到乌镇，参加第二天的世界互联网大会，会上新东方点石经纬公司 Okay 城市智慧教育系统有一场新闻发布会。

邯郸机场很小，前门进去，办票，安检，然后从后门出去，旅客们穿过一大片广场，走向飞机。从邯郸飞往上海浦东的东航 MU9950 航班，孤独地停在停机坪上，在夜色中等待着乘客的光临。飞机晚上 10 点准时起飞，一路上，舷窗外的半个月亮一直陪着我，平添了我半分忧伤。在飞机上也睡不着，打开电脑处理了一会邮件，半梦半醒中又把《归去来兮辞》背了一遍。

半夜 12 点到达上海浦东机场，上海新东方学校的司机来接我，直接从机场开往乌镇。深夜的高速公路很安静，没有太多汽车，一路顺畅，凌晨 2 点到达了住宿地——小镇上一个叫作“绿梦”的农家乐酒店。这几天在乌镇举办世界互联网大会，所有酒店几乎都住满了人。本来组委会可以把我安排到小镇核心景区去住宿，但半夜到达不想太折腾，就让会务组的人随便安排了一个地方。农家乐的房间还挺大，里面的家居设施也不错。放下行李后赶紧洗漱睡觉，此时已经接近 3 点，明天早上 8 点 20 分要出发去乌镇会展中心，参加系统发布会，最多只能睡四个多小时了。

10 月 21 日

早上 7 点半醒来，洗漱完毕，打开窗帘，外面阳光灿烂，窗户面向着一片农田，远处是连成片的树林。现在乌镇的农民都以开农家乐为生了，农事活动应该从事得很少了。我住的这家农家乐，就把后面的菜地弄成了一片家庭游玩的地方，有吊床、滑梯、蹦床等。

早餐吃了一碗阳春面、两个鸡蛋。收拾好行李，8 点 20 出发去会展中心。9 点钟发布会准时开始。我做了 40 分钟的演讲，就我所认知的智慧教育和教育本质的关系进行了阐述，同步在线也有几千人在看直播。发布会10点半结束，一干人等涌上来照相。然后参观智慧教育展台，再坐车到一家咖啡厅，和一些来自全国各地的使用Okay系统的校长进行交流。交流到12点结束，又接受了媒体的采访，匆匆吃了快餐，12点半出发去虹桥机场。一路上听着得到App上施展的《国际政治学40讲》，不知不觉迷糊过去，再醒来汽车已经停在了机场门口。

办票，安检，在休息室休息，准时登机。东航MU5117航班下午4点准时推出机位，滑向跑道，在明媚的阳光下，轰鸣着冲上天空。西斜的阳光，陪着我飞了一路。在飞机里，我记录下来这四天的行程，记录下繁忙和劳累中的充实。人生的日子，有很多种过法，这样在路上并且能够或多或少帮助到别人的日子，是我喜欢的度过方式。生命匆匆，俯仰之间，已经过半，尽管老年将至，也希望我后面的日子，不要过得太平淡。

到达北京时，夕阳渐美，红霞满天，群山飞舞，暮色苍茫。城市华灯初上，万家灯火温暖人间，愿世界和平，人人吉祥。

第三章 忙里偷闲

随着年龄的增加，
我越来越希望追求属于自己的时光，
也希望更多这样的时光在我生命里闪光。

中秋节

（2018 年 9 月 22 日—24 日）

今年的中秋节，刚好和周六日连在了一起。这样三天一起放假，对于很多人来说就是个小假期了，心理上有了一种轻松感。我 9 月 22 日早上从外地出差回来，想想居然有三天不需要出差，也没有什么重要事情要处理，心理上有一种被解放的松弛感。

小时候的中秋节，我们想到月饼会馋得流口水。现在的月饼堆积如山，没人稀罕了。

江南的月饼通常是酥皮的，一碰能掉下一堆皮，里面通常包的是枣泥、莲蓉等馅料。至于蛋黄馅儿的，那就是上等月饼了，通常有钱人家才会有。还有，现在卖得那么贵的大闸蟹，在我们小时候根本就不是什么稀罕的东西。到了中秋节，我们也吃大闸蟹，但都是当天下河沟，拿铁丝在蟹洞里掏几下就能够抓住几只，然后用稻草一绑，拎回家就行了。

中秋节，也是农民丰收的节日。如果中秋节晚一点，地里的水稻就已经开始收割了。即使没有收割，农民也已经可以预料到这一年的粮食是否能够丰收了。如果水稻长得好，看到满地金黄的稻浪翻滚，农民心里就乐开了花，月饼也会多买几个，孩子们就特别开心。如果稻子已经收到打谷场堆成堆，我们就在月光下捉迷藏。有一次捉迷藏，我在稻草堆里睡着了，全村人找到半夜才找到。

在秋天，割完水稻后拾稻穗，也是孩子们最欢乐的时光。将一根一根被遗漏的稻穗拾起来，最后拾成大大的一把，心里充满了成就感。当时农村粮食都要上交国家，割稻的时候大人们会故意遗漏一些稻穗让孩子们拾回去，这样能够补贴一些家里的粮食。

小时候对中秋节印象最深的是月色。因为农村地区没有电，也没有电灯，所以到了有月亮的晚上，除了月色一片清辉，什么灯火也没有。在月光下走路，你会觉得自己仿佛被融化到月色之中。那种清冽和辽阔，在现在到处都是城市灯火的环境中，是很难体会到的。因为家在长江边上，我小时候常常能够看到“星垂平野阔，月涌大江流”的景象。尽管从小没有任何人教我读唐诗，但后来一读唐诗，便心有所悟，都是来自小时候对大自然的亲身感受。

在中秋节的这一天，农村有的时候还会点灯笼，主要是孩子们拎着大人做的灯笼，在野场上一起嬉闹。大家可能觉得元宵节才是灯节，其实农村在八月十五的时候，为了增加一点欢乐气氛，也有点灯笼的习俗。

中秋节是团聚的日子，对于农民来说，一村人的团聚才热闹。对于古人来说，中秋节又是思念的节日。在外面的游子，这个时候满是“举头望明月，低头思故乡”的情愫。关于抒发月下思念之情的诗句可以装一箩筐，最有名的还是苏东坡的“明月几时有，把酒问青天”。今天的人们应该已经没有了像古人那样的深刻思念。今天的交通工具和通信工具，几乎可以瞬间拉近自己和被思念之人的距离。现代社会已经解除了人们这方面的愁苦，但另一方面，也让我们失去了刻骨铭心的眷恋和由此产生的千古流传的诗篇。美丽的文字，均出自辗转反侧、不能自已，以及不能满足的某种渴望、期待和深情，这是我深刻认同的文学理论。

现在的中秋节，过起来已经没有了太多的乐趣。对于月饼的期待没有了，对于月亮的期待也没有了，对于远方的思念更加没有了。城市上空，即使有月亮，也是黄黄小小的，就像是一个胆怯生病的小孩一样，不敢面对城市过于强烈的灯光。很多人为了看一眼美丽的月亮，不惜开车奔袭上百公里，跑到远离尘嚣的农村去或者山里去，只为感受月亮的清辉。在中秋节赏月的心情也没有了，人们心里装着满满的心事，对于未来没有一点轻松的愉悦，也没有对季节丰收的庆祝。社会进步了，人们生活得更加劳累了。现代人的付出和得到，常常是不成比例的。也许多了一点物质享受，但失去了整个精神家园。

不过今年的中秋节，北京人民是幸运的。整整三天中秋假期，北京居然都是万里无云的天气，空气明净得像擦干净的玻璃一样。站在高处，能够看到几十公里外，周围的山峦环列北京；站在香山顶上，能够看到天安门和刚刚耸立起来的“中国尊”摩天大楼。

这三天，老天给足了北京面子，一点都不含糊，一到晚上就把一轮明月捧上了天空。北京的老百姓能够畅快地连看三天月亮，而且月亮也没有因为北京城的灯光而失去清辉，真的是“天将今夜月，一遍洗寰瀛。暑退九霄净，秋澄万景清”。白天的阳光明媚和晚上的皓月当空，成了北京人这三天最愉快的记忆。这个中秋节，身在北京的每一个朋友的朋友圈，几乎都在晒各种好天气和好月亮的照片，我也是晒的人之一。这次离开北京的人，都后悔舍近求远跑到了其他地方，没有看到又大又美的北京月亮。这个在北京度过的中秋节，也是我这几年过中秋节，记忆最美好的一次，特别庆幸自己没有安排到外地去。

这三天，我每天在阳光下走路接近 20000 步，还专门到奥森公园去散步，在马路上开心地骑着自行车闲逛，还到小区的露天游泳池游了一次泳。游泳池的水已经很凉了，这应该是今年最后一次在北京的露天游泳池游泳了。其中两天，我居然每天都午睡了一个小时，这对我来说真是太难得的享受了，平时我是个连晚上睡觉都不踏实的人。还有一个晚上，朋友来家里吃饭，我到永辉超市去买了各种菜品，并亲自下厨。9 月 24 日中秋节这一天，刚好是我儿子的生日，陪儿子过生日，陪孩子们散步，推着轮椅陪老妈在外面晒太阳，享受了天伦之乐。当然读书也是我休闲时最大的爱好，我用三天时间，阅读了熊逸的《思辨的禅趣》，还听了得到 App 上《香帅的北大金融学课》。

这三天，让我从一个忙碌的人，变成了一个安心享受平凡生活的人，到最后自己都开始问自己：你平时那样忙碌，究竟为哪般？

日子其实并不复杂，用平常心做平常事，享受平常的生活，就是人间天堂。复杂的是我们的心态，永远在虚幻的追求和糊涂的贪欲中不能自拔。

徐霞客的人生选择

（2018 年 10 月 13 日）

我的家乡是江苏省江阴市，从这里走出的最著名的人物要数徐霞客了。尽管我是徐霞客的老乡，但到今天为止，我也没有认真通读过徐霞客的游记。徐霞客走过的地方我看了一下，其中有差不多百分之三四十我走过了，当然我还去过徐霞客没有去过的地方，全世界我大概已经走了四五十个国家，这是徐霞客四百多年前做不到的。

尽管我没有研究过徐霞客，但是徐霞客毕竟是江阴人，而且我在江阴长大，或多或少都会从各种渠道，听到徐霞客的故事、徐霞客的信息，当然也包括我们课本上的《徐霞客游记》的精选。我上学的时候，从小学到中学，老师们或多或少都会把徐霞客挂在嘴边。某种意义上，徐霞客就是我们从小到大成长过程中的一种精神象征。

一个地方的名人，对这个地方人的个性，包括对这个地方的文化，会形成比较大的影响。到现在为止，提起江阴要提到的第一个人，通常就是徐霞客。人家问我：你是什么地方人？我说江阴人。有的人马上就说，这是徐霞客的故乡。但是也有人不知道，说江阴在什么地方，还会把淮阴什么的混起来，这时我就会告诉他，江阴是徐霞客的故乡。所以说，一个地方很容易通过这样一个人，和世界做一种连接。毫无疑问，徐霞客是江阴的骄傲。而江阴之所以会出现徐霞客这样的人物，与当时他的家庭环境与国家文化的大环境是分不开的。

首先是家庭环境。徐霞客祖上徐经的故事如今人们已经不陌生了。因为被怀疑科举作弊，唐伯虎和徐经两个人被弘治皇帝勒令终身不允许再参加科举考试，这就彻底封堵了他们通过科举考试升官发财的道路。这一事件的直接影响就是，整个徐家的后代都对科举这件事情不太感兴趣。尽管到了后来，已经允许这家人参加科举考试了，比如说徐霞客的父亲叫徐有勉，是可以参加科举考试的，但是他却以游山玩水为乐，不参加科举考试。徐家是很有钱的一个家庭，这个钱应该是靠经商得来的，因为明朝后期在江南地区经商，已经是不少家庭的普通行为了。不管怎样，徐家在当地是比较富有的。

在中国古代，只要是书香门第家庭，读书这件事情是必不可少的，不管你参加不参加科举考试。当然，大部分人家读书就是为了参加科举考试。但是徐霞客这个家庭很有意思，尽管受家庭影响，徐霞客很喜欢读书，他的父亲徐有勉实际上也是一个很有才华的人，但是却不参加科举考试，这种家庭环境就构成了两个趋向。

第一，这个家庭是个读书家庭，但是这家人又不参加科举考试，或者至少对科举考试不感兴趣。当然，如果查徐家的家族关系，会发现徐家的人其实还是有参加科举考试的，并且有当官的人，比如徐霞客的叔父，就在江西地方上当官。总而言之，这种家庭背景就构成了徐霞客未来人生选择的第一个条件，他是个读书人。

第二，中国古代的读书人，是有天地之志的。既然对科举考试不感兴趣，儒家宏大的家国情怀这条线就变得非常脆弱。但是只要是读书人，都有第二条线，就是所谓的老庄路线。如果说进，我不愿意走儒家的入世之道，那么退，就一定是在游山玩水之间，来满足自己的个人志趣。这一点从苏东坡身上就能看出来。进，到宰相为国家鞠躬尽瘁；退，可以写“大江东去，浪淘尽，千古风流人物”，可以写前后《赤壁赋》，这是中国知识分子的固有情怀。其中，大量的中国知识分子是被迫退到山水中间的，陶渊明是先当官，当官不开心，退到了山水中间；苏轼是被人迫害，退到了山水中间，能当官还要继续当官；柳宗元写山水游记，也是因为当官不得意，被人排挤的结果。

不过，即使当官当得非常顺的人，也可以在进退之间开合自如。比如说欧阳修，当官当得非常顺，既有进的治国之志，又有退的山水寄情，这是中国知识分子的特点。中国的知识分子一贯的做法，就是要把仕途进取和退隐山水两者结合起来。但是没有一个人像徐霞客这样，自动选择了放弃科举考试的晋升之阶，把自己全情寄托于山水之间。所以徐霞客的伟大，就在这个点上，就像我们现在，当其他人在追求发财致富的时候，有些人追求的是完整的精神生活。你可以说这些人是“另类”，这样的“另类”今天在中国也很少，现在很多人都希望发财，我也不例外，但是就有人甘于贫困，寄情于自己的精神生活和精神境界。我身边就有这样的人，他可以毫不犹豫地说，俞敏洪，今年给我 10 万块钱，我没钱了，但是我不会赚钱，我做的事情你欣赏，你就来喝杯茶，你给我的钱，我是不还的。但我还是会给他这个钱，因为我觉得他是全身心地寻求自己的精神满足和精神丰富的人，我觉得是值得支持的，这就是人与人的不同。

所以徐霞客这样的家庭状态，给他带来了两方面的影响：第一，这个家庭本身具备精神的自足性和丰富性，从他的爸爸身上就可以看出来，他爸爸就是一个特别喜欢游山玩水的人；第二，这个家庭经济上很充裕，徐霞客家是一个有钱人家。这就很好办了，在经济条件具备的前提下，滋养自己的精神就变得非常容易。这就是家庭环境对于一个人的影响。

我自己开始旅游，是在大学三年级肺结核康复以后，从医院出来没事干。那时候我突然有一种感觉：我得了一场重病，如果这个病在古代，我可能就拉倒了，因为肺结核在古代是治不好的。既然这样，我为什么还要天天在北大拼命地学习？还不如先寄情山水一下。所以我在大三的时候，背了个破包，拿了100块钱，走遍了半个中国，从此也奠定了我喜欢旅游这样一种个性。这种个性部分是受到了徐霞客的影响，部分是自己人生追求的表现。

在徐霞客所处的时代，国家的大环境对一个人的命运会产生巨大的影响。简单地说，皇帝的一句话，就能决定一个家族、一个人的命运。今天，我们中国人相对自由的选择会多很多，从前的那种情况不太容易出现了。但在中国历史上有这么两个文人，都是因为皇帝的一句话，人生受到了很大的挫折，但也因此给中国留下了丰富的文化遗产。

第一个文人就是唐伯虎，跟他相关的就是徐霞客的高祖父徐经，两个人在去参加科举考试的路上遇到，一个有钱，一个有才，所以两个人一路逍遥快活到了京城。那一年的会试出了一道特别难的题目，很多考生都感觉无从下笔，只有唐伯虎和徐经完美地解答了出来。在考完试的宴会上，唐伯虎可能是喝了点酒，说了这么一句话："你们都别争了，今年第一名肯定是我。"结果大家就认为他们预先拿到了考题，就开始举报，最后举报者和被举报者都深陷其中，事情也没有个所以然，最后弘治皇帝对双方都进行了惩罚。为了表示这个惩罚的有效性，弘治皇帝宣布唐伯虎和徐经，终身不得参加科举考试。如果唐伯虎顺利参加了科举考试，很可能就没有唐伯虎流传到今天的千古名作了，也就不会给我们留下那么丰富的文化遗产了。那也就不可能有徐霞客，因为徐经可能也就中举了。中举以后，整个家族都会沿着科举考试的方向走，哪还有徐霞客的父亲游山玩水，并把这种喜欢游山玩水的个性，彻底传到了徐霞客身上的机缘？

还有一个人的经历也与之类似，就是北宋著名词人柳永。当时，柳永一心一意想参加科举考试。在宋仁宗的时候，他参加了几次科举考试，都没考上，所以就写了一首词《鹤冲天》。这首词最后两句叫作“青春都一饷。忍把浮名，换了浅斟低唱”。这首词在当时整个宋朝国都汴梁开始流传，青楼上都唱这首词，后来传到了宋仁宗的耳中。这个时候，柳三变——这是柳永原来的名字，又参加了科举考试。卷子到了宋仁宗的面前，宋仁宗就问，这个柳三变是不是“忍把浮名，换了浅斟低唱”的那个人？下面的人说是，宋仁宗就把他的名字给划掉了，说且让他去浅斟低唱就行了，要浮名干什么。所以柳永在宋仁宗时代一直考不上，因为人生挫折，就有了那么多优秀的词的出现。柳永这个人一辈子就想参加科举考试当官，不像徐霞客，自动选择了放弃。最后在宋仁宗死后，宋仁宗的儿子当上了皇帝，柳永终于考上了个进士。

我们可以看到，在中国古代，一个国家的大环境对一个人的影响是很大的，这个“国家大环境”就是“皇帝一句话”。现在，我们进入的大环境是整个国家和世界的大环境。在新的国家和世界的大环境之下，在文化方面、在精神方面、在行为方面，对我们个人会产生什么样的影响？这其实是我们真正需要思考的问题。

现在人们讲徐霞客的时候，讲的是他的行踪，讲他走过的旅游点，但是我更愿意把他的人生选择上升到一种精神状态，即对于自由的追求，对于人生的自我实现。这个实现并不是在功名利禄上的追求。徐霞客对于中国有多重要？我觉得徐霞客的重要性在于，他摆脱了儒家思想下中国读书人的宏伟抱负的传统，某种意义上是一种离经叛道。他是一个对那些国家宏大的事件根本不感兴趣的人，你读遍《徐霞客游记》，也读不出他对于家国明显的个人抱负，或者忧国忧民的情怀。他处于崇祯时代，明朝已经很乱了，他寄情于自己的自由精神，也许是出于对国家的绝望，也许是因为他的思维早就超越了朝代的兴衰。你可以说他狭隘，你可以说他是个文艺青年，因为中国对于知识分子的赞赏，基本都集中在家国情怀上面，但也恰恰是因为徐霞客的这一点，使他带来一束精神的光芒，使他的《徐霞客游记》变成了可以超越传统文人的、流传于世的伟大著作。

其实他写游记的时候，自己肯定不会想，我要写一部伟大的著作留在人间。他只是有知识分子的爱好而已，那就是没事就写。这个爱好我有深切的体会，因为我现在每走一个地方，都会留下文字。我留下这些文字，不是因为我要把它变成传世之作，我只是觉得人生苦短，人的记忆力是很容易消失的。

我母亲今年89岁，已经得了老年痴呆，除了认识家里的那几个人，周围的人和事都完全不清楚。我母亲辛辛苦苦攒下了一张存款单，我曾经在十年前就反复跟她说，你不用再存钱了，我们有钱，你尽管用。结果我母亲把我给她的零花钱都变成了存款单，存好以后，说万一未来你变得一分钱没有了，你还可以用，放在这个柜子里。结果现在我把这个存款单给母亲看，我说你知道这是什么东西吗？她说不知道。所以我认为人生的整个旅程，终点和结局是没有太大意义的，人生的意义在于过程以及你对过程的记录。所以我认为徐霞客做了一件很牛的事，就是他不管多累，不管多忙，在旅游的路上，到了任何一个地点，他都会在灯火下认真记录“今天我走过了什么地方”，这是一种自然的记录。

总的来说，徐霞客其实只做了四件事情，就成就了他的一生。

第一件事情是爱好。他有两个爱好：读书和旅游。就是我们常说的“读万卷书，行万里路”。但是中国有无数的知识分子也喜欢读书，也喜欢旅游，但他们读书只读圣贤书，他们旅游只是到京城去赶考，想考取一个当官的资格。但是徐霞客的爱好，是把整个大千世界放在自己的心中，把功名利禄放在自己的心外，这就是他伟大的地方。

第二件事情是好奇。我们今天说徐霞客是个伟大的地质学家、地理学家、文学家，其实徐霞客心中根本没这么想。他就是好奇，到了一个地方，他就在这个地方想：这个东西怎么会这样？仔细地想、仔细地看、仔细地琢磨，不管他对于石灰岩的研究，还是对于长江源头的研究，我不认为他是在有意做地理考察或地质考察，他只是好奇，只是认真。

好奇的人，就一定会有第三种能力——探索。只要你好奇就会去探索，就像现在我对古文明是特别好奇的，所以我就会去探索。暑假的时候我还带着儿子女儿跑到希腊，人家到希腊一般都是去度假的，跑到圣托里尼岛去，住上一个礼拜，天天碧海蓝天。我是怎么度假的呢？我带着我的两个孩子，沿着古希腊的文化古迹线路，一天开车 1000 公里。为什么要开那么远？因为这个文化古迹和那个文化遗址之间，常常是 500 公里的距离，我又要同时考察十几处文化古迹，给我的时间只有六天，所以我一天必须跑三处文化古迹，就是 1000 公里。那为什么要这么苦？就是因为好奇。对古文明的好奇，带来你对这个地方的探索。每块石头，你都想去看一看，你不看心里就感觉不对，尽管你能从书上看到所有的图片，但是当你在考古学书上看到阿伽门农的黄金面罩的时候，你不到现场看一下那个面罩的大小，不看一下面罩的保存方式，它是从什么地方挖出来的，你这个心里就过不去。过不去，你就会为了一睹黄金面罩，开车几百公里。徐霞客就是这样的人，当听说了一个事情以后，他能够不惜一切代价往那个地方走，非要亲眼看一看，这就是好奇加上探索。

但是这个世界上有好奇心、探索心的人太多了，很多人一辈子好奇、探索完了就完了，什么也没留下。这就涉及第四件最重要的事情——记录。再回到我从我妈老年痴呆这件事所获得的感悟。我妈得了老年痴呆后，我是悲伤一段时间后就不悲伤了，因为我发现老太太一点都不悲伤，她进入了另外一个世界。在另外一个世界里，她原来的喜怒哀乐好像都没了，进入了一个彻底平静的世界，而且她还活着，我就觉得我应该开心才对。但是我从这件事情就知道了，任何事情的过程，只有记录才有意义。

所以我现在每年从旅游记录、读书记录，到日常生活记录，包括写日记，大概会写 20 万到 30 万字。这一点都不费事，我比徐霞客写字速度快多了，因为我是用电脑写。我每年都至少会出一本书，这些书有三类内容：第一类是游记，就是我到世界各地去进行考察，所记录下的感悟。第二类是读书笔记，我把读书笔记叫作思想旅游。我每年都会读接近 100 本书，会写大概 30 本到 40 本书的读书笔记。第三类是日常生活记录和个人感悟，这个也要写，你的感悟，你遇到了什么事情，觉得这个事情原来是这样的，别人遇到什么事情，这个事情原来或以后不应该这样做，这是对生活感悟的记录。

有人说俞老师写的旅游笔记是流水账，但是这个流水账让人读了以后欲罢不能。徐霞客的游记我们也读得欲罢不能，本质上也是流水账。这就是徐霞客带给我的启示：你没必要去描写自己宏大的理想，描述自己多么完美，或者描述你对某个东西有多深的感悟，你就把你眼睛所看到的东西记录下来，也许它就是有价值的。

对于徐霞客来说，对精神充实的追求，对自由灵魂的追求，成就了他的一生。很多人都知道写《明朝那些事儿》的当年明月。《明朝那些事儿》总共是七本书，最后一篇是用徐霞客来收尾的。当年明月之所以最后写徐霞客，是想告诉人们，所谓的百年功名、千秋霸业、万古流芳，与一件事情相比其实算不了什么，这件事情就是——按照自己的方式，去度过人生。所以我们每个人都要问自己一个问题：你是在用你自己喜欢的方式度过你的生命吗？

我在北大毕业的时候，就问了自己这个问题。因为在北大得了一年肺结核，使我深刻意识到了生命的脆弱，以及生命的珍贵。从北大毕业的时候，我是有机会进入国家机关工作的，也就是我可以沿着仕途这条路往上走。但是那个时候的我，已经在北大的熏陶中，在徐霞客的熏陶中，有了对个体精神自由追求的彻底的信念，我要选的生命状态，一定是尽可能不受任何限制的生命状态，所以我毅然决然地选择了在北大当老师。因为在北大当老师，一个礼拜只要上八个小时的课，剩下来的时间都是你的。而且北大是一个有自由思想和自由精神的地方，刚好符合我的环境诉求。

后来出来做新东方，即使是为金钱所迫，但是其实也是为了追求更大的自由。我意识到北大这个地方，虽然给我了精神滋养，但是我必须寻找更大的地方。后来发现做新东方这件事情，到今天为止，尽管给我带来了更大的责任,但也给我带来了更大的自由,从经济的自由，到精神的自由，到人生的自由，所以这就是为什么到今天为止，我还在坚持做新东方的一个重要原因。

在精神的自由方面，我追求两个层面：

第一个层面是思想方面的。我会去读大量的、各方面的有思想性的书，包括有关宗教的、有关社会学的、有关经济的、有关政治的、有关哲学的。我想去寻求世界上哪种思想能给人类带来最大的影响，以及哪种思想的执行，能给人类带来最大的自由和幸福。当然这个答案是多元的，价值是多维的，但是你看多了，你就会理解。比如说你到不丹以后，你会发现佛教对不丹人民的精神和幸福是有重大影响的;你到了美国以后，你会发现它的宪法，它的三权分立对美国人民的精神自由有重大的影响。那对于中国来说，我们的中国特色社会主义，以及我们集中力量办大事的能力，也会给人民带来幸福和自由。所以你要去寻找，去评判。在思想中遨游，一点都不比现实中的旅游来得枯燥，甚至更加有意义。

我们现在讲究旅游，但是不讲究读书，不讲究思想的吸纳，讲究到处行走拍照。所以我觉得中国人的旅游，从来没有把握徐霞客的精神内核。只是走一走，看一看，吃一吃，照个相。这就需要我们对旅游的理解不断地提升，从这种走马观花式的旅游，慢慢转变成文化学习式的旅游，转变成思想学习式的旅游，这样旅游内涵会更加丰富。比如说我到世界上任何一个地方，只要这个地方出过伟大的思想家、政治家、哲学家，他们的故居我是一定要去看的，就像所有的人到了江阴，都会去看徐霞客故居，是一样的概念。

第二个层面就是行万里路。在中国考察，我会比较深度地考察中国历史文化发展的脉络，人多热闹的地方，我是很少去的。世界范围内的考察，我每年大概会走三个国家左右，留下至少 10 万字的旅游笔记，来记录自己旅游的心路历程。

当今的中国，已经不再是徐霞客那个时代封闭的中国了。徐霞客走了大半个中国，写出了《徐霞客游记》，现在整个世界就在我们面前，我们到底能留下多少思想遗产呢？中国的开放，世界技术的进步，把中国的每一个人和全世界都联系在了一起，这一点我有深刻的意识。

我做新东方的时候，二十年前我为新东方提的第一句口号，叫作“让孩子走向世界，把世界带回中国”。第二句口号，是新东方要做“出国留学的桥梁，归国创业的彩虹”。回过头来想想，我在二十年前就有了对世界和中国关系的宏观看法，并一直在致力于实施。让我引以为傲的是，新东方在二十五年间，送出去了接近 300 万个学生，这 300 万留学生，一大半回到了中国，毫无疑问把世界带回了中国；我也非常骄傲，十几年前新东方就开启了全球游学项目，让小学生、初中生、高中生有机会到世界上其他优秀的文明之地去看一看。这个游学项目，至今已经有接近 30 万学生参加。

我一直认为中国的出路在于世界，世界的出路也在于包容中国。在现代视野层面，徐霞客的精神应该放在全球的平台上来衡量，而不是放在我们某一个城市某一个点，去评定到底徐霞客的纪念馆应该放在哪个城市。对于未来的世界来说，我们要做的是对中国一代又一代孩子精神世界的培养，这涉及了我们中华民族精神的未来走向。

今天中国的教育，包括父母和老师，都有比较功利的一面。就像钱理群所说的一样，北大的很多学生，已经变成了“精致的利己主义者”。

这样的教育状态，对中国的发展，以及中华民族的真正崛起，是有百害而无一利的。我们中国的每一个家长都充满焦虑，每一个孩子都充满焦虑，孩子的抑郁症和精神问题越来越多，每个老师包括政府都充满焦虑，但是束手无策，我觉得就是没有考虑到如何从精神世界方面，来给我们的孩子进行培养。我觉得中国未来的教育，在精神世界的培养方面，要注重如下六点：

第一，让孩子学语文，首先应该学唐诗宋词。唐诗宋词给了中国人民一个完美的精神境界和审美能力。它们是中华文化的明珠，是世界文化的瑰宝。读《论语》，读《老子》，读《庄子》，对孩子们来说，都是枯燥的。唐宋八大家散文也不是都行的，因为唐宋八大家散文中有一半是关于功名利禄的文章。把唐诗宋词学好了，孩子的精神空间、审美空间就全有了，有精神空间和审美空间的孩子，对生命一定是乐观的。

第二，在有条件的情况下，一定要让孩子们去名山大川、文化古迹旅游，包括去异国他乡旅游。说让学生研学，现在的研学变成了什么？到郊区某个农场，或者到郊区某个营地去待个半天，或者到博物馆去参观半天，就算研学了。研学是要让孩子走遍天下的。现在中国的学校，孩子出去郊游，去春游秋游一下，都提心吊胆，怕孩子受伤以后，家长不依不饶。一些孩子整天被关在那个狭隘的教室里面，天天就在学习，没有精神世界，没有广阔天地。

第三，要让孩子有写作、记录的习惯。不仅仅是写日记，要写他们的感悟，写他们精神世界的成长。如果只是让我们的孩子写高考作文，那孩子自然没有兴趣；让他们把每天的精神成长记录下来，习惯了，孩子是会产生兴趣的。因为它不是一种考试，就是为了记录，让孩子放轻松，孩子就会有兴趣。

第四，中西方精华思想的梳理和理解。在这个世界上，共产主义很重要，但是也要让孩子了解其他的思想、其他的观点，有比较才有优劣，有理解才有坚守。我在不丹旅游的时候，我看不丹人对佛教的信仰，觉得他们把信仰的信条——佛教的慈悲、宽容、善良，完全融入到了整个国民的行为中间。而在我们中间，有些有钱人花几十万，甚至上百万，在大年初一去庙里烧第一炷香，他想的就是他自己的愿望能够最先实现。所以，让我们的孩子懂得如何对中西方精华思想进行梳理、比较并理解，这件事情特别重要。我是进了北大之后才开始接触另外的思想，等到我了解世界上大部分精华思想的时候，都过了30岁了，太晚了。

第五，要有科学精神。科学是推动世界向前不可缺少的力量，也是最正确的力量之一，但是科学不能解决所有的问题。科学是中性的，坏人可以利用它做坏事，好人可以利用它做好事。为什么我要把对于孩子的唐诗宋词、名山大川、写作记录、中西方精华思想的培养放到前面？就是因为只有在前面这些东西都正确的情况之下，在孩子有了良好的判断力的前提下，科学思想才可能往正确的方向走。

第六，行为准则的培养。在以上五点都完善的情况下，行为准则的培养只用一句话就能说完：越自律，越自由。有些人做事是没有边界的，总是希望自己的边界大，别人的地盘小；总是希望自己有特权，别人都要听话；总是希望自己闯红灯，别人都不要闯；总觉得自己可以拿东西不要钱，别人拿东西要付双倍的钱。到了国外，我们有些同胞的这种行为还在持续，比如大声喧哗，随便闯红灯，在餐厅就餐不守规矩等，导致部分中国人的旅游形象变得极其糟糕。为什么？没有自律性，不尊重别人的文化，不尊重别人的习惯。我们对中国孩子的教育，首先是自律教育，越自律，越自由。

当我们讲徐霞客的时候，他代表着一种精神自由、一种人身自由。这种精神自由、人身自由，一方面我们要考虑怎样进一步弘扬；另一方面，我们要考虑如何才能够培养出真正精神自由、人身自由、思想自由的下一代，从而让中华民族更加充满活力。

梦里童年——朱家角古镇

（2018年10月23日）

青浦朱家角，对于老上海人来说，就是上海西边乡下的一个落后小镇，是上海人喜欢吃的菱角和鱼虾的产地。东西是好吃，但人呢，城里人就看不上了，上海人称之为“乡下人”。

今天的朱家角，对于上海人来说，是上海著名的古镇，上海的后花园，和附近的淀山湖相连，成为上海人民休闲游玩的好去处，是“吃吃喝喝白相白相”的好地方。

这二十年来，中国的古镇旅游悄然兴起，一大批古镇脱颖而出，人民怀古情结大爆发。除了内蒙古由于古代一直是游牧生活，没有办法打造出一个古镇外，几乎各省各市都弄出了一两个古镇。有的是真古镇，有的是假古镇。不管怎样，只要是打造了古镇文化，就有人来吃吃喝喝。

事实上，大量名之为“古镇”的地方，其实都是后来盖成的，但确实有些古镇是从古代就保存下来的。通常的原因是当地太穷，没有来得及拆除旧房盖新楼。没有想到因祸得福，城里人有钱之后开始复古，美其名曰寻找儿时的记忆或者文化寻根，破烂的小镇顿时成了心灵寄托之所。中国商人的嗅觉十分灵敏，小镇的商业化如电闪雷鸣，瞬间铺天盖地。从丽江古镇、周庄古镇，到婺源古镇等，每一个像样点的古镇，迅速变成一大堆老房子下的商铺集结地。不同地区的古镇横跨祖国大地几千公里，卖的东西却几乎都是一样的。

更有甚者，有的商家居然把整个古镇都买了下来，然后把老百姓清理出去，对老房子进行修缮后，围起来卖门票。里面的每一个门店表面上热闹，其实就是一家公司在经营。这样的古镇，实实在在就是一家公司，早就失去了古镇的风韵和内涵。那种古镇本来应该拥有的市井生活、家长里短、物产多样、沿街叫卖、讨价还价，已经基本没有了。

这次到上海来开会，打开地图一看，发现会议地点离朱家角古镇居然只有 20 分钟的路程。于是一下子动了到朱家角去看一看的念头。为什么要去朱家角呢？这还得从我童年的往事说起。

我小时候来过两次朱家角。我的三舅（我妈的三哥，我妈这一辈有八个兄弟姐妹，我有六个舅舅、一个阿姨）一家就住在朱家角。三舅年轻的时候，家里太穷了，跟着别人到外面讨生活，后来来到了朱家角。他给人打工，学做饭。因为手脚勤快、脑子灵光，后来居然成了一个当地有名的厨师。

大概我 7 岁那年，我妈说带我去三舅家玩，我以为是去上海城里，兴奋了半天。结果到了朱家角一看，发现这是比我们家“更农村”的一个地方。但陌生的环境很快就会引起孩子的兴趣，在朱家角玩的东西是我家乡没有的。我家乡除了两条河，就是一望无际的稻田，还有桑树林。在朱家角的乡下，到处都是水，水道很宽，湖面一望无际，出门就要坐船。表哥表姐带着我去采菱角，我们就坐在一个大木盆里，在水面上一边慢慢划，一边把水里的菱角捞上来。记忆中还有一望无际的荷塘，荷花早就败了，但刚好是采莲蓬的时候。我们把莲蓬一个个摘下来，然后打成小捆带回去。菱角和莲蓬剥开皮（壳）就能吃，清香扑鼻，两者的味道很接近，生菱角脆一些，新莲子更添一丝清甜。

采完菱角和莲蓬后，我们在三舅的带领下，第二天凌晨坐上小木船，摇着橹，一路沿着水乡河道到朱家角镇上去。我记得要一个多小时才能到镇上（我三舅具体在哪个村我完全不记得了）。到了镇上后，把菱角、莲蓬和其他一些素菜放在街边售卖。如果卖掉了，三舅就会买一碗小馄饨什么的请我们吃。

当时我对朱家角的印象就是一个江南小镇。我家乡的小镇也是这样的，根本就没有“古镇好美”这样的概念。像朱家角这样的古镇，江南遍地都是，所以在我心里根本就不稀奇。

后来我三舅带着我坐长途汽车去上海，看望上海城里的阿姨（我妈的姐姐，也是从小生活艰难被亲戚带到上海，然后就留在了上海）。我在黄浦江边上看到那么漂亮的楼房，晚上那么明亮的城市灯光，马路上那么漂亮的小女孩，这一切对我幼小心灵产生了巨大的触动。从此，我的心中就种下了以后要到大城市生活的种子。

第二年，我和妈妈吵着要去上海，结果我妈又把我送到了三舅家里。当时我不明白为什么不送我去上海城里的阿姨家。现在想想，上海的阿姨家，当时一家五口人，挤在弄堂里一间只有十几平方米的房子里，根本就没有我插脚的地方。

后来，我就再也没有去过朱家角。我上大学的时候，三舅就去世了，从此我和朱家角再没有任何联系。再后来，就听说朱家角像周庄一样，成了江南著名古镇了。即使这样也没有引起我太多的兴趣，并没有想到要特意去一趟。

这次，朱家角突然就出现在触手可及的地方，并非故意安排，但就是近在眼前。盯着“朱家角”三个字，儿时的记忆突然全部涌上了心头，我的脚步不由自主地迈向了朱家角的方向。

中午时分，在蒙蒙细雨中来到了朱家角古镇。雨中重回古镇，这该是老天怎样的眷顾，才会如此惬意。古镇给我带来的第一个好感是不用买票（里面的四个景点要票），可以随时进出。给我的第二个好感是，古镇的大多数房子都是老百姓自己在经营，尽管沿街的房子都已经改成了商店，但市井生活气息依然比较浓郁，店铺与店铺之间既是邻里关系，又是竞争关系。

因为今天是周二，古镇街道上的人不算多，这样我就可以不急不慢、悠闲潇洒地在街道上漫步。这种节奏，最符合逛古镇的韵味。尽

朱家角古镇

管耳边不时有高调的叫卖声，但南方软语的叫卖声听起来也很悦耳。我坐上一艘小木船，让艄公摇着橹，带我在河道里转了一圈，看着两岸的江南水乡民居，重温了一下当初三舅摇着橹带我们上小镇的感觉。不同的是，这次坐船要付 100 多块钱，同时我还给了艄公 10 块钱的小费。要是三舅活着的话，现在也该 100 岁了，也摇不动橹了。

最开心的是，在街道上看到的东西，都是我小时候见过、吃过的东西。秋天来朱家角，正是好时节，河鲜秋果正好上市。街道上很多卖螃蟹的店，卖的是淀山湖的螃蟹，个儿很大，但很便宜，10 元到 20 元一只。淀山湖和阳澄湖就一田之隔，但阳澄湖的螃蟹能卖到上百元一只，而淀山湖的螃蟹就这么便宜，不是螃蟹不好，而是出身不一样所致。还有卖菱角和莲蓬的，新鲜的菱角和莲蓬让我馋涎欲滴，赶紧买点尝尝。朱家角有名的扎肉，把肉包在芦苇叶中红烧，肉香和粽叶香混合，肥而不腻，味道沁人心肺。还有那裹着黑芝麻的麻花糖，那

勾起我童年回忆的菱角

奶黄色的麦芽糖，没有一样不勾起小时候丰富的回忆。我一一买来，细细品尝，沉醉于味觉绵长而顽固的坚守。

中午在饭馆，和同事一起，要了老鸭粉丝汤、鲜肉小馄饨、老蚌烧豆腐、酱爆螺蛳、淀山湖白虾、红烧茭白、荠菜汤。每一道菜，都是童年延伸到今天的极致记忆。味道是最顽固的长久记忆，它主宰人的生命，与生命共存，直到与生命同归于寂。

直至今天，朱家角依然保持了一份古镇的风韵。由于旅游和商业的浸润，看不出岁月对它的侵袭，比我小时候记忆中的更加繁华和热闹。任何事情，哪怕是最没有特色的东西，只要和你的童年相连，就必将酝酿成终身的回味，何况像朱家角这样依然风韵犹存的古镇。那细雨中的街道、河流、石桥、瓦房、水榭，都凝聚成了我生命中永恒的梦景。

春暖花开，去太舞滑雪

（2019 年 3 月 30 日—31 日）

2019 年 3 月 28 日，新东方在线在港交所挂牌上市，我参加了港交所的敲锣仪式。晚上在香港洲际酒店举行了上市庆祝晚宴，我发表了即席演讲。由于各路朋友互相敬酒，结果大醉而卧。

3 月 29 日中午从香港飞回北京，因为宿醉浑身难受。下了飞机打开微信，发现崇礼太舞滑雪场老总齐宏在群里发了一条信息，说崇礼下大雪了，随后又上传了一段雪花飞舞的视频，果真是大雪纷飞。我发微信问他还能滑雪吗，他说当然能啊，这么大的雪，可以滑粉雪了。我微感诧异，心想，在这个时节，北京城里已经差不多百花盛开了，玉兰花都已经快谢了，最高温度已经到了 20℃，离北京 200 公里的崇礼居然还下起了大雪。我用手机查了一下崇礼的温度：最低温度 -11℃。和北京相比，真是冰火两重天啊！

想来就在 3 月 2 日，我还在崇礼滑了一天雪。那个时候崇礼的气温已经很高了，当时是 10℃左右，热得滑雪服都穿不住了，脚下的雪在阳光下开始融化。那天滑完雪后，我就把雪具收拾好放起来了，宣告滑雪季正式结束。没有想到一个月之后，气温居然又回到了 -11℃，真是让人又惊又喜。齐宏的一个视频，立刻勾起了我滑雪的欲望。过去两周，上市路演和上市仪式各种繁忙，交叉着北京、香港、纽约倒时差的痛苦，如果能够到滑雪场去放松两天，一定是“幸福不过如此”的极致体验。

我生性就不是一个愿意按部就班生活和工作的人。我喜欢在生活和工作中随时做出调整，以满足自己寻找“意外之喜”的癖好。人来世界一趟不容易，前生是谁不知道，来世何往也迷茫，最好的就是抓住现世，过好一生，让每一天都过得充盈合算。充盈合算不是胡吃海喝，不是敛财聚宝，而是让精神更加充实，灵魂更加舒畅，生活更加酣畅淋漓，工作更加从心所欲。如果工作让人筋疲力尽，生活让人心烦意乱，那一定是我们对待工作和生活的态度出了问题。因此，时时检查自己的心态，调整自己的情绪，培养宽阔的思维，就成了我的日常功课之一。

我看了一下 30 日的安排，刚好是周末，除了几件可以重新调整时间的小事，没什么重大的事情让我不得不留在北京。所以我决定 30 日一早出发，去崇礼太舞滑雪场滑雪。崇礼有三大滑雪场：万龙、云顶和太舞，都是不错的滑雪场。因为齐宏是我北大的学弟，而且是他告诉我下大雪了，所以首选太舞。

30 日一早 6 点半，我把雪具往车上一扔，上路出发。从北京到崇礼要三个多小时，算是长途开车。这样的长途我一般会让司机开车，这样我就可以在车里看书或者工作。

一路过去，北京已是春意盎然、柳绿花红，进入北京山区，山上也已经杏花丛丛。再往前走翻过八达岭，就进入了海拔比较高的延庆地区，至此春天的迹象基本不见踪影了，各种植物还是一片枯黄，春天好像还处在努力爬山的过程中，复苏之手还没有触及这片土地。

接近崇礼时，海拔已经上升到 1500 米之上，看到远近山头被白雪覆盖，天空彤云密布。昨天一夜风雪，已经把道路两边的田野覆盖得严严实实，绵延成白色的波浪。查了一下外面的温度：-11℃。

到了太舞，已有工作人员在等我。我放眼望了一下雪道，没有几个人在上面滑雪。如果没有这场雪，滑雪季实际就算结束了。这场雪来得太突然，大部分滑雪爱好者根本来不及反应。我想这下更好了，所有的滑雪道都可以为我所用。面对滑雪，我不想耽误一分钟时间，进入休息室换好服装后，立刻扛着雪板上山了。

雪暂时不下了，但风力达到7级，劲风猛吹，缆车在风中不断摇晃，山坡上的雪也被风卷起，漫天飞舞，充满了苍茫天地之气。因为

崇礼太舞滑雪场

一个月没有活动身体了，又担心雪下面有冰碴子，先慢慢试滑了两个雪道探明情况，几个来回后，终于能够在雪道上轻松自在地滑行起来。因为临近春天，太舞每天维护的雪道也只剩下五六道，我就在这五六道上交替滑雪。

中午，在半山腰的阿尔卑斯小屋吃了点午餐，然后继续上道，让自己的动作更加灵活潇洒。

滑雪的最高境界就是忘记动作、忘记坡度、忘记恐惧、忘记自己，让身体随着滑雪板自由流动，身心、动作与风景融为一体。大风一直持续着，把 -10℃的寒冷吹向你的身体，常常让你陷入雪与雾的一片迷茫中。天气变幻莫测，前一分钟太阳还光彩四射，下一分钟突然浓云笼罩，大雪席卷而至。在雪和太阳的交替中，我一趟趟扛着雪板上山，一天滑出了 60 多公里的距离，而且在上山坐缆车的过程中，还用 Kindle 阅读了至少两个小时的书籍。

下午 4 点半滑雪结束，本来想当天回到北京，但一想到这是这个滑雪季最后一次滑雪，既然来了不妨明天再多滑半天。而且根据天气预报，明天天气比较好，风力减小，早上的雪道经过处理后也更加好滑。另外，齐宏也刚好在雪场，邀请我晚上一起小酌聊天。经过一天和风雪的搏斗之后，晚上能够和朋友一壶浊酒、几碟小菜、谈天说地，该是何等幸福的光景。于是我决定留下来，31 日再玩半天。

晚上和齐宏在小镇的餐厅小酌，三五朋友，互诉衷肠，开心热闹了一会。吃完后发现不过瘾，又到酒吧去喝威士忌和啤酒，听摇滚歌手唱着一首首老歌。情绪起来了，酒喝干再斟满，今夜不醉不还，结果喝到午夜 12 点，才摇摇晃晃回到房间休息。

早上拉开窗帘，明媚的阳光洒满室内。阳光是如此温暖，让我担心今天是否还能够滑雪，雪会不会在阳光下已经开始融化了？结果打开手机一看，室外山脚-8℃，山顶-10℃，风力5级，是个滑雪的好天气。

8点钟吃完早餐，8点半缆车一开，立刻扛着雪板上山。山上基本没有人，雪道被压雪机压成面条雪后，还基本没人滑过，实在是天时地利人和，太美好了。整座山，还有天上的白云，灿烂的阳光，蜿蜒的雪道，好像就是为我一个人准备的。

由于有了昨天的暖身，今天滑起来更加顺畅忘我，有一种迎风飞扬的感觉。昨夜的宿醉，被凌厉的风吹得干干净净。天空的云如浪涛翻滚、沧海桑田般变化莫测，太阳一会躲到云里，一会照耀在雪道上，有时候一片大云飘过来，又带来纷纷扬扬的雪花。

随着中午的临近，气温也回升到了-3℃左右，正是最适合滑雪的温度，我一口气滑了十几趟，滑了每一条能滑的雪道，在缆车上又阅读了大概两个小时，真是收获满满的一个上午。可惜因为晚上要回城参加一个活动，中午12点半我只能遗憾地退出雪道，到餐厅胡乱吃了点午饭，1点多上路返回北京。

由于周末路上车比较多，到达北京已经下午5点多了，刚好够赶上晚上的活动。一路上，从飘满白雪的山头又回到春情勃发的北京，两天之内，我经历了从春天到冬天的转换，又经历了从冬天到春天的轮回。

我认为生命有两大要素：一是生命自有其分量和轨道，我们有着与生俱来的责任和义务，不管是作为子女、作为父母，还是作为公民，我们要为家庭的幸福和社会的进步尽心尽责。但我们的生命又不能总是被分量和轨道所限制，生命的核心意义在于生命是活的，只要在不太违反我们的责任和义务的前提下，我们就应该寻找更加鲜活的生活方式，更加积极的生活态度，甚至有的时候需要打破常规，创造奇迹。在生命的道路上，哪怕多抬头看一眼风景，多创造一点偏离日常的新奇，都会让我们的生命质量从此与众不同。

陪伴是最好的父爱

（2019 年 4 月 26 日—28 日）

女儿和我说最近学习比较紧张，问我能不能找个周末陪她到日本放松一下。女儿的要求，自然没有任何理由拒绝。于是紧急安排行程：我们计划 4 月 26 日下午飞东京，从东京直接到富士山景区，27 号白天在富士山周围玩，晚上回到东京，在东京城里转转，28 日下午飞回北京。28 日晚上在北京有个活动，不得不参加。

26 日上午结束新东方高潜力人才见面会，回家和女儿一起吃了午饭，出发去机场。本来飞机的起飞时间是 12 点 50 分，后来通知推迟到 2 点。到了机场，出关排队的旅客人山人海，安检用了 40 分钟，赶到登机口就直接上飞机了。飞机没有再延误，2 点推出机位，顺利起飞。

出来玩两天，对我来说也很难得，我给自己也做了一点计划。除了和女儿一起看富士山、逛东京，路上的时间我给自己做了如下安排：阅读完理查德·迪威特著，孙天翻译的《世界观》。上次去美国的路上读了一半，还有一半一直没有来得及读，利用这两天读完。本来应该读英文版的，但没有找到原著。另外，还要听完精雕细课 App 中朱学勤老师的 18 讲《读懂 200 年世界与中国》课程。同时利用零碎时间处理工作和录制“百日行动派”美丽英语 100 句。

从北京到东京飞了三个半小时，先在飞机上睡了半小时，然后打开电脑工作，写了前两天董事长见面会札记，处理了一些邮件，剩下的时间阅读《世界观》。东京时间晚上 6 点半，飞机落地，提前安排的司机兼导游端木已经在机场等我们。端木是个 90 后年轻人，在国内曾经是优秀大学生干部，后来到日本旅游，觉得日本的管理很先进，就自学日语到日本留学，然后就定居在了日本，结婚生子，现在从事导游工作。他工作认真，学识也不错。我们上车后直奔富士山。

这段时间，老天皇退位，新天皇继位，日本全国从 27 日开始放假十天，东京人民大出行，汽车排成长龙，从羽田机场驶上去富士山的高速公路花了一个多小时。随后就一路顺利，驶向富士山。路过休息区上厕所，知道日本的厕所很干净，但没有想到在公共厕所里还放了两束美丽的鲜花。日本的国民素质和政府的管理水平，今天的中国还需要拼命学习和追赶才行。

女儿提前预订了 HOSHINOYA 酒店，我完全不知道这个酒店在哪里，好像也不是什么大牌酒店。（我十几年前和新东方人团建来过一次富士山，住的是旅游宾馆，那个时候属于苦哈哈地玩，结果到了富士山还下雨了，什么都没见到。）到了地方才知道，这是一个地理位置极好的酒店，坐落在河口湖边的半山腰上，房间直接面对河口湖。河口湖是富士山的五湖之一，环境清幽秀丽，湖对面不远处就是富士山。白天，富士山倒映在湖中，美得宛如仙境。

酒店不大，有点像中等民宿，建在山坡上，富有现代气息，掩映在松树林中，内敛安静。进入房间，外面的阳台直接面对河口湖。打开阳台门，深林中醉人的空气扑面而来，沁人心肺。山脚下河口湖两岸灯光闪烁，湖面上倒映着点点灯火，平添一份浪漫。我知道在湖对面的黑夜中，就隐藏着美丽的富士山，希望明天醒来第一眼，就能够和它相看不厌。

来的路上，没有吃饭，酒店说可以提供火锅上门服务。原来外面的阳台，可以点上煤气篝火，然后一边吃火锅，一边欣赏风景。服务生把火锅拿来，丰盛得很，有猪肉、牛肉、鹿肉，还有蔬菜，配上当地的杜松子酒，真是一顿惬意的晚餐。外面空气有点凉，我们穿上宾馆提供的大衣，一边吃一边聊，看女儿心情不错，我也很开心。不知不觉，父女俩一直聊到差不多半夜 12 点，女儿才回房间休息。

可能是因为火锅料理中有绿茶，我居然没有了睡意，又卧床读了一会《世界观》。据说明天是个大晴天，那早上起来就一定能够看到富士山，内心充满了期待。不知道是因为绿茶带来的兴奋，还是内心期待带来的躁动，一夜都没怎么睡好，迷迷糊糊早上 5 点就醒了（相当于北京时间 4 点）。听到外面有淅淅沥沥的雨声，以为是在做梦，结果打开窗帘一看，雨滴穿林打叶，眼前云雾弥漫。心想这可倒好，心心念念想看到富士山，这下估计要泡汤了。反正也睡不着了，就坐起来看书等天空亮堂起来。到了 6 点，雨不下了，但黑云低垂，湖对面一片迷蒙，哪有什么富士山的影子。从网上搜到同一个角度的照片，那叫一个美丽。而我的眼前是一片灰蒙蒙的天地，就像一个佳人，从头到脚罩上了一件灰蒙蒙的袍子，整个没有了感觉。

本来早上 7 点，预订了在湖上划船，想在朝霞中一边划船，一边在湖上观赏霞光中的富士山。我问女儿现在这样还划不划船，女儿说既然订了就去好了。于是我们穿上宾馆的棉衣，一起到了划船的地方。

外面很凉，空气湿润，只有 5℃左右。船是塑料的双人皮划艇，工作人员一番讲解之后，我和女儿把船推到水边，就划船向湖中心荡去。

早上的湖已经有点不平静了,这么早居然有人开着摩托艇在湖面飞驰。湖中央有一个小岛，我们一路奋力划，把船划到了小岛边，上岛转了一圈。小岛岸边有个鸟居，意味着上面有个神社。小岛上绿色的森林青翠欲滴，有步道直达小岛山头。我们爬上去，果然看到一个小小的神社，边上刻着一块石碑，上面写着“东宫驻驾之处”，不知道指的是哪个年代的东宫（太子），是不是现在快要继位的太子，也曾经到这里游览过？下岛之后，我们又划船穿过湖面，回到岸边，归还船只，步行上山，回到宾馆吃早餐。

早餐后，天气还没有放晴。我们到宾馆的阳台上去休息。阳台上有一锅熊熊燃烧的松木篝火，火光在早上的寒气中展现着诱惑性的温暖。松木的烟，飘在空中，弥漫着好闻的松香烟气，让灰蒙蒙的心情变得明快起来。女儿看到边上有宾馆准备好的棉花糖,一下子来了兴致。在西方环境中长大的人，烤棉花糖是成长中的必修课。女儿坐在篝火边上，烤了几个棉花糖。我坐在旁边，看着火苗发呆，好长一会舍不得离开。

回到房间，看外面云层依然低垂，估计今天云开日出基本无望，内心生出许许的失落，就像期待和某种美好相遇，最终失之交臂。端木早早就来宾馆等我们，要带我们到一些景点去玩。我对于从一个景点到另一个景点走马观花式的游览不太有兴趣，但不去玩也没有什么别的事情，总不能在房间发一天呆。

上路后又开始下雨了，不过雨中富士山的空气真的很好闻，充满了树和草的芬芳。我们去的第一个景点是富士芝樱祭,从网上的图片看,漫山遍野的粉红色芝樱，花浪起伏，一望无际，背景就是高耸的富士山，真是美不胜收。结果到了现场一看，发现是一个人工景点，每年

4月份是芝樱节，人工铺天盖地种上盛开的芝樱，有白色、紫色、蓝色、黄色等，以粉色为主，盛开在富士山脚下。日本人民从四面八方赶过来，如中国庙会一般热闹。我们在里面转了一圈，开车赶往下一个景点。

端木说这个景点叫北口本宫富士浅间神社，已经有一千多年历史。在网上查了一下资料，发现浅间神社有好几个。观赏富士山色，最好的是新仓富士浅间神社，就是有五崇塔和富士山交相辉映的那个。但今天看不到富士山，所以去了也没意思。北口本宫富士浅间神社据说曾经是德川家康祖先的家庙，而富士山最早归属于德川家康，后来德川家康把富士山赠送给了浅间神社，所以到今天富士山还是浅间神社的私家财产，每年政府要给神社两千万日元，才能开放富士山让大家进行各种活动。

我们到达神社时，天空又沥沥拉拉下起雨来，但居然有一群一群的日本人，穿着短裤短袖在雨中跑步。据说今天有一场马拉松赛事，来参加的人在寒冷的雨中依然奋力奔跑。

我们打着雨伞，在神社里转了一圈，印象最深的是到处都是参天古树。神庙前的神道有几百米长，两边古松茂盛，极具气象。这些古松已经有上千年历史，挺拔巍峨。据说神社创建于788年，供奉火山镇护神，防止富士山喷发。最有意思的是，古松周围的绳索上绑着一些白字条。端木解释说，这是大家抽到的签，是不好的签，所以不会带回家，系在这里，过一段时间就会有人在神社前烧掉，意味着把坏运气一起烧掉，这样抽到签的人运气就会转好。这个要比中国的某些庙里或者道观里抽签好很多。在那些地方，如果你抽到一个下下签，和尚或者道士来帮你破局，不收你几千到上万，一定不会放过你，有的甚至会被骗掉好几万。

参观完神庙，我们又到了另一个景点忍野八海。网上说这个景点号称是日本的九寨沟，到了才知道只是在一个村庄里挖了几个池子而已。但池子里的水清净明澈，13 米深的池子一眼见底。水是来自于富士山的雪水，干净得没有一点污染。池子里养着各种颜色的大鱼，悠游嬉戏。下雨天，雨水打皱了一池春水，但雨水在池中溅起的水花，也别有一番情趣。据说这个村庄原来只有五户人家，现在的几百户人家，都是这五户人家的后裔，代代繁衍，轮流执政。大家看到雪水穿村而过，觉得可惜，于是就挖池储水，没有想到后来变成了富士山边上一个著名景点。从此这个村庄围绕池子做生意，越发兴旺起来。一路下来，我发现日本人很善于“无中生有”，很会创造热闹和做生意的机会，比如富士芝樱祭、忍野八海，都是极其成功的案例。

参观完景点，已经是下午 1 点，到小镇上的一家叫作“步成”的面店吃饭。端木说这家面店很出名，一是做的面好吃，二是窗户紧对着富士山，一边吃面，一边还能够欣赏富士山风景。今天山是看不见了，但面还是要吃的。我们到了面店，吃饭的人熙熙攘攘。我们找到一张桌子坐下，每人要了一铁锅面条，确实做得入味好吃，里面加了鲍鱼、猪肉、蔬菜、鸡蛋等。吸溜吸溜把一锅面吃完，一个上午的寒气一扫而光。

午餐后，我们向东京出发，一路和女儿商量到了东京干什么，结果两人同时想到了茑屋书店。我和端木说，干脆直接开车到茑屋书店。路上，我听了一会朱学勤的《读懂 200 年世界与中国》，又小睡了一会，3 点半就到了茑屋书店。茑屋书店是目前在日本，乃至世界都极其闻名的一个书店，和我们台湾的诚品书店有得一拼。我心里一直有个书店梦，早就想来看一看，今天能够得以如愿，十分开心。我们去的茑屋书店是最大的代官山总店，由三栋三层小楼组成，每层楼的楼层面积大概两千平方米左右，总面积大概一万多平方米。书店外面是绿荫步道，绿树围绕，环境极好。书店里的书分区域摆放，原木色调的书架整齐有序。茑屋书店首创了书店的多业态分布，里面除了卖书、影碟和文创用品，还有星巴克、酒吧、茶座，甚至还和全家（Family Mart）便利店结合起来，大家买书的同时可以把日常用品带回家。最让我感兴趣的是还卖古董汽车，一辆1928年的汽车，标价280万日元，也放在那里。酒吧和书结合，一边喝酒一边看书，也别有一番情调。不过喝酒的人好像不多，倒是整整一层楼的茶室，每个座位都有人占着。书店的设计是随处都有可坐的地方，很多人拿着电脑在工作，看来很多人不仅来看书，也把这里当作氛围最好的工作场所了。我到台湾地区的诚品书店去看过，也到苏州的诚品书店去看过，比起茑屋书店这么人性化的设计，诚品书店还稍微逊色一点。

逛完书店，买了一本精美的地图册作为纪念，再到东京城里的宾馆入住。宾馆是旅行社帮助订的，离银座不远，是凯悦旗下的Andaz酒店。酒店楼高51层，到了顶楼，整个东京城一览无余。我的房间在50层，刚好正对着东京塔，可以俯瞰大半个东京城。女儿要去逛街，我不太喜欢逛街，就一个人待在房间处理邮件，录制“百日行动派”美丽英语100句。

晚上订了银座的一家法国餐厅，叫Esquisse，据说是米其林级别的。餐厅位于一栋楼的9层，周边没什么风景。餐厅本身不大，安静舒适，刚好可以边吃饭边和女儿聊天。这个餐厅不让点餐，直接就是包餐（set menu）。法国菜比较烦琐，菜一道一道上，加上甜食总共有八道菜，其实每道菜就是一勺子的分量。每道菜上来的时候，服务生都要解释半天里面是什么成分，尽管说的是英语，各种古怪名称我也基本听不懂。日本的法餐，已经融入了日本元素，有点日西合璧的味道了。在日本工作的法国人比较多，我们住的酒店也有不少法国服务员，看来东京还是一个有国际吸引力的城市。两个半小时，吃完了八道菜，结果肚子还没真正填饱。看看时间，已经比较晚了，还想回房间读一会书，就回宾馆休息了。女儿能够一路敞开心扉和我各种聊天，我觉得还是蛮开心的。

回到房间，把灯全部关上，一个人静坐了半小时，观赏窗户外面的万家灯火。然后开灯、洗漱、上床半躺着看书，困劲儿上来，就睡着了。也许是因为比昨天安心，内心不再有什么期待，所以睡得很香。

早上 5 点半就醒了，打开窗帘，外面阳光万道，整个东京城沐浴在明丽的朝阳中。天空碧蓝，没有一丝云彩。昨天千呼万唤都没有出来的天气，今天得来全不费工夫，可惜我们已经离开了富士山。突然想起来，有人说在东京也能够看到富士山，我向窗户外面望去，没有任何山的影子。测定了一下方位，觉得富士山应该在楼的另一边，赶紧穿上衣服，坐电梯上升到 51 层（接待层），到楼的另一边，透过落地窗向外看去，富士山赫然在远处闪着光芒，白色的山峰就在眼前。

其实富士山离东京有 100 多公里，但今天空气质量好，透明度高，所以能够看得清清楚楚。可惜前面不远处也有一座同样的高楼，把山体的一部分挡住了，否则整座富士山就一览无余了。看着富士山，我内心涌起一种说走就走的冲动，很想下楼叫辆车，直奔富士山而去。但想想女儿还在睡觉，不忍叫醒，就只能远眺遥望了。

6 点钟，穿上泳裤去游泳。游泳池水质干净，窗外的阳光直照水面，让我有种在阳光中游泳的感觉。游完泳，舒舒服服洗了个澡，回到房间 7 点钟。坐在房间沙发上录制英语句子，读《世界观》，等着女儿醒来。

8 点多女儿醒了，喊我去吃早饭，早餐厅也在 51 楼。我们一边吃早餐，一边看外边阳光下的城市，一边讨论今天上午如何打发。我们一致的意见是，这么好的阳光，先到皇居（天皇的宫殿，有一部分对大众开放）去散步，然后到筑地鱼市去吃海鲜。

9 点收拾行李出发，端木把我们带到皇居，我们在明媚的阳光下走进皇居东御苑。阳光下的皇居，绿树翠竹、草坪绵延、路径纵横。在阳光下，高楼大厦的城市背景也显得格外和谐，反衬了皇居的远离尘嚣和超凡安静。想想真是世事沧桑，这么一片和平安宁的地方，当初平成天皇的父亲昭和天皇，就是在这里发动了日本对中国的侵华战争，继而发动了太平洋战争，日本成了第二次世界大战的罪魁祸首之一。“二战”后，昭和天皇继续在位 44 年，日本也从来没有为“二战”认过错，后来又把甲级战犯的牌位移入靖国神社祭拜。所有这一切，都让人对日本或多或少有些不放心，总觉得他们的豺狼之心一旦起来，世界又将陷入灾祸之中。今天的日本人干净整洁，守规矩讲文明，万众一心，这些表面上的优点，一旦进行战争动员，也很容易变成万众一心的战争机器。现在刚退位的平成天皇，一直是个和平主义者，他儿子继位了，希望也和他一样，把和平永远放在心里最重要的位置上。

在皇居散完步，就直奔筑地市场。对于我这样的吃货来说，筑地市场的吸引力比任何地方都大。现在筑地市场一分为二了，拍卖鱼品的市场已经搬到了另一个丰州市场，筑地市场就只剩了新鲜海鲜小吃市场。拍卖鱼品的市场尽管很有历史，是世界最大的鱼品拍卖市场，但已经不再对游人开放。对于我来说，小吃市场更加有吸引力。其实小吃市场并不大，纵横四条街，上面散布着几百家店，卖的东西都大同小异，无非就是各种刺身和海鲜饭，还有烧烤之类的。我们逛了两圈，吃了烤鳗鱼、烤和牛肉、刺身金枪鱼、刺身海胆，我还要了一份烤海胆米饭，要了一杯清酒下饭。吃饱喝足了，去机场的时间也到了。

星期天车少，从筑地市场到羽田机场，只用了 25 分钟。路上又看到了远方白雪闪烁的富士山。到了机场，办票的时候特意要了右边的位置，这样飞机起飞的时候，心想也许能从窗户里看到富士山。从飞机上俯瞰富士山，应该是另一种感觉吧。

办票出关一切顺利，但去登机的时候，机场通知因为北京空中管制，延时登机。本来 12 点 55 分的航班，延时到下午 2 点钟。登机以后飞机滑向跑道，结果快到跑道的时候又掉头回到了机位。飞行员广播说北京空管继续，起飞时间不定，回到机位等待。看来晚上回北京参加活动要泡汤了，我赶紧发微信通知对方。飞机停稳后，乘务员送来饭菜，我肚子不饿，一直读《世界观》，终于读到了最后一页。尽管中间相对论和量子理论的章节，我有点半懂不懂，但整本书能够给我的认知带来一种全新的视角。看待宇宙和世界，包括人类演化的眼光会变得更加广阔和深远，是一本难得的有思想、有深度又有可读性的好书。

5 点多钟，乘务员通知说飞机要到晚上 11 点才起飞，让大家下飞机回航站楼休息。我们收拾行李回到航站楼，在休息室吃了点东西。既来之则安之，我让心静下来，坐在座位上写下这篇游记，又处理了一些邮件和微信，听了一会《六神磊磊读唐诗》，直到晚上 10 点半通知登机。上飞机又等了半天，到半夜 12 点才起飞。订票的时候只订到了经济舱，只能一直坐到北京。路上迷迷糊糊睡了两小时，又读了一会书，飞机终于于凌晨 3 点半落地首都机场，一场为期两天半、来回折腾的旅行宣告结束。

一路两天多的时间，感悟不少。去看富士山，心里充满期待，结果得到了满满的失落。后来在东京远眺富士山，又是柳暗花明的惊喜。有心栽花花不发，无心插柳柳成荫。人的机会和命运大致如此。回国的飞机，以为在明媚的晴天下会很顺利，没有想到横空出现空中管制，在机场和飞机上待了十六个小时，而且坐的是经济舱，可谓辛苦劳累，筋疲力尽。但能够有两天多的时间和女儿待在一起，又让我从心里感到满足和欣慰。不是每个父亲都有机会能够和女儿这样温馨相处的。同时，只要不着急，处处都是安心之地，我在飞机上和机场休息室，一路阅读写作，心静如水，和在家里书房的感觉没什么两样，收获满满。

两天多的时间，我从中国穿越到了日本，逛了富士山景区，进了最有人情味的书店，行走在满眼绿色的皇居，品尝了有名的筑地美食，阅读了思想丰富的书籍，听了有见地的课程，真可谓不虚此行。人生既要有执着，更要有潇洒。何妨在该执着的时候执着，该潇洒的时候潇洒！

我的“五一”很平淡

（2019 年 5 月 1 日—4 日）

今年“五一”放四天假，原来“五一”曾经有过七天假，后来变成三天。现在多出一天，大家休息、聚会、旅游，和家人相处，时间更宽裕，心情也更放松。

今年“五一”，没有做任何到外地去游玩的打算。儿子要考 SAT，必须在家里安心复习。要让他在家里安心复习，我就得在家陪着。尽管已经基本没有能力辅导他，但坐镇家里，也算是对他备考的一种支持。说不定在他心猿意马的时候，我还能够威胁他一下。

能够有四天完整的休息时间，对我来说也是一种难得的放松。其实说放松也不容易做到，处理堆积如山的工作，就够喝一壶的。但至少有更多的时间陪陪家人、阅读一些书籍、做做户外活动什么的，可以在身心上调整一下自己。

其实，“五一”在家待着，对我来说是一种更加明智的选择。小长假到处人山人海，到外面去人挤人，纯粹浪费时间和精力。假期北京人民开车大出行，城里反而显得更加清静舒适了。

四天假期，天气一直不错。尤其是 5 月 1 日和 2 日，北京的天空像被洗过一样，一尘不染。树叶碧绿透明，阳光明媚灿烂，空气散发出一种挡不住的诱惑，让人时时想要走进阳光里去。后面两天有点薄云，阳光不再那样明快了，有点轻度雾霾，但整体来说依然是好天气。

每天早晨醒来，首先听到的是叽叽喳喳的麻雀声，夹杂着婉转动听的画眉声。平时匆匆忙忙起来就赶紧去上班，很久没有像这样可以躺在床上，先听10分钟的鸟鸣声了。小区绿树比较多，不同时段出去散步，可以看到早上、白天、傍晚阳光穿过树叶撒到地上的斑驳光影。树叶摇动，阳光也跟着一起舞动起来，有种让人心意荡漾的感觉。小区的忍冬花和山楂花正次第开放，引蜂招蝶，热闹非凡。五月的阳光，明快而不燥热，正是沐浴阳光的最好时节。我坐在小区的砖砌台阶上，尽情享受阳光温暖的拥抱，有一种婴儿在母亲怀抱中安然睡去的甜蜜。

晚上的时候出去散步，整个小区万籁俱寂，大部分人都出去旅游了，小区安静得像自家园林一样。抬头能够看到天空星星闪烁，低头能听到小溪里阵阵蛙鸣，空气里充满槐树花的芬芳，让人感到四大皆空，神游物外。唯一可惜的是，不管是白天还是晚上，空气中到处飘着杨絮，一不小心就钻进鼻孔和嘴巴里了。

除了和自然相处，剩下的事情就是工作和学习了。四天时间，我边散步边听得到App上的课程《六神磊磊读唐诗》。原来已经听过一遍，这次是重听，前后差不多十小时的音频，用1.5倍速加速的方式听完，重温了一遍唐代最有才华、最有个性的诗人们的故事。今年我给自己定的任务之一是重读《唐诗三百首》。趁着听六神磊磊的课程，我也自己朗读了几十首唐诗。前两天刚好读到一句话：没有时间读诗的生活不值得过。这个假期读上几十首唐诗，算是对自己的一点慰藉。

除了听六神磊磊的课程，我还在得到App的《每天听本书》栏目里，听了几本书的介绍和讲解，分别是清华大学经济学教授文一的《伟大的中国工业革命》，史蒂芬·科特勒的《盗火》，马特·里德利的《自下而上》，理查德·赛勒的《助推》，尼尔·泰森的《给忙碌者的天体物理学》，纳西姆·塔勒布的《反脆弱》。在这个知识信息爆炸的时代，这种快餐式的听书，也算是对自己知识结构和多视角思考的一种补充吧。其中，《伟大的中国工业革命》和《自下而上》两本书，值得继续去读原著。

这几天，也把一些堆积在书架上没有读过的书翻阅了一遍，包括化学工业出版社出版的历史丛书《玫瑰战争简史》《诺曼人简史》《英国文艺复兴戏剧简史》和《美国独立战争简史》四本书。这几本书描述的都是历史的细节，其中《美国独立战争简史》需要再细读。我读书的态度是，有思想、有思考、有内涵、有值得记住的内容的书，就详细读；如果是思想一般、陈述一般的书，就翻看。除了以上四本书，还翻看了《去最幸福的四国找幸福》《产品改变世界》《英汉对照唐宋八大家散文选》《上海传》《不懂带人，你就自己干到死》《水平：悟水浒中的领导力》《自在独行》《你我凡人，皆能破茧》《北大百年新诗》《美国也荒唐》《乡村调研：宋家沟》《藏北十二年》《40年，时光的模样》（居然还有我的照片在里面）。其中有几本书是作者送给我的，《水平：悟水浒中的领导力》的作者吴向京是在一次聚会中认识的，《藏北十二年》的作者吴雨初是在青藏高原偶遇的，《美国也荒唐》的作者沈群是北大校友。

除了翻看这些书，本来还打算认真阅读哈耶克的《致命的自负》，但有朋友推荐了麦家的小说《人生海海》，想想假期还是读小说更加轻松一点，就用 Kindle 下载了《人生海海》电子书，用了几个小时的时间阅读完毕。《人生海海》的标题，来自闽南方言，形容人生像海一样复杂多变，起落浮沉。正如作者麦家所说，潮起潮落都是人生的历练，每个人都跑不掉的，一定要爱上生活。故事讲述了谜一样的主人公上校，别名太监，在时代中穿行缠斗的一生。故事中有作者童年的记忆、有时代对于人的命运捉弄、有人性的考验和剖析、有对于人性底线的拷问和小人物在大时代面前的无奈。尽管描写的故事和场景不算宏大，但还是值得大家一读，是一本既有内涵，叙述方式也很有吸引力的小说。

除了读书，其他时间用得最多的地方自然是工作。处理了几十封积累下来的邮件，通过微信和新东方相关人士沟通各种工作布局。即将到来的 6 月，是新东方新财年的开始。我对新财年的重点工作也进行了一番梳理，并在备忘录中记录下来，又对自己 5 月份的重点工作和行程进行了一番规划。尽管有各种剪不断、理还乱的事情纠结于心，但我还是相信，思考和规划对于工作和人生的重要意义。随性随兴固然是一种情怀，但经过思考和规划的人生，才是值得过的人生。我的人生态度是，需要思考和规划的时候一定不能马虎，而可以随性随兴的时候，也一定不能错过开心时光。5 月 4 日晚上，以“青年节把酒高歌唱青春，星光下烧烤撸串话东方”为主题，我请新东方的一些管理者吃烧烤，大家随性热闹了一番，一醉方休，尽兴而归。

5 月 3 日下午，还抽空去看了电影《复仇者联盟 4：终局之战》。漫威的漫画和电影，陪伴了一代人的成长。中国的年轻一代，也对漫威中的人物如数家珍，从钢铁侠到蜘蛛侠，从绿巨人到美国队长。《复仇者联盟 4》把所有漫威故事中的主要人物都集中到了一起，展开了一场正义和邪恶之间的终极对决。最终以正义胜利，但英雄（钢铁侠）牺牲为结局。我对漫威电影中打打杀杀的场景并不是特别感兴趣，但对漫威电影给一代人带来的英雄情结、陪伴一代人成长的英雄主义精神和团队合作精神，还是充满了感动。钢铁侠的牺牲，让很多人流下了热泪。在热泪中，其实包含了一个时代即将结束的悲伤和叹息。

回头看，我还是过了一个蛮充实的“五一”假期。用心陪伴了家人，阅读了一些书籍，规划了一下工作，和邻居们一起把酒言欢，和同事们一起烧烤唱歌，在天地间体会阳光的温暖，还散步 40000 步，游泳 3000 米。生命就是由这样点点滴滴的小事构成，不求宏大，但总是希望在完成人生应尽的责任和义务的过程中，去寻找更加自在和适意的人生。

忙里偷闲的轻松时刻

（2019 年 9 月 17 日—19 日）

9 月 17 日早上飞合肥，中午和新东方员工见面、讲话、照相。500 名员工排队照相，我一直笑脸相迎，充分满足大家的需要。我是从心底里愿意和他们照相，他们是新东方发展的功臣。

下午和晚上连续做了两场演讲。一场是对合肥四中高一、高二的 2000 名学生，一场是在合肥学院对 3500 名新生进行演讲，主题内容都是鼓励学生奋发进取，积极向上。

18 日早上乘坐 6 点 40 分的 G246 次高铁，从合肥到青岛。到青岛主要有两个任务：一是和即墨区政府沟通 130 亩教育用地的事情；二是参加团中央和新东方联合举办的“中国大学生自强之星”颁奖典礼。高铁从合肥到青岛总共五个半小时，一路上阅读《米塞斯回忆录》，12 点半到达青岛。

今早从高铁开出合肥起，天气就是阳光明媚，等到接近青岛的时候，天空变得尤其湛蓝。踏出高铁车门，带着大海味道的和风就拂面而来，加上周围闪烁的阳光，让人瞬间情绪就愉快起来。汽车驶出青岛站，穿梭在青岛的老城区。白墙红瓦的青岛老建筑，在蓝天绿树下显得雍容优雅。这些带有历史记忆的老建筑，到今天依然是青岛魅力的来源之一。

从中午 12 点半到下午 2 点半，我有两个小时的空闲时间。本来想的是到宾馆登记入住，吃个午餐休息一会，但一下火车，就被大海的气息所吸引，于是决定从车站直奔大海去游泳。这样阳光灿烂、蓝天碧海、秋高气爽的时刻，浪费在室内实在太可惜了。唯一的担心是海水已经太凉了，但那又怎样，即使水冷也要扑向大海。

根据汽车当前所在的地点，我选择了青岛第三浴场，让司机一直开到了浴场边上。为了节约时间，我直接在汽车里换上了泳裤（我出差基本都带着泳裤，这样有时间就可以在宾馆的游泳池里游泳）。跟我一起出差的战略投资部老总柴明一没有带泳裤，直接就在沙滩上的商店里买了一件。我们光着脚板，踩过柔软的沙滩，向大海走去。今天是低潮，沙滩很宽，海水退得很远。回头看，是青岛高低错落的各种现代高楼，那些白墙红瓦的旧式建筑，已经被淹没在现代建筑中不见踪影。现代建筑尽管巍峨，但缺乏美感和韵味，好在有大海作为背景，整体上还不算丑陋。向前看，就是一望无际的大海，海上有三两游艇来往。今天天空澄明，视野宽阔，举目远望，天海相接，横无际涯。

今天海面比较平静，海浪轻拍沙滩。我走进海水中，海水确实有点凉。我想，与其一点点适应这种凉，还不如让自己一下子被凉爽的海水拥抱，于是一个猛子扎进了大海之中。等最初的凉冷过去后，就感觉到了刺激过后的舒适。游了一会就觉得海水其实还是很温暖的，一点都没有了冷的感觉。我一直游到防鲨网，再游回来，又游过去，再游回来，连续来回三趟，不知不觉游了 1000 多米。阳光下的大海，大海里是“老夫聊发少年狂”的我，我和自然融为一体，物我两忘。一瞬间，觉得所有那些为世俗事务来回的奔忙，都是那么的无趣和无聊。

好想就这样在海里懒懒地游泳，然后在沙滩上懒懒地晒太阳，让和风抚摸我日渐消瘦的身体，让灵魂在山海之间自由地舞蹈。

然而，世俗事务还是强有力地把我从大海里拉了出来，我知道下午要去交流会不能迟到。我还没有潇洒到这种境界，来一场说走就走的旅行，希望以后能够做到。人生总需要有一些自由自在的日子，而且越多越好。现在我只有两个小时的自在，因此显得更加弥足珍贵。

从大海里出来后，我们直接穿着泳裤，套上T恤就到了一家饺子馆吃饺子。游泳游了一个小时，又快到下午2点了，肚子着实饿了。我们三个人点了四盘饺子，三个凉菜，一瓶啤酒，坐在阳光下的露天桌子旁，享受了一顿愉悦的午餐。青岛的饺子实在是好吃，各种馅儿应有尽有。我们点了鲅鱼的、黄花鱼的、荠菜的、芸豆的，都是馅儿大皮薄，口味到家。

老夫聊发少年狂

吃完饭，到宾馆登记入住。用了5分钟时间把自己冲洗清爽，换上干净衣服，回归到工作状态。下午去考察教育土地，然后和政府相关领导交流，晚上和青岛新东方校长周帆交流工作。

第二天，19日早上，去位于黄岛区的中国石油大学参加“中国大学生自强之星”颁奖典礼，并给学生们做了接近一个小时的励志演讲。演讲结束后，一路狂奔到机场，坐下午1点一刻的航班飞回北京。在北京，还有重要的事情等着我。

人生难得有悠闲的时光。忙碌是为了生存、为了理想，或者为了某种追求。但在繁忙之中，能够常常有些悠闲的时光，可以自由自在地支配，才会使生命显得富足而有意义。随着年龄的增加，我越来越希望追求属于自己的时光，也希望更多这样的时光在我生命里闪光。就像在青岛忙里偷闲的两个小时，可以让生命回味好几天。

终南山一瞥

（2019 年 11 月 29 日）

说到终南山，有三个关键词一定会马上进入你的脑海：第一个是道教，第二个是隐士，第三个是诗歌。和这三个词都相关的另外一个词，就是采药。当然，也有人会联想到武侠小说对终南山的描写，比如活死人墓等。

终南山是道教全真派的发祥地。道教把尹喜尊为文始真人。尹喜是谁？周朝函谷关关令。他曾在终南山结草为楼，观星望气。一日见紫气东来，吉星西行，就预感必有圣人经过函谷关。不久，一位老者骑青牛而至，这就是老子。尹喜把老子请到楼里，执弟子礼。老子为尹喜传授《道德经》五千言，飘然而去。传说现在楼观台中的说经台，就是当年老子讲经之处。道教创立后，尊老子为道祖，尹喜为文始真人，奉《道德经》为根本经典。

中国文化中，自古以来就有隐居的传统。道教，为人们脱离尘世烦恼的生活提供了信仰支持。道教的主旨就是超然物外，不染尘世，所以道士基本都是隐居山林。后来佛教传入，为人间的断舍离提供了更加丰富的理论和实践依据，更多的人退居山林。终南山山清水秀，植被丰富，隐居在里面不会被饿死，同时还能兼得清风明月之灵气，远离尘世喧嚣烦恼，何乐而不为呢？所以终南山不仅是道教的道场，也是佛教的道场，律宗的祖庭净业寺，就在终南山中。

长安自周朝起，一直到唐朝，都是历朝历代的皇城，终南山是长安南面最近也是最秀丽的一座山，横向就是秦岭的一部分，纵深也有上百里，一旦进去隐居，还真不太容易找到。所以一旦有超凡脱俗的想法，抬头见南山，很自然就进山了。据传著名的隐居人物有老子、尹喜、商山四皓、张良、鸠摩罗什、吕洞宾、王维等。

了不起的山，加上了不起的人，自然就会产生了不起的诗歌。唐朝的著名诗人几乎全部写过有关终南山的诗。我们最熟悉的贾岛的诗：“松下问童子，言师采药去。只在此山中，云深不知处。”尽管没有明说写的是终南山，但却是对终南山的绝好写照。还有王维的《山居秋暝》：“空山新雨后，天气晚来秋。明月松间照，清泉石上流。竹喧归浣女，莲动下渔舟。随意春芳歇，王孙自可留。”这是大家张口就能背诵的诗歌，实实在在就是写终南山的。连李世民都写过《望终南山》：“重峦俯渭水，碧嶂插遥天。出红扶岭日，入翠贮岩烟。叠松朝若夜，复岫阙疑全。对此恬千虑，无劳访九仙。”当然，李世民还是去打仗和治国好一点，诗歌除了有气概，遣词造句还差点火候。但如果没有李世民当初对于诗歌的痴迷，甚至把诗歌当作科举重要的考试内容，就不会有唐朝绝贯古今的诗歌繁荣。

道教和隐士，和医药就有了天然的联系。过去终南山到处都是道士、高僧和隐士，没事就研究各种植物。终南山是天然的植被王国，是山南亚热带和山北温带的分界线，水汽充分，流泉潺潺，各种植物蓬勃生长，自然是采药的好地方。终南山盛产药材，素有“草药王国”之称，在当地至今都传唱着“太乙山，遍地宝，有病不用愁，上山扯把草”

的歌谣。著名的“药王”孙思邈常年隐居终南山中，留下了《千金要方》这部著作，获得了不朽的名声。同时他和朝廷合作，完成了世界上第一部国家药典《唐新本草》。这种既入世又出世，以济世救民为核心的人生态度，只有真正的高人才能做到。据说孙思邈活到了 140 岁，无疾而终。

说了这么多终南山，其实在我写这篇文字之前，从来没有到过终南山。我爬过华山，甚至爬过太白山，就是没有到过终南山。我总觉得自己如此匆匆忙忙、深陷尘世的生活，和终南山的气质格格不入。但随着时间的推移、年龄的增加，觉得无论多忙都应该去一趟终南山了。至少先实地看看，了解一下为什么唯独终南山，依然是当今那么多人愿意去隐居修炼的地方。

这次到咸阳出差，刚好有半天的空闲时间。我计算了一下，上午做完讲座，中午的时候能到达终南山，晚上离开返回北京，在山中会有大概五个小时的时间。本来去终南山，不应该走马观花，而应该抱着一颗空灵的心，去体会没有羁绊的境界。不过，既然暂时无法做到，至少可以先去看一眼，哪怕围着山转一下也可以，说不定那种场景会带给我某种启示。

我最想了解当代隐士在终南山的情况，但是不得其门而入。我根本就不知道他们在哪条沟里哪座山上隐居，就算我知道，他们也不会接待我，他们都有自己的精神世界和处事原则。就在这个时候，新东方西安学校传来一个消息，说两年前有一个西安的老师，到终南山修道去了，一直住在终南山里，已经对里面很熟悉了。这位老师听说我要去终南山，愿意出来接待我，并带我到山里转一转。这真是踏破铁鞋无觅处，得来全不费工夫，我欣然答应。

上午讲座结束后，我们就从咸阳驱车一路向南，直奔终南山。一个小时后，就已经到了终南山脚下。终南山是秦岭的一部分，横亘西安南部，是西安通往南方的天然屏障。要从西安南下，古代就要翻越终南山。一般有两条道，去汉中、四川走子午道，去商洛、湖北等地走武关道。这两条山中道路都有故事，子午道曾经是为杨贵妃送荔枝的通道，而武关道是秦始皇当初巡游全国的通道。这两条道现在在哪里我不知道，是不是废弃了我也不知道，但以后有时间，很想沿着这两条道走一走。除了这两条道，还有一些翻山越岭的小道，那都是隐士、村夫和采药的人走的道了。

新东方那位老师隐居修炼的山谷叫小峪，我并不知道小峪位于终南山的哪个位置。终南山大得很，秦岭七十二峪，不知道小峪算不算其中一峪。我们根据导航一直向山里开，在入山前看到了小峪的牌子，路口还有一道栏杆。车到跟前，和看门的人打个招呼，栏杆就抬起来了。车入山中，渐入佳境。道路狭窄，只能供一辆车行驶，对面要是来车，错车都非常困难。大概这不是终南山的核心景区。再往前走，群峰相夹，中间有一水库，水波荡漾，宽百米，纵深达一公里以上，车行水库边悬崖峭壁上，峰峦叠嶂，景色深秀。水边树上还残留秋叶，和湖水交相辉映，自成美景。

今天是阴天，森森如下雪状，山峰薄雾缭绕，诸峰若隐若现，仙气蒸腾。复前行，见民居三三两两罗列道路两边，前临奔腾的峡谷泉水瀑布，后靠树木深秀的起伏山峦。难怪古人愿意隐居于此，真有种如临仙境的感觉。我们驾车一路小心前行，陆续经过几十户人家，终于来到了新东方老师隐居的地方，一栋三层小楼民宅。

车停在了屋前院子里，院子里有一位美丽的女士，身穿绿色道袍相

小峪中的水库

迎，她居然就是那位新东方老师。这让我大吃一惊，因为我一直以为那位老师是个男士，没有想到竟是一位美丽的女士。大家相互问候，言语甚欢。她告诉我她的俗名叫高艺家，因为常常喜欢穿白色道袍，而且经常给住在山里的老百姓治病，所以山民给了她一个绰号叫“白娘子”。

在屋外盘旋半圈后，大家一起进屋。屋里陈设简单整齐，条桌上放着各种山野干货。两边有房间，可以供客人住宿。屋子中有一烧劈柴的火炉，房间里充满柴火的烟香，铁皮烟筒把烟气引到户外。火上正煮着不知名的茶水，像是某种切断的树藤。后来他们告诉我这是一种叫鸡矢藤的植物，也叫鸡屎藤，可以补脾健胃，排毒养颜，通经活络，舒畅气机。我们一边聊一边喝鸡矢藤茶。少顷，围着炉子的小饭桌上就放上了饭菜。白娘子把山里几个隐居修炼的朋友也一起叫了过来，一个叫梁秋成，道号南山秋；一个叫阿古拉，道号理觉。白娘子专门为我开了一瓶红酒，还放上红酒杯，菜肴也挺丰富，有炒农家鸡蛋、山野菜、红烧土鸡等。我本以为到了山里，大家都是苦修，没有什么吃的东西，因此看到这么丰盛的饭菜，还有点吃惊。他们笑着说，这些酒食是为我准备的，但他们平时也不会只吃野菜。他们称自己为“山居人”，修炼更多的是心灵和气质，并不禁止自己食肉。他们还有自己浸泡的药酒，给我倒了一杯，还挺好喝，上下通气。

我们边吃饭边聊天。我问白娘子，为什么要进终南山？她说她是学医的，对于中医很感兴趣。由于自己英文不错，从2008年开始到2018年，一直在新东方教书，深受学生欢迎。本来2018年的时候她已经准备去北京了，一次偶然的机会来到了这个山谷。整个山谷的幽静和美丽，那种说不出来的归属感，一下子就觉得和自己特别吻合，好像这就是老天为她准备好的一个地方。于是她下山后毫不犹豫地把新东方的工作辞掉，上山到这里居住修炼。在度过了一个寒冷的冬天后，她和山林变得愈加亲近。平时研习中草药，也和老药师学习采药，和道友一起讨论修习心得，现在已经十分习惯山居生活。最初父母非常不解，敦促她下山，后来她父母也来住了一段时间，结果也喜欢上了这里。

我问，是打算一直在这里山居下去，还是打算住一段时间后就下山？她说会一直住下去，而且想好了后面要做什么。这条沟山清水秀，但当地的老百姓生存却相当艰难。整个山沟里总共有100多户人家，有接近100户人家已经迁出去了，到山外面去讨生活。这条沟里的民居大部分是空置的，如果任凭风吹雨打，很快就会破败坍塌。所以白娘子他们就把这些房子从老百姓手里租借过来，签订20～30年的合同，再对这些老房子进行维修改造，让进山来修道的人使用。他们还打算研发一些修行课程，来满足不同进山人的需要。有些人是长期修行，有些人是短期休整；有些人是苦修，有些人可能需要更加舒适的环境。凡是进山的人，都是带着不同的烦恼而来，我们希望他们带着净化的心灵离去。做这件事情的目的不是为了赚钱，而是为了保护这条山沟的文化，也同时保护好山沟里的房子，为不同的人提供修习场所，让大山好水给人带来不同的生命体验，让修行人之间互相切磋，共同提升。我听了以后觉得大合心意。一直以来，我内心一直隐隐有一个渴望，渴望有一个山林之地，幽静如世外桃源，有那么一处房子，我可以随时离开尘世，独处静心，吐故纳新，吸收天地之正气。在有了足够的心理能量储存后，再返回尘世，继续为社会进步而努力。这样就形成了一个正向循环。有一个地方可以补充能量和心气，就不至于在人世的喧嚣中，把自己耗得油尽灯干。

围着火炉吃完饭，白娘子安排我们到山里的一个古村落去参观。她给我们每人发了一个斗篷和一根登山杖。我还戴上了一个斗笠，恍惚间，自己仿佛已经是个山居野人了。我们坐上车往山上开了一段，然后下车，走上了一条斜岔道，沿着一条奔流的山溪，踏着小径，走向更深的山里。前几天山里面下过雪，今天也是天阴欲雪，我们踏着残雪一路向上。专门在终南山修医道的王新来老师，一路给我们讲解如何辨识各种路边的草药。王新来老师在终南山采药很多年，认识上千种植物。我们边看植物边向前，走过几座跨溪小木桥，攀登了半个多小时，经过岩石上只有两平方米的无量小道观，里面供奉着小小的太上老君；又经过一棵古树下两平方米的土地庙，就来到了这个已经几乎没有人的古村落。所谓的古村落，其实只有十几间散落在溪水边和山坡上的土坯茅草房。据说这些土坯茅草房已经有一百多年的历史，但现在老百姓都已经搬走了，空留这些房子守在风雨之中。有的房子已经坍塌，白娘子他们把房子盘了下来，重新整修，供修行者使用。房子前面都有柴门，柴门里面是院子。有的房子里已经有人在修行，其中一个房子有个老者，已经住了好几年，不知从何来，也不知何时走。

我们推开一个院子的柴门，里面已经有人在等待。这是白娘子预先安排了道友来煮茶。我们进到屋里，左边是灶台，右边可以看出来是原来老百姓住的房间，现在地上铺着木板和席子，靠墙有一个烧劈柴的土砌壁炉，里面火焰熊熊，在冬天的寒冷里发出温暖的火光。我们围着壁炉席地而坐，喝着山沟里的雪水煮成的茶，东拉西扯地聊天，火光映照着大家的脸，忽明忽暗。整个村庄是不通电的，房间的窗户

我与白娘子合影留念

很小，里面很幽暗。有了这一份燃烧的光芒，每个人的脸上都有一种安宁的喜悦。我们就着炉火，一边喝茶，一边聊天，几乎忘了时光的流逝。

我5点必须离开终南山，赶晚上7点半的航班飞回北京。4点半，我们依依不舍地离开茅屋，沿着来时路，听着一路潺潺流水下山，回到吃午饭的房子。白娘子又邀请我们到二楼的修禅房，听二位道友用巴利文唱歌，边唱边打手鼓，调子激越舒畅，节奏明快，余音绕梁。二位道友，一位叫李宏刚，道号行德，之前在印度苦修了五年时光；一位叫万涛，原来是位医生，现在在终南山修行。听完歌曲，已经5点20分，我和各位道友匆忙告别，向咸阳机场出发。

用来去匆匆的心态，我求得了一个下午的宁静和忘我。尽管只有几个小时的时间，但却让我窥得身心的另一种可能。也许我暂时还做不到隐居山林，放弃世俗尘务；但在繁忙工作之余，时不时抽出几天时间来，到终南山来访仙问道，或者来啸傲山林，和自然融为一体，还是有很大可能性的。毕竟，从咸阳下飞机或者西安下高铁，只要一个小时，就能够进入一个与世隔绝的清凉世界，并且还有一众超然尘外的道人在等着你。

人生就是自我安排的忙里偷闲

（2019 年 12 月 6 日—8 日）

本来这几天并不打算去海南，但三件事情凑在一起，就构成了我去海南岛的理由。这三件事情分别是：混沌大学创新院毕业典礼，李善友邀请我 12 月 8 日到海南蜈支洲岛给学生做毕业典礼演讲；冯仑在三亚海棠湾开发了一个康养度假房产项目——国寿嘉园，准备举办一个跨界大咖论坛，让我 7 日去加持一下；新东方海口学校夏天开业后还没去过，要去看看员工。三件事加在一起，就觉得飞一趟值得了。李善友和冯仑都是朋友情义，给面子总比拒绝好。海口新东方是分内工作，早晚都得去。其实在我心里，还隐藏着一个更动人的理由，那就是可以在寒冷的冬天，逃离北京阴沉的雾霾天，去热带岛屿上感受一下温暖的阳光，看一看大海，听一听涛声，闻一闻空气中海风的味道。

于是我订了 12 月 6 日下午的航班。在这个周五的下午，趁着周末飞往海南岛。在飞机上的四个小时，无非就是阅读写作回复邮件。到了三亚凤凰机场，我让助理在神州租车租了一辆别克车，上路奔向亚龙湾的住宿宾馆。

当年，我在北大当老师时，教的第一批学生是北大 85 级的。其中法律系的一个学生，现在在海口市当副市长，听说我到了海南，一定要请我吃晚饭。他刚好在三亚办事，于是约好晚上见面。他给了我一个导航地址，说晚上到镇长那里去，镇长也是北大的师弟。我很好奇：北大人还有在海南当镇长的？到了才发现原来是亚太金融小镇，是一个企业化运营的园区，“镇长”是自封的。亚太金融小镇主要招纳全国的基金在这里注册，能享受很好的优惠政策，已经有几百家基金在这里注册了。我觉得我管理下的几个基金，也许可以考虑放在这里。

三十几年的老师学生见面，自然少不了各种热情寒暄问候。几个朋友凑在一起，不少都有北大背景，自然有不少共同的话题。我们吃着小镇厨房里煮出的新鲜海鲜，就着几个家常菜，一边喝酒一边热闹。除了我之外，他们都驻扎在海南，为海岛的发展贡献力量。海鲜和酒自然是我的最爱，要不是第二天一早要坐高铁到海口去做讲座并看望员工，一定是一醉方休了。还好，大家谅解我第二天的匆忙，也因为我嗓子发炎，没有拼命劝酒，得以全身而退。晚上 11 点多回到宾馆休息。

第二天早上 5 点半起床，6 点出发去三亚高铁站。一路上看着太阳从山那边的海里升起来。我们坐 7 点 06 分的 C7302 次列车去海口，一路欣赏风景，8 点 42 分准时到达了海口。

海口新东方校长接上我，到了明光胜意酒店，上午在这里有一场新东方与学员及家长的交流活动，我会做一场关于家庭教育的演讲。到达后先接受了记者的采访。9 点半演讲开始，600 位孩子的父母听了我的演讲。演讲 11 点结束，整体反响很好，中途没有一个人离场。

演讲结束后，坐车到海口新东方学校。学校租赁了三千平方米的校区，已经有 1000 多位学生在这里学习。我参观了校区，指出了一些需要改进的地方，召开了核心管理者工作座谈会，再对全体员工、老师讲话 20 分钟，和大家一起照相 10 分钟。因为还要赶下午 1 点 12 分回三亚的高铁，我 12 点 30 分离开学校，赶紧坐车去火车站。导航说 20 分钟就能到，实际用了 30 分钟，到达高铁站门口时只有 10 分钟时间进站登车。我们连蹦带跑，穿越人群，终于在火车开动前 3 分钟到达站台，赶紧找个门登上去，再穿越几节车厢找座位。刚找到座位，火车就开动了。

一旦坐定，就安心了。列车起动后，看着窗外风景的变化：满眼的绿色、望不见尽头的椰子树、棕榈树、芭蕉树，还有那种满了菠萝的农田、远处风景变幻的山峦、清澈的河流，还有阳光下山头飘动的白云，一切的一切，美得恰到好处。于是我心情舒畅地看着外面的风景发呆，任由火车把我带向预定的目的地。尽管火车上的盒饭十分不好吃，但就着风景下咽，普通的餐食也变成了美味。

下午 2 点 53 分火车准时到站。早先答应了冯仑下午 3 点半到他那里去演讲，一导航发现要 40 分钟，赶紧发微信告诉他让后面的人先讲，我换成 4 点开始。到停车场取了车，开到冯仑的海棠湾国寿嘉园已经是 3 点 40 分。进入会场，先坐下听前面的人讲到 4 点。

来听讲座的人都是全国各地来海南岛购买房子的人，被冯仑拉来对这个项目进行考察。我当然不是来帮冯仑卖房子的。开场我就声明，我是冯仑的朋友，所以来帮忙站台，买不买房子你们自己判断。既然是康养，我就干脆发表了一下我对人生和健康的看法，谈了谈一个人应该如何对待自己的事业，什么投资才是最有价值的投资，如何把握当下和未来，如何活得更加通透和空灵，如何让自己随着年龄的增长不断成长。讲开了去，一下子讲了 50 分钟，大家听得还挺开心。冯仑安排了晚宴希望我参加，但我一看那么多人，一定是各种敬酒照相，赶紧找了个借口离开，不如自己去度过一个清净的晚上。

回到住处，天色已黑。和助理在希尔顿酒店边上的海鲜大排档点了几种可以让饭店加工的海鲜：螃蟹、海虾、花螺等，要了一份火锅酸汤鱼，两个家常菜，点了两瓶啤酒，定定心神坐下来享受美食，享受难得清净的舒心感觉。

吃完晚饭，出来看到半个明月高悬空中，天上有一些星星稀稀拉拉地闪烁。今天海南的天空，干净得像被洗过一样，之所以星星少，是月亮的光辉把星星掩盖了。听到远处传来的浪涛声，兴致随之而生，于是穿过树林走到海边，在海边沿着沙滩行走，看着月光下的白色海浪，一路向前走了 1000 多米，直到住宿宾馆的灯光在前方闪烁。我知道那里面，有一张温暖的床在等着我。

一夜无梦。早上起来拉开窗帘，太阳已经蹦出大海，钻入破碎的云层。阳光从云层中照下来，条条光线落向海面，万道金光，水波潋滟。

万丈光芒，如梦似幻

上午是相对空闲的时光，我可以放松心情休息一下。我拿着电脑坐在阳台上，一边欣赏美景，一边回复积累下来的信息和邮件，然后去美美地吃了一顿早餐。回到房间写了一会东西，等外面天气热起来，到宾馆游泳池舒舒服服地游了一个小时。

退房后，开车到蜈支洲岛码头。下午混沌大学的毕业典礼，在蜈支洲岛的宾馆草坪上举行。在去岛上的码头上，我和李善友会面，拥抱问候，一起登船。由于他们已经提前打好招呼，所以免除了排队之苦。去蜈支洲岛旅游的人特别多，每天有 1 万人左右上岛，所以渡轮特别忙碌。今天风急浪高，巨大的渡船在风口浪尖上来回摇摆颠簸。航程大概 20 多分钟，我一路享受颠簸所带来的动感。船到码头，我们上岸坐上已经安排好的电瓶车，一直到酒店门口。酒店的管理者听说我要来，预先安排好了饭菜，让我受宠若惊。

到蜈支洲岛旅游的人很多

蜈支洲岛是一个被个人承包的岛屿，岛上的一切设施都是个人公司经营的，而且就是一家公司，管理上还算井井有条。在改革开放前，这个岛是一个军事岛屿，上面驻扎着部队。改革开放后，这里作为战略要地的需求消失了，部队撤出了岛屿，留下了一些无人照看的军事设施和防空洞，后来就几乎成了一座荒岛。到了 1994 年，一位很有眼光的人把整个岛屿承包了下来，开发建设，修了宾馆和环岛车道，还有各种旅游设施。今天，该岛已经成为游客最多的五 A 级景区之一，也是海南难得保留着一些原始痕迹，同时自然风光也很壮丽的岛屿。

请我吃饭的人，是蜈支洲岛的老板孙林，一位很大气憨厚的山东人。我问他怎么会想到把蜈支洲岛承包下来的，他说其实不是他，是他父亲。1994 年的时候，海棠湾还是一片无人的原始沙滩，更不用说蜈支洲岛了。但他父亲喜欢这个岛，所以就拿了下来，至今开发了二十五年。今天的一切原来都源于二十几年前的一个决策，这是多么远大的商业眼光啊！现在子承父业，他成了这里的老板。他这次是因为听说我来，特意从北京赶过来的。我听完也感慨一番，敬了他两杯酒。我提出来能否在活动前到岛上转一圈，他就给我安排了一辆电瓶车（转岛只允许坐电瓶车，不允许步行）。能够转岛，对我来说比美酒美食更有吸引力。于是我们放下酒杯，坐上电瓶车出发。

环岛的路是单向的电瓶车路，大概 5 公里多一点。我们坐在电瓶车上，沿着海边一路过去，饱览大海壮丽风光。岛的四周，大部分地方都是巨大的岩石或峭壁。岩石形状雄奇，层层叠叠。今天风急浪高，惊涛拍岸，卷起千堆雪，海水甚至泼洒到了道路上，澎湃之声不绝于耳。明媚的阳光下，天空湛蓝，海水如碧，真是“仰观宇宙之大，俯察品类之盛，所以游目骋怀，足以极视听之娱，信可乐也”。我们环行一圈，用了半个小时。尽管没有下车走一步，依然觉得此行不虚。我问陪同人员，如果住在岛上，让不让在早上或傍晚，或者在月色之夜，绕岛步行，我觉得那才是最美、最有诗意的行走。陪同人员说因为海水有的时候会打到路上，步行太危险，所以不让走。又加了一句，如果俞老师你来，我们可以特殊考虑。哈哈，原来这也可以开后门。我以后一定要来一次，在月圆之夜或者在朝晚霞满天的时候，徒步环岛路。

乱石穿空，惊涛拍岸，卷起千堆雪

车回到起点，同学们已经开始聚集在宾馆前面滨海的草坪上。下午 3 点 10 分，毕业典礼开始，主持人开场后我第一个上去致辞。我用了半小时的时间，做了一场题为《做事业的道与术》的演讲，讲述了我在做新东方的时候，坚持了什么样的道，又用了什么样的术，讲述了一个人做事应该坚持的底线和应该保持的灵活。演讲 3 点 50 分结束。我向同学们告别，走向码头，赶晚上 6 点 40 分的航班回北京。

孙林老总怕我坐渡轮时间太久，耽误了航班，特意安排一艘小型快艇送我过海。我想今天风浪这么急，坐快艇一定很刺激。刚才坐的大渡轮，都已经摇晃得如此厉害。没想到快艇开出后，居然比渡轮还平稳。我观察了一下，发现驾驶员极其有经验，根据波峰波谷的特点，顺势而为，不是横穿波峰波谷，而是斜切过去，有点像冲浪者顺着浪头前进的感觉。这让我豁然贯通，觉得人生不过如此。有些人一生过得顺畅平稳，无非是顺势而为；而有些人一生磕磕绊绊，也许就是无视波峰波谷，来回颠簸，甚至翻船吧。船到岸边，向驾驶员千恩万谢而去。

开车继续上路，沿着导航一路顺利开到租车地点。还完车，坐摆渡车到机场，安检后到候机室休息。看到休息室有方便面居然有了食欲，于是泡了一杯方便面，连面带汤开心吃完。准时登机，飞机在夜色中冲向天空，一路向北京飞去。三天紧张而有意思的海南岛忙里偷闲工作之旅顺利结束。

三河古镇——雨雪中的历史和现实

（2019 年 12 月 18 日）

12 月 18 日，早上 6 点半的航班飞合肥。在首都机场远机位登机，排队上去。在寒风中等待登机，为了御寒，原地跑步 2000 步。

飞机起飞时天还没亮，随着飞机升上天空，东方晨曦初露，黑色大地上空出现一片暗红色，逐渐转化成深红色、鲜红色，最后一轮鲜艳的红日从云层后跃然而起，染红整个天空。这是我在飞机上看到的最完整的一次日出。很快，阳光普照大地，从飞机舷窗照进来，洒在我身上，让我感受到了冬日里穿透性的温暖。

8 点 40 分飞机落地。合肥的天空却是阴天，云低欲雪的感觉。这次到合肥来，是为了参加新东方和政府合作的一项活动。活动在户外进行，天空下着毛毛细雨，天气寒冷，到 11 点半活动结束，已经被冻得浑身冰冷。幸亏中午吃了一些热乎的东西，终于缓了过来。

由于晚上要赶到南京参加另外一场活动，从下午到晚上有半天空闲时间。同事问我怎么安排，我说我们到三河古镇去一趟吧。三河古镇，并不像江苏的周庄或者同里那么有名，更不能和云南丽江或者江西婺源相提并论，但三河古镇也是很有特点的。这个表面上白墙青瓦，柔水环绕的小镇，实际上曾经刀光剑影，血流成河。这里曾经是太平

第一次在飞机上看到完整的日出

天国的重镇。就是在这里，太平天国两位优秀的将领，“英王”陈玉成联合“忠王”李秀成，大败湘军精锐李续宾部，全歼了湘军六千精锐。太平天国和湘军的是是非非早已成为过眼云烟，但在古镇的记忆中，却没法把这段历史轻轻抹去。

我知道三河镇，也是因为读过太平天国和湘军作战的历史。在作家唐浩明写的《曾国藩》里，对三河之战也有详细的描述。只是没有想到，现在的三河镇，居然变成了 5A 级旅游景区。而且，宣传上还说，这是杨振宁和孙立人的故乡。我想一定要去这个人杰地灵的地方看看。

三河镇离合肥不远，就在肥西县，大概 50 分钟车程。天空下着淅淅沥沥的寒雨，我们午饭后开车出发，下午 2 点就到了古镇门口。雨下得更大了，寒气逼人，幸亏我带了厚羽绒服，比较保暖。即使这样，在古镇逛了两个小时，也差点冻成狗。古镇是开放式的，不收门票，所以可以在里面自由徜徉，但镇里面的一些重点景点，比如杨振宁故居、刘同兴隆庄等，要单独收门票，价格 10 元到 30 元不等。

我们打着雨伞，在青石板街道上踩着雨水行走。阴雨绵绵，积水成流，游人寥寥无几。街道两边的店铺，有一半开着，另外一半关掉了。可能主人觉得，与其希望渺茫地在寒风中坐等顾客到来，还不如关了门回家抱着火炉取暖吧。但依然有一半商店的老板，坚忍不拔地守在和外面一样寒冷的商店里，坐在板凳上等待着稀稀拉拉的客人光临。

我们一路走过去，商店里卖的东西无非是小吃、旅游纪念品等。小吃中最有名的是三河米饺，就是用米粉擀成皮子，再包上肉馅或者菜馅，放在油里炸成焦黄色。据说这是太平天国时期，老百姓为了慰问太平军而发明的，后来因为好吃，就流传开了。我们在一家小店里买了几只尝了尝，外焦里嫩，味道不错。另外最多的就是臭豆腐了，这和安徽其他地方差不多，满大街都飘着臭豆腐的香味。我虽然对臭豆腐不排斥，但也没有特殊嗜好，所以就没有品尝。

冬天真的不适合来古镇游玩。我们走着走着，天空就开始纷纷扬扬地下起了大雪，空气变得更冷了，但在雪花飘舞中，古镇倒是别具一番魅力。

其实古镇的历史并不长。这块地方远古时候是巢湖中的一块高地，后来巢湖缩小，高地和陆地相连，于是慢慢有人居住。但真正成镇，应该是在明朝的时候。之所以叫三河镇，是因为境内有丰乐河、杭埠河、小南河汇合，这三条河也是古镇景色的一部分。我们常常说古镇小河流水，但这三条河可不小，至少有 50 米宽了，是可以航行大船的。古代小镇和外界的联系，主要就是靠这些河道通向巢湖，再通到长江。

古镇由于地处三河之间，天然拥有了护城河，因此这个地方从古至今都是战略要地。据说伍子胥在这里驻过兵，曹操和孙权在这里交过锋，新四军在这里抗过日。但最著名的战争，还是陈玉成在这里全歼了李续宾的六千湘军精锐。这场战役，使得太平天国的命运，至少延长了五年。

1858 年，李续宾率六千湘军精锐围攻三河。太平军三河守将吴定规向陈玉成求援。陈玉成奏请主将李秀成同赴三河，连夜驰援庐州（合肥）。在三河之战中，陈玉成以迂回包抄战术断了湘军退路，全歼了湘军精锐李续宾部，李续宾被迫自杀。陈玉成因此被封为“英王”。陈玉成作战勇敢，足智多谋，湘军提起他来，闻风丧胆。

雨雪中漫步在三河古镇

后来陈玉成的基地安庆被围，多次苦战失利。最后退守庐州，受太平天国革职处分。1862年，庐州又被围，他率部突围，败走寿州（今安徽寿县），为太平军叛徒苗沛霖诱捕，解送清营。清军利诱威逼，但陈玉成大义凛然，坚贞不屈。在押解到北京的途中，在河南延津县被凌迟处死，年仅26岁。先不论太平天国的功过是非，但陈玉成绝对是太平军中的一代英才。

现在的三河古镇，只残留了两小段太平天国时期的城墙，还有一个太平天国纪念馆，里面用声光电技术，重现了当初陈玉成大战李续宾的场面。

1991年，三河镇曾经遭遇特大洪水。长江水倒灌巢湖，巢湖大坝三河段决堤，洪水20分钟就把整个古镇淹没，水面高出地面一米多深，当时几乎所有的房屋都被冲毁了。现在古镇的房子，大部分都是重建的，只有两条街道上的青石板，还有几处结实的砖房，是原来留下来的。

尽管大部分房子是复建的，但古镇的格局还在。镇里新建的徽派建筑，看上去也很秀美，就是缺乏一点历史感。2016年，同样的洪水又来了一次。有了1991年的教训，全体人民日夜守卫大坝，终于没有让洪水冲垮，使当时已经建设成景区的古镇得以保全。

在雨雪交加中，我们走进了杨振宁故居。其实这个故居不是杨振宁的，而是他外婆的。他小时候在这里住过，所以叫故居也还凑合。看了墙上的介绍才知道，杨振宁的父亲杨武之是位了不起的数学家，芝加哥大学博士毕业，曾在清华大学和西南联合大学数学系任系主任，对中国现代数学的贡献很大。难怪能够培养出杨振宁这样的人才，真是青出于蓝而胜于蓝。

整个故居有五个房间，看得出来也算大户人家。最引人注目的是院子里的一棵蜡梅树，在飞雪中已经有点含苞欲放。

其实，我最想去的是孙立人的故居。自从知道中国远征军的故事和孙立人抗日的战功后，便对这位有个性的、文武兼备的将军尤其钦佩。但没有想到他的故居被关闭了，而且是长久关闭，导游也说不出来原因，我们只能作罢。好在这个故居也不是孙立人真正的故居，是他爷爷住的地方，他小时候来住过，所以就算作他的故居了。

逛完三河古镇，我们在大雪纷飞中开车离开。中国的每一片土地，都有一段历史，有的平淡，有的浓烈。三河古镇的历史，是在平淡中充满了浓烈。在这样的寒冷日子来，尤其能够感觉到历史留下的苦涩。等到春暖花开的季节，我一定要再来一次古镇。到那个时候，风和日丽，垂柳轻拂，在临水的餐桌上，一壶浊酒、一碟臭豆腐、几个三河米饺，和三两朋友，可以很惬意地临风举杯，古今多少事，都付笑谈中。

多少人间悲欢离合，都会在烟头明灭之间，随一丝青烟，飘散而去，唯有酒香菜鲜，和平岁月，值得珍惜。

第四章 行走的人生

通过把自己带向另外一个环境，
我们或多或少能够让自己的生命遇上惊喜，
过上哪怕一瞬间的自在生活。

埃及行记——永恒的追寻
（2018年2月15日—21日）

本来去年就想带着孩子去埃及，但后来埃及发生了红海海滩游客遭遇袭击、造成两死四伤的事件。出于安全考虑，暂时放弃了行程。今年年初，女儿再次提出去埃及（女儿长大后，对于各地的历史文化越来越感兴趣），我打听了一下安全情况，觉得基本没有问题，就制订了春节去埃及的计划。

我自己也从来没有去过埃及，所以内心对这个文明古国充满了向往：金字塔、古墓、木乃伊、神庙、尼罗河……每一个词语都能勾起我的好奇心和探索的欲望。但对于这样的国度，我也很陌生，内心甚至产生一些不安：局势是否稳定？行走是否安全？那些古老的传说，进入古墓会产生的各种后果，电影《木乃伊》制造出来的恐怖紧张氛围，都会让你产生某种不踏实但又渴望去经历的感觉。

因为只有一个星期的时间，还拖家带口，和旅行社讨论后，决定按照常规路线来安排，一个星期走马观花而已。这次走完之后，如果以后有机会，再进行深度考察吧。

去埃及旅行，先要了解一点历史

在文明古国旅行，最重要的是要了解一点历史，否则即使看完所有的名胜古迹，也只是走马观花，看个热闹而已。没有历史脉络，就摸不着头脑。比如金字塔是什么时候建造的？为什么会建造？沿着尼罗河修建的那么多神庙，又是哪个朝代修建的？帝王谷是从什么时候开始埋葬法老的，和神庙的关系是什么？现在的埃及人和古埃及人是同一人种吗？不了解一国的历史就去旅行，就像不了解一个男人的身世就和他交朋友一样，轻则受骗，重则失身。

去埃及玩，主要是看法老时代的古迹。法老时代是什么时候？大概从公元前 3000 年左右开始，到公元前 30 年为止。公元前 332 年，亚历山大大帝征服埃及，自称法老，但已经不能算真正的埃及法老了。再说得纯粹一点，实际上公元前 500 年左右，波斯帝国入侵埃及，就已经取代了真正埃及法老的地位。大家所熟悉的埃及艳后克里奥帕特拉，名义上算是最后一个法老，但实际上是希腊人。公元前 323 年，亚历山大在自己建造的亚历山大城去世，他的部下托勒密在埃及建立托勒密王朝，这时候埃及统治者就希腊化了。克里奥帕特拉是个典型的希腊美女，没有任何埃及本土血统。她的故事大家都很熟悉，先后成为罗马统治者恺撒和安东尼的情妇，后来安东尼和屋大维作战，兵败后安东尼自杀，克里奥帕特拉也让毒蛇咬伤自己而自杀。这一年是公元前 30 年，埃及的最后一个法老消失了。此后，埃及就变成了罗马帝国的一个行省。

公元前 3000 年之前的埃及历史，没有文字记录，已经不太好追踪。但自从上埃及（埃及南部）和下埃及（埃及北部）在美尼斯的英明领导下统一（有点像中国黄帝和炎帝作战），从此上下埃及就几乎没有分裂过。那时候，埃及就有了象形文字，逐渐从简单到复杂，刻在墙上，写在莎草纸上，基本完整记录了各个朝代和法老的历史。后来外族进入埃及，经波斯、希腊、罗马、阿拉伯的战火和统治，尤其是阿拉伯帝国时期要求所有人讲阿拉伯语，古埃及象形文字的意义和口头语言逐渐失传，导致的结果是，到处刻着的象形文字成了谜一样的语言，看上去鸟语花香无比美丽，就是难明其意，令人百思莫解。

1799年，拿破仑入侵埃及，同行的法国军官在主持修建工程时，非常幸运地挖出了罗塞塔石碑，石碑上有三段文字，第一段是古埃及圣书体象形文字，第二段是莎草纸草体文字（可类比中国的草书），第三段是希腊文。很明显这三段文字内容一致，这成了破译古埃及象形文字的钥匙。法国语言学家商博良（Champollion）经过艰苦努力，终于在1822年窥破天机，从此打开了古埃及壮丽的历史画卷，神庙上、陵墓中的字符，开始变得生动而有意义。

古埃及的历史，从公元前2686年到公元前332年，可以分为四大阶段。第一个阶段是古王国时期，大概从公元前2686年到公元前2181年，共500年左右；然后是一段中间战乱时期，很像是中国的五代十国或者三国混战；从公元前2125年左右到公元前1773年左右是中王国时期，然后又是一段混乱期；从公元前1550年到公元前1069年是新王国时期，接着又是一段战乱，然后从公元前672年到公元前332年是王朝后期。后来亚历山大就占领了埃及，再之后就是托勒密王朝了。

古埃及有作为的时期，主要是古王国时期和新王国时期，几乎所有伟大的国王都在这两个时期产生。埃及的金字塔基本都是在古王国时期建造的。胡夫就是古王国第四王朝的第二代法老。而我们现在所看到的所有神庙，几乎都是在新王国时期建立起来的。一些著名法老，如图特摩斯三世、塞蒂一世、拉美西斯二世、阿肯那顿，还有著名的女法老哈特谢普苏特，都是新王国时期的法老。著名的帝王谷，埋葬的基本上都是新王国时期的法老们。新王国时期的法老们发现埋葬在金字塔里特别容易被盗墓，而且建造金字塔花费不菲，于是就找到了帝王谷这个地方。帝王谷的山头特别像金字塔，而且在山下面挖墓室，既省钱又安全，一举两得。

但是法老们的如意算盘还是落空了。在新王国全盛时期，每个墓穴都被精心守护。但当新王国时期结束，战乱来临，盗墓活动便风起云涌，甚至很多守卫陵墓的官员和士兵都参与了盗墓。法老们赖以复活的木乃伊被扔得到处都是。几乎所有的墓室，除了留在墙上的精美壁画和浮雕，都被掠夺一空。只有那个年轻法老图坦卡蒙（只活到了19岁，金面具就是从他的陵墓里发现的）的墓室，因为埋藏在另一个法老墓室的下面，盗贼没有发现，成了迄今发现的唯一没有被盗过的陵墓。

古埃及文明是古代最辉煌的文明之一。公元前1550年埃及新王国时期来临时，中国商朝刚刚开始，甲骨文慢慢开始出现，但没有任何成篇幅的完整历史记录。再去看看那个时候埃及的墓室，漂亮的文字、

从尼罗河上看帝王谷。那座山里，有六十几位法老的陵墓，几乎没有一座陵墓没有被盗

美丽的图画、精美的雕刻、栩栩如生的人物和动物，无处不在。即便今天看上去也是栩栩如生：甲虫、蜜蜂、牛羊、鳄鱼、飞鸟等，比现在的工笔画还要精美。更加令人惊叹的是，在5000多年前的时候，还没有成型的钢铁器具，埃及人就能够从花岗岩山上，按照相同的尺寸，凿下一块块方方正正、两三吨甚至几十吨重的石头，天衣无缝地垒成146米高的金字塔，其数学计算之精确和对天文学了解之深入，令人叹为观止。金字塔工程，即使放到现代，也是一项艰巨的任务。

走进埃及，就是走进了人类的内心。人类自从有了自我意识之后，就希望伟大、不朽和永生。没有任何一个个体能够做到这些，但一代又一代人加起来，人类就部分地做到了。古埃及文明留存到今天，至少部分实现了人类伟大、不朽和永生的希望。不朽的不是个人，而是文化，是文明的传承。

行走和阅读丰富人生

在到埃及之前，没有来得及做太多的案头工作。除了埃及的地理位置，以及尼罗河、撒哈拉沙漠、红海、金字塔、神庙、帝王谷等模糊概念外，脑子里空空如也。上路了也没有带上一本有关埃及的书籍。幸亏随身带了Kindle，联网后搜索，下载了王海利写的《埃及通史》，吉林出版集团出版的《图说天下：失落的文明》和《图说天下：古埃及法老的世界》，以及《马蜂窝旅游攻略：埃及》。其中《埃及通史》的讲述最为完整、学术性最强，从埃及的起源，古王国的历史文化，讲到了波斯帝国入侵，希腊以及罗马统治下的埃及，阿拉伯人统治时期的埃及，奥斯曼土耳其帝国统治下的埃及，近代法国和英国对于埃及的入侵和统治，埃及共和国的建立；还讲述了埃及成为共和国后，纳塞尔、萨达特、穆巴拉克对于埃及的建设和统治，一直讲到穆巴拉克被审判为止。

人们去埃及旅行，一般不太会关心近现代埃及。埃及的名胜古迹，也多和古埃及相关。除非对历史真正关心，否则在去埃及旅游前，只要对托勒密王朝之前的古埃及做点基本了解就可以了。马蜂窝的小书，纯粹是一本旅游指南，翻翻可以，想要深度了解埃及还不够。倒是吉林出版集团出版的两本书讲述了古埃及的历史和人物，语言生动有趣，故事性更强，值得去埃及旅行的人一读。到了开罗，我又买了两本彩色图片书籍，一本是 *Ancient Egypt*：*Art and Archaeology*，一本是 *Egypt*：*History, Culture & Civilization*。两本书美图加文字，都是非常不错的书，一路对照景点翻阅，很有收获。在路上旅行的几天，一边翻书一边考察，内心充实而丰富。为了感受一路的气氛，我甚至重新看了一遍遗忘已久的电影《尼罗河上的惨案》（*Death on the Nile*）。

在有厚重历史的国度旅行，如果能够找到一个好导游，就是旅行者的福分。在我过往的旅游经历中，大部分情况下碰到的导游都没有什么深厚的历史文化功底，基本上只流于浅薄应景的讲解。这次在埃及，算是碰上了一个还不错的导游，导游名字叫 Mamdouh，中文名字是孟度。他是埃及艾因夏姆斯大学中文系毕业生，毕业后成了汉语导游，同时也会讲英语，所以我们常常用两种语言进行交流。按照他自己的说法："本人外貌英俊，谈吐大方文雅，有独特的人格魅力！"看到满满的自信没有？春节期间，是中国人大出游的时间，埃及各地的旅游景点人声鼎沸，80% 以上都是中国人，一个团接着一个团的。尽管我有意回避，但还是不断被人拉着照相。孟度发现我是个"名人"，并且对于埃及历史和文化提问很多，每到一地都卖力讲解。一个好导游，要具备两大优点：一是热情周到地照顾客人，二是对于景点讲解拥有纵横捭阖、前后贯通的能力。孟度基本上具备这两个优点，在很多方面都能够和我切磋交流。旅行路上讲究的不是累不累，而是舒不舒心。有了孟度的陪伴，我们一路走得还是比较舒心的，到任何地方安排得都非常周到。

埃及众神

中国从上古时代走来，似乎从未对神灵有过真正的崇拜。中国的神话，如神农尝百草、女娲补天、羿射九日等，都是对古代人物的神化，是当作故事来讲的，不是用来崇拜的。在国外神话中常见的日神月神等，中国古代也并不崇拜。后来的佛陀，是从印度传过来的，不是本土的。本土道教中的玉皇大帝、太上老君等，是模仿佛教创造出来的。一些历史人物也变成了神，比如关公，就作为忠义的化身被供奉。中国人拜神，以实用为目的，求平安，求财富，求多子多孙。从上古开始，中国从来就没有对于神的大规模崇拜。中国文化从一开始就是人的文化，敬鬼神而远之。这样的好处是人们更加现实和具有人性，坏处是人们缺乏敬畏之心和宏大格局。

很多民族都创造了一整套的神话体系，把人类对于大自然的敬畏、恐惧和感恩，转化成对于各种神的崇敬，然后加以系统化、仪式化。古希腊、古罗马的神话故事，对于神的讲述是如此生动且富有人性，因此除了被崇拜外，还形成了代代相传的精神力量，激发人们心中的英雄情结。

古人对于神的崇拜，一般都是多神崇拜，一神教少之又少。多神崇拜很原始，但很大度有趣。我个人很喜欢多神状态，背后展示的是包容、人性和喜性，让人觉得天地广阔，并且神秘热闹。我老妈在供奉台上，同时放置了佛陀、观音菩萨、弥勒佛、玄奘、关公等神像，我每次都会虔诚点香，礼敬朝拜。

中国人更加关注现实生活，很少追求真正的永恒。在佛教引入中国之前，我们也不相信有来生，有了佛教之后也是半信半疑。中国的主要建筑都是用木头，棺材也是用木头，很难保留长久，随着时间的推移都腐朽掉了，这反过来又加剧了中国人的现世主义倾向。和中国人相比，古埃及人对于神灵的敬畏和对于来生复活的笃信，可谓到了五体投地的程度。他们做事情不仅追求眼前的生活，更追求永恒的境界。因为崇拜神，所以要建神庙。伟大的神是永恒的、崇高的、不可企及的，所以神庙就要建设得高大而永恒。用巨石建起来，不怕火烧，不怕水泡。神庙的高大巍峨，代表了神在天上的地位，让老百姓可以仰视朝拜。同时，法老是仅次于神的世间存在，所有的法老都说自己是神的儿子，在自己的封号前面一定要加上神的名号，比如阿蒙诺菲斯，就是“阿蒙（太阳神）的儿子诺菲斯”的意思。法老追求来生和复活，所以尸体不能腐烂，否则灵魂回来无处安放，因此就有了制作木乃伊的精湛技术。尸体要保存完好，于是就有了金字塔这样雄伟的陵墓。

古埃及文明的主题，就是对于永恒的追求。他们做事情从来不着急，一代又一代人，建造金字塔、建设神庙、切割方尖碑、雕刻巨大雕像、刻画美丽浮雕、建设壮观墓室、凿出巨大石棺……一切的一切，都是为了永恒和复活做准备。如果你到了埃及，看到用几百吨的整块花岗岩凿出来的几十米高的方尖碑，心里除了对于人的力量的惊叹，脑子里就是一片折服后的空白。

埃及的神实在太多了，加起来大概有 2000 多个。从对于太阳的崇拜，到对于动物的崇拜，到处都是，大地、空气、河流、天空、太阳、

没有被切割完成的方尖碑，在切割时由于中间断裂而终止，长约42米，如果竖起来，就是世界上最高的整块花岗岩方尖碑了

月亮、动物和植物，都有神灵。表现出来的形象，或为动物，或为动物面人身，有的还转换为人面动物身（斯芬克斯）。各种动物的神，都是动物的头加上人的身体构成，比如鳄鱼神索贝克，就是鳄鱼头的形象。随着时间的推移，神的名称也会变，比如和太阳相关的神，最初是荷鲁斯，又转变成阿顿，后来更多的是阿蒙拉。主要看是哪个地方的人成为法老，或者哪个地方成为首都，通常那个地方的神就会上升为最高神。

除了太阳神外，比较有名的神还有冥王欧西里斯，他也是农业之神，是太阳神荷鲁斯的父亲。欧西里斯的兄弟赛特是干旱之神，几乎是埃及众神中唯一的反面角色。电影《神战：权力之眼》（*Gods of Egypt*）描写的就是荷鲁斯在父亲欧西里斯被叔叔赛特害死后，如何通过和凡人贝克联手，最后终于打败赛特，重新夺回王位的故事。还有另外几个神也可以了解一下，一个是艾西斯，是生育之神，阿斯旺的菲莱神庙，供奉的就是这个神。另外一个就是爱和丰饶之神哈托尔，是古埃及最美的神，后来希腊神话中的爱神阿弗洛狄忒，据说就是源自哈托尔。在神庙的墙上常常能够看到她美丽的浮雕，但有时候也以母牛的形状出现。埃及的神都富有神和人的双重性，对后来希腊、罗马神话中的人物和故事，产生了比较大的影响。

在神庙的墙和柱子上，除了神的形象外，还刻画了很多人的形象。大多描绘的是法老战胜敌人的场景，还有各种神对于法老的加持和祝福。同时，浮雕也表现了普通人丰富多彩的生活场景和各种动物栩栩如生的样子。最令人惊喜的是，浮雕中的女神或女性，身材被刻画得很到位，大多呈半裸状态，那娇柔的身段，即使现在看上去依然充满诱惑力。这种浮雕，想必也对希腊伟大的裸体雕塑产生过影响。想想三四千年前就有这样精美的雕刻，不禁叹为观止。其实从艺术角度来说，现代艺术和古代艺术相比并没有什么进步。而从人和大自然以及神性紧密结合的角度来说，现代人反而呈现出更加痛苦和迷茫的一面。

一个王朝的兴旺，需要一些伟大的领袖

古埃及文明的兴盛和国家统一，最主要的原因之一是地理环境。尼罗河两岸一马平川，没有什么天然屏障。所以沿着尼罗河上下移动非常方便，不管是从陆地还是从水路，都可以长驱直入，所以尼罗河上下统一只是时间问题。埃及继续向南或者向西，是绵延不断的撒哈拉沙漠，向东有红海阻隔，所以敌人只能来自地中海或者通过西奈半岛过来。后来的历史也证明了，把古埃及灭掉的人，就是来自地中海周围的希腊人、罗马人和阿拉伯人。

古埃及兴盛了3000年，除了我上面说的地理因素外，还得益于产生了几个伟大的法老。他们带领人民开疆拓土、勇往直前、抵抗侵略、保家卫国、统一文化、达成共识。

埃及的开国之王美尼斯，本来是上埃及的部族首领，领导他的子民一举征服了下埃及。征服本身并不伟大，征服后的统治才是决定发展的关键。首先，美尼斯在上下埃及的交界处建造了国都孟菲斯，这样就把上下埃及连在了一起。其次，美尼斯非常聪明地把下埃及的王冠也合并到了自己的王冠上，把下埃及的神并入了统一的神系中。由于没有区别对待，上下埃及迅速融合成统一的民族。

我们熟悉的建造金字塔的胡夫和他的儿子、孙子，都不算伟大的法老，他们基本都把国家财政用在了为自己建造陵墓上了。公元前1550年左右，埃及遭受外敌喜克索斯人的入侵。在驱逐了喜克索斯人后，古

埃及人在尚武精神的激励下，开始了大规模的对外扩张。战争催生英雄，图特摩斯三世应运而生。他被后来的人称为“古埃及的拿破仑”，战无不胜，所向无敌。他还有一个比他更加有名的嫡母哈特谢普苏特，是古埃及历史上著名的女王（我们可以把她看成埃及的武则天）。图特摩斯三世征服了叙利亚、巴勒斯坦和埃及南部的努比亚，把驱逐侵略者的战斗变成了侵略战争，让周围很多小国臣服在了埃及帝国的脚下。

新王国时期最有名的法老是拉美西斯二世，他的父亲赛蒂一世本身就是一个好战的法老。赛蒂一世墓碑上的铭文是这样写的：“法老为战争而发狂，为胜利而祈祷，血与火的跃动让他兴奋无比，斩掉别人的头颅，让敌人粉身碎骨是他的爱好。”拉美西斯二世也是一个喜欢战斗的人，和赫梯帝国血拼了十几年，最后双方讲和，达成了世界历史上第一个和平条约《银板和约》。除了战争外，拉美西斯二世也通过神庙大肆渲染自己的成就和英雄故事。今天著名的阿布辛贝尔神庙，就是他为自己建造的。在埃及的大部分神庙中，都雕刻着他跳上黄金战车，威风凛凛的形象（这是真事，他曾独驾战车，勇闯敌阵）。同时，他还是一个精力过剩的情圣，有上百个妃子和上百个子女。其中他最宠爱的女人是尼菲泰丽，为了表示对她的宠爱，拉美西斯二世在阿布辛贝尔神庙中，专门为她建了一个小神庙，她的雕像和他的一样高大（法老一般都会把别人雕刻得很小，使之处于从属地位）。

拉美西斯二世统治了埃及六十多年，是统治时间最长的一个法老，为了表示自己没有老，在接近 90 岁的时候还绕着金字塔跑步。他是一个有梦想的人，很像中国的汉武帝，穷尽一切国家实力南征北战，好大喜功，最后留下一个国库空虚的烂摊子让后代收拾。新王国从此走向了衰败。

阿布辛贝尔神庙

最后必须写一下图特摩斯三世的嫡母，古埃及著名的女法老哈特谢普苏特。她是图特摩斯一世与王后阿莫斯的独生女儿。图特摩斯一世去世时，把王位传给了侧室生的儿子，即图特摩斯二世。因为图特摩斯二世不是纯正的王室血统，为了血统的纯正性，哈特谢普苏特就嫁给了这位自己同父异母的弟弟（兄弟姐妹之间的婚姻，甚至父亲和女儿的婚姻在古埃及王室很普遍）。

图特摩斯二世体弱多病，不久就去世了。图特摩斯二世与哈特谢普苏特没有留下合法的继承人，于是图特摩斯二世与侧妃所生的 10 岁幼儿成为继任者，他就是图特摩斯三世。哈特谢普苏特以母后的身份辅佐年幼的法老，趁机将国政大权掌握在手中，她决心要当一个真正的法老。她让祭司编造故事，宣称自己是太阳神阿蒙的女儿，废黜了图特摩斯三世，登上王位，把图特摩斯三世流放去当了祭司。她为了像男法老一样威严，从加冕开始就女扮男装，戴假胡须，头顶男人王冠，身着宽大的法老袍。在她执政期间，埃及停止了对外战争，开始了与邻国的商贸，因此埃及在她执政期间变得十分繁华富庶。

哈特谢普苏特在位二十一年后去世，图特摩斯三世在神庙祭司的支持下重回王位。前面说过，图特摩斯三世是一位性格刚烈的战神，为了报复篡夺他王位的嫡母，他下令将位于帝王谷的女王神殿、卡纳克神庙等刻有哈特谢普苏特名字和肖像的雕刻和壁画统统毁掉，消灭她治国的痕迹。因此现在要找到有哈特谢普苏特容貌的雕像，非常不容易。

几千年的世界历史，就这样帝王来来去去，舞台上的主角换了又换。金字塔的每一块石头，神庙上的每一个雕像，都是普通人民一点点创造出来的。这些雕像，记录着帝王的功绩和荣誉，但背后的人民，早就已经湮没无闻，消失在漫漫历史的长河中。即使到了今天，世界上很多统治者依然在用人民的名义做事，而做的事情，却并不一定是为了人民。

金字塔

提到埃及，大家第一个想到的一定是金字塔。开罗西郊吉萨金字塔群的各种照片，早已传遍世界的各个角落。

金字塔是埃及法老的陵墓。在埃及尼罗河西岸，能够找到的金字塔有 90 多座，最高的是胡夫金字塔，高 136 米。原来有 146.5 米高，上面的 10 多米现在没有了，据说风化掉了。我觉得风化不太可能，被人撬掉是有可能的。最小的金字塔也就 10 米高。还有一些不起眼的金字塔，或者没有造完的金字塔，被埋在了风沙之下。现代考古学家通过卫星红外遥感技术，已经在沙漠下发现了一些疑似金字塔的框架。

法老墓葬的变迁是这样的：最早的墓葬，就是在地面上建一个墓室，有点像一层楼的平顶房，这样的墓室叫马斯塔巴（Mastaba）。这样的墓现在找到的很少，大部分早被沙漠掩埋了。到了公元前2650年，左塞尔国王很有作为。他的医生伊姆荷泰普为了彰显他的高大，设计出了梯形金字塔，石块一层层垒上去，垒了六层。这是埃及出现的第一座金字塔。到了第四王朝公元前2600年，法老萨夫罗为自己建了一座表面平滑的金字塔，结果角度没有设计好，不得不弯曲收顶，现在就叫弯曲金字塔。萨夫罗不满意，建了第二座金字塔，现在叫红色金字塔。但由于角度比较平缓，尽管也有104米高，但看上去不那么雄壮。到胡夫建金字塔的时候，技术已经成熟，所以建成了今天看到的壮观的胡夫金字塔，以及他儿子的哈夫拉金字塔和孙子的门卡乌拉金字塔。有研究说金字塔这么完美，可能是外星人所建，这么说基本没有依据。

遥看金字塔群，三座金字塔从左到右分别是胡夫金字塔、哈夫拉金字塔、门卡乌拉金字塔。最左边的其实最大，是著名的胡夫金字塔

金字塔的演进，表明了人类的技术是在实践中不断进步的。建设金字塔的石块，从遥远的山里开采，再从尼罗河运来。原来的尼罗河就在金字塔前面不远，后来尼罗河改道，现在尼罗河古道上已经是建筑林立了。建金字塔的石头，最重的有 50 吨，最轻的也有 2 吨左右，古代人有能力把石头搬过来吗？答案是有。你到卢克索的卡尔纳克神庙前面，看了整块花岗岩凿出来的方尖碑，你就相信了。那是几十米高、几百吨重的石头，他们照样能运过来，并且竖了起来。

到金字塔去玩，有几件事情一定要做。第一是上塔前，一定要到旁边的 Mena House Hotel 去一下，里面环境特别好，那是 1945 年开罗会议的会址，现在归万豪管理。在露天水池边，一边喝着下午茶，一边远眺金字塔，别有历史和生活的结合感。第二是到了金字塔，胡夫金字塔的内部一定要去看看，这个需要另外买票。当你在里面 2 米宽、8 米高的上升坡道一点点爬向中央的墓室时，那种神秘、惊讶和震撼，是我在其他任何建筑里都没有体验过的。进入墓室不再等于死亡，而是升天和复活的过程。第三是一定要骑上骆驼，以金字塔为背景照一张相。尽管这个行为很俗，但在沙漠中以金字塔为背景的照片，是一种天地宏大、人类恒久的象征。

帝王的雄心，常常是以老百姓的艰辛为代价的。尽管有研究说，修建金字塔的人不是奴隶，是自愿过来劳动的老百姓，他们怀着虔诚的心灵来服务法老。但修建金字塔的财力和资源，一定都是由老百姓分摊的。古代帝王一般都做两件事情，一是通过战争扩大自己的地盘，二是通过建筑弘扬自己的成就，最后受苦的都是老百姓。不过人类作为群体动物，也不能群龙无首，所以领袖人物就必然出现，出现就有可能利用手中的权威为自己服务。不过站在今天的角度看，古代帝王的好大喜功，也算间接为后来的老百姓带来了福利。建造金字塔本身的目的，是帝王为了安葬自己的尸体并最终实现复活永生，但客观上今天埃及很大的一部分收入都来自全世界人民来到埃及参观金字塔和法老们的木乃伊。法老们用一种意想不到的方式，养活了他们几千年后的子民们。

令人惊艳的浮雕和壁画

在埃及一个星期的匆匆行走，给我留下最深印象的，不是金字塔的高大，不是神庙的雄壮，也不是古墓的幽深，而是神庙墙壁、柱子上的雕像和浮雕，墓室里色彩鲜艳的壁画和装饰。

神庙外面树立的大雕像，一般都比较简单易辨，基本都是历代法老形象的放大版，其中拉美西斯二世的雕像最多。雕像雄伟高大、朴素浑厚，和古希腊雕像的精细优雅相比，还处于较为原始的阶段。但神庙墙壁和柱子上的浮雕，是如此丰富多彩，让人眼花缭乱，目不暇接。尽管雕刻的人物大多数也比较程式化和凝固化，但人物的表情已经可以看出细微的区别。浮雕的人物主要以神和人为主，除了描绘男性的孔武有力之外，女性的神和人也显得细腻柔美。半裸体的女性雕刻，既充满了肉欲的张力，也反映了对于生命的渴望。从雕像可以看出，古埃及在男女关系方面应该比较开放，完全没有那种被封建礼教束缚的感觉。最让人惊奇的是，在几千年前，埃及艺术家们对于细节的刻画就已经如此到位。浮雕中的动物和植物，都已经表现得惟妙惟肖，就像每个动物都是标本粘贴上去的感觉。

现在看神庙的浮雕，因为涂上去的色彩已经褪尽，所以看上去不是那么亮眼。如果你走进卢克索（古代叫底比斯，古埃及首都之一，在希腊人那里，底比斯作为古代文明被屡屡提及，就像今天我们提及古希腊、古罗马一样）西岸的帝王谷，走进3500年前开凿的帝王陵寝，再看里面的壁画和浮雕，其美丽灿烂和体现出的气质，只能用凝神屏气的惊叹来形容。我们一想起陵墓，就会想起各种恐怖的画面。那种黑暗、潮湿和阴森森的感觉，那种疑神疑鬼的气氛，那种关于陵墓的可怕传说，一股脑就涌上来了。我到北京十三陵定陵地宫，感受到的就是那种阴沉沉的压抑氛围。在我进入帝王谷陵墓之前，也以为会是那样。但为了有所体验，还是咬牙进去了。结果发现自己不是进了陵墓，而是进了埃及古代艺术博物馆。

帝王谷总共有六十几个法老陵墓，但对游客参观有限制，一张票只能进三个陵墓。其中两个著名的陵墓都需要另外买票，一个是图坦卡蒙陵墓，就是那个完全没有被破坏，被完整发掘出来的19岁年轻法老的陵墓；一个是最大的陵墓——拉美西斯二世的父亲赛蒂一世的陵墓。赛蒂一世的陵墓最贵，要1000埃镑一张票。最有名的法老拉美西斯二世的陵墓不开放，著名的女法老哈特谢普苏特的陵墓也不开放。我总共看了五个陵墓：图坦卡蒙陵墓、塞蒂一世陵墓、拉美西斯三世陵墓、麦伦普塔赫陵墓、拉美西斯九世陵墓。

法老的陵墓都是在山中开凿出来的，通常由过道、前室、第二过道、墓室、侧室等构成，最大的陵墓长200多米，最大的墓室有几百平方米。想想这么大的墓室，就是用铁钎或者铜钎（当时还没有钢）一凿子一凿子弄出来的，工程之浩大和不易，能够相比的，大概也就是中国的云冈石窟或者云门山石窟。而陵墓内部所展示的艺术境界和图画魅力，丝毫不亚于莫高窟。由于陵墓内干燥，并且长时间封闭，所以风化不严重，壁画和雕刻的色彩，一如3500年前一样鲜艳。从墓道开始，两边都是彩色的古埃及象形文字，从诉说法老的生平经历，到各种神像的出现，再到对帝王的生活场景和普通百姓的生活场景的描述，尤其是对各种动物的塑造，比例协调，灵气十足。

你会专注于每一个画面、每一个人物、每一个故事情节，完全忘记自己是在墓室里。可惜参观的人太多，熙熙攘攘，让人感觉似乎不是在墓里，而是在集市上。等到了赛蒂一世的墓里，就只有我们几个人，可以静心欣赏了。但可惜的是，连导游都没有来过里面，也不知道该如何讲解。而允许在陵墓里讲解的当地工作人员，英文一塌糊涂，完全不知道他在说什么。讲解完了还伸手要钱，让我想起了“棺材里伸手——死要钱”的中国歇后语。我进来的时候，以为陵墓里面没有什么可看的，连额外照相的票都没有买（到了埃及的神庙或者陵墓里，如果你想要照相，需要额外付钱），结果陵墓里的场景，一张都没有照出来。这是此行留下的一大遗憾，下次一定要去补上。

法老想要让自己永生，肉体的永生似乎渺无踪影，但他们的永生，以艺术的方式实现了。由此给了我们一个启示：任何肉体上的永生，或者生活的荣华富贵，都是不具备永久意义的。而不管是有意还是无意为人类创造的精神财富，才是代代相传，得以永生的根基。“旧时王谢堂前燕，飞入寻常百姓家。”住在再豪华的宫殿里，也有灰飞烟灭的时候，但曹雪芹曾经住过的北京西山的那间土房子，到今天还在散发着文化光芒，被一代代人保护。那是因为在那里，曹雪芹住过，并且写了一本万世流传的《红楼梦》。

尼罗河上的美丽

提起尼罗河，大家都能够想起那部电影《尼罗河上的惨案》。一对情人，为了谋取一位年轻女继承人的财富，展开了连环谋杀。最后，神探波洛通过层层推理，把真凶找了出来，最后以这对情人的自杀结束剧情。

和残酷的剧情形成强烈对照的是，电影情节的展开一直伴随着尼罗河两岸的美丽景色，那样明媚的阳光，那样碧绿的河水，那两岸绵延不断的椰枣树和芦苇丛，那村庄里袅袅上升的炊烟和在岸边悠闲踱步的水牛，还有那一座座雄伟壮丽的古建筑。

我不想去经历尼罗河上的惨案，但自从看了这部电影后，我一直有一个尼罗河之梦，希望自己有一天能够坐上船，在尼罗河上飘荡几天。在长江边上长大的我，对于大河有着天生的感情，河水的奔流和河面上来来往往的船只，还有那落霞与孤鹜齐飞的景致，总是能够让我感到莫名激动，不能自已。迄今为止，我已经走过了我们的母亲河黄河、长江；我也走过了美国的密西西比河，南美的亚马孙河，欧洲的多瑙河和莱茵河，但还有两条我很想走的河流没有走过：俄罗斯的伏尔加河和非洲的尼罗河。

这一次有机会去埃及，我指定了要在尼罗河上坐游轮待几天。来到埃及后，如愿以偿在游轮上待了三天。实际上，在尼罗河上旅行，最好的方法就是坐游轮，否则你就得沿岸骑骆驼走了。尼罗河上的游轮旅游，很像是中国长江三峡游。三峡游一般是重庆上船，顺流而下到宜昌，或者逆流而上，从宜昌到重庆，也是几天的时间。尼罗河旅游，可以从阿斯旺上船顺流而下到卢克索，也可以逆流而上从卢克索到阿斯旺。我们的行程安排是从阿斯旺到卢克索。

我记得小时候，长江水大概在冬天的时候会清一些，夏天则是浊浪翻滚，奔腾而下。小时候我还记得村子被长江水淹过，房子所在的高地勉强露出水面，长江变成了一片汪洋。今天的长江不管是夏天还是冬天，都是浑浊的，小时候那种清气浩荡的感觉再也没有了。

在到埃及之前，我想象中的尼罗河是一条浑浊的河。因为读历史书知道，尼罗河每年都会泛滥。泛滥之后，会在两岸和入海口三角洲留下厚厚的沉积土，使土地变得更加肥沃，农民在沉积土上播种，就会有很好的收获。也正是因为这样的收获，使得古埃及人不太容易忍饥挨饿，有足够的时间祭拜天地、修金字塔、造神庙、刻神像和描壁画。然而，等到我到了阿斯旺，尼罗河展现在我面前时，我有点惊呆了。一条大河，水怎么会这样清呢？泛绿泛蓝泛光，干净纯粹得像没有被人碰过的碧玉一样。一下子让我想起了朱自清的散文《绿》来："那醉人的绿呀，仿佛一张极大极大的荷叶铺着，满是奇异的绿呀。我想张开两臂抱住她；但这是怎样一个妄想呀。站在水边，望到那面，居然觉着有些远呢！这平铺着，厚积着的绿，着实可爱。她松松的皱缬着，像少妇拖着的裙幅；她轻轻的摆弄着，像跳动的初恋的处女的心；她滑滑的明亮着，像涂了'明油'一般，有鸡蛋清那样软，那样嫩，令人想着所曾触过的最嫩的皮肤；她又不杂些儿尘滓，宛然一块温润的碧玉，只清清的一色，但你却看不透她！"用这段话来描写尼罗河，也不会离谱到哪里去。

我问了一下当地老百姓，尼罗河一年四季都这样清吗？答案是肯定的。现在的尼罗河既不会泛滥也不会变浑了。自从阿斯旺大坝建成后，时时刻刻能够自动调节水量，因此不可能泛滥。由于整个尼罗河沿岸除了开罗，没有任何大城市和工业，也不太可能受到城市和工业的污染，因此尼罗河一年四季都是如此清澈。尼罗河地处亚热带和热带地区，两岸一年四季常青常绿，常年鲜花盛开，果实飘香。在这样一条河上航行，是多么值得期待的事情啊！

尼罗河上有上百条这样的游轮，一年四季在碧蓝的河水里航行

游轮在无限风光的尼罗河上行驶

尼罗河两岸除了自然风光，更重要的是各种神庙古迹。在阿斯旺，乘坐游轮的旅客可以上船入住，但是不开船，因为很多旅客还要到上游 300 公里处去参观阿布辛贝尔神庙。由于有两道大坝阻拦，船是开不上去的，但阿布辛贝尔神庙是一定要看的，因此只能从陆地过去。等第二天中午游人归队，游轮才起航自南向北顺流航行。

在尼罗河上，除了来来往往的游轮，还有一种船装点着尼罗河的景色，那就是著名的尼罗河帆船，英文叫 Felucca。一路航行过去，尼罗河上点点帆影，成了一道可以入梦的景致，那么优雅，那么飘逸。白色的帆、红色的船滑过水面，无声无息。但实际上，如果你想在帆船上游玩，一两个小时就足够了，千万别时间太长，更不必雇一条船开两天，因为船上什么也没有，时间长了是既不方便也不浪漫的事情。帆船就像有些漂亮的女孩，只可远看，不可狎弄，否则趣味尽失。

游轮上条件尚可，房间比较干净。游轮顶层的露天甲板有游泳池，有酒吧，可以要杯酒，坐看风景。唯一不足之处是船开起来后，风比较大，不可久坐。由于冬天比较冷，也不能在游泳池游泳，而且池子太小，

尼罗河帆船

帆船上的船工，古老的努比亚人

也不吸引人。白天看两岸风景，夜里看满天星星，没事可以抱一本书，找个角落坐下来读。游轮经过的大部分地区，都没有什么手机信号，也没法上网，刚好可以把心静下来。这样悠闲自在的日子，一辈子都不会有太多。那就抛下一切，尽情享受吧。

尼罗河，可是实实在在的埃及母亲河。没有它，就没有两岸的绿洲，没有丰富的物产，没有今天埃及 1 亿人民的生活。没有尼罗河，也就没有古埃及文明，没有金字塔、帝王谷和各种神庙的存在。这条河，从远古流来，流到今天，依然在源源不断地为人类贡献自己最美好的生命滋润。好在，两岸人民也一直崇拜它，爱护它，直到今天依然能够让它展现出无与伦比的魅力。爱护大河，就是爱护人类自己的生命。

红海

红海，一个令人遐想和向往的地方。最早知道的关于红海的故事来自《圣经》。在法老时代（公元前 1500 年左右），移居埃及的犹太人饱受压迫，无路可走。这个时候，犹太人中出现了一个英雄人物——摩西。摩西下决心要把犹太人带离苦难，最后终于找到机会，带着大家跨过红海进入以色列。当犹太人来到红海面前时，滔滔海水挡住了去路，后面法老的军队眼看就要追上。摩西向上帝耶和华祈祷，然后挥动手中圣杖，红海立刻分出一条道，两边水静止不流，犹太人顺利走到对岸。等法老军队追到海底，摩西再次挥动手杖，滔滔海水把法老军队全数吞没。

后人反复寻找摩西的渡海之处，不得其所。但摩西带领部族脱离苦难，并从此制定规矩，带领一个民族兴旺到今天的故事，依然深入人心。

所以，红海，我一定要来看一看，看看你到底以怎样的面貌出现在人们的面前。在卢克索看完了神庙和帝王谷之后，我迫不及待地跳上越野车，一路横穿撒哈拉东部沙漠，直奔红海边上的度假胜地赫尔加达。

红海的东边是沙特阿拉伯，那是伊斯兰教的起源地。两大圣地麦地那和麦加，都在南边的沙漠里。

红海的西边是古老的埃及文明，和红海平行的尼罗河两岸，排立着无数的金字塔、神庙和帝王陵墓，而背后的撒哈拉沙漠，无穷无尽蔓延纵横几千公里。

在阿拉伯沙漠和撒哈拉沙漠之间，突然出现一片海，一片别具风姿的海。就像两个粗犷的男人之间，站立着一个亭亭玉立的女人，对照是如此强烈。那地图上的一抹蓝色，就像一滴长长的眼泪，柔软了坚如磐石的男人的心。

从来没有想到红海会是那么美丽。到达的那天，刚好是下午 3 点左右，明媚的阳光照射在海面上，海水波光粼粼，像跳着动人的舞蹈。海水如此清澈，以至于 10 米下的鱼儿游动都能够清楚看到。在这个无风的下午，红海海面几乎像镜子一样平静。因为不是外海，连小小的浪涛都是轻声细语。红海，我曾经以为你带着不可捉摸的狂野，没有想到你是如此温柔缠绵，像谜一样引人喜欢。

为什么叫红海？我问了周围居民，没有人知道。一天早上，我把宾馆的窗帘拉开，满天血红色的朝霞，把眼前的大海染得通红，也许这就是为什么叫红海？或者，因为两岸的历史如此厚重，一定有很多可歌可泣的事情发生，有人把眼泪泣成了血，滴在了大海里？

第二天，我们租了一条船出海。上午 10 点出发，天空阴云密布，

靠近红海的撒哈拉沙漠

红海名字的来源没有定论，但看过朝霞中的红海，大概就能够感知一二了

红海边上美丽的度假城市赫尔加达

蓝天白云下的红海

红海失去了昨天的柔美，显得郁闷憋屈。天空中刮着比较大的风，穿上几件衣服都觉得寒冷。难道红海不喜欢我们的打扰？我们没有任何恶意，只为一睹你的风采。我祈求老天让我能够真正看一下蓝天下的碧海，那一望无际的秀美。中午之后，云层逐渐散开，蓝天一点点露出来，最后变成了晴空万里，整个大海顿时靓丽起来。远处的橘子岛，上午上去的时候还风吹沙舞，现在变成了碧海中美丽的背景，像一只剥开的橘子，漂浮在海面上。近处的水如翡翠一样绿，远方的水如蓝宝石一样蓝，而那似隐似现的淡绿暗红，就是在水底飘摇的珊瑚。阳光让空气迅速暖和起来，我穿上泳裤，跳到海里，冰冷的海水让身体一阵激灵。但身体迅速适应了海水的温度，紧接着便是神清气爽的舒适。我带上潜水镜，看珊瑚丛中各种漂亮的鱼儿悠游自在地游动，它们对于人的出现投以睥睨的眼神。我在海水中来回游了很久，上船后又在甲板上躺着，让阳光尽情地挥洒在自己身上。那是一种愿意与天地同老的惬意。（尽管后来发现，皮肤不知不觉被晒坏了）在船上，我惊喜地看到七八条海豚不断在水中跃起又落下，心中暗想：要是我在浮潜的时候，有海豚过来把我顶起来在大海中飞驰，那是一种什么感觉？

夕阳西下的时候，我们的船回到了赫尔加达港湾。晚霞洒落在整个小城的上空，把一片片房子染成金黄色。前方清真寺的那两座宣礼塔，高耸在城市上空，宣示着此地信仰的归宿。红海在夕阳下一如既往的平静，露出那种看尽世界依然少年的风采。过往、今天、未来，尽在它的眼底。而岸边的棕榈树，如佛陀一般，拈花远视，微笑不语。

七天的埃及之旅转瞬即逝，但埃及的古老文明在我心里留下的深刻印象和带来的震撼，我会一直铭记下去，在心里不断发酵，直到酝酿出新的渴望，让我再次踏上这片古老的土地。

生命总会消逝，追求永恒的梦想总是那么脆弱，埃及的法老追求复活和永生，但最终木乃伊被人四处抛撒。我们有幸生活在一个繁荣和方便的时代，因此得以比古人走得更远，看得更多，知道得更多。人类总体来说，创造了无数伟大的东西，但作为个体，我们更好的态度是接受自己的平凡，并且在平凡中通过工作、阅读和行走，让生命更加丰富起来。人生就是一场行走和阅读，通过行走丈量世界，通过阅读理解人生。在行走和阅读中，走向世界的同时，走进自己的内心。

不丹之行——幸福的求索

（2018 年 10 月 1 日—7 日）

喜马拉雅山南麓的两个国家，尼泊尔和不丹，在我心里已经盘算了很久想去，但一直没有遇到合适的时间和机缘。按照我的个性，完全可以来一次一个人背上包说走就走的旅行，但肩负工作和家庭责任，真这样做会让我心中充满内疚。所以我就只能静静等待机会的来临，就像一只猫在河边等一条鱼，一座山在天边等一朵云。

9 月初，女儿问我国庆节到什么地方去，她有点想去西班牙。我不失时机地引导说：我们尼泊尔和不丹还没有去过，不如这次就去传说中这两个世界上最美的国家吧。女儿同意了。于是，我开始努力研究这两个国家的旅游信息，发现用国庆的七天一下子跑两个国家是完全不可能的。去这两个国家旅游，不是去走马观花照相的，而是要用心去体会，需要把节奏慢下来，把心静下来，这样才能够品出一路走下去，内心慢慢清澈起来的味道。

最后，我们决定放弃尼泊尔，只去不丹。其实，去尼泊尔相对更方便，从昆明转机到加德满都就可以，而不丹还没有和中国建交，中国没有任何城市可以直飞不丹，必须从新加坡、曼谷、加德满都或者加尔各答转机，从哪条线走都是绕一个大圈子。但最终我还是决定先去不丹，一是因为不丹被认为是世界上最幸福的国家，我很想去看看他们到底是怎样幸福的；二是去不丹这么难，自然应该先去，我习惯把难做的事先做完；三是我打算以后从拉萨开车到日喀则看珠峰，再经樟木去尼泊尔，因此这次就不去尼泊尔了，给自己留个念想。就这样，今年“十一”去不丹，准备出发。

启程

因为我对不丹所知甚少，也没有时间做研究，就请旅行社帮助安排行程，最后敲定了 10 月 1 日晚上出发，10 月 7 日凌晨回北京。人的天性就是这样，凡是对未来充满期待，满脑子就都是完美的想象，可一旦进入具体过程，处处都会出现不如意的事情。比如人的婚姻，在结婚前，对于婚姻和婚后生活，大部分人都充满了圆满的想象；可婚后真实的生活，常常弄得一地鸡毛。这趟去不丹的旅程，就是一个美好的想象，加上一路折腾的过程。耐得住折腾，最终才会有收获。

好事都是需要折腾的，所谓好事多磨。10 月 1 日晚上，本来是坐 8 点 40 分的海航 HU7995 航班飞往曼谷。没想到，到了首都机场，安检出关后到了登机口，一半人都已经登机了，突然通知说飞机坏了，要换飞机。于是大家再下飞机，换一个登机口等待。幸亏海航效率还可以，过了一小时就通知登机了，飞机晚起飞了一小时。机型是波音 737，尽管订了商务舱，但也就是座位比经济舱大一点而已，躺不下去，飞行五个小时，我看了三个小时的书，迷糊了两个小时，结果下飞机的时候，脖子就几乎不能动了。

当地时间深夜 1 点半，飞机抵达曼谷机场。我们不能出海关，要在机场等到第二天早上 6 点半，坐不丹航空的航班飞帕罗（不丹唯一有国际机场的城市）。我们在机场找了一个临时休息处，又迷糊了三小时，赶紧去办登机牌。结果从办登机牌的地方走到登机口居然走了20分钟（曼谷机场大），差点没有赶上飞机。还好飞机顺利起飞，经过三个小时的飞行，终于在当地时间早上8点半到达帕罗机场。我计算了一下从北京家里出发到帕罗的时间，居然用了十六个半小时，如果一直飞都可以飞到南美洲了。令人兴奋的是，在飞机快到不丹时，我透过舷窗，清晰地看到了喜马拉雅山，金字塔形状的各座山峰，在阳光下熠熠闪光。

遥看珠穆朗玛峰

从曼谷飞不丹，一路上三个小时。前面的两个小时，基本上平淡无奇。在飞机上，我吃了一顿早餐，猛喝了一杯咖啡让自己保持清醒，然后打开电脑工作。正觉得劳累之时，突然听到飞行员在广播里说，请大家向飞机的左边看，远处的那座白雪皑皑的山峰就是珠穆朗玛峰。我赶紧把遮阳板打开，从舷窗看出去，发现远处的云层上面，露出了几座白雪皑皑的雪山，根据形状和高度判断，中间那座金字塔型的最高峰就是珠穆朗玛峰。

多少年魂牵梦绕，一直想见珠穆朗玛峰的真容，没想到以这种方式见到了。去过拉萨几回，有两次和朋友说好了，要从拉萨开车到日喀则上珠峰大本营去，但都因为没有安排好时间没能成行。朋友中有好几个人都登上珠峰了，先是王石，后来是黄怒波，还先后登上去了三次。今年5月15日，由北大山鹰社和北大企业家俱乐部组成的联合登山队，总共12人攀登珠峰取得成功。其中一位北大校友杨东杰，还是我老乡，用一个塑料瓶装了一瓶珠峰的雪下来。我们为登顶成功开庆功会的时候，每个人的酒里都加了几滴珠峰的雪水，抱着神圣的敬意喝了下去。

有朋友劝我一起去登珠峰，说凭着我的体力和耐力，登顶珠峰充满希望。但到今天为止，我也没有打算去登珠峰，以后也不一定会去登。我爬过很多山，但都是雪线之下的山，最高的一次爬到南迦巴瓦峰 5000 米雪线附近。想了想为什么不去登珠峰的理由，可能有三个：一是登山这样的极限运动，需要耗费大量的时间和精力，要我放下所有的工作去训练登山，我还没有做好这样的心理准备；二是我有比较严重的腰椎间盘突出，如果在登山途中突然闪了腰，被人扛下来是基本不可能的，那就只能死在山上。我倒不怕死，但以这种方式死去，总觉得有点窝囊。比起登山，还有太多的事情等着我去完成。我常常想，如果我死去之后，把我埋在一座开满鲜花的山上，让我在花丛中面对雪山，相看两不厌，是可以的，但把我直接埋在冰雪堆里，我还挺怕冷的。三是我总觉得雪山是神圣的，尤其是地球最高峰，是被人用来仰视和朝拜的，不是用来踩在脚下的。人把雪山踩在脚下，感觉总有点过于自大了。我觉得应该向西藏人民学习，围着雪山转山，而不是爬到山顶上去，这样好像更加尊重大山，尊重自然。

尽管我不一定要去登珠峰，但珠峰是一定要看的。带着神圣的心情，崇高的敬意，去仰视珠峰，感受一下它雄伟的身姿和庄严的仪态，让自己内心多一份敬畏和谦卑，是很好的事情。任何时候我看到雪山，都有一种面向雪山跪拜的冲动。

我本来打算以后找机会在山脚下朝拜珠峰，没有想到在飞机上先看到了。我们的飞机这个时候大概是在 8000 米的高度，基本是平视珠峰。飞机以斜切的方式向着珠峰方向飞过去，没几分钟珠峰就变得更加清晰。最初看到珠峰的时候，大概距离有 100 公里，飞机斜切过去，最近距离大概就只有几十公里了。飞机应该是从尼泊尔境内切向不丹。云层上面空气透明度很好，所以山体看得很清楚。我坐在窗边，一面以激动的心情看珠峰及周围的山峰，一面用手机拍照。但距离太远了，手机照不清楚。幸亏我带了相机，尽管焦距也不够长，好歹比手机好一些，总算拉近照了几张山峰的全景照。

和珠峰连在一起的 8000 米以上的山峰，包括道拉吉里峰 8172 米，安纳普尔纳峰 8091 米，马纳斯鲁峰 8156 米，希夏邦马峰 8027 米，卓奥友峰 8201 米，马卡鲁峰 8485 米，洛子峰 8516 米，干城章嘉峰 8586 米。从不同的角度看，有的山峰会显得高度不同，有的山峰还会被别的山峰挡住。不过在飞机上，老天能够给我一个机会看到大部分山峰，我已经高兴得心潮澎湃了，甚至有种热泪盈眶的感觉。

这时候，珠峰突然看不见了。原来飞机开始降落，进入了云层，云一下子把珠峰挡住了。尽管有点遗憾没有离珠峰更近，但心里已经充满了强烈的幸福感。云层挡住了喜马拉雅山，但喜马拉雅山一定还在阳光下熠熠闪光。我们的生活也是这样，太多的烦琐和迷雾挡住了人性的光辉，其实只要给予机会，让我们站得更高一点，站在云层之上，我们内心的珠峰就一定能够显现出来。

不丹人的生殖崇拜

在不丹旅游，尤其是走在乡间，你会发现很多人家的墙上都画着男性生殖器，有各种形状和颜色，有绕着丝带的、鲜花环绕的、蛟龙盘旋的，甚至还有上面长着眼睛的，但无一例外都是刚强挺立的形状，描绘得非常逼真，一点朦胧掩饰的意思都没有。很多工艺商店里，也树立着大小形状不一的生殖器雕刻。我刚看到这些图画和雕刻时，还有点不敢正视的感觉。这与我对不丹的想象大相径庭。不丹是一个藏传佛教国家，尽管藏传佛教中的密宗对欢喜佛很重视，但除了个别庙里有欢喜佛的塑像外，我在西藏，从来没有看到过有人明目张胆地把男性生殖器画出来。

更加有意思的是，不丹的男男女女，在这些画在墙上的巨大男性生殖器面前走来走去，好像一点在意的感觉都没有。我清晨起来到村庄散步，发现上学的孩子们很早就出门，6 点半从家门蹦蹦跳跳出来往小镇走。有的家门口两边就是巨大的生殖器图画，孩子打开门就从图画中间走出来。在路上，孩子们完全无视这些图画。那些看上去已经上高中的青春少女，从这些图画前走过也没有一丝扭捏，目光流盼之间，看到这些图画如同看到旁边同时画着的龙、虎、鹿、凤一样，神态干净而清爽。老人们坐在图画下面聊天，和中国大部分的农村老人一样，善良而安详。

不知道这一传统是从什么时候开始的。我大略翻阅了一下资料，据说始作俑者是一名叫作朱卡库拉的喇嘛。朱卡库拉被不丹人称为“圣人”。他辗转于西藏和不丹之间，力劝追随者摈弃尘世的虚伪和贪婪，追求诚实、空灵的生活。他主要的行为就是以性交的方式传道和给信徒祝福，整天和女人喝酒唱歌做爱。据说他在那方面法力无穷，永不枯竭。他的另外一个法号是“五千女人的圣使”，大概是说他和至少五千女性发生了这种关系。不丹人对他很崇拜，给他建了一座庙——切米拉康（Chimi Lhakhang，位于普纳卡境内）。直到今天，庙里的香火还很旺盛，成为专门用来求子的神庙。不丹想要生子的家庭，从四面八方赶来祭祀香火，磕头朝拜。在朝拜的时候，主事的喇嘛会拿一根木质的生殖器敲在你的头上，以示对你的祝福和对你生殖能力旺盛的许诺。

从历史上看，这一传统的盛行，不是一个喇嘛能够做到的，一定还有其他因素起到了重要作用。在不丹历史上，社会对男女之间的爱情和婚姻关系一直是比较宽容的。很多地方都曾经实行一妻多夫或者一夫多妻制，甚至到今天还有这种情况。已经退位的四世国王吉格梅辛格·旺楚克，就娶了一家四姐妹做老婆。这种情况的产生主要跟不丹严酷的地理环境有关，到处都是高山大水，环境闭塞，物质缺乏，人口稀少。在这种环境下，人们需要做的就两件事，一是自己活下去，一是努力繁衍后代，不管是多妻还是多夫都是为了这两个目的。多生孩子和养活孩子是最重要的事情。所以在不丹，女性的地位实际上高过男性。过去，结婚后，男性要到女性家里去入赘，而且财产继承也只给长女。而男性强壮的身体，对于使妻子怀上健康的孩子极其重要，因此，从健壮的男性推及到健壮的生殖器，对于生殖器的崇拜也许就这样出现了。

生殖器的内涵也在转变，不丹人看到这些图画，内心可能不再会想到性的一面，而是想到更有象征意义的其他方面。画在墙上的这些画，据说能够挡住任何妖魔鬼怪进入家门。很多不丹的司机都把生殖器形状的钥匙圈挂在车上或放在身上，这样能够保证他们行车一路平安。

其实，人就是一种少见多怪、多见不怪的动物。我从第一眼看到时的惊诧莫名，到后面逐渐习以为常，再到后来就视而不见了。我想大部分不丹人一定也是习以为常、视而不见的。老祖宗传下来的东西，就接着往下传呗。但在向世界开放的过程中，不丹也在变化，在首都廷布的街头上，我好像就没有见到任何画了男性生殖器的建筑，只有工艺品商店还陈列着各色木雕。我现在反而有点担心，随着不丹融入世界，这一传统最后会消失殆尽。如果真的发生，那是一件超级可惜的事情，因为人类本来就应该在多样性的文化中，才能活得更加真实和幸福。

在不丹，遇到上学的孩子

搞了几十年教育，搞出了职业病，到任何地方首先想到的，就是了解当地的教育情况。刚到不丹，我就问了导游一连串的问题：不丹的教育是什么体系？学生上学要不要付费？用什么语言教学？国内有多少所大学？结果导游也被我弄得七荤八素的，没有说出个所以然来。

住在普纳卡那夜，我住的宾馆坐落在一个村庄的山坡上。早上6点多起来散步，走到下面的马路上，发现一群穿着校服的学生在马路边的草地上坐着。我主动走上去和他们搭讪。不丹的孩子在陌生人面前一点都不扭捏，这可能和这十几年不丹不断对世界开放，世界各地的人都来不丹旅游有关。更加有意思的是，每个孩子都会讲英语，小小孩讲英语有点磕巴，但大孩子讲英语已经很流畅。孩子年龄从一年级到八年级不等，都在同一个学校上学。学校在几里地之外的旺度波德朗镇上。学生有校车接送，早上6点半坐校车走。如果赶不上校车，就得自己走到学校去，大概要走半个多小时。我问他们是否喜欢上学，他们齐声说喜欢；问他们上什么课，回答说有数学课、英语课、本地宗卡语课，六年级开始有科学课等；问他们知道不知道中国，他们都说知道。他们手里除了拿着书包和带的饭菜，没有一个人拿着手机。孩子们七嘴八舌和我聊天，很活泼的感觉。我问能不能和他们照相，他们就摆出照相的姿态来，齐齐笑对镜头，那种纯朴可爱的样子令人心醉。

6点半到了，他们的校车还没有来，我就继续和他们聊天。为了讨好他们，我把耳机放上中国歌曲让他们轮流听，他们听到耳机里逼真的音响，高兴得手舞足蹈。高年级的孩子等校车的时候，就坐在马路边上拿出课本来读，我看了一下练习册，发现字写得十分工整漂亮。孩子们身上有一种天然的开心和放松。在这个佛教精神已经渗透到日常生活方方面面的国度，人们心平气和地活着，好像已经成了一种习惯。我后来才明白，孩子们之所以英语说得这么好，是因为所有的课程除了宗卡语之外，包括数学、科学课，都是用英语教的。

校车走了之后，我穿过村庄走上田埂。田埂两边是金黄色的水稻

清晨偶遇上学的孩子们

梯田，高低错落有致。远处的村落在清晨的阳光中炊烟袅袅，不远处有三三两两的学生从弯弯曲曲的田埂那一头走来，整个景色就像一幅明媚的水彩画。这些学生是另一个村庄的孩子，每天要从田埂上穿越稻田才能到学校去上学。这种情景立刻让我感动不已。因为我小时候，从小学到高中，一直都是背着书包穿过农田，从田埂上走到学校去上学的。我的童年和少年，和一望无际的稻田和麦田交织在一起，成为密不可分的生命诗篇。孩子们在田埂上走得不急不慢，我问他们，校车都开走了，你们不着急吗？他们说每天都是走着去上学的，学校 9 点上课，到学校的时间还绰绰有余。

让孩子们每天走这么远的路去上学，上坡下坡，路上还要横穿好几次马路，难道家长不担心孩子出事？不担心孩子被拐走？后来我发现这种担心是多余的。马路上汽车开的速度并不快，因为司机也不着急，似乎整个国家都是慢性子。中国那种火急火燎的司机，在这里基本没有踪影。拐孩子好像更加不可能。不丹有生殖崇拜传统，鼓励生育，家家都有孩子，而且佛陀的教诲深入人心，绝大多数人人心向善，不会做这种“良心被狗吃”的事情。不丹整体治安也非常到位，我到任何一个地方，都可以半夜一个人出去散步，一点不用担心自己的安全问题。连路上走的那么多野狗仿佛都心情平和，懒得理你。

后来到了帕罗，我和导游提出，能否安排一个学校去看一看，不要看城里的好学校，要看农村地区一般的学校。导游很卖力，终于联系到了山边上的杜克耶堡初级中学（Drukgyel Lower Secondary School）。我们下午去了这所坐落在缓坡上的学校，校园里自上而下伫立着一排排藏式教学楼和平房教室。尽管叫初级中学，但实际上这是一所从小学到高中的学校。校长叫肯杜（Khandu），走出来接待我们。

我说明了来意，告诉他我在中国也是搞教育的。他见我英文讲得不错，又是搞教育的，便热情起来，带着我们在校园里转，问我有什么需求。我提出能否进教室看一看，他说刚好学生快要放学了，趁着大家还在上课，可以进教室参观。

我们走进了一个六年级的教室，孩子们正在上自习写作业，课桌椅摆成一组一组，很像中国 MBA（工商管理硕士）班分组讨论的形式。我问校长是否一直是这样分组的，校长说一直是这样，因为孩子们之间互相学习，和向老师学习同样重要。我和学生进行了简单交流，问他们是否喜欢学习，学习内容是什么，他们就把课本拿给我看，结果我看到了全英文版的数学、英语、科学教材。我问校长是不是所有老师都用英文上课，他回答说是；我又问，是不是所有老师都是本国老师，他说是。从校长的回答我可以推断，表面上比中国贫困的不丹，老师的整体水平可能会高于中国的中小学校老师。后来又到了一个二年级的班，教材也都是英文的，问其中一个孩子懂不懂，她说懂的。我翻看了一下英文教材，发现难度相当于中国初二年级的英文课本。

孩子们放学后，在校园里和操场上奔跑嬉戏，一点看不出有学习压力的样子。很多学生在学校里一直玩到傍晚，才成群结队背着书包沿着马路走回去。校长说这个学校没有校车，所有孩子都必须走来上学，再步行回去，最远的学生家住在 5 公里之外，需要走一个小时。但孩子们很习惯这样走来走去，风雨无阻。和中国一些城市娇生惯养、车接车送的孩子相比，这里的孩子尽管条件艰苦，但成长上更胜一筹。参观完学校后，我和校长告别，发现校长用的三星手机比较老旧，我答应给他寄一部华为手机，同时把口袋里的钱捐给了学校，让他帮我买点文具送给学生。

不丹人接受现代教育，也就是几十年的事情（1961 年才建立了正规的现代教育制度）。几十年前的不丹，老百姓如果想要孩子们接受教育，只能把孩子送到庙里去做喇嘛。小喇嘛会接受经书教育，逐渐就有了文化。今天你到庙里去，依然会看到不少小喇嘛在念经或者玩耍，但越来越多的老百姓选择把孩子送到正式学校去读书。不丹所有公立学校都是免费的，包括到大学去读书都是免费的。不丹原来没有大学，学生要上大学就到印度或者其他国家去。现在不丹有了几所大学，但还是不够，很多学生高中毕业后依然到国外读书，国家会根据情况给予奖学金。现在政府和老百姓已经开始深信，有了文化知识才会有真正的好生活，在贫困中安于贫困并不是真正的幸福。

从学生身上，我看到了不丹未来更加美好的希望。这些在佛教潜移默化的熏陶中成长起来的孩子，他们身上有一种平静和开朗。由于不是为了功利性竞争而读书，他们在读书中体现出一种主动的吸纳和从容。由于不丹对于教育的鼓励、支持和投入，这个国家未来高水平的人才将会越来越多。如果说过去的不丹作为世界上幸福指数最高的国家，靠的是老百姓面对贫困的认命，那么未来的不丹在新的教育体系引导下，会变成一个更加开明、先进、现代但依然祥和宁静的国家，人们也会因此感受到更深层次的幸福。

那金色的稻田

十月的不丹，最引人注目的除了白墙红窗金顶的寺庙，就是那山间梯田和河谷里层层翻滚的金黄稻田。对于我来说，尽管各种有名的寺庙是必去之地，毕竟这是来不丹的主要目的，但在不丹让我眼前一亮，以至于左顾右盼不能自已的，是那一片片高低错落的稻田。这真是这次旅行的意外收获。那种以山为背景的河流、村庄、稻田、绿树，还有山头飘着的白云，构成了世外桃源般令人流连忘返的田园画卷。

童年置身的环境，对人一生的环境选择和审美都有重大影响。我出生于江南鱼米之乡，从小见到的植物，最多的就是水稻。南方平原上，水稻成熟的时候，那种一望无际金灿灿的稻浪，还有散发出来的淡淡稻香，会让你感受到生活的无限美好。对于农民而言，水稻成熟意味着一年的粮食有了着落，在冬天不至于忍饥挨饿。农民看待水稻，不像城里人那样充满不切实际的诗意和遐想。对于农民来说，水稻丰收就是实实在在的生计。水稻生长要比小麦生长让农民付出更多的劳动。

不丹的稻田勾起了我无限的回忆与乡愁

小麦把种子撒在地里，过了一个冬天就蓬勃生长了，只要春夏之交阳光充足，小麦就会成长为金黄色的一片。成熟的小麦需要抢收，否则过分成熟就会爆粒，粮食会掉在地里。但水稻成熟时需要养，养得颗粒越饱满越好。金黄色的稻田，在农村能够持续很长一段时间。如果这段时间阳光充足，水稻颗粒就会特别饱满，做出来的饭香喷喷的，馋死你。

种水稻真是一件不容易的事情。首先要把稻种撒到平整度特别好的水田里，让秧苗长出来。秧苗长到接近一尺高的时候，要把秧苗拔下来，打成小捆，按照顺序扔到已经施好肥、放好水的田里。然后农民们就一起倒退着在田里插秧。由于中国的土地分成小块，很少大批量作业，所以尽管有插秧机，但农民很少用。人工插秧很累，一弯腰就是几个小时，但也会带来很多乐趣，大家会比赛谁插的秧比较直，谁插秧的速度比较快。如果你插秧慢，后面有人把你包围了，你就被“关门打狗”了，这是一件特别丢脸的事情。

我从小就学习插秧，刚开始插秧慢，总是被“关门”，后来我成为插秧能手，总是能够把别人“关”在里面，内心就充满成就感。由于插秧一直弯腰，腰很容易受伤，所以很多南方的农民都有腰椎间盘突出的毛病。我记得每次插完一垄秧，到头了就会不顾一切躺在泥泞的田埂上，让自己的腰能够恢复过来。另外，水稻田里常常会有很多蚂蟥，农民插秧的时候脚上都会爬满蚂蟥。蚂蟥不知不觉就会进入你的身体，大量吸血。进入得比较浅的，可以用手拉出来；进入得比较深的，有的就剩一个尾巴在外面，你就要在尾巴上撒上盐，蚂蟥被盐一腌，就自己退出来了。

插完秧的最初几天，水田里的秧苗常常是东倒西歪的。但过了两个星期，秧苗就由浅绿色变成深绿色，蓬蓬勃勃生长起来了。这时候田里要有足够的水，灌溉渠道里日夜水流不断，汩汩淙淙，听起来就像一首诗在流淌。水田里有时候会放上鱼苗，让它们和水稻一起长大。水稻田里的物产很丰富，不像小麦田里面什么都没有。随着时间的推移，水稻田里会生长出很多田螺、黄鳝、泥鳅、螃蟹等，可以抓回家做成美食。整个夏天，青蛙都会没完没了地在稻田里咕咕呱呱地叫，有的时候会让人烦得睡不着觉。晚上拿个手电，走到田边，青蛙一看到灯光，就一动不动了，等着你抓。那个时候还没有保护青蛙的概念，只要夏天到了，红烧青蛙就成了农民家里饭桌上常见的一道菜。

今天的水稻田，由于农药太多，这样的生态环境已经基本上消失了。更加可恨的是，随着城市像八爪鱼一样地扩张，村庄已经变成了城中村，河流、桑树林、水稻田全部消失了，取而代之的是一栋栋了无生气、样子难看的高楼。

水稻成熟的时候，就要把水稻田里的水放干了。这样水稻充分吸收阳光，颗粒才会饱满。等到收割水稻的时候，大家又是一番忙碌，把镰刀磨得锋利铮亮，农民就像战士扛着枪一样，神气地拿着镰刀走向田头。农民都不太喜欢割小麦，因为小麦有麦芒，粘在身上又痒又疼。成熟的稻子显得温柔很多，低着沉甸甸的稻穗，等待着你的收割。水稻的心中也是喜悦的，因为它们知道，它们中的优秀者将被筛选出来，成为明年的种子。

稻子收割后，留下的是一望无际的稻根，一排排就像失去了孩子的母亲，显得无精打采。但在收割过的稻田里，依然会有欢乐。孩子们兴高采烈地冲进收割过的稻田，开始捡拾遗留下来的稻穗。在我小时候，大人们有时会故意多留一些稻穗在地里，这样孩子们可以多捡一些，补贴家里的粮食。

当稻田变成一片荒芜之后，泥土下面依然有丰富的生命。你会看到有人拿着铁锹，在稻田里东挖西掘，一条条黄鳝和泥鳅就被从地里面刨出来了，成为秋收后的美餐。随后，拖拉机就会开进地里翻土，稻根被翻进土里，变成了来年小麦的肥料。春种秋收、秋种春收，就这样，农民靠自己的勤劳，靠和粮食的亲密关系，延续着人类的生命和梦想。

今天走在不丹水稻田的田埂上，看到孩子们放学后沿着田埂，一路有意无意地用手捋着稻穗回家的情景，看到金灿灿的水稻在夕阳下闪光，看到稻田外那明媚的天空和远方白云围绕的山峦，我的心是如此平静，却又激动不已。我想起了我的童年，我童年的水稻田，还有我和水稻田在一起的种种生活。在农村上高中的时候，我的语文老师曾经对我说："水稻田的美丽，只有当你不再是农民的时候，才能够显示出来。"今天的我不再是农民，我看到了水稻田的美丽，但却失去了看着水稻长大的那种宁静、悠远和满足，一起失去的，还有与故乡的牵绊和不需要计算时间的从容生活。

不丹的佛教、现实和幸福

不丹是个佛教国家，老百姓从出生那一天起，接受的就是佛教的教育和熏陶。长大后，每个人的思想和行为，都或多或少带有佛教思想。我在不丹的导游叫索纳姆·拉布吉（Sonam Rabgay），他上过大学，在中国学习汉语一年多，他的一举一动之间都充满了对佛教的敬意，讲起佛陀、莲花生的故事来，头头是道。进入任何一个宗堡和拉康（宗堡是大庙兼行政办公地，拉康是纯粹的庙），都要在佛像前三磕三拜，不时捐献香火钱。在爬千米高的虎穴寺时，我们的司机居然也和我们一起爬，而且还带了酥油去上供。我问他为什么要这么累地爬上去，他笑笑说，为了心中的敬意。

所以，你到了不丹，会感觉到老百姓有一种心闲气定的气质，那种开车猛冲猛抢、行路匆匆忙忙的情况几乎没有。整个首都廷布没有一个红绿灯，汽车也不少，但很少出现互相顶着不让的情况。城市一到晚上，基本上没有几个人在街上走动，走在路上甚至能够听到蛙鸣声。对于那些想要寻欢作乐的游客，不丹并不是一个适合来的地方。

不丹被认为是世界上最幸福的国家之一。其实到了不丹，你表面上看不出人民有多幸福。农村人的生活依然清贫，城市人的生活也不富有，尽管旅游业现在很兴旺，但全国人均收入很低，大概每年只有800美金左右。所以，这里的幸福，一定不是指人民有了富有的生活，而是指人民能够安心生活在虽不算富有、但身心安定的状态中。他们的精神生活和信仰是确定的，财产是被法律严格保护的，子女上学是不需要交钱的，生病了上医院也是免费的，所处的自然环境是清爽干净的，人与人之间的关系是简单美好的，整个国家的治安状况是很好的，打砸抢的情况是几乎没有的，孩子们走在路上是不会被人拐走的。有了这样的大环境，再加上青山绿水、蓝天白云、阳光充足的气候条件，即使没有钱，也一定是相对幸福的。这不能不归功于佛教，当然也不能不归功于现代的国家管理理念和思想。不丹的第四世国王吉格梅·辛格·旺楚克把GDP指标改为GNH（Gross National Happiness），即国民幸福指数，同时通过宪法限制君主权力，保护老百姓的利益，真乃英明之举。从此，这个国家在追求现代化的同时，时时刻刻把老百姓的幸福放在了心里。

因此，到不丹来旅行，不是来看自然风景的，尽管自然风景也美不胜收。来不丹，更大的收获在于了解不丹文化，了解佛教文化和世俗政体是如何结合的，这一结合是如何摆脱宗教和政权有可能产生的对老百姓的欺凌，把老百姓的利益放在高处，又是如何一起推动不丹幸福指数的提高，推动不丹的进步和发展的。

不丹的整个社会管理制度几乎是政教合一的，是互相紧密配合的。政府行政长官和大喇嘛（上师、法师、仁波切）常常在同一栋楼里工作，两边分工不同，一边管世俗秩序，一边管精神信仰。这种政教在一起工作的楼通常叫作“宗”（Dzong）。在每一个主要行政区和县里，都有一个宗。宗是当地最大的一座庙，是该区域的庙中之王。里面一般分成两部分，前半部分政府办公用，后半部分喇嘛活动和修行用。在首都廷布的扎什曲宗，国王就在里面办公，同时该宗又是不丹最大的宗教场所之一。国王有时间就会和上师一起，讨论国家大事和宗教事务等。不丹是个寺庙遍地的国家，那些没有行政功能，纯粹用来朝拜和祭祀佛教偶像如佛陀、莲花生等的庙，就叫作“拉康”（Lhakhang），如著名的虎穴寺，因为没有行政功能，就叫作虎穴拉康。

庙看多了，感觉都一样。其中几个宗可以看一看，比如普纳卡宗，坐落在普纳卡两条美丽的河——父亲河和母亲河的交界处。这个宗很秀气也很宏伟，第五世国王（现在的年轻国王）的婚礼就是在这里举行的。廷布的扎什曲宗是国王工作的地方，也可以去转一转，不过每天要到晚上 5 点之后才能进去。帕罗的帕罗宗建在半山腰上，从下面的帕罗河谷向上看，极其雄伟壮观。这个宗对于中国人有特殊的吸引力，因为著名影星梁朝伟和刘嘉玲的世纪婚礼就是在这个宗里举行的。很多中国人对于不丹的热情，也是从这场婚礼开始的。这些宗基本上就是进去走马观花看一下就出来了，因为政府的办公场地是不允许进去的，喇嘛住的地方和修行的地方你也看不到。如果你幸运的话，在大殿里面可以看到小喇嘛在上课念经。我们进入普纳卡宗大殿的时候，刚好一大群大概 8～15 岁的小喇嘛在上课念经。大喇嘛老师不在，他们的念经声稀稀拉拉的，眼睛不断往游客身上瞟。一旦喇嘛老师走进大殿，念经声一下子就高昂整齐起来，和中国中小学生上自习课朗读差不多，老师在与不在，完全是两个世界。再严肃的佛教教义，也挡不住孩子们天真好奇的天性和对于外部世界的渴望。

不丹大部分的宗和拉康，除了敬拜佛陀之外，主要敬拜的是莲花生大士。莲花生大士是印度出生的佛教高僧，8 世纪应西藏国王赤松德赞的邀请，到西藏传教，奠定了藏传佛教的基础，他也是西藏红教的主要奠基人。莲花生大士后来又到尼泊尔和不丹等地传教，留下了大量有关他的传说。著名的虎穴寺，就是根据莲花生大士骑着一匹飞虎从西藏来到此地降妖伏魔的传说而建造的。由于莲花生大士在不丹人心里的特殊地位，很多庙把他当作主要偶像来敬拜，和佛陀平起平坐，因为他被认为是佛陀转世。

除了大庙外，有几个有意思的小庙也可以去看一看。比如前文提到的不丹人的“圣人”朱卡库拉，在普纳卡有一座庙叫切米拉康，就是敬拜他的。另外一个在帕罗的拉康叫祈楚寺，是不丹最古老的寺庙之一，建于 7 世纪。传说这座寺庙是松赞干布所建，当时松赞干布在为文成公主带来的佛像建了大昭寺之后，为了镇压藏区女妖，一天之内建了 108 座寺庙，其中在不丹境内建了两座，就是位于帕罗的祈楚寺和位于布姆塘的简贝寺。但祈楚寺之所以值得去看，是因为不丹著名的活佛顶果钦哲仁波切在这里修行了很多年，并在这里圆寂。仁波切是藏语，实际上就是活佛的意思。

中国近年来出了很多仁波切的书，其中顶果钦哲仁波切的《你可以更慈悲》在中国也颇为流行。他有一些话语流传甚广，比如："心碎了无声，这世上最累的事情，莫过于眼睁睁看着自己的心碎了，还得自己动手把它粘起来。""心犹如相续的河流，假如你无法运用你的修持来把握它的每个当下，你做的持咒，观想，念诵，禅修，乃至谈吐高超的见地，显现高超的行为，这些都是在浪费时间。"这些话语特别有人间烟火气，但又远远超越了人间烟火。他是一位慈祥睿智智的老人，看他的照片，立刻就觉得是一个可以亲近，并且让人愿意聆听他教诲的大师。他于 1991 年圆寂。你到祈楚寺去，能够看到他曾经打坐的座位，以及他简陋的起居室和非常小的一张床。在小小的大殿里莲花生大士塑像的边上，还有弟子为他请来的一个等身真容铜像。对这样一位把自己一辈子的智慧和时间，都用在为人们灵魂得救而努力，为人们幸福而不断传法的大师，我毫不犹豫地下跪三拜。

正是有了像顶果钦哲仁波切这样的大师存在，不丹人民对于以慈悲为核心的佛教信仰才会更加坚定。人们也在信仰佛教的过程中，体会到了佛教给大家带来的实实在在的好处。到今天为止，依然有很多家庭把自己的孩子从小送到寺庙里去当喇嘛，或者送到佛学院去学习。过去，人们这样做也许是生活所迫；现在，好像更多的是因为信仰，相信一路虔诚，慈悲善良，今生来世都会过得更好。

爬虎穴寺

在不丹，如果只让你选择朝拜一个寺庙，这个寺庙毫无疑问是虎穴寺。

虎穴寺建在相对高度接近1000米的悬崖峭壁上，从山脚爬到虎穴寺相当于爬三分之二的泰山或者二分之一的华山。事实上，它的海拔高度接近3000米，比泰山和华山都要高。

把寺庙建在悬崖峭壁上，对于中国人来说并不陌生。让人们通过虔诚的努力才能达到庙里或者山顶，考验人们在艰难爬山过程中的坚定信念，在人们筋疲力尽到达目的地后给人巨大的成就感和满足感，让人们远离人世喧哗达到心灵的清净，是这一设计的主要意图。在中国儒释道三教中，因为儒教是入世的，所以孔庙都建在热闹的地方，通常还在城市中心。今天在大部分城市，已经难觅孔庙的踪影。在城市，建设容易，摧毁更加容易。但道教和佛教都尽量把道观和寺庙建在难以抵达的不方便之地，抢占最壮观也最艰险的山头。泰山、华山、黄山、天柱山、青城山、九华山、五台山之所以在历史上这么有名，除了自然风景秀美之外，能够在到达山顶之后拜拜天地、拜拜玉皇大帝或者释迦牟尼，在祈福的同时给自己带来一份心灵的安宁，也是人们来到这些地方的重要目的。因为过程艰难，所以记忆永恒。

可惜这种感觉，今天大部分中国人已经找不到了。过于容易的登山方式把这些名山的神秘性和艰险性都给消灭了，也把大部分人需要经过艰苦努力到达山顶的难忘体验给剥夺了。每一座山，不是公路修到山顶，就是缆车建到山顶。大家买张票，十几分钟到达山顶，在山头转一转，庙里走一走，照几张照片，掉头下山，在朋友圈里发几张照片，表明自己已经到此一游。朝拜一座名山的过程，比逛个大街还要容易。本来需要付出两三天的努力才能爬上的大山，十几分钟就完成了，但因此丢失的，是完整的心灵体验和精神升华。大部分人都在寻找方便之门，不愿为这种体验再付出任何努力。在如此方便的上山朝拜中，我们得到的和失去的相比，简直就是捡到了玻璃，丢掉了钻石的感觉。

我不愿意被这种方便所诱惑，所以给自己定了一个规矩，除非是实在特殊的情况，否则任何一座山，都得自己用双脚爬上去。这种爬上去的过程，甚至比登上山头本身还要重要。从山脚到山头，每一步都算数，每一步都是自己心力的证明，自己虔诚的证明，自己愿意全力以赴的证明。想想古代那些虔诚的信徒，是如何手脚并用地爬上山顶，跪拜在神灵们的面前的，这是一种力量。今天我们可以不跪拜神灵，但拥有这种力量和信念，意义依然重大。我不光自己爬，也鼓励孩子和我一起爬，把这种历经艰辛、终登绝顶的精神和信念传递下去。

这次来到不丹，虎穴寺成了我的必去之地。不是为这个有名的寺庙本身而去，而是为这个寺庙体现的一种精神。该寺庙本来是悬崖峭壁中的一个山洞，山洞外有一块突出的平台，这个平台后来就成为建造虎穴寺的基础。山洞据传是莲花生大士骑着飞虎到这里来镇妖和修行的地方，这个地方因此自古就一直被当作神圣之地来朝拜。15 世纪初，信徒们在山崖上开始修寺庙，从此成为信徒云集的朝拜之地。寺庙建在狭窄的平台上，上面是壁立千仞的峭壁，下面则是万丈深渊，中间坐落着白墙红窗金顶的虎穴寺，那种突兀的神圣、美丽和庄严，难以用语言形容。

古代的时候，道路运输能力很差，要把这么多建筑材料从山脚运送到千米之上的工地，是一件难于上青天的事情。但信仰的力量是无穷的，寺庙在信徒们的努力下就这样建起来了，已经耸立在山崖上五百年。其间有过几次火灾，最近一次在 1996 年，几乎把寺庙烧了个精光。但重建工作很快启动，老百姓自发组织，把建筑材料运送上山，

建在悬崖峭壁上的虎穴寺

美丽的虎穴寺再次恢复原样，金光灿灿地坐落在悬崖上，凝望着千年岁月，继续接受朝拜者虔诚的供养。

很多中国人到了这里，抬头一看高悬半山的虎穴寺，就会说：不丹人真笨，从山脚造一个缆车到那里，是多么容易的一件事情啊，还能省下游客们的时间和精力，还能多挣钱。不丹人真的笨吗？不是，在他们心里，有比挣钱更加重要的东西。曾经有欧洲的缆车公司提出，愿意免费为虎穴寺安装世界上最高级的缆车，却被不丹国王一口拒绝。国王说：凡是想上虎穴寺的人，必须抱着一颗虔诚的心。如果他们的心足够虔诚，他们一定能够爬上去并且得到圆满和喜悦。缆车对于去朝拜心中的神的不丹人来说，是不可接受的。非常感谢国王的远见，今天你来到虎穴寺，如果想要一睹它的真容，依然必须一步一个脚印地爬上去，有的地方甚至需要手脚并用，来显示你的虔诚。

从山脚下爬到虎穴寺，最快也要两个小时，体力一般的人需要大约三个小时。在虎穴寺里面参观一个小时左右，再从虎穴寺走下山，需要两个小时，总共加起来需要五六个小时。在虎穴寺的山脚下，当地老百姓养着一些骡马，可以把那些爬山实在困难的人送上一程，但也只能到一半。剩下的一半路程，依然只能靠自己的双脚爬上去。我沿路仔细观察了一下，其实骡马是可以走到虎穴寺对面的，之所以没有让骡马走全程,一定是故意设计的,就是为了让游客体会攀登的艰难，体现自己的虔诚，并获得付出努力之后的喜悦和圆满。

上虎穴寺的路，大部分都是林间土坡路，没有修成整齐的台阶，可能是因为骡马也要走这样的路，为了让骡马运送人和物资更方便，因此保留了坡道。在泰山没有缆车的时候，把物资送上山顶的唯一运力就是泰山挑夫，他们变成了中国坚忍和耐力的象征。今天泰山挑夫已经消失了，随之消失的是一种文化。在虎穴寺，我没有看到有人挑着东西上山，但看到了骡马驮着煤气罐等物资上山，系在骡马脖子上的铃铛铃声悠悠，把人带回到某种亘古不变的情愫里，在那里，时空失去了一切的意义。

回程

整个不丹给我的印象是平和、安定、祥和，老百姓有着不急不躁的脾气。我们的导游一路细心服务，开车的司机也礼貌周全。虔诚之心在他们日常行为中随处可见，见到庙或者庙里供奉的塑像，一定会三拜三磕头。路上碰到老百姓打招呼，都是随和的笑容。整体物价很便宜，在路边买两斤苹果，才20努币，相当于人民币3块钱。当然也有很贵的东西，如果在旅游商店买一幅两尺见方的手绘唐卡，要2500美金。

一路上绿树农舍，高山流水，山清水秀，天高云淡。阡陌交通，鸡犬之声相闻；红墙金顶，庙宇钟声悠扬，让人很有进入世外桃源的感觉。但也不要把不丹想得太理想，这里的人民依然过着相对贫困的生活，城市街道包括旅游点的不少地方，散乱放着各种塑料垃圾和矿泉水瓶，有些是游客扔下的，有些是当地老百姓扔的。我在廷布河边散步的时候，看到城市污水直接排到了美丽清澈的旺曲河里。此前，我一看到清澈的河水就会禁不住诱惑去饮用一下，此后就再也不敢了。

不丹的饮食简单朴素，大吃大喝在不丹根本找不到地方。整个国家信佛，不杀生，肉类都是从印度进口。但不丹到处养着牛，我不知道这些牛如果不杀掉，最后是怎么处理的。不丹从乡村到城市，到处都是狗，有的时候一群狗有几十只，四处游荡或懒洋洋地睡觉。不过这些狗与人相安无事，脾气温顺，好像也具备了佛性一般。在不丹，肉菜不多，以素菜为主。有一道菜大家去了不能不尝，辣椒煮奶酪，又辣又香，非常好吃。不丹人对辣椒有特别的爱好，居然用纯辣椒做沙拉。

整体来说，不丹是个好地方。来到不丹，你不仅能够看到美丽的风景，也能够体会一种平静缓慢的生活节奏。更加重要的是，随着你一路朝拜，心灵深处的某种郁结，好像也被清洗出去了不少，灵魂变得明快起来。

从不丹回北京的路程，又是一路折腾。不过离开的那天，不丹天气很好，天空蓝到透明，一朵云推动另一朵云，像哈达在天空飘舞。

带有皇家颜色的不丹航空飞机，在太阳下等待起飞，像雄鹰等待着翱翔天空。不丹机场前后左右都是高山峻岭，一般飞行员飞不了这条航线，其他国家的飞机也不让飞进来。据说，全世界只有 19 个飞行员被认证可以飞这条航线。

10 点 30 分，不丹航空 B3700 航班准时冲向天空。从舷窗里，我再次幸运地看到喜马拉雅山脉的身影。航班经停印度加尔各答，一小时后再次冲向天空飞往曼谷，当地时间下午 4 点到达曼谷。在机场我们匆忙转机，坐国泰航空 CX708 航班飞香港，晚上 9 点半到达香港机场，再在机场转乘港龙航空 KA996 航班飞往北京。到达北京的时间已经是 7 日凌晨 2 点半，出关到家已经凌晨 4 点。从不丹起飞到北京的回程，也用了十六个半小时，经转了五个机场。

这一趟走进世界最幸福国家的旅程是如此折腾，但相比收获而言，这样的折腾依然值得。人生最重要的事情不是不折腾，而是有意义地折腾，在折腾中让人生更丰满、更酣畅淋漓，让人生在折腾中走向更高处。

缅甸情缘——三千佛塔烟云下

（2019 年 11 月 10 日—14 日）

缘起

今年由于亲自介入了新东方的具体管理，我忙得昏天黑地，几乎没有喘息的机会。年初原定一年访问 4～5 个国家的计划，基本没有希望实现了。暑假的时候，带着孩子们去了一趟西班牙，匆匆忙忙走了八天。现在女儿有了教学任务，儿子上高三，面临着超级紧张的学习和大学申请，他们已经完全没有时间和我一起进行休闲旅行了。今年本来打算从西藏自驾到尼泊尔，行程都已经安排了，也因为没有时间取消了。

夏天的时候，邻居朋友涛哥响应“一带一路”的号召，跑到缅甸去发展了。他去了以后，就邀请我去缅甸看一看。三千佛塔烟云下的缅甸，在我心里一直是个神秘的国度，即使没有涛哥去缅甸这档子事，也是我心里的旅游考察地之一。如今有朋友在那里了，自然就多了一份去的理由。有一些朋友“十一”的时候就过去了，我“十一”没有找到时间，心里就盘算着另外找时间过去。终于在 11 月 10 日到 14 日，挤出了四天时间。涛哥问我是去缅甸原始的海边度假，还是有别的想法。我说度假不着急，我这趟过去，希望走马观花地考察一下缅甸的历史、文化、风俗、民情等，到最能够体现这些要素的地方看一看。

于是，我们一起商量着安排了行程。最初的安排是 10 日晚上从北京直飞仰光，然后第一天在仰光游览，第二天早上坐飞机去蒲甘，第三天从蒲甘到曼德勒，第四天从曼德勒坐飞机回到仰光，再半夜从仰光飞回北京。后来，我认真研究了一下缅甸的地图和到中国的航线，提出从仰光到蒲甘的行程，能否从坐飞机改成开车，这样能够多看一些缅甸的地面风情，用我的话说，叫作“贴着缅甸的大地行走，离佛国的距离更近”。仰光到蒲甘的距离有接近 500 公里，而且全是普通公路，路面也很颠簸，开车其实并不方便，但为了满足我行走大地的愿望，旅行社最后还是同意了我不靠谱的要求。

准备

行程决定后，在出发前我希望更多地了解缅甸。从百度上搜索到的缅甸信息和介绍，明显是不够用的，于是就在当当网上买了一堆和缅甸相关的书籍。它们分别是：新加坡作家叶孝忠著的《缅甸，现在去最好》，李绿江著的《缅甸：山魂水韵润佛光》，中国地图出版社的《缅甸》，中国旅游出版社的《走遍全球——缅甸》，陈立人著的《国殇：中国远征军缅甸、滇西抗战秘录》，还意外发现一本乔治·奥威尔写的《缅甸岁月》。之前从来不知道奥威尔去过缅甸，还在缅甸待了五年左右的时光。

买完书之后，去之前的两三天，就开始翻阅这些书籍。先翻阅了《走遍全球——缅甸》和《缅甸》这两本，知道了一些缅甸旅游的基本情况，也遗憾地发现，有几个著名的旅游点这次不可能有时间走到，比如著名的吉谛瑜山（大金石，在一块 8 米高的摇摇欲坠的大石头上修了一座金塔，传说之所以不倒，是因为有释迦牟尼的头发支撑），因为和蒲甘是相反的方向，开车来回需要一天，安排不出时间来。还有著名的茵莱湖，也因为偏离这次设计的路线太多，没有办法去。茵莱湖以秀美、幽静著称，最著名的是在湖上站着用脚划船的渔夫，以及坐落在湖上的村庄和庙宇。大家可以上网搜索一下茵莱湖的视频，真是美极了。我各种设计路线，包括是否能够半夜出发，但发现时间还是不够，最后只能虽身不能至，但心向往之。留下它，只是为了可以有理由再来一次缅甸。当然还有缅甸西边的海岸，那里充满了迷人的原始风光，这次也只能一并放弃了。

翻阅完前面两本书后，我又阅读了《缅甸：山魂水韵润佛光》。这本书图文并茂，文字简练，读完后你会对缅甸的历史、文化、民族、宗教等有一点初步的、带有人文色彩的理解。紧接着我又读了《缅甸，现在去最好》，这本书图文并茂，带有浓厚的个人色彩和富有情感的描述。叶孝忠以苦行的方式，背着背包在缅甸大地上行走了一个月左右的时光，又深入研究了缅甸的历史和文化，娓娓道来，情深意切。读完以上几本书，就到了启程的日子。另外两本没有来得及读的书《缅甸岁月》和《国殇：中国远征军缅甸、滇西抗战秘录》，就被我放入行李箱，陪伴了我的整个旅程。

缅甸历史

到一个国家去旅游，首先要简单了解一下该国的历史和文化，否则去看任何东西都成了看热闹，常常一头雾水。在去一个国家之前，我一般都要先把这个国家的历史捋一遍。你不可能变成历史专家，但知道个大概，走进这个国家就有了头绪。

缅甸在古代曾经是东南亚一带最强盛的国家之一。在11世纪之前，缅甸不是一个统一的国家，基本上是部落分裂的状态。到了 1044 年，缅人出了一位了不起的人物，叫阿努律陀，出面统一了国家，开启了蒲甘王朝，都城就是今天的蒲甘。蒲甘王朝之后，又先后有勃固、东吁和贡榜三个封建王朝。下面就这四个王朝简单概述一下，这样你如果有机会去缅甸，就有了一点历史背景知识。

蒲甘王朝（1044—1297）由阿努律陀国王（1015—1078）于 1044 年建立，是缅甸第一个统一的王朝。阿努律陀给缅甸历史留下的辉煌遗产之一，就是把上座部佛教（我们也称南传佛教或小乘佛教）定为国教。他的后代继续扩张征服，同时继续以上座部佛教为全国信仰的宗教，在 13 世纪初达到鼎盛。在王朝几百年的时间里，上万座佛塔像森林一样出现在这片土地上，在蒲甘城周围地区最为集中。至今，依然有接近 3000 座佛塔耸立着，这就有了“三千佛塔烟云下”的美景，蒲甘古城也于今年 7 月被收入世界遗产名录。1287 年，蒙古统治者忽必烈率领元朝军队入侵蒲甘王朝，导致了王朝灭亡，同时也使大量佛塔遭到破坏。

接下来是勃固王朝（1287—1531）。趁着蒲甘王国衰败，一个叫瓦里鲁的孟族人，称霸了下缅甸（当时蒙古军队的手伸不了那么长，没有到达下缅甸）。瓦里鲁向元朝称臣，以确保自己平安。后来瓦里鲁被他的外孙刺杀，瓦里鲁的弟弟继位。这一时期的孟族开始变得强大，对外征讨泰国境内的清迈，获得蓝本村等地。但勃固王朝内讧外乱不断，北方的缅族军队力量又强大起来，到了 14 世纪末，勃固王朝基本上就濒临灭亡了，后来偏安一隅又拖了一百多年。这个王朝一直打打杀杀，没有来得及做太多的文化建设，所以没有太多的东西留下。今天仰光东北面 60 公里处，有个叫勃固的城市，就是古代王朝的都城，现在只留下了几座佛塔和一些城墙遗址。

之后就是东吁王朝（1531—1752）。13 世纪蒲甘王朝被蒙古人灭亡后，缅人南移，到了缅甸中部的东吁（东吁这个地名大家可能不熟悉，但如果提到“同古战役”，大家一定不陌生。同古战役是中国远征军进入缅甸后和日本人打的第一场战役，由著名将军戴安澜指挥。东吁就是同古，同一个地方，不同的翻译）。这个时候，上面有个小小的王朝叫阿瓦王朝，下面有混乱的勃固王朝，其实都是小国家，再加上现在的东吁王朝，实际上就形成了上、中、下三国鼎立的状态。但东吁王朝的领袖比较善于经营，合纵连横等手段都用上了，最后在 16 世纪把其他两个国家都灭掉了，统一了缅甸。但后来由于过分扩张，劳民伤财，弄得国力空虚，于 1752 年被孟族所灭。王朝的都城东吁现在还在，有着四四方方宽阔的护城河，可以想见当年的气派，但城里除了日常生活的老百姓和破败的房屋，已经什么都没有了。

贡榜王朝（1752—1885）是缅甸最后的王朝，不但统一了全缅甸，还对外四处用兵，扩张疆土。18 世纪末，清朝和缅甸两国围绕边界地区的领土和资源控制权也发生了一场战争（清缅战争），最后以双方签订和约收场。在英国入侵缅甸之前，这个王朝一直还算强大，直到 1885 年，英国人彻底占领了缅甸，把整个国家并入印度，成了英国的殖民地。英国人做得比较过分，把末代国王锡袍王与王后素蒲叻雅流放到了印度濒临阿拉伯海的一个偏僻小岛上，最后国王和王后都客死他乡。

今天的曼德勒就是当初贡榜王朝的都城，曼德勒皇城的占地面积是北京紫禁城的五倍有余，可见当时王国的兴盛。可惜人去楼空，故国不堪回首月明中。皇宫的雕栏玉砌也在第二次世界大战的时候，被日本人严重损毁。今天皇城里的王宫只是一个复制品而已。

最后一个王朝覆灭后就是英国对缅甸的殖民时期（1885—1948）。英国人曾经全世界遍地都是殖民地，后来从殖民地撤离，通常会留下三件东西：一是殖民地时期的建筑，现在仰光还遍地都是；二是英国的制度体系，比如澳大利亚、新西兰、加拿大等地都继承了这些制度体系；三是离开以后的烂摊子，英国人不愿意放弃殖民地，所以离开的时候就对殖民地进行各种不合理的划分或埋雷，留下了世界上一堆混乱的地区。缅甸今天的种族冲突和宗教冲突（缅甸和孟加拉国边境地区），都和当时英国离开时候的布局有点关系。还有中东地区的冲突，印度和巴基斯坦的冲突，都能找到英国人当初不合理划分的痕迹。

1885 年，英国出兵攻陷缅甸首都曼德勒。1886 年 1 月 1 日，缅甸并入大英帝国下属的印度，成为英属印度的一个省份。中国清朝政府曾命驻英公使向英国抗议，凭着清政府当时的实力，结果可想而知。随后，中国就被迫与英国签订《中英缅甸条约》，规定中国承认英国对缅甸有支配权，但缅甸对中国仍可以每十年一贡。英国将缅甸纳为印度的一省，并将政府设于仰光。

除了侵略外，英国人统治一个地区做的是长久打算，并不是掠夺完毕了事。所以，在英国的殖民统治时期，缅甸的交通和教育获得了大幅改善。英国人致力于开发水路，使得无数蒸汽船航行于伊洛瓦底江。铁路和道路也获得兴建和改善，以弥补水路的不足。不过这个时候，大量印度移民涌入缅甸，导致劳工日渐廉价，对地方经济产生了威胁。因此，缅人对印度人非常仇视，在 1930 年爆发了反印度人的暴动。到今天为止，缅甸人对印度人也没有太多好感。1937 年，英国创建了一套独特的缅甸宪法，同意缅人自治。缅甸脱离英属印度，成为大英帝国的缅甸本部，终于和印度平起平坐。

1942 年 5 月 “二战” 期间，日本占领了缅甸，并成立了以巴莫为首的缅甸傀儡政府。渴望从英国独立的昂山将军组织了缅甸独立义勇军，但其背后的支持者实际上是日本。在缅甸和中国，谈论昂山这一段历史的时候，最不愿意提及的就是昂山率军与日军一起参加了对英军及中国远征军的战斗，然后在日军支持下宣布缅甸从英国独立。当时日军之所以轻而易举打败中国远征军，部分是因为昂山的义勇军帮助了日本军队，导致中国远征军四面受敌。昂山后来成了缅甸的“开国之父”，一直被缅甸人民所尊敬。昂山的女儿昂山素季，也成了当代缅甸走向民主的斗士，所以这段昂山和日本人联合的历史，常常被轻描淡写地一带而过。不过，后来昂山也意识到了日本人不是好鸟，在 1944 年开始支持中美英的同盟国一方，并组织了反法西斯人民自由同盟以对抗日军。1945 年，全缅抗日胜利。

然而，战后的缅甸并没有独立，仍受英国控制。昂山率领的缅甸军队与英国指挥下的缅甸军合并，昂山本人于 1946 年 9 月出任英属缅甸政府行政参事会的议长，负责国防和外交政策。但昂山继续以完全独立为目标进行政治活动，推动英国签署了保证缅甸在一年内完全独立的《昂山—艾德礼协定》。英国人对于昂山推动缅甸独立心怀不满，上下手脚，暗中鼓励反对派对抗昂山。1947 年 7 月 19 日，在保守派前总理吴素的指使下，昂山与 6 名阁僚于仰光的部长大楼被刺杀身亡，时年 32 岁。

从 1948 年到 2010 年期间，缅甸独立，随后军政府统治缅甸。昂山被刺杀后，缅甸还是取得了完全的独立。但独立后，缅甸内部党派斗争激烈，在1950年发生大规模内战。执政的反法西斯人民自由同盟也在1958年发生分裂。1962年，军事将领吴奈温将军发动政变并成立了军政府，宣布缅甸成为社会主义国家。吴奈温执政后，对内实行“缅甸式社会主义”，对主要工商企业实行国有化，并对人民的自由进行严格的限制。人民对于自由受到限制感到十分不满。同年7月7日，学生在仰光大学发起示威活动，抗议军事政权。军队在吴奈温的间接指使下血腥镇压了学生活动，导致100多名学生伤亡。之后的几十年，独裁军政府的治理不当和腐败导致了严重的经济萧条，到了20世纪80年代后期，缅甸已成为全球最贫困的国家之一。

1988年，昂山的女儿昂山素季从英国回来，成为缅甸迈向民主之路的精神动力。她因为公然批评吴奈温而在1989年7月20日遭到囚禁。1991年，诺贝尔和平奖颁发给了昂山素季，国际舆论迅速站在了昂山素季一边。1995年，她被军政府释放，随后又再次遭到软禁，直到2010年11月13日终于获得了自由。

2010年至今是缅甸联邦共和国时期。缅甸民主改革是指从2010年结束了军政府统治以来所进行的一系列政治、经济等领域的改革措施，其中重要措施包括释放被软禁超过十五年的全国民主联盟领导人昂山素季，大赦多名政治犯，建立国家人权委员会，颁布赋予劳工可以组建工会和罢工等权利的劳动法，放松出版审查等。这些改革使缅甸逐步迈向民主国家，重新融入国际社会。当年11月中旬，昂山素季领导的全国民主联盟，被当局允许注册为合法政党，并参加了后来的议会补选。

2011年12月，时任美国国务卿的希拉里·克林顿访问了缅甸，成为半个世纪以来首位访问缅甸的美国高级官员。

2015年7月30日，时任缅甸总统的吴登盛签署大赦令，释放

6966名服刑人员，其中包括155名中国籍伐木人员。

这几年，基本上是昂山素季执掌着缅甸的局面。尽管她从来没有当选过总统，但她的社会地位，以及她作为国务咨政的角色，让她的一举一动都对缅甸无比重要，而且连续几任总统，几乎都是她原来的部下。从此，军政府逐渐退出历史舞台，缅甸回归到了稳定发展的道路上来。

启程

北京直飞缅甸的航班，只有飞往仰光的国航CA905一个航班，晚上7点起飞，而且是隔天才有一班。仰光是缅甸最大的城市，在英国殖民时期，曾经是亚洲最大的城市之一，其经济、文化、金融、物流地位，绝对不亚于今天的新加坡或者中国香港。但后来军政府的统治导致经济萎靡不振，缅甸从当时东南亚最富有的国家之一，沦落为全世界最贫穷的国家之一。

不过在经历了近七十年的折腾和贫穷后，缅甸国内终于消停下来，进入了民主发展时期。中国有不少企业和个人现在已经进入缅甸发展。由于不再限制人身自由和言论自由，允许个人自由发展和搬迁，缅甸的活力也得到了释放，国外到缅甸去旅行的游客也越来越多。不出意外的话，缅甸将会逐渐繁荣起来。

飞机晚上7点准时起飞，一路向西南飞行，整个航程五个小时。在飞机上，我把乔治·奥威尔的《缅甸岁月》全部读完。奥威尔在英国伊顿公学毕业后，19岁就来到了缅甸，在缅甸当了五年的殖民警察。这段经历使奥威尔近距离观察到了东方人的民族特性，他眼中的缅甸民众和顺、听话、勤劳，但也势利、愚昧；同时他也对殖民主义和帝国主义进行了反思，从此走上了反对帝国主义的道路。可以说如果没有在缅甸的经历，未来的奥威尔不一定能够写出《动物庄园》和《一九八四》这样优秀的作品。

当然，《缅甸岁月》作为奥威尔的第一本小说，从故事情节到谋篇布局，还是比较青涩的。小说的主人公佛洛里，实际上有着奥威尔自己的影子。佛洛里从英国到缅甸就职，一方面同情东方民族的生活，交往东方民族的朋友，甚至还找了缅甸姑娘作为自己的情人，但另外一方面，又担心那些白人至上主义者同伴看不起自己，所以不敢公然表达自己对于当地人的支持。他害怕“救赎了自己的灵魂却失去了整个世界”。后来，他爱上了一位来到缅甸的白人姑娘伊丽莎白，但伊丽莎白对他忽冷忽热，搞得佛洛里神魂颠倒。同时由于他对当地土著朋友的支持，被自己的同事和土著中的恶人陷害，他们设计各种阴谋，让佛洛里的土著情人当众羞辱他，导致佛洛里对伊丽莎白的求婚被拒，最后不得不饮弹自尽，含恨离世，结束了自己年轻的生命。

小说情节不算复杂，但从小说中我们可以窥见英国殖民时期，缅甸的社会风貌和人情世故，以及殖民统治者对于殖民地人民的心态和优越感。

读完《缅甸岁月》，飞机也飞到了仰光上空。从舷窗看下去，只有稀稀拉拉星星点点的灯火，完全不像飞临一个大城市上空的感觉。后来才知道，缅甸非常缺电，有的时候还停电。不过，落地仰光机场后，发现机场很新很漂亮，十分现代化。来接我的人告诉我，机场是由缅甸最大的基础产业公司投资建设运营管理的，老板是缅甸第九代华人，秉承“在最落后的地区用最先进的方式做事情”的理念，仅用了三年时间就建成了这个机场，其间也获得了中资企业的大力支持，可以说是缅中合作的成果。

涛哥亲自到机场来接我，一直迎接到登机口，让我受宠若惊。缅甸机场人很少，出关也很顺利。我是在北京弄的电子签证，但如果没有签证，到了机场落地签也没有问题。缅甸人民整体上对于中国人还是比较友好的。

出了机场，热带的气息扑面而来，让我顿时体会到一种远离工作、来到异国他乡的轻松感。坐上车一路进城，向住宿地行驶而去。晚上仰光的街道，基本上寂静无人，偶尔能看到一两个商店，挂着小小的霓虹灯，整体上没有太多的高楼大厦。但进入老城区后，那一排排殖民地时期的英式建筑豁然出现在眼前，宣示着曾经的辉煌。

住宿的宾馆叫贝尔蒙德总督府酒店（Belmond Governor's Residence），是仰光最好、最具传统特色的酒店之一。房间里的地板和家具全部是柚木的，给人一种庄重典雅的氛围。入住后，朋友相见依然兴奋，就开了一瓶小酒，就着房间里仅有的一小袋薯片，一边喝酒一边聊天，不知不觉就到了深夜 1 点钟。尽管没有“相与枕藉乎舟中”，但如果没有第二天的安排，一定会聊到“不知东方之既白”。

贝尔蒙德总督府酒店

今天是“双十一”，国内的人们都沉浸在“双十一”的购物狂潮中，而我已经远离尘嚣，来到了缅甸这个佛光普照的国度。

早上起来，打开窗户，外面已经阳光灿烂，鸟语花香，扑面而来。窗外满眼绿色，热带的蔓藤和芭蕉蓬勃生长；绿色的草坪上，孔雀拖着长长的尾巴在悠闲地踱步；窗户下的人工水池里，锦鲤游泳，水声潺潺。走进院子，阳光下柚木结构的宾馆，二三层小楼起落有致，散发出传统和古朴的光辉。

贝尔蒙德总督府酒店是一座延续了百年的柚木大宅。它曾经是富豪的私宅，后来又变成了英国总督的官邸。总督离开后沉寂了几十年，犹如美人蒙尘。到了2006年，归于贝尔蒙德酒店集团旗下，成了仰光最好的精品酒店之一。由于是木结构风格，所以每年都要固定修缮。酒店不大，最多也就是二十几个房间，优雅清静。和房子相连的花园打理得十分美丽，各种植物错落有致，欣欣向荣。室外游泳池干净明快，和露天早餐连廊紧密相连，如果没有人游泳，整个游泳池就变成了融入自然风景的一个池塘，植物倒映在水中，美得如梦幻泡影。

贝尔蒙德总督府酒店

这样的酒店，其实不适合旅游的时候匆忙居住，应该在无所事事的时候，到这里住上一段时间。在躺椅上阅读，在花间徜徉，在泳池击水，在美餐后懒洋洋睡个午觉，再在黄昏中，看着房间一盏盏温馨的灯光亮起来。可惜我是一个匆匆的行者，除了睡觉，没有时间享受这个酒店的舒适。（不过，在一天劳累的行程结束后，晚上 10 点多回到宾馆，我还是没有抵挡得住游泳池的诱惑，在皓月明媚的照耀下，夜游了半个多小时。）

下楼吃早饭时，看到孔雀在花园里久久开屏，骄傲地转着圈子。早餐的时候，我拿了一盘餐点，放在露天连廊的桌子上，再一转身回来，发现盘子里的东西已经全部被几只乌鸦叼到树上去了。从这几只乌鸦动作的熟练程度来看，它们已经是这里的“惯偷”了。

大金塔

仰光最著名的景点是大金塔。大金塔不仅是仰光人和游客喜欢去的地方，也是全缅甸佛教徒的圣地，是一生只要有机会必到的地方。这有点像西藏的布达拉宫，是藏族民众一辈子都想去朝圣的地方。

大金塔的起源，来自一个传说：缅甸商人提谓和婆梨迦两兄弟到印度去朝见佛陀。佛陀给了他们八根头发，让他们带回缅甸。他们就在现在大金塔坐落的圣山上，建了一座金庙，供奉佛陀的头发。所以要从源头说起，大金塔已经有两千多年的历史。随着时间的推移，大金塔建得越来越高，周围其他的各种塔也建了起来，形成了以大金塔为核心的宏伟塔林。据说整个大金塔用掉了几十吨黄金，还有无数的钻石和其他宝石镶嵌在里面。

大金塔的历史也不是一帆风顺的。首先是自然灾害，光是地震，就把大金塔震坏过很多次。因为周身都是黄金和宝石，所以常常会有盗贼光顾，葡萄牙人和英国人也曾大面积盗窃大金塔里面的宝物。在英缅战争期间，英国人占领了大金塔及周围地区，居然把缅甸人民最神圣的地方变成了一个防御工事。而英缅战争的起因之一，就是因为英国人进入寺庙和佛塔,不愿意脱鞋子和袜子,激起了缅甸人民的愤怒。今天，你到缅甸的任何一处寺庙和佛塔参观，哪怕是野外无人的佛塔，都必须脱掉鞋子和袜子进去，以示对于佛教信仰的尊重。在中国，我们进庙里并不需要脱鞋袜，这也算是习俗不同吧。

我们于早上 9 点左右来到大金塔。大金塔的位置在一座坡顶上。脱完鞋袜后，需要先坐一部电梯，到达差不多五层楼高的连廊，连廊直接通向大金塔。今天刚好是佛教的点灯节，整个缅甸都放假，当地来转佛塔的人熙熙攘攘，川流不息。本来想在清静的环境中朝拜一下佛塔，一下子变成了好像走进了庙会一样，不过这也给了我一个近距离观察缅甸老百姓的机会。

缅甸人个子不高，小伙子们显得精干朴实，姑娘们显得匀称美丽，小巧可爱。尽管他们身材不高，但身材的比例恰到好处，看上去感觉挺顺眼。我没有想到在大金塔会看到这么多年轻人，后来有人告诉我，缅甸 25 岁以下的年轻人，占到了总人口的 60% 左右。如果这个数据属实的话，缅甸就是一个古老但十分年轻的国家。其未来的发展，只要政局稳定，就不可限量。

我站在旁边看绕着大金塔转的人群，一股青春气息扑面而来，基本上是年轻人的天下。这些年轻人淳朴单纯，好像一点都没有被污染过，就是微笑着、眼神明亮地转着佛塔，高声喧哗、大声打闹的人基本没有，他们的神态让人艳羡。不知道随着缅甸经济的发展，这些年轻人是否也会变成匆匆忙忙的一群人，在通向所谓成功的路上，夺命狂奔。

我们绕着大金塔，顺时针转了一圈，也参观了一些大金塔周围的其他佛塔。阳光炽热而灿烂，我们找到了一个阴凉处，面向大金塔坐下。我对着大金塔，背诵了两遍《心经》，希望自己在未来的岁月里“依般若波罗蜜多故，心无挂碍。无挂碍故，无有恐怖，远离颠倒梦想”。背诵完毕后，向大金塔磕头，为家人、朋友和众生祈福。让自己的心安静一会，起身离开大金塔，回到来处，穿上鞋袜，回归尘世。

其实每个人心里都应该有一座大金塔，那是我们内心的最高处，我们的心应该时时回归的地方。在那里，我们能够在历经尘世的沧桑之后，不断让自己洁净、升华、回归正念、获得能量，然后再次出发。

大金塔

青春洋溢的缅甸少女

部长办公楼

从大金塔出来，已经快中午 11 点，接下来安排的行程是参观部长办公楼（Ministers office）。部长办公楼是后来的名称，最初它的名称叫秘书大楼（Secretariat），是英国统治缅甸期间，于 1889 年建立的政府办公大楼。

这栋由红砖砌成的壮观的英式建筑，是欧洲常见的环绕庭院广场风格，前后左右建筑合围，中间留下一个宽敞的庭院广场。英国人当年殖民统治时，确实把这个地方当作了他们永久可以占据的地方来建设，所以在建筑和其他方面的布局上一点都不马虎，做得非常认真。我到过不少英国原来的殖民地，都留下了很好的建筑和街道。站在这栋部长大楼前，你依然可以感受到当初英国人想要长久统治缅甸的一厢情愿。

部长办公楼

1947 年 7 月 19 日，昂山就是在这栋楼里二楼的一个会议室里被刺杀的。和他一起被刺杀的，还有 6 名部长和 1 个警卫。这场刺杀是由保守派前总理吴素指使的。当时，昂山领导的反法西斯人民自由同盟取得了 202 议席中的 196 席，选举取得压倒性胜利。但反对派对于昂山的一些做法充满愤恨，英国人在背后也煽风点火。而吴素失去权力后刚好很失落，可能出于嫉恨和英国人背后的支持，安排了这次谋杀。后来吴素被以绞刑处死。昂山被崇尊为“缅甸国父”，他去世时只有 32 岁，当时他的女儿昂山素季刚出生不久，还不到 2 岁。他还留下了两个儿子，但两个儿子最后好像都默默无闻，没有想到女儿昂山素季在几十年后，成为缅甸推翻军政府统治，再次走向民主的领导人。

昂山素季因为领导缅甸人民用非暴力的方式来对抗军政府，1991 年被授予了诺贝尔和平奖。今天的昂山素季，尽管不直接担当国家领导职务，但缅甸现任总统是原来她手下的人，她凭借特殊头衔“国务咨政”继续领导着缅甸向前发展。

回顾昂山的一生，他一心一意想要领导缅甸走向独立，从英国的统治下摆脱出来。1941 年在日本人的鼓动下，他投靠到了日本人一边，希望通过日本人的力量把英国人赶出去。日本人也保证把英国人打跑后给缅甸独立的地位。昂山成立了抗英义勇军，把日本人引入缅甸，昂山也被日本人封为将军，这就是“昂山将军”的由来。但这一行为对中国的抗日行动造成了重大困难。因为当时中国的战略物资，都是通过缅滇通道源源不断运到中国的。为了保持这一通道的畅通，中国在美国和英国的支持下，成立了远征军，十万青年十万兵，浩浩荡荡进入缅甸。没有想到远征军不仅要和日本人对抗，还要和缅甸的义勇军及当地的老百姓对抗。

在“人民群众的汪洋大海”中，中国远征军孤军奋战，英国军队又窝囊无能，节节败退。最后，中国远征军的大部队不得不退入野人山，进入原始丛林。五万多战士，在走出野人山的时候，只剩下了一半。另外一半战士的英魂，永远留在了缅北地区的崇山峻岭里面。到今天为止，我国还在为收回野人山战士的遗骨而努力。

日本人占领缅甸后，并没有让缅甸独立，也没有把缅甸的领导权全部交给昂山。昂山终于看清楚了日本人的真面目，于 1944 年从日本人那边倒戈，加入了反法西斯同盟，和美国、英国、中国一起，把日本人从缅甸的土地上赶了出去。抗战结束后，他继续领导缅甸人民从英国那里争取独立，并最终取得了成功。

缅甸独立后，这栋楼就变成了缅甸部长们的办公楼，所以改名叫部长办公楼。在 2005 年的时候，缅甸军政府把首都迁到了内比都，这栋大楼就开始荒废了。到了 2011 年，这栋楼被列为仰光五大古建筑之一，开始了修复工作。过去，这栋大楼一直是不对外开放的。庆幸的是，现在已经可以供外人参观了。

我们到达之后，大楼管理处配备了专门的英文讲解员给我们讲解。这个讲解员是一位美丽小巧的姑娘，穿着绿色的传统裙子“特门”，笑容可掬，说着一口不错的英文。我问她多大了，她说 19 岁，在仰光大学学习，出来做实习的工作。她一路带着我们参观，最后到达了昂山和 6 位部长被刺杀的会议室。大楼还没有修葺完毕，过道墙壁楼梯都破破烂烂。那个会议室也不让进入，只能透过玻璃门看到里面。墙上还有枪杀时候留下的弹孔，似乎还能够听到当时激烈的枪声。据导游说，那天事先有人警告过昂山，要他注意安全，但昂山说我相信人民，他们不会谋杀我，结果现场除了 1 位部长的私人警卫，没有布局

我和小讲解员在部长办公楼前合影留念

任何安保力量。四五个穿着军装的歹徒，直接冲进会议室，一顿扫射，在场的人无一幸免。

看完现场后，我们不免又感叹一番。这么重要的历史场所，建筑物已经如此破败，缅甸目前也没有足够的经费进行维修和保护，只能以待来日了。

参观完部长大楼后，我们又驱车去了马哈班都拉广场。这一广场是缅甸独立纪念碑的所在地。独立纪念碑是一个方尖碑建筑，洁白的方尖碑像一把利剑刺向天空，和华盛顿的方尖碑可以媲美。广场周围有最高法院、教堂、佛塔等，建筑大多是西方风格。在英国统治期间，这个广场叫维多利亚广场，维多利亚女王的雕像曾经耸立在今天独立纪念碑所在的地方。

仰光河

到缅甸来之前，就知道缅甸的母亲河叫伊洛瓦底江。伊洛瓦底江发源于中国察隅县，在中国境内叫独龙江。伊江从北到南纵贯缅甸全境，江水滔滔不绝，为缅甸人民提供了生生不息的水资源，也孕育了缅甸最早的文明。缅甸古城曼德勒和蒲甘，都坐落在伊江边上。

但仰光并不在伊洛瓦底江边上，而是在另外一条河边上，这条河就叫仰光河。仰光河地处伊江三角洲，上游通过运河和伊洛瓦底江相连。仰光和全世界的连接，包括英国统治时期全球货物的来往，都是通过仰光河进行的。仰光河的下游非常宽阔，三万吨以下的货船，可以直接驶到仰光城市边上的码头。仰光曾经是世界上最热闹的城市之一，是这条仰光河哺育了这座城市的成长。沿着仰光河向里，就是仰光的老城区。英国风格的街道和建筑鳞次栉比，可以想见当年的繁华。

可惜这些美丽的建筑，由于年久失修，青苔斑驳、水迹铁锈随处可见，显得十分颓败。

到了仰光，一定要看一下仰光河，我提出来到仰光河边走一走。导游一脸为难，说河边好像什么也没有。我对大江大河有着天然的热爱，还是坚持要到河边去。司机把我们送到河边，确实什么都没有，但宽阔的大河本身就足以激动人心，何况还有堤岸和停靠着船只的码头。更让我惊喜的是，岸边居然有烧烤摊，正在烤着可能是从河里捕上来的罗非鱼。沿江的码头上还有人在卖煮好的菱角，这是我最喜欢吃的食品了，赶紧买了一小袋以饱口福。菱角也是我们江南水乡的特产，从小就吃。我惊喜地发现，码头上停靠的小船可以把人渡到河对岸去，赶紧让导游和其中一艘小船联系，告诉他我们不渡到河对面去，但能不能出同样的价钱，在河里面开船转一圈。船夫欣然同意。于是

仰光河岸边的烤鱼摊

我们上了小船，小船用拖拉机一样的发动机推进，驶进了波涛汹涌的仰光河。真有驾一叶之扁舟，凌万顷之波涛的感觉。转一圈 20 分钟回来，饱览了两岸风光，船夫只收了差不多 15 元人民币（3000 缅币），非常开心地咧着嘴一直笑。

上岸后，我们直接坐到烤鱼摊边上。尽管导游反复说不卫生，我依然置之不理，点了一条烤鱼，要了一瓶啤酒，坐下来开心地吃了起来。其实中午涛哥在很有名的思特兰特酒店（Strand Hotel）安排了午餐，但我依然没有忍住，在路边摊先饱餐了一顿。这种面对大江，把酒临风的感觉，我是不会放过的。

仰光郊区的棚户房

吃完午饭后，涛哥提议到仰光郊区的棚户区去看看，这里可以看到缅甸在社会变革中出现的另一面。棚户区在莱达雅地区，需要沿着仰光河边的公路往上游走，然后再跨过仰光河到达另一面。随着缅甸的民主化，海外到缅甸来投资的人越来越多，缅甸人除了农业以外，有了更多的工作机会。建工厂的地点一般都是在城市周围，尤其是在仰光周围。投资到哪里，老百姓的工作机会就在哪里。莱达雅地区是工厂密集区，所以必然有大量的外来人口聚集在这里。这里的基础设施和住宿条件，还达不到发展的需求。很多人拖家带口过来了，找到了工作却找不到住房，于是老百姓只能搭建棚户。

我们过了河，车沿着马路开，就看到马路两边出现了棚户，并且越来越密集，连成了一片。由于马路有斜坡，棚户在搭建时就前面接马路，后面用棍子撑起来，一家连着一家，密密麻麻。大部分的棚户都是沿着马路或者沿着河边搭建，已经初具规模。缅甸南部天气常年炎热，所有的棚户都是四面透风，估计下雨的时候，只有头顶一方是干的。棚户的上下水都得不到很好的解决，下水如何排放没有看出来，估计直接排到河里了，上水就是几家合用一个手工抽水机。抽出来的水是微黄色的，不知道他们是否当作饮用水，感觉真的存在很多问题。但是我们走过去时，看到住在窝棚里的人们都怡然自得，一副轻松的神情，似乎我们的担忧是多余的。我去过里约热内卢的贫民窟，也到过孟买的贫民窟，这些贫民窟确实很拥挤，但并没有一些书中描述的那样惨淡和恐怖，大部分人依然过着日常忙碌的生活，邻里之间关系很好，更加有互助的精神。

仰光的棚户区还没有形成规模，但是如果政府不管理，就会积重难返，如果遇到传染病，很容易不可控制。缅甸人迁徙，都是一家一家完整迁徙，因此除了居住问题外，还有孩子们的教育问题需要解决。我们走过的时候，发现很多孩子都在马路边上玩，不知道他们平时是不是有学校可以上。

仰光郊区的棚户房

缅甸还有一个规矩，如果一个人占据一块土地，一定时间之内没有主人来把他们赶走，他们就可以合法占据这片土地。所以，这片棚户区如果时间足够久，可能就会清理不了了。我觉得缅甸政府应该提前策划，为这些迁徙的人建造廉租房，这样可能才是长久之计。想想中国的管理还是蛮有效的，改革开放四十年，我们没有形成大规模的棚户区，现在大部分人都有正常的房子住，不能不说是中国社会管理的重大进步。

茵雅湖

仰光城里最美的自然风景要属茵雅湖。注意，这里的茵雅湖不是著名的茵莱湖。茵莱湖就是那个渔夫用脚划船的美丽湖泊，离仰光好几百公里远呢。

茵雅湖原来并不存在，后来在 1883 年的时候，英国人在这里建了一个水库，这个水库就是现在的茵雅湖。原来湖在城外，后来仰光扩展，

美丽的茵雅湖

湖就被城市包进来了。现在湖的周围都是高档的住宅区和宾馆。昂山素季被软禁的房子，以及仰光大学的校园，都坐落在湖边。

从棚户区回来后，大家说找个地方坐一坐，休息一下，不约而同想到了茵雅湖。我们一起来到湖边一家由韩国乐天集团建设的宾馆。宾馆的大堂直接面向开阔的湖边，从落地窗户看出去，美丽风光一览无余。茵雅湖湖面广阔，绿树环绕，岛屿萦回，沙鸥翔集，蓝天白云之下一片祥和。我们坐在宾馆大堂里，一边喝着咖啡红茶，一边欣赏美丽的风景，不知时光之流逝，度过了一段悠闲的下午时光。本来很想到湖边去走一走，但外面艳阳高照，天气暑热，而且宾馆也没有直接通向湖边的道路，只能作罢。

仰光大学

当我听说仰光大学（University of Yangon）就在茵雅湖边上，离我们休息的地方不远时，我就坚持要到仰光大学去看一看。最初，缅甸就只有一所大学，那就是仰光大学。曾经的仰光大学是东南亚最著名的大学之一，后来由于军政府统治，打压言论自由，教育资源严重流失，再加上经济衰退导致大学办学经费不足，仰光大学的影响力就越来越弱，到最后连很多最基本的科系也开设不起来了。

仰光大学起源于 1878 年，比北京大学还要早。最初，印度加尔各答大学在这里建立了一个附属学院，这是仰光大学的前身。英国殖民政府用学院来培育经济类、管理类人才。1920 年，学院更名为“仰光大学”，模仿英国剑桥大学和牛津大学的办学体制，吸纳整个东南亚的优秀学生入学，一时英才如云。从仰光大学毕业的著名缅甸人有：昂山，缅甸国父，缅甸民族英雄；巴莫，英属缅甸总理；吴努，缅甸总理；吴奈温，缅军之父；吴丹，第三任联合国秘书长。其中吴奈温建立起了缅甸军政府，实施独裁统治，把缅甸从一个已经走向富裕的国家，变成了全球最贫困的国家之一。

和世界上所有优秀的大学一样，仰光大学也是自由思想和争取个人权利的发源地。在英国统治时期，三次全国性反对英国统治的大罢工（1920 年、1936 年和 1938 年）均爆发于此。在军政府统治时期，这里爆发过一次次反抗高压统治的学生运动。尤其是 1962 年 7 月，军队在吴奈温的指使下，冲进仰光大学校园，镇压了要求恢复民主制度的抗议学生，导致百余名学生被射杀。缅甸也以这次悲惨事件为起点，进入了长期的军政府统治时期，从此缅甸的所有领域，几乎都进入了全面衰退状态。

我们开车来到仰光大学门口。大学门口左右都有写有"仰光大学"字样的牌子，一边是缅文的，一边是英文的。门口没有门卫把守，汽车可以自由出入。进入校园后，能看到一条笔直的马路，一直通到学校最著名的毕业礼堂。马路两边绿树掩映之中，有一些二三层高的教学楼和学生宿舍，远远看过去墙壁灰暗，斑驳陆离，感觉好久没有维修过的样子。院子里杂草丛生，整个校园显露出一股颓败之气。但从校园的规模可以看出来，这曾经是一座辉煌的大学。

我们在校园走了一圈，没有碰到学生，可能是因为点灯节放假，学生都出去了，也有可能学生本身就很少在校园里活动。整个校园没有一点大学校园应该有的青春气息和活力。一个政府的封闭落后，某种意义上剥夺了几代人接受真正教育的权利，也让这个国家本身变得虚弱不堪。校园里有一个指示牌，上面写的科系就没有几个，都是英语、地理、历史、哲学、心理学、法律等一些基本学科。据说缅甸的大学老师工资极低，大概平均工资相当于人民币 1500 元左右，很难吸引到优秀的人才。没有好教授，自然也就教不出真正的好学生，从而导致整个缅甸面向未来发展的人才断档特别厉害。大学毕业了，很多学生也找不到工作，毕业即失业，使得大学学习不再具有真正的吸引力。据说军政府时期，为了限制人的流动，要求全国学生只能在当地上学，所以只有仰光的学生才能在仰光大学读书。这样，一所本来招收全东南亚优秀学生的大学，就变成了局限于一隅的地方性大学。

不知道仰光大学什么时候能够恢复昔日的荣光。一所大学的发展，和这个国家的综合实力和经济能力有着重大的关系。如果没有强大的综合实力，就请不起优秀教授和购置先进的教学设施，也就不太容易培养出优秀的学生来。如今，缅甸的社会秩序已经恢复，经济也开始增长。仰光大学也已经开始有所起色，和云南师范大学等结成了姐妹学校。希望有一天，我们能够看到仰光大学为缅甸的未来培养出出色的人才。一个大学的兴衰，象征着一个国家的兴衰。

我们在大学门口，唏嘘感叹了半天。汽车开出校门时，一个美丽的 10 岁左右的小女孩拦着我们的车，让我们购买她手里的茉莉花串。小女孩纯洁无瑕的笑容，让我不忍心拒绝，我几乎把她手里全部的花串都买了下来，还多给了她一些钱。小女孩留下一个无比动人的笑容，高高兴兴、蹦蹦跳跳地走了。看着她的背影，我心想，但愿她长大以后不要再以卖花为生，而是能够走进仰光大学去读书。那个时候的仰光大学，应该会是一所充满学术活力的优秀大学。

和中国驻缅大使馆工作人员交流

从仰光大学出来后，涛哥说中国大使馆知道我来了缅甸，问我是否愿意到大使馆和工作人员交流一下，说可能不少人曾经还在新东方学习过。这次到缅甸来，本来也是应涛哥的邀请而来的，所以涛哥的安排，我自然恭敬不如从命。

在去大使馆之前，涛哥先安排我去了中国文化交流中心。这是一个半官方的活动中心，有点像一个培训中心，大概一千多平方米，里面有中国云南贵州地区少数民族的图片展示，中国蓬勃发展的图片展览，还有图书馆、上课教室等。缅甸老百姓凡是感兴趣的，都可以到这里来参观学习，算是中国对外的一个窗口。

参观完交流中心，就驱车到了大使馆，两地相距很近。大使馆占地面积不算小，应该有十几亩地，里面的设施相当完整，有健身房、露天游泳池、室内篮球馆等。办公楼的墙上，挂着历任大使的照片，中间最有名的应该是耿飚。

中国驻缅甸大使陈海接待了我们。和大使寒暄之后，我们来到会议室，里面已经有四五十个工作人员就座等待。大家对我还是比较熟悉的，至少熟悉我的故事，所以一介绍气氛就活跃了起来。让我没想到的是，居然还有在新东方工作过的员工，现在在这里的大使馆工作。我随口问了一下有没有北大的，结果五六只手举了起来。一问才知道，基本都是北大东语系缅甸语专业毕业的。他们笑着和我说，他们学缅甸语的，不到这里来做贡献还能到哪里去？我很开心地和大家进行了交流，先把新东方的现状和大家陈述了一下，然后讲了一下我的人生态度以及后半辈子最想做的事情等。随后进入问答环节，和大家就学习、职业、个人发展、孩子教育等问题进行互动。活动持续了一个半小时，宾主尽欢而散。

晚上，涛哥希望我和当地的华人企业家也交流一下，于是安排了聚会。他把仰光当地最大的华人商业集团之一——缅甸金山集团的李松枝董事长一家四口都请了过来。李先生已经是在这里的第四代华人，深深扎根缅甸。儿子现在是公司总裁，孙子在读高三，都是一表人才。

在军政府时代，华人们也受到了很多冲击，公司和财产被没收，因此很多华人就离开缅甸，远走他乡，去了新加坡、中国香港、加拿大、南美洲等地。但更多的华人还是坚守在了缅甸，终于等到了军政府退居幕后，缅甸再次迎来自由开放的时代。今天在仰光的华人有几十万人，是一支仰光未来发展的有生力量。

李先生一家发达之后，没有忘记缅甸这片土地，历经艰难，痴心不改，先后为缅甸各地援建了一百多所中小学，这是一件了不起的功德。我后来到缅甸中小学考察，发现大部分学校校舍极其破旧，所以帮助建校舍绝对是解了燃眉之急。李先生一家还在仰光建立了短期培训学校，帮助华人子弟培训英语和中文，这个业务和新东方的业务有点接近。宾主欢聚一堂，互通有无，聊得特别开心。

饭后，我问缅甸有没有夜市，他们回答说今天刚好是点灯节，在靠近中国城的地方，有很热闹的夜市。于是我们一行兴冲冲地跑到了夜市，发现真是人山人海。沿着一条大街，一溜摆过去，各种小吃、用品、服装等，居然还有小摩天轮等游乐设施。逛街的大部分都是年轻人，摩肩接踵，挥汗如雨，每个人的脸上都露出开心的微笑。这种熙熙攘攘的地方，大家也不担心安全问题，据说小偷也很少。缅甸人心气都比较平和，这可能和整个民族都信仰佛教有一定的关系。到现在为止，大部分的缅甸家庭还会把自己的孩子，不管是男孩还是女孩，送到庙里出家一段时间。在缅甸，如果你没有出过家，据说会被人一辈子瞧不起。现在，自由开放给这个民族重新带来了活力，加上佛教的精神，在平和中不断发展，真是一件特别美好的事情。

参观完夜市，回到宾馆，已经晚上 10 点多。今天刚好是农历十月十五，皓月当空，明媚地俯瞰着灯光下的仰光城。我经不住这美丽夜色的诱惑，了无睡意，就换上泳裤，在宾馆的露天游泳池里畅游了半个小时，边游边想起了苏东坡的《夜游承天寺》："解衣欲睡，月色入户，欣然起行……庭下如积水空明，水中藻荇交横，盖竹柏影也。"苏东坡是感觉如积水空明，我是在月圆之夜，直接跳到水中游泳了。月下游泳，不亦快哉。

车行大地

今天的行程安排是从仰光开车到蒲甘，两地之间有 400 多公里的距离。原来的安排是坐飞机过去，但我坚持要贴着缅甸的大地过去，走一下当初中国远征军走过的部分路线，也能够近距离地了解一下缅甸的风貌和老百姓的日常生活状态。没想到涛哥听了之后也很兴奋，他说自从来缅甸工作之后，商务繁忙，还没有开车深入了解缅甸，如果这样的话他可以和我一起行走，这对他未来在缅甸的工作和发展也会有重大的好处。于是我们一拍即合，从飞机改成汽车，坐车行走大地。缅甸的道路十分崎岖，尽管也是柏油公路，但各种高低不平。为了确保一路不出问题，旅行社特意安排了两辆丰田越野车。

在出发之前，涛哥通过协调，安排了我们去拜见缅甸僧王。僧王叫库玛拉·毕万萨，现年 90 岁。我上网搜了一下僧王的资料，没有找到他的生平介绍，但发现僧王和中国的联系还是很密切的，来过中国不少地方进行交流和佛事活动，到过北京、上海、陕西等地。

早上 8 点，我们带上敬献的贡品，包括毯子、食品、日常电器等，再包上一点捐赠的现金，一起到缅甸佛教协会所在地去拜见僧王。我是虔心而去，为了见僧王，早上还沐浴了一番。到了地点，赶紧脱鞋脱袜，双手合十，随着前来引领的僧人，一起轻手轻脚走到二楼。僧王在二楼靠窗而坐，神态自若，见到我们双手合十问候。我们跪下面向他而拜，以示恭敬，然后献上我们的贡品。

僧王用巴利语问候我们，说了一些祝福的话。他说，自己已经 90 岁了，一心向佛，为民祈福，现在身心健康，内心愉悦。我说能不能问一些问题，他说什么都可以问。我就问：你从小时候出家，到今天有没有后悔？他说后悔没有，动摇是有过的，但看到众生疾苦，就坚持下来了。我的另外一个问题是：你是怎么保持健康的状态的？他伸出两个手指说：一是吃对自己有益的东西；二是吃东西要有节制，不能超量。因为老人家德高望重，所以除了一些简单的修炼问题之外，

我与缅甸僧王合影留念

就没有再问其他的问题。老人家是一个很随性的人，没有装模作样的语言，给人的感觉很随和通透。我问老人家能否一起照个相，他欣然答应了，还为了让照片光线好一点，专门站起来，移到另外一面。照完相，我们恭谨而退，继续我们的旅程。我有所领悟：人的一生，都是修炼自己，然后帮助别人的一生。只有这样，人生才可以说是接近圆满。

坐上越野车，我们一路向北，走上缅甸唯一一条号称是高速公路的道路。其实，这条路在中国相当于一条二级公路，到处都是路口，连牛车都可以上来，两边也有民居村庄，孩子们就在马路边上玩。道路高低不平,我们坐在车里被颠得七歪八斜,一上路就有点后悔开车走。我本来就有腰椎间盘突出，从仰光到蒲甘要走九个小时左右，这一路上一定被颠得浑身散架了。不过后来走着走着，居然习惯了颠簸。我还在上下颠簸中，一手抓着车把手，一手拿着《国殇：中国远征军缅甸、滇西抗战秘录》开始阅读。这本书厚达五百多页，我一路上时而看着马路两边的风景,时而低头阅读,居然在到达蒲甘之前把这本书读完了。

缅甸基本上还是个农业国家，沿路没有像样的城市，连像样的村庄也不多见。缅甸是以生产水稻而闻名的，本来以为沿路一定是稻花飘香，水稻田一望无际，但实际上没有看到成片的水稻田。也许我们走的路线不在水稻产区，产区可能更多是在沿伊洛瓦底江一带。我们走的这条路从缅甸中间南北贯通，把仰光、东吁、内比都、曼德勒等重要地点连接了起来。沿路的风景大同小异，马路两边基本都是茂密的植被，视野伸展不了太远，很多土地还没有开发出来，像荒地一样杂草丛生。从南到北，土地湿润程度逐渐下降，到了蒲甘地区，土地就很干了。蒲甘地区即使在雨季也很少下雨，这就是为什么蒲甘的千座佛塔，能够保存上千年且基本上没有损坏的原因。

回头想想，一路的颠簸还是特别值得的。不仅看得更多，而且因为贴近大地，内涵更加丰富。一个人经历和感悟的丰富性，和你在一件事情上所花的时间、参与的深度，有密切的关系。现代社会表面上让人超高效率地运转和生活，但实际上留在我们内心的，往往是经历事情后空空如也的失落感。

东吁古城

要不是路上涛哥说，东吁古城就在路东面十几公里的地方，我还不知道东吁古城就在旁边；而且我也不知道，原来东吁就是中国远征军历史中所说的同古。

上面的文字中我已经提到了东吁王朝，我们可以从中看出，东吁王朝有过一段实力比较雄厚的时期，现在叫东吁的这个地方，就是当时的都城。所以当涛哥提到东吁时，我们就决定一定要拐到东吁古城看一看。而恰恰在这个时候，我读到了《国殇：中国远征军缅甸、滇西抗战秘录》中关于同古战役的这一章。

如果你打开百度地图，进入东吁，你就会发现有一个四方形的水系，那就是古代东吁都城的护城河。护城河的每条边几乎都达到了两公里，可以想见当初东吁古城的壮观。护城河内的城墙已经荡然无存，但护城河还在，依然碧水荡漾。我们本以为城里面还会有一些古迹存在，但开车进城后，除了普通街道、寻常百姓人家，好像什么遗迹都没有留下。我当下脑子里就响起了刘禹锡的《乌衣巷》：“朱雀桥边野草花，乌衣巷口夕阳斜。旧时王谢堂前燕，飞入寻常百姓家。”由于顺道过来时间也很紧张，在古城里基本就没有下车，转了一圈就继续上路了。

东吁对于中国远征军有着特殊意义。这座古城是著名的同古战役的发生地。1942 年 1 月，日军攻占仰光，从仰光开始向北推进，同古（东吁）是推进道路上的必经之地。为了阻遏日军，1942 年 3 月 19 日，中国远征军 200 师，在师长戴安澜将军的领导下，发动了同古战役。200 师不惜代价死守同古，而主力第 5 军迟迟未到，造成 200 师牺牲很大。英军懦弱撤退，又将右翼空开，造成日军包围 200 师。200 师孤军无援，只能主动撤出同古。

具有讽刺意义的是，第 200 师在师长戴安澜的指挥下，先行入缅，士气高昂。军用卡车上贴满了用中缅两国文字书写的标语，如："中国军队为保卫缅甸人民而来！""缅甸是中国最好的邻邦！"等，但缅甸的老百姓却不断向日本人通风报信我军的情况。原因是缅甸人把英国人看作敌人，把日本人看作来解放他们的朋友。而中国是和英国联合，所以也被当作敌人对待。没有当地老百姓的支持和拥护，我们能够胜利的机会就大大降低了。

《国殇：中国远征军缅甸、滇西抗战秘录》里讲了一个故事。缅甸人和日本人一起，假装都是缅甸老百姓，来到我军的阵地前。幸亏有人识破了这一诡计，发现中间有些人不会讲缅语，从而先发制人，否则定会带来重大伤亡。

中国远征军后续又打了一系列的战役，大部分都是失利的。孙立人将军指挥新 38 师打的仁安羌战役，是远征军唯一的大胜仗，更是一个奇迹。新 38 师以 1121 人的兵力，击败了七倍于我军的日军，救出了七倍于我军的英军。我们前面说过，英国人看见日本人就跑，结果在仁安羌被日军包围，反过来求助中国军队解救。中国军队的指挥系统，曾经就要不要救的事情有不同意见，最后孙立人力主救援，带着部队孤军奋战，一举取得了重大胜利，孙立人也由此成为世界著名的战斗英雄。

我们的车行走在这片战火洗礼过的大地上，想着十万中国军人曾在这里浴血奋战，这片土地对于我们就有了特殊的意义。

内比都

内比都是缅甸的首都。估计没有几个人知道内比都，也没有几个人知道内比都是缅甸的首都。2005 年，不知道出于什么原因，缅甸军政府突然决定把首都迁往内比都。那个时候，内比都是一个只有几个村庄的荒地。

世界上在一块荒地上重建首都的国家，没有几个。我所知道的只有三个国家。美国专门建了华盛顿，澳大利亚专门建了堪培拉，巴西专门建了巴西利亚。这三个国家转移首都还算成功，或多或少建成了一个新兴城市，但堪培拉和巴西利亚到今天城市人口也没有满员。迁都成功有三个要素，要么人口能够比较方便地迁移过去，要么就是国家经济实力比较雄厚,要么就是为了重新选择战略要地。我个人想了想，好像缅甸迁都，这三个理由都不太沾边。也许选择战略要地是其中的理由，但到今天也没有看出端倪。

我们要开车经过内比都，那就没有理由不进去看一看。涛哥说内比都有中国一些驻缅公司的办事处，刚好顺便吃个午饭，说这话的时候已经是快下午 1 点了。拐上去内比都的道路之后，不一会导航地图上就显示已经到达了内比都城里，但放眼望去，除了几条交错的马路之外，好像什么房子也没有。树丛掩映中有几个宾馆，看上去像郊区的度假村。过了十几分钟，我们终于到了目的地。这里倒是有几栋楼房，中国一些公司的办公室和宿舍在这里面，但周边都是荒地，看不出城市的痕迹。上楼看到远处有一个大金塔，是模仿仰光的大金塔建的，但周边也没有什么建筑。可以看出来，迁都已经十四年了，内比都作为首都，还没有真正建设起来。未来想要快速建设起来，需要缅甸的经济先起飞。只有有了足够的钱，基础建设才能够迅速起来，然后其他资源才能够跟上。

世界的运行，有其自然规律，任何违反规律的事情，一般都会带来比较糟糕的结果。经济要遵循市场规律运行，这已经是一个常识；但偏偏很多时候，会有人认为，自己比规律更加聪明。缅甸的军政府，对于经济发展的各种人为规划，就是不愿意按照经济规律办事，结果把缅甸从东南亚最富有的国家之一,变成了世界上最贫穷的国家之一。但愿以后缅甸的领导者，再也不要犯这样的错误，让缅甸人民能够走向富裕的生活。

也许很多年后，内比都会变成一个热闹繁荣的首都，这是我们真诚的祝愿。

蒲甘——夕阳凭栏

一路崎岖赶到蒲甘，居然赶上了落日余晖。要欣赏蒲甘千座佛塔的美丽，非在日落和日出的霞光里才能体会到那种亘古的壮美和苍凉。

我们住宿的酒店，叫蒲甘阿勒姆皇宫度假酒店（Aureum Palace Hotel & Resort Bagan），这是建造在佛塔中间地带的一座宾馆，最大的特色是模仿曼德勒王宫的瞭望塔，建了一座高达十层、可以容纳上百人到楼顶瞭望四周壮美景色的平台。要知道这一整片地区现在都是世界文化遗产保护区，是不允许再建造任何建筑的。过去，蒲甘的大部分佛塔都是允许人爬到顶部去的，所以你在网上打开有关蒲甘佛塔的照片，最多的就是在朝霞或晚霞中，一群人在塔顶观看景色的照片。但作为世界文化遗产受到保护后，就再也不允许人随便爬到塔顶上去了。这样人们如果想要极目远方，就只有两个办法了：一个是到这个阿勒姆酒店，爬到顶楼上去看，住店的旅客免费，其他旅客买票上去；还有一个办法就是早上起来坐热气球，和热气球一起升上天空，同时上升的，还有从地平线上冉冉升起的太阳。因为热气球比较贵，所以更多的人会到这个酒店的楼顶来感受极目天地、佛塔云烟的壮美景象。

太阳已经快落山了，我们到达后根本就来不及办理入住，直接就冲上了瞭望塔。服务员拦住我们要票，我们说是住店的客人，还没有办入住，也就让我们登上楼顶了。我们非常幸运地赶上了最后一抹夕阳，挂在像白练一样逶迤的伊洛瓦底江上空。夕阳下面就是几乎一马平川的蒲甘大地，田地、树木和佛塔交相辉映，平铺开去，一望无际。佛塔散落隐掩在树丛田地间，并不像网上照片上显示的那样密密麻麻，反而看上去各自有点孤零零的感觉。但其实极目所望的范围内，就有大大小小上千座佛塔。随着夕阳隐没，天地开始变得昏暗，暮霭中的佛塔的那种历史感、沧桑感和沉重感，只有亲历氛围的人才能有切身的感受。

为什么会有那么多佛塔？上文叙述蒲甘王朝历史的时候提到过，蒲甘王朝的第一代国王阿努律陀把上座部佛教定为国教，从此就开始了几代国王建设佛塔的风潮。我们中国对于佛教的信仰，表现形式是建寺庙，随着形式的不断完善，就成了今天我们看到的那样，进门有四大金刚，然后是大雄宝殿，然后是藏经楼，两边有厢房供和尚和香客居住的格局。所以有人开玩笑说，中国的寺庙是中国古代最大的连锁店，布局都是一样的，只不过有大有小而已。缅甸对于佛教的信仰，不是通过建庙来体现的，而是通过建塔。任何人家都可以通过建塔来体现崇拜，同时为家人祈福。有钱人家建大塔，没钱人家建小塔，塔里面供奉着佛陀塑像。最兴旺的时候，蒲甘的佛塔达到了上万座，那简直就是佛塔的森林了。中国佛教最兴旺的朝代之一是南朝，梁武帝为了弘扬佛教，亲自到庙里当和尚。但即使这样，也就是“南朝四百八十寺，多少楼台烟雨中”而已，所以蒲甘王朝对于佛塔的狂热，可见一斑。

从瞭望塔上下来，我们办理了宾馆入住手续。除了瞭望台，这个宾馆里的房子都是一到二层的小楼，散落在石子小路的两边，和周边环境融为一体。总共也就几十栋房子，所以能够入住的宾客并不多。宾馆有露天游泳池，游泳池水能够倒映出远处的佛塔，给人一种穿越时空的美感。我们放下行李后，又回到瞭望塔上的餐厅吃晚饭，整个餐厅除了我们一桌人，没有任何人打扰。当地的吉他歌手唱着节奏缓慢的歌曲，刚好映衬了这样的氛围。我们举着杯中的红酒，看十六的月亮慢慢升上天空，又大又亮，整个大地都蒙上了一层银色的月光。月光下，所有的佛塔都隐匿着自己古老的身影，似乎是一群已经劳累了一天的老人，在月色的安抚下沉沉睡去。

热气球之旅

早上5点就起床了，5点半从酒店出发去坐热气球，从天空欣赏蒲甘大地。也不知道是谁最先想到坐上热气球看蒲甘，但现在成了蒲甘一景。雨季一过，蒲甘的天空就变得特别明媚，蒲甘的日落和日出全球闻名，同样霞光别样红，以热气球为背景的佛塔，或者以佛塔为背景的热气球照片，在网上疯传，使人产生无限遐想和艳羡。凡是到蒲甘旅游的人，只要条件允许，一定会坐一次热气球。

蒲甘的热气球

蒲甘的热气球公司有好多家，可以通过热气球的颜色进行区分。我们坐的这一家叫作 Oriental Ballooning, 气球颜色是深绿色。这个真是和我很有缘分，因为新东方的英文是 New Oriental，企业标识也是深绿色。对于坐热气球我并不陌生，几年前在肯尼亚马赛马拉草原，我就坐过热气球从天空俯瞰茫茫草原和在草原上奔跑的各种动物。这次坐气球看佛塔，别有一番意味。其实佛塔是不应该在天空俯瞰的，而是应该到跟前去仰视的。在上热气球前，我对自己说，心诚就好。

工作人员对热气球鼓风，点火，加热，热气球慢慢从躺着的状态直立起来。每个热气球能够坐 8 个人，我们这边 4 个人，另外一边是来自欧洲的4人。哈哈，百年修得同船渡，我们成了“百年修得同气球”。热气球驾驶员是来自于英国的一位女郎，叫 Allie，显得精干明快。在聊天中得知，她原来居然是做投行的，后来觉得玩热气球才是自己喜欢的，于是放弃了优厚的收入，加入热气球公司，在不同的季节到全世界不同的地方飞热气球。从她快乐的感觉来看，人生一世想要过好，真得做自己真正喜欢做的事情。人生不怕辛苦，就怕做的事情不合心意。Allie 每天早上 4 点就要起床开始工作，但快乐溢于言表。

在气球冉冉升上天空的时候，东方的霞光已经渲染了整个大地，紧接着太阳也从地平线上慢慢升起。今天的太阳不是那么明快，因为有薄薄的云烟挡在了太阳前面，朝霞也不如想象中的那么绚烂和动人。但当气球升上天空之后，整个大地一览无余，东边是升起的太阳，西边是蜿蜒曲折的伊洛瓦底江，江上沙洲一望无际，热气球底下是一座座佛塔，佛塔周围是耕作的农田。有几块农田里，农夫驾着白牛正在犁地，一看就是过着日出而作、日落而息的生活。对于从天空飞过的气球，他们显示出“多见少怪”的淡定，但依然挥手向我们致意。

在太阳升起的过程中，整个大地居然起了一层云雾，缭绕在树林和佛塔周围，远方起伏的山峦，在云雾中更添神奇。看到这样的景致，你马上就会明白什么叫“三千佛塔烟云下”。天空中的几十个热气球，各种颜色，就像一朵朵大莲花开在空中，寓意无穷。这个时候，一定有很多游客，在地上的某个高处，也在看着景色和气球，我们则融为景色中的一部分，浑然一体。

坐完热气球，下来坐着休息。这时候有小孩子拿着明信片照片来卖。其中有个小女孩拿着自己画的蒲甘风景画来卖，绘画质朴，充满童趣，我就买了下来。五张小画，大概也就 10 元人民币，我又多给了她 1 美元，小女孩高兴得露出了灿烂的笑容。我问她几年级了，为什么不去上学，她说四年级了，上学要到 8 点半，现在只有 7 点半，还不到上学时间。后来我去朝拜佛塔，结果又见到了她。确切地说，是她见到了我，高兴地上来和我打招呼。我说，你怎么还没有去上学，她说，今天实际上还是点灯节，所以学校是放假的。放假了她们就到旅游点来卖东西。我摸摸她的头，说那就去卖吧，她就拿着手里的东西，蹦蹦跳跳地走了，并没有再次缠着我推销东西。看来这些旅游点的孩子已经有了一定的商业意识，但还没有被急功近利的心态所污染，保留了一份纯粹。随着缅甸经济的发展，竞争加剧，不知道这份纯粹能够持续多久。

回到宾馆，我发现住房后面，居然有一片清澈的池塘，里面点缀着睡莲和水草，岸边有一些我不知道名字的开花的树，还有那紫红色

与卖明信片的小女孩合影

的三角梅，正在阳光中绽放。对面的几座佛塔倒映在波澜不惊的水中，庄严而宁静。蓝色的天空，天空下的池塘，池塘里的花，还有那倒映的佛塔，这是一种超越时空的永恒的美。

朝拜佛塔

早餐后，距离再次出发还有一个小时，我就到游泳池游了一会泳。这又是另外一种享受。蓝天白云下的游泳池，水温舒适，游泳的时候还能看着远处的佛塔。房间后面的那片池塘刚好在游泳池的下方，所以如果你站在游泳池里，能够看到佛塔同时倒映在池塘和游泳池里，形成了“幻中之幻”的感觉，一瞬间就让人想起了《金刚经》中的偈语：“一切有为法，如梦幻泡影，如露亦如电，应作如是观。”

上午的时光，主要就是去朝拜佛塔。由于时间关系，主要就安排了两座最大的佛塔朝拜，一座叫作阿南达佛塔（Ananda Phaya），另一座叫作他冰瑜佛塔（Thatbyinnyu Phaya）。这两座佛塔范围都很大，造得雄伟壮观。缅甸是个多地震的国家，常常一地震，佛塔就被毁损一部分，然后就是很长时间的重新修葺。这两座佛塔都还在重新修葺中，但依然开放给大家参观。缅甸的佛塔不管大小，都是没有和尚的，就只供奉佛陀的塑像，大佛塔里大塑像，小佛塔里小塑像。

逛完了两个大佛塔后，我觉得这样了解佛塔太肤浅了，一定要到那些已经被荒废的佛塔去看一看，看看那些千年佛塔，今天在荒草丛生的野地里会是个什么样子。于是我们雇了两驾马车，从马路拐上了小路，沿着被背包客踩出来的路径，一路探寻大大小小的佛塔。路上发现很多西方人，都是租用当地的电动车，然后在一个个佛塔之间转悠。可惜我们时间不够，否则弄辆“电驴”，在佛塔之间转悠一天，该是一种怎样的体验！

我们一路从马车上爬上爬下，寻访了十几座佛塔，发现居然大部分佛塔都有人供养，塔前面竖着石碑，上面写着供养人的姓名。有的佛塔表面破败，里面的佛像却修葺得光彩四射。当然也有没人维护的佛塔，这些佛塔就显得更有饱经风霜和岁月雕刻的沧桑感。其中有一座比较大的佛塔，叫作牙洪纪寺（Ywa Haung Gyi Temple），看名称好像是一座被华人供养的佛塔，里面居然有非常精美的壁画，恍惚间好像走进了敦煌莫高窟一般。所有能够走进去的佛塔，无一例外都非常干净，我们每到一座佛塔也必然脱鞋脱袜进去。缅甸人民心怀虔诚，容不得佛塔里有污秽之物。

周恩来凉亭

在蒲甘有一座佛塔，修缮得金碧辉煌，很像是仰光大金塔的缩小版，叫作瑞喜宫塔（Shwezigon Pagoda），是一处很热闹的场所，朝拜者众多。在这座佛塔入口处的边上，有三间很普通的房子，房子上写着一行缅文，翻译过来就是：中国总理周恩来于 1961 年 1 月捐献的凉亭。这是周总理当年访问缅甸时，捐了 5000 缅甸元（今天的 5000 缅甸元相当于 25 人民币，当年 5000 缅甸元是很值钱的），建造的一个纪念凉亭。当初是给来朝拜佛塔的香客休息用的，现在已经大门紧闭。我们找来了看门的人，把门打开到里面看了看。里面三间打通，红木地板，像一个小礼堂一样，墙上挂着当年周总理访问缅甸的照片。后面还有一个小院，已经有点破败，枯枝落叶一地。涛哥觉得这么好的一个地方，不重新用起来可惜了。我也和涛哥说，你在缅甸工作，如果需要我做什么，一定吩咐，我一定尽力。当年老一代领导人，为了中国和周边国家关系的和谐，用尽了心血，尤其是周恩来总理，可以说是鞠躬尽瘁了。

从周恩来凉亭出来，已经下午 1 点，旅行社安排了到蒲甘旁边伊洛瓦底江边的一处临江餐厅去吃饭。餐厅名称叫日落花园餐厅（Sunset Garden Restaurant），真是一处好地方。天朗气清、惠风和畅、鹤汀凫渚、沙洲萦回、江水奔流、艇舸争流，确实是个让人把酒临风、凭栏远望、宠辱皆忘、喜气洋洋的好地方。不过我们也没敢多耽误时间，因为下午还要赶到曼德勒参加活动，路上需要接近三个小时，所以吃完便餐，就匆匆上路了。

曼德勒

离开蒲甘，我们沿着很窄的乡间公路，一路向东南方向的曼德勒前行。一般的旅行路线都是先到曼德勒，游览完曼德勒之后，再坐江轮，沿着伊洛瓦底江顺流而下到蒲甘，一路极目两岸无限风光，把酒临风千里江陵，说不定还有船夫号子渔娘相和，那是一种充满诗意和悠闲的行程。可惜我们没有时间，只能开着越野车，在无趣的乡间公路上颠簸。幸好只有三个小时左右的路程，我们在下午 4 点就到达了古城曼德勒，顺利入住了酒店。

对于曼德勒这样一座城市来说，我们的脚步实在是太匆忙了，从到达曼德勒到离开曼德勒，只有不到一天的时间。真的是“匆匆的我走了，正如我匆匆的来，我挥一挥衣袖，不带走一片云彩”。

曼德勒的兴起，主要是因为缅甸的最后一个王朝贡榜王朝把这里定为都城。在被英国灭亡之前，王朝还算有活力，雄心壮志，东征西讨。从现在留下来的皇城范围看，经济实力相当雄厚。皇城护城河的边长就超过了 3 公里，至少在范围上，比紫禁城要大得多。城内的皇宫，在“二战”时期已经被战火焚毁，现在耸立在里面的皇宫，是20世纪90年代的复制品。

在成为都城之前，曼德勒实际上已经是很有名的佛教圣地了。曼德勒的名字来自边上的一座山，叫曼德勒山。先有山，后有城，城以山名。曼德勒山不高，只有236米，却是整个曼德勒市的最高点。山不在高，有仙则名，山上各处都有建设得金碧辉煌的寺庙，朝拜的人络绎不绝。

曼德勒山旁边是皇城，皇城西边是现在的主城区。老百姓的烟火生活，都集中在这一带。房屋鳞次栉比，闾阎扑地，虽然没有什么钟鸣鼎食之家，但市井生活充满活力。街道房屋一直延伸到伊洛瓦底江边上。大江从北部高原下来，到这里开始进入宽阔的平原，江流宛转，水平沙阔。从古代起，这里的码头就是南北东西物资的集散地。华人建设的金多堰就在江边上，是古代云南人到这里来做生意最初的道场。

这样的一座城市，适合慢慢品味，坐在车里呼啸而过，实在不是旅游的姿态。但我们确实没有时间，所以只能脚步匆匆。我们住的宾馆刚好就在护城河边上，结束晚餐后，我建议到护城河边上去散步。护城河很宽，目测至少有100米宽，河的四周已经修建了宽阔的马路，也留下了宽阔的人行道让游人散步游览。据说这是这几年的成果，原来环境没有这么好。缅甸一直缺电，但曼德勒毕竟是缅甸第二大城市，所以夜晚还能看到一些霓虹灯。护城河另一边的城墙下，也打上了景观灯。灯光中的古老城墙，和护城河的粼粼波光交相辉映，别有一番大气。

我们本来想绕护城河一圈，后来才发现一圈要十几公里，最后连一条边都没有走完。在河边上散步的人很多，可以看出来大部分都是当地人，更多的是年轻人，晚上出来玩。这些年轻人身上有一种轻松感，也很平和，没有被生活所迫匆匆忙忙的感觉。我们也没有见到小流氓式的人物或者鬼鬼祟祟的小偷。有单人、有情侣、有群体，大家或者散步，或者临河而坐，或者看手机，或者在简单的体育设施上锻炼身体，也有小贩卖东西的，不急不慢不吆喝，一切都很祥和的感觉。

第二天早上，吃完早餐后，我先去露天游泳池游泳半小时。由于缅甸地处热带，常年温暖，所以游泳池水的温度也很适宜。如果没有匆忙的行程，用一天的时间，游游泳，晒晒太阳，吃点美食，睡个午觉，再读半本闲书，该是神仙一样的日子吧。可惜我们还是要进行匆忙的

夜色中的曼德勒皇城

旅程。整个上午要去皇宫、曼德勒山、情人桥，然后还要去中缅合作的大型项目——中缅油气管道总部参观学习。我是下午3点的航班，从曼德勒飞昆明，所以这一切都要在3点之前完成。

我们先开车去了皇宫。进皇宫可以把车停在城墙外面走进去，也可以把车开进去，不过开车进去要另外付一笔钱。皇宫在皇城最中间的部位，走进去要差不多1.5公里。我们时间不够，只能开车进去。皇城里面现在已经没有居民，但有部队驻扎在里面，所以各个城门口都有士兵把守。

我们开车进城，经过了一些部队的营房和设施，看到了在操场上训练的战士，然后到达了皇宫。皇宫表面上看上去还是挺壮观的，红色的缅甸式建筑，一不小心你会以为是一个大庙。实际上皇宫已经不是原物，原物“二战”时被日本人炸毁了，现在的是复制品。就近一看，

曼德勒皇宫

基本属于粗制滥造。原来的皇宫，都是精美的柚木造的，现在的木头，一看就比较劣质，原来的金色屋顶和墙壁，是由真正的黄金包裹的，现在是刷的金粉，在日晒雨淋中已经斑驳陆离，地板走上去会响起吱吱嘎嘎的声音，房间里空空如也，没有任何家具摆设。缅甸现在经济实力不够，所以确实没有能力复原得尽善尽美。

离开皇宫后，我们开车到曼德勒山。我本来以为必须从山脚爬上去，做好了爬山的心理准备，但汽车绕到了后山的公路上，一路盘旋上到了山顶。这样的一座山，200 多米高，爬到顶也就是半个小时，而且一路还能经过很多不同的庙宇和佛塔。但想想时间不够，同行的朋友们也没有做好爬山的准备，开车直达山顶也好。

曼德勒山从皇城的角度看，就是一座小山，进山后才发现，实际上后面绵延出去了好几公里，难怪有足够大的道场成为一座宗教名山。山顶有一个规模不大的小镇，四周都是寺庙。要到真正的山顶，需要脱鞋脱袜，坐一部电梯上去。我们到达最顶端后，发现这里居然有一座印度教神庙，真是令人惊奇。美丽的柱子，美丽的地板，缅甸老百姓也来朝拜里面的蛇神，而不是佛像。看来东方民族对于宗教，或多或少有一种宽容的态度。尤其是佛教，好像从来不禁止人同时信仰点别的什么。在中国的庙里，我们也常常发现同时供奉着佛陀、玉皇大帝和关公等神像。

庙的周围有观景平台，极目远眺，远处有雄伟的山脉拔地而起千米之上，那就是缅北的掸邦高原，实际上和中国的云贵高原是同一个高原。当初中国远征军最艰苦的岁月，就是在这一高原地区的苦战和撤退。围着平台一圈，你能够看到被树木覆盖的皇城，看到由千家万户所组成的城市，看到宛如白练飘舞的伊洛瓦底江，看到村庄和稻田，

在曼德勒山观景台俯瞰曼德勒

以及点缀其中的金色佛塔，一片宁静幽美的田园风光和人间天地，确实是一个让人心旷神怡的好地方。

不过，我的心里再次产生了内疚，曼德勒这样的地方，必须用悠闲的心情、缓慢的脚步去丈量，通过丈量让自己的心灵受到洗涤。像我们这样，直接开着车冲进皇城和冲上山顶的做法是不妥的，必须跟曼德勒说声抱歉。下次我再来，一定更加虔诚和悠然。

云南老乡早年落脚地——金多堰

云南人是最先从中国来到曼德勒的。在几百年前，他们有的人从陆路过来，也有的人从水路顺伊洛瓦底江而下，到达曼德勒。到了曼德勒，大家需要抱团取暖，互相帮助，就成立了云南会馆，这就是今天位于伊洛瓦底江畔的金多堰。

金多堰起始于一座土地庙。当时的云南老乡从水路进来，歇脚于此，建了土地庙，还在旁边建了大家歇脚的小客栈。为什么要叫金多堰？已经没有人能够真正说清楚了。有人说缅语“金多”是“我”的意思，也有人说“金多”是指“柚木”；“堰”是汉语，就是堤岸的意思，金多堰就坐落在伊洛瓦底江的堤岸旁边。我想，不管“金多”是什么意思，其实这两个字的汉语意思就很吉祥，黄金多多。大家一起浪迹到曼德勒，不就是为了发财吗？

今天的金多堰，地盘比最初的时候大了很多，已经是一个很有规模的大院。从江边马路大堤逐级而下，就进入了金多堰的山门，一座雄伟壮观的大雄宝殿豁然出现在眼前。这是今天金多堰的标志性建筑，也体现了曼德勒华人的经济实力。在大雄宝殿的对面也有一栋楼，用作金多堰发展历史的展览馆，最初的财神庙，重建之后依然存在，作为对筚路蓝缕、一路走来的纪念。

金多堰最初只供云南来的华侨使用。1962 年，滇、粤、闽侨共聚一堂，组织了三省华侨管理委员会，重建了土地祠、观音殿。从此，金多堰就成为曼德勒及周边地区全体华人的家园和聚会场所。2009 年，金多堰慈善会成立，李先瑾先生任首届会长，和当时的智旺法师一起，捐资购买了更多的土地，开始兴建上面提到的大雄宝殿。2011 年大雄宝殿圆满落成，耗资 30 亿缅币。现在，李先瑾先生和智旺法师都已经仙逝。我们到了曼德勒之后，涛哥说一定要去看一下金多堰，从中可以更深刻地了解我们华侨在东南亚的奋斗史。我自然求之不得有这样的机会，于是放下行李就驱车去了。本来以为就是参观一下，没有想到，曼德勒华侨的精英人士，大概有几十人，就在大雄宝殿门口排队等待我们。没有想到我们受到了这样隆重的接待，里面大部分人居然都知道我，还能够说出我个人的一些故事，可见华侨对祖国发生的事情还是挺关心的。

我们先在会长李东涛先生（李先瑾的儿子）的引领下，参观了金多堰发展历史展览馆，然后再回头拾级而上，朝拜大雄宝殿。宝殿分为二层，顶层供奉着三尊汉白玉雕刻的巨大佛像，偏殿供奉了一尊观音菩萨像。佛像的容貌更加接近于国内释迦牟尼的造像，神态上和缅甸的佛像有所不同。宝殿的一层就是一个空旷的大礼堂，目测可以容纳 1000 人以上开会或者聚会，礼堂的四周由大理石柱子支撑，显得庄严宏大。整座大雄宝殿做工精美，木结构全部用的是柚木，榫卯结构，不用铁钉，地面和柱子用的都是大理石和汉白玉。建设者的用心很明显，就是希望百年存续，代代相传，让佛祖的光辉，庇护子子孙孙发展。

在金多堰和曼德勒华侨合影留念

在缅甸的华人，也有很多起起落落。尤其是军政府期间，他们的家产被没收，很多人变得无家可归或背井离乡。幸好军政府并没有大开杀戒，留下了血脉，现在缅甸形势变好，他们得以凭着原来的家底和自己的勤奋，继续发展。

李会长为我们举行了欢迎仪式，自然是大家轮流上去致辞讲话。我也上去讲述了自己做新东方的过程，以及自己的人生体会，大家的反响还比较热烈。活动结束后，大家合影留念，尽欢而散。

中国人是十分重视家乡的民族，不到万不得已，不会漂洋过海，远走他乡。他们飘到任何一个地方，就会凭着自己的勤奋和努力，忍辱负重，扎根发芽，然后蓬勃生长。在全世界各地，我们都能够看到华人勤奋的身影。哪怕在最偏僻的地方，我们都能够常常碰到中国人，看到那些在孤独中忙碌的身影。面对这些坚忍不拔的生命，我们唯有致以最大的敬意。

情人桥

如果到了缅甸，没有到过情人桥，就不算真正来过。无数的世界旅游杂志，只要一介绍到缅甸，大部分情况下都是用情人桥作为封面。那些充满浪漫诗意的、夕阳下的情人桥照片，在世界广为流传。

情人桥，其实叫乌本桥（U Bein Bridge），在缅甸的阿马拉布拉古城境内，横跨东塔曼湖，长达1200米，是世界上最长的柚木桥。桥墩、桥梁、铺桥的木板，用的都是珍贵的柚木，修建于1851年，贡榜王朝的敏东王时期。

至于桥名的由来，有人说“U Bein”是个人名，就是这个人修建了这座桥；也有人说是“老树木”的意思，整座桥都是用老柚木建造的，所以叫乌本桥。后来考证，好像并没有 U Bein 这么一个人，桥是敏东国王下令建设的。上万根柚木，可能个人也不会具备这样的实力。

现在只要去玩的人，都把乌本桥叫作情人桥，原名大家反而说得少了。为什么会叫情人桥呢？起源大家都不知道了。有人说是因为缅甸当地的青年男女，在订婚的时候，一定要到桥上来走一趟，共同走过这座长长的木桥，以示一生牵手共度的决心。也有人说是由于建造桥梁的材料是柚木，柚木木质坚硬，不易腐烂，到今天为止桥柱桥墩经历了快两百年的风吹雨打，依然坚实如此，象征了爱情的海枯石烂心不变。不管是怎样起源的，现在它已经成为举世闻名的一座桥了。

为什么要建设这么一座桥呢？这是因为东塔曼湖是个季节性的湖泊，呈长腰型。旱季的时候湖面很小，大家横穿过去不算太难。到了雨季，

旱季的情人桥，像栅栏一样耸立在湖面上

湖水上涨，就成为一片茫茫泽国，湖面宽度接近2公里。老百姓如果要到对面去办事，绕一圈要十几公里。由于湖水不深，所以大家就想在湖面上建一座桥，这座桥就是乌本桥。

建桥的时候，想必缅甸遍地都是柚木，否则不会用上万根柚木来造一座普通老百姓行走的木桥。按照今天的价格，这些柚木的价值可能接近几亿人民币了。当然，有意思的是，柚木本身再贵也有价格，但这座桥已经变成了人类的文化遗产和人类精神的寄托，变成无价之宝了。

人们一般都是在傍晚时去走情人桥，在夕阳沐浴下，在桥上款款而行，或者在湖上乘一叶扁舟，看长桥倒映水中，红霞连天，如梦似幻。但我们只能在这炎日当空的时候到来，因为下午我就得坐飞机离开。现在是旱季，所以湖面已经大大缩小，有很长一段桥梁不在水中，水面离桥面大概有两米以上。桥面上人来人往，有游客，也有当地人。这座桥尽管是一个旅游景点，但最重要的依然是实用功能，当地人每天都在桥上走来走去，忙活自己的生计。游客也不用买票，可以随时在桥上漫步徘徊。桥上最美丽的景致是缅甸的少女们，她们穿着秀丽的长裙，打着各种颜色的花阳伞，在桥上左顾右盼；还有那些穿着红色袈裟的和尚，目不旁顾，心如止水，从你身边飘逸而过。

当初建桥时，桥头、桥尾和桥中共建了六座亭子，供行人遮阳躲雨。六座亭子体现了佛教的“六和精神”。所谓六和精神，是僧团生活的一种准则：戒和同修，身和同住，口和无诤，意和同悦，见和同解，利和同均。

我们在桥上只走到了第一个亭子，虽然很想走过全部的长桥，再走回来，让自己至少有一个圆满的感觉，但时间、时间还是时间。答应了中午到中缅油气管道总部去参观，只能就此打住，留待下次。而且我一个人在桥上走，也实在煞风景。名曰情人桥，就应该有心上人一起走才对啊。

不过，我还是抓紧时间，到桥下的岸边，照了几张整座乌本桥的照片。那些在傍晚时分，载着游人荡漾于湖上的彩色游船，现在都安静地停泊在岸边，美丽而整齐地排成一行。不远处，就是连绵不绝的乌本桥，把人们对于爱情的想象，带到了很远很远的地方，就像这清澈的湖水，荡漾开去，无穷无尽。

造访缅甸中小学

在仰光看了仰光大学，其实我最想看的是缅甸的中小学，但一路走过来也没有找到机会。涛哥说如果想要进入中小学，一定要预先和学校打招呼，否则陌生人不让随便进去。但是如果预先打招呼，就变成了一场正经活动，缅甸的官僚层级也很多，那一定就是层层批准，等到批件下来，我早就回到国内了。

到了曼德勒，我觉得如果再不去看看中小学就没有机会了。所以在去情人桥的路上，导游在地图上搜索到了附近的两所学校。半路上到了其中的一所，发现学生在里面不大的院子里玩，应该是课间活动，有大孩子有小孩子，看上去各个年级都有，但铁栅栏校门关着，我们在外面徘徊了半天，也不得其门而入，只能坐车遗憾而去。

后面一所学校在情人桥附近的阿马拉布拉古城里，导游问我还去不去，可能也是进不去的。我说去，万一能够进去呢。结果到了学校门口，校门也是关着，我们在门边站着，也不敢贸然推门进去。就在打算放弃的时候，边上走过来一个人，推门往里走，一看就像是老师。

我赶紧把他叫住，用英语和他说明了我们的来意，结果他居然同意我们进去，并且非常友好地带着我们参观。后来我们知道他的身份是校长助理。

进入校园，发现校园里面的设施和硬件非常简陋，给人年久失修的感觉。校园中间有一个大铁皮屋顶的房子，是学校的体育馆，实际上也就是一个有顶棚的篮球场。学校的教学楼围绕校园一周而建，整个校园的面积大概也就 30 亩左右，教学楼是二层楼的木建筑，应该是几十年前建造的，显得很破败了，走廊的木地板踩上去有咯吱咯吱的响声。这所学校有 2000 多名学生在里面上课，从幼儿园一直到高中都有。

我们一个年级一个年级看过去，教室里的窗户都不大，外面又有树荫，所以教室里光线很不充足。教室里安装了日光灯，但是没有一个班级打开灯光的，问一下原因，是因为缅甸电力不足，也因为用电就要电费，所以尽量不用电。教室的课桌椅也已经很破旧，四面墙壁没有什么装饰，只有一块老旧的黑板。想想中国现在连最偏远的山区学校，都已经有宽带和视频设施和外部世界连接，用电更加不是问题，就会感觉我们的发展进步真的还是很快的。

不过，尽管教学条件简陋，孩子们看上去都很幸福愉快。我们从走廊里走过任何一个教室，孩子们都充满笑脸挥手和我们打招呼，有的孩子还高兴地喊起来。老师们在上课，也没有禁止孩子们欢笑。

低年级人数比较多，有三到四个班，到了十一年级（缅甸教育体制随英国，就到十一年级），就只有两个班了，而且每个班只有 20 人左右。这说明孩子在学习过程中，到了高年级学生辍学的比例提高了。有意思的是，从初中也就是七年级开始，除了缅语语文外，所有其他学科，化学、物理、生物等，全部是用英语教学，这就意味着缅甸教初中以上年级的老师，英文水平普遍都还可以。这可能是英国殖民统治几十年留下的传统，但从面向未来的角度思考，这恰恰会成为缅甸发展的重要力量。因为这意味着，未来缅甸和世界的普遍对接会变得更加容易。缅甸现在所缺的，是经济实力和对于教育的投入，一旦有足够的投入，缅甸的教育腾飞不是一件难事。

参观完整个校园后，我们对一路陪伴我们的校长助理表示感谢。因为整个校园从大门口的校名到其他标识都是缅文，我们甚至不知道这所学校叫什么名字。我把身上仅有的600美元交给了校长助理，让他给孩子们买点东西，比如篮球什么的，或者用来支付一下电费等。涛哥把学校的地址和联系方式记录了下来，说既然我们来到了这所学校，那就是缘分，看看我们在缅甸能够为学校做些什么。校长助理千恩万谢，把我们送到学校门口，热情地和我们挥手告别。

与校园里偶遇的学生合影

看了这所学校，我对缅甸的基础教育有了更多一点理解。可以说，这是我此次行程最大的收获之一了。

中缅油气管道

缅甸之行的最后一站，是在涛哥的联系下，到中缅油气管道总部去参观考察。这是我第一次听说中缅油气管道项目，之前一无所知。后来才知道，中缅油气管道是继中亚油气管道、中俄原油管道、海上油气通道之后的第四大能源进口通道。它包括原油管道和天然气管道，可以使原油运输不经过马六甲海峡，从西南地区直接输送到中国。

我想既然涛哥觉得值得一看，去看看还是必要的，可以让自己对于“一带一路”倡议有更加直观的认识。于是在走完情人桥之后，我们驱车前往油气管道的总部。总部离曼德勒不远，我们用了 20 分钟就到达了。

下车后，我们进到了一处花园式的地方，有办公楼、宿舍和体育馆。这是油气管道的控制中心，近 800 公里长的油气双管线上发生的任何事情，这里分分秒秒都能够做到严密监控。

出来接待我们的是一位中年男人，给人充满活力的感觉，精气神都很充沛。他见到我热情握手，第一句话就是：“俞老师，我曾经是你的学生。”原来，他 20 世纪 90 年代的时候曾经在新东方学习过英语，后来通过了出国考试，到麻省理工学院去留学了。留学归来后就在中石油工作。2007 年的时候，参加了中缅油气管道项目的谈判和建设工作，从那时开始，在缅甸已经工作了十几年，现在是中缅油气管道的副总工程师。

我听完之后大为感慨：一个人努力上进很自然，但一个人学术上取得成就后，愿意继续把自己奉献出来，在异国他乡为祖国做贡献，那完全是一种个人的崇高选择。这并不是每个人都能够做到的。在选择为了祖国的进步奉献自己，还是为了自己的利益竭尽全力之间，很多人都会选择后者。后来我们进一步聊天，我才知道，他叫陈湘球，在缅甸工作期间曾经得过重病，回国治愈后继续回到缅甸工作。他用乐观的心态和积极的人生观对待生活和工作上的一切，终得善果。离开的时候，他送给我一本书《丝路荣光——中缅油气管道的印记》，是他亲自记录的中缅油气管道建设始末，还没有正式出版。

从书中，我了解到了围绕中缅油气管道所发生的一系列令人感动的故事。油气管道是两条管道，油是指石油管道，气是指天然气管道。缅甸盛产天然气，用不完，印度最先和缅甸谈判，希望通过管道把天然气输送到印度。但印度人做事情慢，而且管道要经过孟加拉国，利益方面达不成一致。中国对于天然气的需求也特别迫切，所以就和缅甸谈，中国人的真诚和做事情的效率打动了缅甸，终于把这一项目争取了过来。但最有战略眼光的成就还是石油管道。缅甸不产石油，但如果中东的石油通过油轮运到缅甸西海岸，再从管道输送到中国，就意味着不需要再绕马六甲海峡，这样可以节约不少中国的运输成本。

从谈判开始，中国就希望两条管线平行推进，这样动一次土，做完两件大事，一举两得。这一工程，最后多国参与，有中国、缅甸、印度、韩国，最后达成利益共同体，中间有很多艰苦卓绝的努力，但终成大业。在修建管线的过程中，中国团队为沿途的老百姓修水管、修道路、修学校等，让老百姓对于项目有了很好的支持。因为管线的建立，缅甸的经济变得更有活力，大大缓解了缅甸缺油缺电的情况，也为缅甸每年增加了大量的外汇收入。

如今，两条管线已经运营了很多年，按照商业原则，各方股东都有收益；而中国西南部，也因为管线的通畅，有了发展所需要的气和油。用这个例子来看，中国“一带一路”倡议有着十分重要的意义。今天的中国，不再是纯粹援助其他弱小的国家，而是按照长远的商业原则、共同的契约，一起共同发展、共同受益，为世界进步做贡献。

离开的时候，陈湘球说，俞老师，你下次一定要再来，我带着你沿着管线走一走，带你实地看一看，我们为缅甸、为中国做了什么事情，这是千秋大业。我说，我有机会一定来，缅甸这块土地，不再仅仅是因为自然风景和文化吸引我。过去，有中国远征军留在这里的鲜血和足迹；今天，有中国奋斗者挥洒的汗水和希望。这片土地，对于我，已经有了不一样的意义。

不是结束的结束

参观完中缅油气管道总部，距离航班起飞的时间只有一个半小时了。匆匆忙忙、依依不舍和陈湘球以及他的团队告别，相许未来一定再来，接着就驱车奔向机场。

曼德勒的机场不大，我从国际入口进入飞昆明，涛哥从国内入口进入飞仰光。进去后发现，安检后国际国内航班是在同一个候机厅，又见到了涛哥，真是喜出望外，暂别就重逢了。我们一起在候机厅聊了一会天，然后我先上飞机，涛哥和我再次拥抱告别。飞机是东航MU9742 航班，到点准时起飞。晚上我在昆明还有一场和当地教育系统校长们的交流会，一落地就要进入繁忙的工作状态。但经过短暂的缅甸之行，我为中国教育多做点事情的想法就更加强烈。未来的我，会把更多的时间用在中国农村和山区孩子的教育发展上，如果行有余力，我也乐于为其他国家，包括缅甸在内，力所能及地多做点事情。

今天天气很好，蓝天下朵朵白云。从舷窗里看下去，白云下面的缅甸，青山绿水，一片安宁。回去的路上，飞机将飞越缅北高原，在这片高原里，中国远征军和日本侵略者，曾经进行过激烈的战斗。即使到今天，这片高原也不宁静，各种地方割据势力，还有贩毒势力，依然在和缅甸政府进行角逐。但我相信，这片缅北高原也终会归于平静。资料显示，在这片地区种植罂粟的土地，已经从100多万亩，下降到了几十万亩。人们正在政府的帮助下，寻找一条更加合法的、过上安宁生活的道路。安宁和幸福的生活，是每一个人内心深处最真诚的渴望。世界应该为此而努力，国家和政府应该为此而努力，我们每一个人，也应该为此而努力。

日本纪行——感受古典之美

（2019 年 12 月 24 日—25 日）

缘起

马上就要到年底了，往年的年终岁尾，带着孩子们至少有十天的度假时间。今年由于女儿要工作，儿子要申请大学，看来看去只能腾出 24 日、25 日两天时间。我说就在北京过吧，免得折腾。女儿说在北京没有放松的感受，希望到一个陌生的地方去。两天去哪里呢？女儿提议去日本，说那有个叫合掌村的地方，可以观赏白雪皑皑中美丽的茅草房。女儿还把照片搜出来给我看。我一看，果然是冰天雪地中世外桃源一样的地方，从名古屋坐车两个多小时到达。

搜了一下航班信息，北京有直飞名古屋的航班，而且是阿联酋阿提哈德（Etihad）航空公司的航班。飞机早上 9 点 50 分起飞，第二天晚上 9 点 15 分返航，刚好符合我们去玩两天的时段，机票也不算贵。航程三个多小时，相当于北京飞广州，于是就这么决定了。人需要在陌生环境中才能放松自己，通过放松再次充满能量。所以即使只有两天不到的时间飞往异国他乡，也是一种难得的放松。

到了 24 日，早上起来收拾好行李，一起出发去首都机场。今天的飞机很准时，准时登机，准时起飞。在飞机上，乘务员告诉我昨天飞机因为故障停飞了。我内心暗自庆幸，如果是今天飞机有故障，那整个行程就被彻底打乱了。

人生的幸与不幸，很多时候都不是自己能够掌控的。我们只能顺天意、尽人力。顺天意，就是遇到任何事情都随遇而安，着急也没用；尽人力，就是不管遇到什么困难，都会尽自己的一切努力让事情变好，不能随波逐流，不要轻易放弃。

人生努力的好处，在于你能够得到更多的自由。

路上和孩子们探讨“努力”这个主题，我说：人为什么要勤奋和努力呢？因为通过勤奋和努力，你就会拥有更多的资源，比如你可以挣更多的钱和拥有更多的才能，这些资源就可以扩展你的生存空间，你可以到世界各地去旅行或者工作，也不用担心变得身无分文，穷困潦倒。而空间的扩大，意味着身心变得更加自由。

努力，也意味着人生有更大的收获。即使待在家里，通过读书，也能够让内在心灵得到更大的自由。

总而言之，努力不是目的，挣钱不是目的，读书本身也不是目的，我们做一切事情，最终目的就是为了让身心拥有更加广阔的空间和更大的自由，让身体能够自由行走，让心灵能够自由翱翔。

我是一个有奋斗精神和自驱能力的人，我也特别希望孩子们身上有这种能力。这种能力能够让生命更加精彩和广阔，用得其所，也能够为社会进步和发展做更多的事情。

到达高山市

飞机落地名古屋已经下午 2 点，排队出关见到接机的导游时，已经下午 3 点了。在安排行程的时候，我想如果光去一个合掌村，这趟行程实在不合算。名古屋本身是工业城市，也没有什么太多的景点。著名的德川家康时期的天守阁，也要到樱花盛开的时节才好看。至于乐高乐园，那是小孩子们玩的地方，不太适合我。我在地图上搜寻合掌村周围的地区，发现高山市是一个好去处。

高山市被誉为“小京都”，整个城市对于古建筑的保护非常到位，很有日本传统风味。被誉为“日本阿尔卑斯山”的飞驒（tuó）山脉，就在高山市附近。从网上图片看，那是个风景秀丽的好地方。高山市就在去合掌村的必经之路上，所以也不会浪费时间，刚好一举两得。

从名古屋机场到高山市，坐车需要大概两个半小时，这就意味着 24 日一整天基本都在路上了。这也是没有办法的事情，正所谓好事多磨。但愿这趟连来带去只有两天的旅程，不至于让人失望。事在人为，保持良好的心态和探索精神吧。

从名古屋沿着高速公路一路向北，两边的风景从城市开始变成山区。地势从海拔不到 100 米，逐渐上升为几百米，最高接近 1000 米。公路下的村庄，村庄后的山峦，山峦后的夕阳，构成了绝美的移动风景，峰回路转，变幻莫测。远方已经有带雪的山头，在夕阳下闪烁着金色的光辉。夕阳从金红色到血红色到暗红色，最终隐藏到了山的那一边，留下孤独的云朵在渐黑的天空中飘舞，似乎在寻找归家的路。

华灯初上的时候，我们终于到达了高山城。城里的两边也是普通的民房和街道，并没有看到其他人游记中描绘的古街道和古寺庙，也许是在其他什么区域吧。我们住的酒店就叫飞驒高山温泉酒店。飞驒既是这个地区山脉的名称，也是一个古镇的名称。这里最出名的是飞驒牛肉，是和牛中的极品。酒店本身没有什么特点，就是一栋十几层楼的宾馆。

我们入住后，发现才 6 点钟，肚子还不是很饿，就让导游带着我们去古街道转了一圈。到了古街道，发现所有的店铺和门面已经关门，昏暗的街灯照在路上，了无人踪。晚上的空气十分寒冷，我们走了 10 分钟，就赶紧上车回宾馆，打算等明天天亮之后再来游览。

在宾馆吃了安排的套餐——怀石料理。所谓的怀石料理，就是每一道菜上一点点，上很多道菜的那种。结果吃了从生鱼片刺身到面条很多小碟，反而把肚子吃凉了，半夜还起来拉了一次肚子。

吃完晚饭，孩子们说累了，就回房间休息了。我回到房间，还了无睡意，就到温泉浴室去泡温泉去了。我在室内汤池里泡了一会，热得出汗了，又到楼顶露天的冲浪池坐了一会。在雾气蒸腾中，光着身子，呼吸寒冬的空气，看天空星星闪烁。我心想，日本人一方面像中国人一样勤劳，一方面却比中国人更加懂得享受生活。在一天的劳累之后，泡一下温泉，确实是难得的享受。为了生活的舒适，日本人的马桶盖都是加热的。

泡完温泉后回到房间，穿着舒适宽大的温泉服，斜躺在榻榻米地板铺就的床上，阅读随身带着的格林斯潘写的《繁荣与衰退——一部美国经济发展史》到 12 点，熄灯睡觉。

晨游古寺庙

高山市隶属于岐阜县。在日本，县比市大，县相当于中国的省，由大到小的顺序是县、市、村。高山市起源于 16 世纪修建的高山城城下町。所谓城下町，是指以诸侯宫殿为中心发展起来的城镇街道。由于地处深山老林之中，与外界相对隔绝，所以古老的传统和建筑都保留得比较完整。

整个地区森林遍地，植被丰富，木材资源充裕。高山的古建筑都以木结构为主，并由此培养出了一大批技艺精湛的木工和木雕艺人。自古以来，飞驒地区的木雕工艺就居全国之冠，这里的木匠也被征召为日本皇室修建宫殿屋舍。京都奈良地区的寺院非常精美，结构巧夺天工，其实大多是出自飞驒工匠之手。所以要看原汁原味的木结构建筑，到高山市来是绝对不会让你失望的。

昨天睡觉之前，就想好了早上7点去看古寺庙群。6点半闹铃把我叫醒，打开窗户，外面天色已经放亮，小城全景豁然展现在眼前。城市没有什么高层建筑，但城市格局也算是鳞次栉比、间阎扑地了。房屋延伸尽头处就是起伏的山峦，被清晨的云雾缭绕，显得仙气蒸腾。此刻，整个城市还沉睡在清晨的梦里没有醒来，路上一辆车、一个人都没有。

7点多，我们到达了位于小城边缘的古寺庙群，一眼看过去就像古建筑博物馆一样，在青松古树间，一座座寺庙建筑庄严伫立着。

在日本，各地都能够看到一些古建筑，即使在东京这样迅速发展的大城市里，古建筑也保存得非常好。如果研究日本企业，我们也会

高山市的古寺庙

发现百年以上的企业比比皆是。

日本在很多方面值得我们学习，这是一个既坚守传统，又勇于创新的国家。一方面，他们保留着自古以来的皇室和天皇，崇拜武士道精神，自从佛教传入日本后就一直让佛教精神融入生活的方方面面；另一方面，日本人又特别善于学习新的知识和技能。唐朝时从中国引入汉字，一直使用到今天；从中国引入禅宗佛教，一直弘扬到今天；从欧洲引入技术和思想，一直沿承到今天；从美国学会了民主制度，一直实施到今天。他们实现了传统和创新的完美融合。当然，日本人也有自身的问题，他们自我、固执，谦虚的表面下充满骄傲，在资源贫乏的过去，不断挑起侵略战争。但无论如何，日本还是可以给中国很多启示：如何既保留传统的优势，又不断学习创新；如何能够做到承前启后，继往开来，循序渐进地平稳发展。

像高山这样的传统城市，古建筑保留得特别完好。这里的古寺庙，最长的有千年历史，短的也有几百年了。各个寺庙沿着小山坡排开，纵横交错，随山势而起，用石板路连接。每个寺庙的格局都差不多，都是日本的寺庙建筑风格，全木结构，典雅端庄，遗世独立。院子里有几百年的古松名木，挺拔秀丽，意境深远。

各寺庙有不同的宗派，有净土宗、曹洞宗、临济宗等。我一个一个寺庙走过去，发现除了空山鸟鸣，了无人迹。所有的寺庙都可以随便进出，也没有看到和尚，大雄宝殿的庙门紧闭着，门上有透明的格子，可以看到里面的布局。里面显得很简朴，放佛像的佛龛大小适中，简朴收敛，不像中国的佛殿里，顶天立地竖着金碧辉煌的佛像。可以感受到，对于日本人来说，佛教并不是一种膜拜，更多的是一种修行。

我们在清晨的寒冷中，在古寺庙群里徜徉了一个小时。寺庙后的山坡上是小城的墓地，墓碑像森林一样密密麻麻地耸立在那里。我沿着步道，穿过陵园，没有感到任何恐惧和害怕。我想，在这样千年安谧的环境中，人死后即使有灵魂也会心安神定，且有佛光加持，一定不会化为厉鬼，出来作祟人间的。古寺庙俯瞰着山坡下的人间烟火，又安抚着已经入土为安的灵魂，已经在无意中，把人间和永恒连接在了一起。

飞驒古镇

走完古寺庙，回到酒店吃早餐。早餐后，我和导游商量先去飞驒市。飞驒市是日本岐阜县最北端的一个市，离高山市 20 公里左右，人口只有两万多，其实就是一个小镇。

提到飞驒，最著名的就是飞驒牛肉，是和牛中的极品，以香、嫩、肥、滑著称。其实整个日本中部山区的牛肉，都叫飞驒牛肉。在地理范围上，“飞驒”这个名称要比飞驒市大很多。中部被称为“日本阿尔卑斯山”的广阔山脉，就叫飞驒山脉。

导游告诉我，飞驒和牛是听着音乐、喝着豆浆、不断按摩着长大的。这听上去是美好的“牛生活”，似乎比在地里累死累活的牛待遇好了很多。但如果这些牛知道长大后就要被杀，成为盘中美餐，不知道是否还愿意这样长大，是否会更加愿意成为地里干活的牛。

《庄子》中写过这么一个故事：祝宗人玄端以临牢筴，说彘曰：“汝奚恶死？吾将三月豢汝，十日戒，三日斋，藉白茅，加汝肩尻乎彫俎之上，则汝为之乎？”为彘谋，曰：“不如食以糠糟而错之牢筴之中。”

这段话的大意是：祭祀官穿着礼服，来到猪圈边上，对猪说：“你为什么要讨厌死呢？我会饲养你三个月，然后戒十天，斋三天，用白茅作垫席，准备一件雕绘精美的礼器，把你摆在上面去祭祀神灵，这样你愿不愿意呢？” 如果真是替猪着想的话，应该说：“还不如拿糟糠喂养它，把它关在猪圈里呢。”

《庄子》中其实后面还有一段话，说人会为了荣华富贵不管生死，最后失去自由甚至生命，那为什么最初不想清楚呢？即使做猪和牛，宁可辛苦一点，也要做更加自由的猪和牛，悠游天地之间才好啊。

之所以要先去飞驒市，倒不是为了去吃牛肉，而是因为高山市的老街还没有开门，等着浪费时间，不如先去飞驒市再回来，这样刚好赶上高山老街中午热闹的时光。

早上 9 点半，汽车到达飞驒小镇，天空还被云层覆盖着，没有一点阳光。我想今天要是一天阴天，这一趟就没有明媚的记忆了。小镇里面有一条河叫荒城川，过了这条河就到了小镇的核心地带。扑面而来的是一座古老的寺庙叫本光寺，主殿比我早上在高山古寺庙群看到的要雄伟一些，可能是建在城里的缘故。小城里面有不少古寺庙，后面我们还去了一座叫圆光寺的寺庙，在城中心地带，庙宇建筑和古树相映成趣。

整个小镇干净明朗，街道边上的清水渠流水淙淙，在每一家的门口流过。石板构成的街道，和木结构的房屋，以及房屋周围精致的树木花草，构成了一幅世外桃源般的景象。街道一尘不染，干净得看不到一点垃圾。小镇是以酿米酒和清酒出名的，所以整个街道都飘散着酒的味道。

我们在行走的过程中，天空云层逐渐散开，明媚的阳光倾泻而下，给整个小镇披上了温暖的色彩。蓝天阳光下的庙宇，更显圣洁超凡。街道上还没有什么人，居民们似乎都还没有开始劳作，冬天也没有什么游客过来，给人的感觉就是清静、清静，还是清静。

我们看到了几个酿酒作坊，想要进去参观一下，被告知不预约不让进去，只能到边上的作坊自营酒店，去品尝各种档次的清酒和米酒。服务员热情周到，我买了一瓶清酒和一袋酒糟，否则都不好意思出门。

在另外一条街道上，我们见到了一所小学：飞驒市立古川小学校。日本非常重视教育，在明治维新时代就已经开始普及义务教育。由于日本处于地震带上，所以对于学校建筑的规格要求很高，据说几乎所有日本的学校都可以抗 9 级地震。所以老百姓遇到危险，到学校避难最安全，这所学校的门上就贴着避难所的标志。

今天学生放假，校门紧闭，值班人员说不能让我们进去参观，我们只能遗憾而退。学校巨大的操场上阳光明媚，我们在操场上散步，美丽清澈的荒城川从操场边上潺潺流过，河里面野鸭自由游弋，水流清澈见底，远方山峦起伏，阡陌纵横，一派田园风光。

回高山市的路上，天空已经万里无云，看远方的飞驒山脉，很多山峰上白雪皑皑，像一条白色巨龙在天边飞舞。飞驒山脉被称为“日本阿尔卑斯山”，之所以这样叫，是因为英国传教士威斯顿于 1896 年，将自己攀登飞驒山脉的过程和美景，写成了一本书《日本阿尔卑斯山登山及探险》。在书中，他把飞驒山脉的山景描绘得如欧洲的阿尔卑斯山一般美丽，飞驒山脉因而开始以“日本阿尔卑斯山”闻名于欧美。

日本人也得便宜卖乖，一直沿用了这个名称，让无数游人产生了对于这一山脉的向往。飞驒山脉主峰穗高岳海拔 3190 米，如果到了山脚下，有缆车可以直达山顶，冬天只要天气好就会开放。可以想象，如果从雪山顶上极目四望，该是一种怎样的感觉。看到这样美好天气下的雄伟山峦，我立刻产生了到跟前去看一看的愿望。

愿望终归是愿望，真要是去那里，50多公里的路途在山路上来回要三个小时，再加上上山的时间，怎么计算时间都不够。我站在路边，面对远方连绵的雪峰，忘我地欣赏了一会，寄希望于以后有机会再来。他们说夏天的飞驒山脉会更美，里面清潭激流、绿树浓荫、百花盛开，和山头积雪相映成趣，被称为“日本的九寨沟”。

游览高山市

回到高山市，已经接近中午时光。高山古城那一带，游人已经熙熙攘攘。我们先到了高山阵屋参观。阵屋就是衙门的意思，高山阵屋就是古代这个地区衙门的所在地。大概1692年，德川幕府把原来独立的飞驒国，变成了自己的直辖领地，这样经过江户时代和明治维新，一直到20世纪60年代，这个地方都是地方长官的办公地点，是日本唯一完整保留到今天的古代衙门。进去参观后，发现日本的衙门和中国古代威严堂皇的衙门不太一样，更像是一个工作和生活融合的地方。

高山阵屋

每个房间都不大，都是榻榻米设施，地上铺着席子，房间里有面向花园可以直接打开的门，出门就可以进入花园散步。房间的布局都比较明快，给人一种温馨感，没有那种衙门似乎应该有的阴森森的感觉，更像是一个宽敞明亮的家庭居所。

从高山阵屋出来，我们在阳光下步行到高山老街。老街范围并不是很大，由两三条街道组成，街道两边都是木头房子，所有房子的底层都变成了商铺，卖着各种本地的特产，最多的是卖木雕、清酒和食品的，很多食品都是现做现卖。

卖得最热闹的是飞驒生牛肉寿司。为了品尝一下牛肉寿司的味道，我们居然排了 20 多分钟的队。我们还买了当地的煎饼，是在木炭炉子上现烤出来的，刷上调味料，用海苔包着吃，喷香满颊。游人不少是从中国来的，所以满街都能够听到亲切的汉语方言。在阳光中徘徊在这样的古街上，那种怡然自得的心情，是在北京匆忙的脚步中绝对不可能体会到的。

逛完古街已经 12 点半，其他一些地方，像高山别院、樱山八幡宫等就没有时间去了。孩子们想要尝尝飞驒牛肉，我们用大众点评搜到了一家叫“丸明”的饭店，评价很好，所以就开车去饭店吃饭。因为这家店不在核心旅游区，所以不用排队。坐下来点了一盘混合烧烤牛肉，再要了一份牛肉火锅，大家美美地吃了一顿。结算的时候，收了 15000 日元，相当于 150 美元，觉得不算太贵。同等档次、同等分量的牛肉，在中国可能至少要 3000 人民币。

合掌村

午饭后，我们就开始向这次旅行的真正目的地——白川乡合掌村出发了。合掌村离高山市 70 多公里，从普通公路向西一段，然后上高速一路向北，一个小时后就到了白川乡的合掌村。

村庄是个四面环山、水田纵横、河川流经的安静山村，1995 年 12 月入选世界文化遗产。自此以后，每年世界各地数以万计的旅客慕名而来。之所以叫合掌村，是因为房子的样子都像两个手掌斜合在一起，形成一个陡峭的三角形屋顶，屋顶用稻草芦苇铺就。之所以设计成这种形状，最初可能是为了防止屋顶积雪太多，加上当地又有足够的稻草芦苇，所以就有了这样的造型。

我刚开始以为这些房子就是小小的茅草屋，觉得可能是因为山里面太穷了，造不起青砖瓦房。但没有想到这些合掌屋造得非常宏大，进去参观后发现，一层的大堂可以容纳上百人在里面聚会或就餐。房子用的木头非常结实，纵横交错捆扎在一起，互相支撑，有的房子里面有五层阁楼，少的也有三层，每一层都有上百平方米，可以放东西，可以当卧室。没有一定的经济实力，还真造不起这样的房子来。

这些房子有上百年的历史，木结构依然十分坚固，但屋顶的茅草，每过十几年就需要更换一次。更换的场面特别宏大，上百人爬到屋顶上一起铺稻草。整个屋顶铺完，稻草的厚度能接近两尺，能够承受风吹雨打很多年。

合掌村最值得来的季节是冬天，尤其是下雪的冬夜，站在山坡上，看着白雪覆盖的村庄，窗户里一盏盏温馨的灯火被点亮，整个村庄沉浸在夜色的宁静中。这种景致，能够勾起人们对于家的强烈渴望。可惜今天我们不能在这里过夜，而且今年合掌村也没有怎么下雪，整个村庄连一点雪的影子都没有。我买了一套合掌村春夏秋冬四季的照片，这样可以对着照片想象一下这里一年四季不同的魅力。

回程

到下午3点多，我们开车返回，向名古屋出发。到了名古屋，发现离飞机起飞还有点时间，就到了城里一家叫作IBASHO的日本鳗鱼饭餐厅，一人吃了一碗香喷喷的鳗鱼饭。名古屋毕竟是日本三大都市圈之一——名古屋都市圈的核心城市，灯红酒绿，热闹非凡。

饭后我们到达机场，发现总共18个国际航班，有12个航班是飞往中国各地的，可见中国和日本经济上联系之密切。我们坐的还是阿提哈德航班，登上飞机，居然又见到了来程的同一个乘务员，她向我们热情地打招呼。飞机于晚上9点一刻起飞，一路顺利，于北京时间晚上11点半落地。在飞机上的三个多小时，我一直在写这篇游记。

旅游其实就是一种心情，心情需要环境，所以我们要去不同的环境，感受另外一个世界和另外一种活法，同时让自己的心灵和精神得到滋润，让自己的见识和智慧得到增长。

人生在世，有很多不如意的事情，但我们不能沉浸在不如意的事情里难以自拔。通过把自己带向另外一个环境，我们或多或少能够让自己的生命遇上惊喜，过上哪怕一瞬间的自在生活。

在繁忙的工作中，我时时寻求生命对于世俗事务的某种解脱。一朵花的盛开、一段陌生的旅程、一本让人忘我的书，都是老天给我们的馈赠，让我们的生命脱离一点枯燥的日常，进入某种富有禅意的放松状态。生命，就是在寻常中求得一点不寻常而已，为此，我们值得付出更多的努力。